김미옥의 글쓰기 수업

당신의
삶이
글이 될 때

김미옥 외 8인

김미옥의 글쓰기 수업

당신의
삶이
글이 될 때

김미옥 외 8인

차례

세 번째 만남 — 상처를 객관적으로 바라보기

네 번째 만남 — 용기 있게 쓰는 삶

우리들의 자전적 이야기

일러두기

본문의 대화록은 메디치미디어에서 김미옥 작가가 진행한
글쓰기 모임의 대화록을 토대로 만들어졌습니다.

한 걸음의 힘

자신의 생을 한 걸음 떨어져 바라보게 하는 힘이 글쓰기라고 생각한다. 많은 사람들이 글쓰기를 어려워하지만, 왜 어려운지는 알지 못한다. 테크닉의 문제가 아니다. 글쓰기가 어려운 진짜 이유는 솔직해지기 어렵기 때문이다. 자신의 이야기를 처음 꺼내는 사람들에게 글을 잘 쓰고 못 쓰고는 큰 문제가 아니다. 자신의 서사를 솔직하게 꺼낼 수 있는 용기만 있다면, 그 글은 당신만이 쓸 수 있는 고유한 글이 된다.

    2023년 겨울의 초입, 메디치미디어에서 같이 책을 읽고, 글을 쓰고, 다시 책을 내는 〈중림서재〉라는 독특한 방식의 북클럽 모임장을 제안받았다. 처음 든 생각은 모든 것이 비슷해질 것 같다는 진부함이었다. 만약 이 모임이 단순한 독서클럽으로 진행된다면, 같은 책을 읽고, 고만고만한 토론을 하고, 서로 닮은 독후감을 쓸 것 같았다. 그런 모임은 하고 싶지 않았다. 지금은 개인 서사의 시대가 아닌가?

'자기만의 이야기'를 가진 여성들을 만나고 싶었다. 누구든 작가가 될 수 있고, 너무 쉽게 책을 낼 수 있는 시대다. 하지만 이런 시대일수록 진정한 글쓰기는 나의 상처를 온전히 마주할 때 나온다고 생각한다. 나의 상처를 온전히 마주하고, 그 상처를 다시 객관적으로 바라볼 수 있을 때, 글은 저절로 나온다.

솔직해져야 한다는 얘기가 과거의 경험에 침잠하라는 말은 아니다. 오히려 과거로부터 한 걸음 떨어져서 경험을 바라볼 때, 그 경험의 실체를 온전히 알 수 있다. 이 모임의 참여자들의 글을 보고, 내가 피드백을 할 때 중요하게 생각한 기준은 과거의 경험에 '얼마나 침잠해서 썼는지'가 아니라, '얼마나 분리돼서 썼는지'였다.

그렇게 시작된 〈중립서재〉 모임은 처음 예상보다 더 즐겁고 인상적인 경험이었다. 우리는 책을 읽고 만나 이야기했고, 모임 내내 웃고 또 울었다. 우리를 묶어준 네 권의 책은 아니 에르노의 《빈 옷장》, 박완서의 《그 남자네 집》, 김명순의 《사랑은 무한대이외다》, 나혜석의 《여자도 사람이외다》였다. 바닥까지 솔직해져서 본인의 상처를 전부 드러낸 책이 있는가 하면, 과거의 경험과 본인을 분리해 영리하게 풀어나간 책도 있었다. 각각의 저자들이 지향하는 바는 다르겠지만, 내가 이 네 권의 책에서 본 공통점은 '용기'였다. 용기 있게 자신의 과거와 마주하고 그것을 표현하는 삶을 산 저자들의 글쓰기를 보고, 이 모임의 참여자들도 용기 있게 본인의 이야기를 풀어나갔으면 했다.

네 권의 책과 여덟 명의 인생. 그 만남과 대화를 바탕으로 참여자들은 본인의 이야기를 처음 글이라는 형태로 세상에 꺼내놓게 되었다. '자전소설'이라는 기본 포맷을 정해주긴 했지만, 사실 형식은 중요하지 않았다. 에세이거나 소설이거나 혹은 이곳에 없는 어떤 방식으로든 내 이야기를 꺼내놓는다는 게 중요했다. 아무도 내 말을 들어주지 않을 때는 내가 내게 글을 쓰면 된다. 내 삶을 글로 가장 잘 풀어낼 수 있는 건 다름 아닌 '나'이기에 우리는 모두 언젠가 삶을 글로 풀어내야 한다고 생각한다. 그 시간 그 장소에서 있었던 김미옥의 이야기, 또 도희의, 민영주의, 스칼렛의, 신지후의, 이연정의, 지원의, 홍리아의, 희주의 이야기가 각자의 경험을 넘어 누군가 타인이 읽는 하나의 이야기로서 남는다면 그건 결국 스스로 쓴 글의 힘 때문일 것이다. 당신의 삶이 글이 될 때, 라는 제목은 이 믿음에서 나왔다.

오래된 상처의 통증이 여전해서 꺼낼 수 없다는 중도 탈락의 위기도 있었다. 지금의 나는 그때의 내가 아니라는 말로 격려했다. 그럴 수도 있고, 아닐 수도 있다. 우여곡절도 많았지만, 여기까지 무사히 함께 해준 여덟 인생에 감사한다.

2024년 12월
김미옥

바닥까지 드러내기

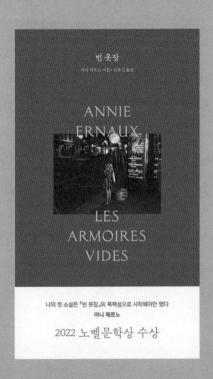

함께 읽은 책
《빈 옷장》, 아니 에르노 지음

무엇이든 쓰는 삶

김미옥 이 글쓰기 모임에서 제가 함께 읽을 책으로 선정한 네 권이 모두 여성 작가의 책이에요. 이 책들을 고른 가장 큰 이유는 그 시대에 해서는 안 될 말을 했기 때문에 상당히 상처받은 사람들의 이야기이기 때문이에요. 이 모임의 진행은 겉으로 보기엔 독서 클럽처럼 진행될 거지만, 저는 책 내용에 관한 리뷰가 그렇게 중요하다고 생각하지 않아요. 이 모임에서 중요한 건 책을 읽고 우리의 이야기를 꺼내는 겁니다.

글을 쓰기 전에 먼저 여러분들의 필명을 하나씩 만들어 주세요. 필명은 가능하면 집에 가서서 사주나 명리 보시고 자신에게 맞는 것을 지어주세요. 그냥 어감이 좋다는 이유로 짓지 마시고요. (일동 웃음) 제가 명리학을 조금 하는데, 문운(文運)이 있는 사람이 있어요. 정말 글을 잘 쓰는데도 운이 없다면, 거기에 문운을 불어넣는 이름을 지어 오세요.

도희 저는 몇 개 받은 것 중에 있거든요. 그때 받은 것 중에 몇 개를 선생님한테 보여드릴 테니까, 그중에 하나를 골라주시면 안 될까요?

김미옥 아니요. 본인이 봐서 정해야 해요. 사람이 잃어버린 육감 중의 하나가 촉이에요. 자신이 직접 골라야 돼요. 자기 촉을 믿으세요. 여기서 중요한 거는 내가 이 얘기를 함으로 해서 상처를 받을 사람—가족, 친척, 친구 등— 이 있을 수 있고, 세상에 나갔을 때 손가락질받을 수 있는 얘기들도 있어요. 때문에 우리는 에세이와 소설의 중간 형태인 자전소설을 쓸 거예요. 에세이나 소설보단 비교적 하고 싶은 말을 다 할 수 있을 거예요.

글은 무조건 써야 돼요. 일단 오늘부터 집에 가시면 일기라도 쓰세요. 누구 욕을 하셔도 괜찮아요. 글은 거칠어도 괜찮아요. 쓰세요. 쓰다 보면 글은 운율을 따라가게 돼요. 원래 모든 시는 음악을 지향한다고 하잖아요. 그러면 그때부터 글이 달라지죠. 자꾸 쓰세요. 제가 아니 에르노의 《빈 옷장》을 채택한 이유가 있어요. 아니 에르노의 소설은 다 본인의 실제 경험이에요. 그중에서도 이 작품이 가장 문학성이 높고 흥미로운 내용이에요. 아니 에르노는 본인의 얘기지만, 섹스에 관해서도 거침없이 다 얘기를 해요. 그래서 공격도 많이 받았어요. 그녀가 한 말 중에 "과거의 나는 지금의 나가 아니다"라는 말이 전 너무 마음에 와닿았어요. 지나간 일이기 때문에 쓴 거예요. 지금 현재는 뭐 안 쓰고 있잖아요. 그분은 시간이 지나면 써요.

《빈 옷장》을 보면 처음엔 자기 집이 가정의 기준이었다가 학교를 가면서 자기 집이 천박하다는 걸 느끼는 순간이 있잖아요. 그때부터 가족과의 괴리가 시작된 것 같아요. 자기가 가지고 있는 현실과 사회와의 괴리, 거기서부터 출발하지 않았나. 그리고 그 괴리를 더 크게 느끼게 하는 게 여자이기 때문에 느끼는 괴리에요. 사실 이 모임 신청자 중에 남자 분도 있었는데, 제가 다 뺐던 이유는 남자들이 생각하는 것보다 여자의 상처가 더 깊기 때문이에요. 여자의 상처를 온전히 여자들이 직시하며 얘기를 풀어나가고 싶었습니다.

여성이기 때문에 더 깊게 느끼는 상처들

김미옥 여자들은 원래 웃으면서 말해서 즐거워 보이지만, 실은 여자라는 이유로 상처 입었던 기억들을 숨겨놓고 있어요. 무의식 속에 숨겨놔서, 본인이 눈치채지 못하는 것들도 있고요. 그래서 어떤 분은 본인은 기억 못했는데, 글을 쓰다 보니 나오더래요. 어릴 때 어떤 아저씨한테 상처 입은 이런 이야기. 또 친인척한테 피해 본 이야기들이 잘 몰랐는데 쓰면서 무의식중에 올라오더래요. 자꾸 쓰다 보면 머리가 안 쓰고 손이 써요. 손이 뇌하고 가까워져요. 내가 기억하지 못하고 자각하지 못하는 무의식이 손으로 나와요. 그래서 계속 쓰시라고 말씀을 드리는 거예요. 그럼 먼저 이 책을 읽고 어떤 생각이 드셨는지 함께 의견을 나눠보도록 해요. 자, 선생님부터.

지원 저는 먼저 '왜 이 책을 선택했을까?'라는 생각부터 했어요. 오늘 모임의 주제가 바닥 드러내기죠. 그렇기 때문에 이 책을 선택했다는 느낌이 확 왔습니다. 사실 이 책을 읽으면서 계속 오버랩 되는 저의 어린 시절이 처음에는 굉장히 불편했어요. 이 '바닥 드러내기'가 굉장히 불편했지만, 우리가 본격적으로 나누어야 할 얘기의 시작이 이 부분이기에 관심이 커졌던 것 같아요. 이 책 내용은 아름다움과는 굉장히 거리가 먼 현실을 다루고 있죠. 저는 이 처절하리만치 현실적으로 본인의 과거를 그려내는 아니 에르노를 보면서, 자연스럽게 맞닥뜨리게 되는 제 과거들이 굉장히 생경하면서도 익숙했어요. '이런 것들이 좀 필요한 거구나', '불편하고 거칠지만 꼭 필요한 부분이구나'라는 생각도 들었고요. 그러면서 한편으로는 이러한 것들의 서사를 과연 어떻게 지금 시대로 소환해서 내가 그 안에서 의미를 찾을 수 있을지 물음들이 계속 머릿속에서 맴돌았던 것 같아요.

그럼에도 불구하고 마지막 부분에 역자가 독자와 함께 나누고 싶은 이야기라고 쓴 부분이 무척 인상적이었어요. "아니 에르노는 글쓰기란 세상을 향해 무언가를 던지는 행위이며 보이지 않는 것들의 형태를 만들어 존재하게 하는 일이라고 했다." 보이지는 않지만 어디엔가 살아있고 그 안에서 각자 역할들이 있고 소환되는 이러한 부분들이 있죠. 그래서 "나는 그녀가 던진 그 거친 무언가로부터 나의 현실을 보고 나의 이야기를 낳는다"는 말이 제게는 무척 기억에 남는 문장이었습니다. 아프고 불편한 현실을 소환해서 그게 또 하나의 생명이 되는 어떤 과정을 우리가 함께 만들어가야 된다는 생각이 들었어요.

"반감과 공감 그리고 저항과 인정을 거쳐 하나의 삶이 또 다른 삶으로 건너가는."

그냥 여기서 머무르는 게 아니라 이것이 또 다른 삶으로 건너가는 과정으로 삼아야 한다는 것. 아니 에르노를 통해서 우리가 새로운 영감을 받으면서 그의 글이 우리의 글로 생생하게 살아 움직이게 하는 어떤 계기가 될 수 있을 거라는 생각을 했습니다.

그래서 이 작품 속 드니즈 르쉬르가 자신이 속한 세상에서 분리되는 과정, 모든 것이 나로 뭉뚱그려져 있던 세계에서 주체와 객체로 나누어지는 과정을 지켜보며 우리도 '분리'되고 찢어지는 고통을 느끼게 될 것 같습니다. 감각으로 느끼고 살아낸 글, 살아서 건너

14

오는 글, 내가 앞으로 이 몇 달 동안 생각해 봐야 되는 어떤 것들이 아닌가 생각합니다.

김미옥 핵심을 잘 찌르셨어요. 사실은 이게 우리가 글쓰기를 통해 얻어야 할 통과 의례예요. 좋은 글은 자신을 객관화하는 거예요. 내 고통까지 남의 것처럼요. 그러니까 주체와 객체라는 이 핵심만 잘 찔러서 말씀하셨는데, 우리가 아니 에르노의 이 책에서 얻어야 할 키워드 중에 하나가 '낯선 익숙함'이에요. 사실 우린 책 속의 상황에 꽤 익숙해요. 하지만 낯선 거죠. 정말 대단하신 분들이네요. 벌써부터 우리의 여정이 아주 즐거울 것 같다는 예감이 듭니다. 다음 스칼렛 선생님.

스칼렛 노벨상 타는 사람에 대한 반감 같은 것도 좀 있잖아요. 신경도 안 쓰고 말 한마디 없다가 문학상 타면 어느 날 갑자기 매대에 쫙 깔리고 그런 거요. 그래서 저는 노벨상 수상작가의 책은 잘 안 읽었어요. 그렇지만 이번에는 숙제라서 읽어봤는데, 묘하게 마르셀 프루스트의 《잃어버린 시간을 찾아서》와 굉장히 닮았다는 생각이 들었어요.

김미옥 프랑스거든요. 둘 다.

스칼렛 그 책도 읽으면 읽을수록 빠져들잖아요. 너무 지긋지긋할 정도로 이렇게까지 세밀하게 묘사하나. 마들렌 하나 가지고도 막 여러 수식을 붙이고.

김미옥 맞아요.

스칼렛 근데 저는 이 책도 그런 걸 느꼈어요. 이게 노벨문학상을 탈 만한 문장이고, 또 굉장히 치열하다. 이 정도면 탈만 하다는 생각을 했어요. 읽어보고 일단 인정을 했어요. 우리는 서사를 쓰든, 자기 슬픔과 상처를 드러내든, 그냥 슬펐다, 힘들었다, 속이 쓰렸다, 이런 식으로 뭉뚱그려서 표현하는데, 이 책은 본인을 포함해서 그 주변에 깔고 있는 아버지, 어머니, 학교에 대한 관찰력을 어마어마하게 세밀하게 드러냈어요. 자기를 두고 돌아가는 사람들의 행동 하나하나를 아주 세심하게 짰다. 이분의 소설 쓰는 방식은 이런 건가 하는 생각이 들었어요. 나는 도저히 이걸 못 따라가겠다. 어떻게 이렇게 끝까지 치밀하게 쓸 수 있나. 그렇게 느꼈어요. 예를 들면 61페이지에 있는 이런 표현이요.

"그것은 가벼웠고 형태가 없었으며 온기가 없고 언제나 당했다. 진짜 언어는 우리 집에서 내가 듣는 것이다. 싸구려 포도주, 질 나쁜 공기 따먹기다. 늙은 암말 꼬마야, 안녕하세요라고 해야지. 비명, 인상 쓰기, 엎어진 병 모든 것이 말하자마자 그게 있었다. 선생님은 말하고 또 말했고 사물들은 존재하지 않았다."

자기 주변에 그 사물들을 살아있게끔 계속 뒷면 앞면을 정말 솔직하게 다각도로 보잖아요. 우리가 배워야 할 것은 자기 서사를 이렇게 볼 수 있어야 된다는 거죠. 저는 그거를 발견했어요. '이렇게 써야 되겠구나'라는 생각.

김미옥 맞아요. 사실 이 소설은 디테일이에요. 세부적으로 들어가야되거든요. 그런데 문체에 따라 달라요. 내가 아주 디테일하고 세부적으로 치밀하게 들어가게 되면 문체가 달라져야 돼요.

아니 에르노가 《단순한 열정》에서는 능동적으로 자기가 섹스 파트너를 선택한 거고 이 책에서는 피동적이에요. 피동적일 때는 이렇게 쓸 수밖에 없는 거예요. 내 의사가 아니니까. 정말 하고 싶은 말이 있을 때 이 책을 읽고 이런 방식으로 쓸 수 있다는 것을 한 번 보시면 되는 거죠. 다음 선생님.

희주 사실 그전에도 아니 에르노 책을 좀 읽었어요. 어떻게 보면 현실은 아름답지 않잖아요. 현실은 아름답지 않은데 늘 아름다운 것처럼 말하는 얘기만 듣고 우리가 산 거거든요. 저는 '왜 여자들의 얘기는 없나?'라는 생각을 했을 때, 여자들은 얘기를 하지 않기 때문이라고 생각해요. 자기에게 불리한 얘기니까요. 저는 작년까지 직장생활을 했어요. 굉장히 오래 했고, 그러다 보니 사실 여자 친구가 없어요. 대학 친구는 다 남자 친구밖에 없어서 여자들하고 있는 자리가 좀 불편했어요. 왜 불편한지를 생각해 봤더니 여자들은 말을 다 예쁘게만 하는 거예요. 자기 감정 다 숨기고요. 그래서 제가 동생도 남동생만 셋이 있고, 자식도 아들만 있어요. 남자들하고만 평생 산 거죠. 그런 환경에서 크다 보니 예쁘고 곱게 얘기하고 이러는 게 어떨 때는 좀 싫은 거예요. 지네들이 어떻게 사는지 내가 다 아는데 왜 저러지? 저렇게 내숭 떨면 뭐가 달라지나? 뒤돌아서면 다 뼈마디 쑤시는 현실에 사는 것들이 왜 말을 저런 식으로 하고 다니지? 전 그런 생각 참 많이 했었거든요. 그래서 아니 에르노의 작품을 읽으면서는 좀 마음이 편했어요. 왜냐? 말 그대로 낙태, 정말 많이 하고 사는 게 여자들 얘기고, 사는 게 정말 힘든데 아무도 그 얘기 하지 않으니까요. 우리가 산부인과에 가서 검진받을 때도 얼마나 굴욕적인 자세를 취하게 해요. 왜 그랬을까? 여자들이 얘기하지 않는 거예요. 자기가 부끄럽거나 자기에게 불리한 얘기들은요. 그래서 아니 에르노 같은 사람이 나타난 게 좀 늦지 않았나, 이런 생각이 들었고요.

어떻게 보면 글을 쓸 때 우리한테 가장 필요한 것은 솔직함이 아닐까 싶어요. 솔직해야지 일이 되는 거예요. 저는 결혼하고 첫 아이가 유산이 됐어요. 그래서 에르노가 쓴 걸 너무 공감했어요. 새벽에 병원에 실려가면서 그다음에 일어났던 과정들이 거의 에르노의 소설처럼 진행됐었거든요. 저한테는 잊을 수 없는 날이었어요. 그래서 제 아이가 대학을 갈 때 제가 아들을 앉혀놓고 그 얘기를 했어요. 모든 성관계는 임신할 가능성이 있다는 걸 잊으면 안 된다. 그리고 내가 널 귀하게 키웠듯이 너의 파트너도, 그 부모도 자신의 딸을 그렇게 키우셨을 거다. 나는 남의 자식한테 함부로 하는 새끼는 내 자식이라고 할 수 없으니 사랑을 하고 싶거든 방비를 똑바로 하거라. 그러면서 임신이라는 건 너네가 상상하지 못한 세상으로, 너네 인생을 바꿀 수도 있다고 그랬어요. 살면서 우리에게 필요한 건 이런 게 아닐까. 우리가 이런 얘기를 하지 않았기 때문에 우리의 딸들이 또 우리처럼 말 못하는 고통을 겪고 살게 하는 일은 이제는 끝내야 되는 시절이 아닌가 생각했습니다.

김미옥 사실 가장 문제가 되는 게 뭐냐면, 여자들이 물리적으로 힘이 약하다 보니까 사회 제도적으로 규제가 생겨도, 이 제도라는 게 결국 여자한테 불리하다는 거예요. 이게 유교 사회라서가 아니에요. 전 처음엔 우리가 유교적인 교육을 받아서 그런 줄 알았는데, 서양도 마찬가지예요. 여자이기 때문에 겪는 일인 거죠. 거기도 여자이기 때문에 상당히 많이 당해요. 가정폭력도 많고요. 투표권 좀 일찍 줬을 뿐이지 실상 별반 차이가 없어요. 그래서 이 책의 특징을 모두들 '솔직함'이라고 얘기하셨듯이 우리가 쓰는 글도 솔직해야 돼요. 근데 아시죠? 에세이를 솔직하게 쓰면 충돌해요. 그 글을 불편해하는 사람들이 싫은 거예요. 이 말이 사실일 수는 있지만 이거를 활자화했을 때, 어떻게 이렇게 뻔뻔하게 쓸 수가 있느냐? 이런 말도 나오거든요. 같은 여자가요. 오히려 같은 여자이기 때문에, 너무 잘 알기 때문에 또 그럴 수도 있어요. 내가 모멸감을 너무 느꼈기 때문에 모멸감을 느끼는 글이 활자가 되면 그 감정이 다시 살아나는 거라 제가 그 마음을 알아요.

여자들은 저마다 하나의 서사예요. 옛날에는 거대 담론을 담은 역사소설이 작품이 됐어요. 이건 제가 존경하는 선생님하고 며칠 전에 만나서 밥 먹으면서 한 얘기인데, 제가 선생님한테 이런 얘기를 했어요. 지금은 개인 서사의 시대이다. 그 많은 책들이 나오고 모든 사람의 이야기가 다 책으로 되는 건 아니지만, 개인의 서사가 작품이 되는 거예요. 저마다 인격이 다르듯이, 서사가 비슷한 것 같아도 전혀 비슷하지 않거든요. 자, 그럼 다음 선생님 말씀해주세요.

신지후 저는 신지후라고 하고요. 이 책은 오늘 읽었어요. 책을 읽으면서 제가 제일 좋아하는 영화랑 오버랩이 많이 됐는데요. 영화감독 이름이 되게 어려운데, 주세페 토르나토레의 〈인노운 우먼〉이라는 영화를 봤었어요.

김미옥 알죠.

신지후 영화 마지막 장면에서 여주인공이 미소를 지으면서 끝나고 바로 엔딩 크레딧이 올랐는데, 제가 오열을 하는 바람에 친구한테 끌려 나왔는데요. 앞으로 아무리 좋은 영화를 봐도 이 영화를 뛰어넘을 수는 없겠다 싶을 정도로 감동을 받았는데, 아니 에르노 글을 보면서 비슷한 충격을 받았어요. 제가 겪은 경험하고는 전혀 상관이 없는데도 마치 이런 경험이 있었던 것만 같은 느낌이 들고, 마음이 아파서 울었거든요. 그런데 이 사람은 삶에서 해명할 게 많은 사람이어서, 이해하기 힘든 사람이 아니라 이해할 게 많은 사람이라는 생각이 들었어요. 그래서 제가 변방의 한 독자지만 이 사람을 최대한 이해하고 싶어서 꼼꼼하게 읽었습니다.

김미옥 저는 신지후 선생님이 서사가 굉장히 많은 분이라서 그중에 하나를 뽑아 가지고 썼으면 했어요. 저마다 이야기가 다 달라요. 세상에는 이야기를 하는 사람이 있고 듣는 사람이 있잖아요. 그러니까 우리는 앞으로 이야기를 하는 사람이 될 거예요. 그걸 활자화시킬 거고요. 잘해봅시다. 다음 선생님.

도희 　반갑습니다. 저는 이 책 어렵게 읽었어요. 처음에 연결이 안
되니까 같은 데를 읽고 또 읽어서 겨우 다 읽고 왔어요. 읽다 보니
이야기는 재밌었습니다. 저도 아니 에르노는 이번에 처음 접했는데
요. 책 읽으면서 한국과 오버랩되는 부분이 있었어요. 부모가 공부
에 관해 모든 것을 다 지원해주었던 부분인데, 저는 그런 부분이 되
게 부러웠어요. (웃음) 그런데 만약에 우리 부모가 그랬으면 지금의
제가 없었겠다는 생각이 들어요. 나는 부모 밑에서 내 삶을 살아왔
구나, 그런 생각도 들었고요. 좀 아픔이 많다는 거 그리고 아까 말씀
하신 것처럼 집과 학교의 언어가 다른 환경에서 느끼는 괴리감. 저
도 사람들하고 다르다는 느낌, 혼자 외톨이 같다는 느낌을 많이 받
았거든요. 그래서 그게 조금 이해가 됐어요. 어디 가면 나는 왜 저
사람들과 다를까, 왜 이렇게 함께하지 못할까? 그런 생각을 많이 했
거든요. 여기서도 그런 문장들이 나오더라고요. 그래서 그때 저도
그런 마음이었을까 하는 생각이 들었고요. 책은 두 번째 읽으니까
더 재밌네요. 처음엔 잘 안 넘어가고 이해도 안 됐고, 생각도 많아져
서 힘들었거든요. 근데 그걸 통해서 이렇게 정말로 자기 얘기를 적
나라하게 다 얘기할 수 있는 작가의 도저한 현실인식에 놀랐어요.
그러면서 저도 김미옥 선생님이 이 글을 왜 읽으라고 그랬을까 생각
했어요. 자기 것들을 다 꺼내놔서 치유받는 거잖아요. 꺼내놓고 보
면 사실 아무것도 아닐 수 있어요. 모두 다 세상에 있는 얘기니까요.
그런데 우리는 말을 안 하고 안에 쌓아두니까 아프거든요. 자기 안
에서 갇혀 사니까요. 그래도 그걸 꺼내 놓으면 이런 일이 있었고, 앞
으로도 있을 일이고 아팠던 일들이지만, 객관화되면서 다른 사람의

일도 공감하고 헤아릴 수 있겠다는 생각이 들었어요.

김미옥 빌헬름 우데라는 독일의 미술평론가이자 화상이 있어요. 그 분이 어떤 사람이냐면 피카소 그림을 처음 발굴한 사람이에요. 그 만큼 촉이 뛰어난 사람이에요. 나중에 피카소는 자기가 자기 사조를 만들었죠. 이 사람이 발견한 사람이 주로 아웃사이더예요. 우리말로 번역하니까 소박파가 되더라고요. 소박파, 어디에도 속하지 않은 사 람. 그러니까 이 사람이 길을 가다가 몽마르트 언덕 쪽에서 그림이 너무 괜찮아서 고른 사람이 툴루즈 로트렉이라는 곱추화가였어요. 길에서 그림 팔고 있었거든요. 그리고 고갱도 발견했어요. 그러니까 그 사람들은 어떤 유명한 예술가 밑에 들어가서 도제 훈련 받듯이 성장한 그런 유형하곤 전혀 다른 케이스인 거예요. 어제 잠깐 밤에 그 생각이 들더라고요.

　　글도 마찬가지예요. 나는 글을 잘 못 쓰는데 어떡하지? 아니 에요. 자신의 이야기는 전혀 그렇지 않아요. 소박파처럼 문학도 소 박할 수 있어요. 그래서 일단은 쓰세요.

　　다시 말씀드리지만 아니 에르노를 보라고 한 건, 이 책이 솔 직하기 때문이에요. 솔직함과 디테일. 디테일하지 않아도 돼요. 정 말 하고 싶은 말만 쓰세요. 하고 싶은 말 쓰시고 그리고 문체에 대해 서는 쓰면서 개선해 가세요. 그리고 내가 이 문체를 바꿔야겠다, 그 건 아니에요. 문체는 그 사람만의 지문 같아요. 문장을 바꾸면 돼요. 바꾸는 거는 계속 피드백 얘기하고, 제가 이메일 주소 드릴 거예요. 가끔 집에서 뭘 쓴 거 있으면 저한테 보내주시면, 지문이라는 게 있잖아요. 우리 시험 볼 때 이건 누구의 글인가가 나오잖아요. 문체는 그 사람의 지문 같은 거예요. 계속 쓰다 보면 본인만의 반복되는 문제의식이 있을 거예요. 그게 질문일 수도 있고요. 이렇게 보면서 얘기를 하게 될 거예요. 이거는 이렇게 했으면 좋겠다. 독자 입장에서 앞으로 점점 나아질 거라는 생각이 들어요. 다음 선생님.

홍리아 저는 페미니스트 쪽에 좀 가까운 사람이고요. 또 이 소설이 먼 데 있지 않고 저하고 가깝고 또 계속 이어져 있다고 봅니다. 그런데 우리 사회에서 왜 이것이 안 바뀌고 계속 우리가 이 속에 있어야 되는가, 이 부분을 제가 많이 고민했습니다. 우리 사회의 아픈 곳을 직시하는 소설로 《만 가지 슬픔》이라는 책이 있어요. 자전적 소설인데 아마 읽어보셨을 거예요. 엄마가 미군과 잠깐 사귀었다가 애를 낳았는데, 유교적인 이유 때문에 친인척에게 살해당했습니다. 그녀의 딸이 미국으로 입양이 됐는데, 입양된 목사 집안에서 아이를 거의 웃음거리처럼 키운 거예요. 그리고 이 아이가 커서 결혼을 했는데 그 남편도 학대를 한 거예요. 결국 그분은 그 집에서는 딸 하나를 낳은 후 집을 나왔고 지금은 작가로 살고 있습니다. 근데 이분이 자기 슬픔을 견디기 위해서 자기를 꼬집어요. 그래서 온몸을 핏덩이로 만드는 거예요. 자기 엄마가 죽은 모습을 여섯 살 때 봤거든요. 엄마를 죽이는 모습을 소쿠리 안에서 봤습니다.

　　또 〈김복남 살인 사건의 전말〉이라는 영화 있잖아요. 그런 소설이나 영화를 보면 다 복합적인데, 이런 사회적 구조가 왜 안 바뀌고 이때까지 여성이 당하는 걸 지켜만 봐야 했는가. 사실 여성이 바꿔야 되는데 우리가 이걸 왜 외면해야 되는가? 그런 생각을 많이 했습니다. 그리고 제가 여기서 이 한 구절에 꽂혀서 프사 내용까지 바꿨는데요. "내 유일한 승리는 늘 다시 시작하는 것이다." 이 한 줄이 딱 앞에 있더라고요. 이분이 말하고자 하는 거는 나는 다시 계속 시작할 것이다, 그런 생각인 것 같아요. 남자는 결혼해서 쾌락만을 추구하고 여성은 본인이 살인을 당하고 또 때로는 자기가 살인을 합니다. 낙태는 자기가 살인을 하는 거예요. 그러면 본인이 원해서 살인하는 것이 아니잖아요. 근데 자기가 살인의 가해자가 되고 있는 현실이거든요. 제가 아는 어느 노인이 죽었는데, 사건을 알아봤더니 남편이 부인을 죽이고 농약을 먹은 거로 위장을 한 거예요. 실화입니다. 그래서 죽은 할머니를 부검해 봤더니 몸에 평생 맞은 자국이 있는 거예요. 마지막에도 때려서 죽이고 자살로 위장을 했어요. 그래서 할아버지가 경찰에 불려갔는데, 그 동네가 다 그 할아버지 성(姓)이에요. 사돈의 팔촌의 뭐네, 결국 무죄로 풀려났어요.

김미옥 그렇다니까.

홍리아 기가 막힌 건 마을에서 이 노인을 위해 탄원서를 넣은 거예요. 이분은 지금 나이가 이렇게 많은데 들어가면 어쩌고저쩌고. 그게 지금의 현실이고요. 저희 학교에서 남학생이 유사 성행위를 여교사 앞에서 했어요. 아무도 없는 교실에서요. 그런데 여교사는 말을 못 합니다. 창피해서. 그걸로 인해서 학생을 퇴학시켰어요. 또 학생이 성희롱 발언을 해서 여자 선생님이 학생부장한테 신고한 적도 있

24

어요. 학생부장도 남자거든요. 그런데 학생부장이 성희롱 발언을 한 남학생의 담임 선생님이에요. 그래서 이 학생이 담임 선생한테 미리 말을 한 거예요. "저 여자 선생님은 내가 한 얘기를 성적인 걸로 생각한다. 나는 그렇게 말 안 했다"

김미옥 속어로 자위를 딸딸이라고 표현하죠.

홍리아 네, 딸딸이 쳤다고. 근데 "나는 그냥 주먹으로 쳤다 했는데 저 여자 선생님은 자기를 이상하게 생각한다"라고 말해요. 근데 제가 봐도 그 녀석이 성행위와 관련된 얘기를 한 거예요. 그런데 남자 선생님이 갑자기 여자 선생님한테 오더니 "왜 꼭 그렇게 성적으로 생각하냐?" 그러는 거예요.

김미옥 남자들은 근본적으로 남자 편이에요.

홍리아 이런 부분들에 대해서 학교 조직 사회의 뭔가 잘못돼 있는 부분들을 생각해야 되는 거죠. 그런 부분이 좀 비참하다는 생각을 했습니다.

김미옥 듣다 보니 참 어떻게 할 수 없을 정도로 곪아 있는 교육현장이네요.

홍리아 여기 선생님들도 다 작가시면서, 현실을 제대로 직시하시고 계시잖아요. 한번은 어떤 여학생이 이런 일기를 쓴 적이 있어요. 그때 반에 68명이 있었는데, 제가 일기장을 다 못 본다고 생각한 것 같아요. 근데 전 다 봤거든요. 애들이 어떻게 생활하는지 다 씌 있잖아요. 거기다 걔가 쓴 거예요.

　어느 분이 15만 원 주면서 한 번 자자고 했다. 그래서 싫다 했더니 강물에 배 한 번 지나가면 그 자리에 무슨 자리가 남느냐라고 했다. 잠깐이면 된다고 했다. 15만 원이면 그 당시엔 큰돈이죠. 제 월급이 그때 당시에 25만 원이었으니까요. 그래서 이 애가 어떻게 할까 고민한 걸 일기에 써 놨어요. 다음 날 제가 그 애를 조용히 불러서 병 걸리면 어떻게 해야 되고, 자궁도 드러나야 되고, 한 번 그렇게 되면 인생 망친다 하면서 막 엄포를 놨어요. 결국 그렇게 하지는 않았는데, 나중에 이 애가 엄마가 오빠 생일에만 미역국을 살짝 끓여놓고 일 나가고 자기 생일에는 아무것도 안 해줬다고 농약을 먹었어요. 그래서 연락받고 중환자실에 갔었는데 애가 꼴딱꼴딱하는 거예요. 농약 먹은 걸 어찌저찌해서 빼내긴 했지만요. 그런데 엄마는 안 와요. 먹고 살려고 일 나갔으니까요. 그 당시 핸드폰도 없으니까 더 모르죠. 애가 죽으면 어떡하지? 이 생각을 하는데, 저녁때 중환자실에서 살아났어요. 그래서 내가 딱 한마디 했어요. "너 예뻐 가지고 졸업하면 분명 연예인이 될 거야. 그때까지만 참자. 그리고 나 너 지금 죽으면 나도 같이 죽을 거야. 농약 먹고 나도 너도 같이 죽는 거야. 같이 죽자. 어떡할까? 이번엔 센 거 두 병 사올 테니까 그냥 너랑 나랑 죽고 끝내자." 그랬더니 애가 깨어나고 보니까 또 살고 싶은 거예요. 이런 경우를 보면 정말 가난한 집 아이들은 이런 식으로 인생을 잘못 선택해서 나쁘게 되는 경우가 많아요.

지금 여성들의 일생이 《빈 옷장》만이 아닌 거죠. 저는 매일 우리가 이 상황에 있는 거라는 생각이 듭니다. 이게 불편한 진실도 아니고 우리가 거부를 해야 됩니까? 특히 우리 같이 조금이라도 대학물 먹은 사람들이 이런 걸 거부하면 과연 누가 현실을 바꿀 수 있을까? 그래서 저는 두 가지 제 사명을 말씀드리려고 합니다. 이제 환갑이라 얼마 남진 않았지만, 먼저 학생들에게 잘해줄 겁니다. 지금 저희 학교에 고려인 학생들이 있습니다. 한국어를 못해요. 그 애들은 엄마 따라 돈 벌러 왔습니다. 그 학생들 제가 굉장히 잘해줍니다. 안 되는 영어로 수업하고요. 그런 학생들한테 저는 정말 열심히 해줄 겁니다. 두 번째는 우리가 배우지 못한 사람들의 노동력을 저임금으로 쓰잖아요. 지금 현실이 그래요. 《빈 옷장》처럼 과연 이 사람들이 멸시당하는 걸 단순히 문화가 다르다고 외면할 게 아니라, 이것들을 다 수용해서 우리가 경제적으로 혹은 다른 면에서 이 사람들을 보호해야 할 사명이 있다고 생각해요. 왜? 우리 조금 더 배웠잖아요. 부모들이 대학 등록금 조금 더 대준 거 그거 하나로 그나마 이렇게 분필 가루 먹고 사는데 이 사람들 대학 조금 못 나온 거 가지고 빌딩 청소하는데, 그거 하나 가지고 우리가 문화의 차이를 따지고 이럴 수는 없다고 생각해요. 그래서 저는 이 모임에 참여해서 글을 쓰게 된 동기가 앞으로의 저의 사명을 좀 잡고자 함이에요. 만약에 돈이 생긴다면 어디다 쓸 거며 또 내가 발로 어디를 뛸 거며 이런 것들을 결정하려고 제가 오늘 나왔거든요.

김미옥 맞아요. 다문화주의가 제대로 정착하려면 사실은 동등해져야 돼요. 문제는 동등하지가 않다는 거죠. 그게 제도의 문제고 또 우리나라에서 가만히 있지 않아요. 국민들이 나도 힘든데 왜 쟤들 저렇게 해 주느냐, 그런 반발도 있죠. 그래서 이 다문화에 대해 서서히 제도를 개선해야 해요. 다문화 사람들처럼 진짜 비참하고 슬픈 사람도 없어요. 한 나라에서 다른 나라로 갈 때 다문화 사람들은 노동력이 따라가기도 하지만 전쟁이라든가 혁명이라든가 여러 가지 문제로 올 때는 문제가 좀 심각해요. 제가 지난번에 아마 글 썼을 거예요. 여자들이 몇 개월 배를 타고 왔는데 그 여자들이 다 임신해 있었어요.

지금 이런 얘기를 또 하는 이유가 뭐냐 하면 물리력을 언급하려는 거예요. 남자의 물리적인 힘을 여자는 못 당해요. 남자애들 초등 6학년, 중학교만 가도 선생이 못 당해요. 남자 애들을 어떻게 여자 선생이 감당해요? 자본이나 기타 요인들로 우위에 있다고 해도, 물리적인 게 근원적인 거예요. 인간이 가장 동등해질 때가 재앙이 일어날 때예요. 지진이라든가 코로나라든가 이런 위기 상황일 때, 그때 일어나는 게 물리력이에요. 힘센 사람이 강자가 되는 거예요. 가장 원시적으로 돌아가거든요. 거기서 제일 약자가 여자예요. 우리가 자꾸 물리력을 빼는데 제도라든가 사회적 규약이라든가 이런 것도 사실은 그 근원이 물리적인 거예요.

결국 이 정치 자체가 마초예요. 정책 자체가 마초가 맞아요. 그래서 여자들이 고치고 싶어 하고 또 많이 고치는데 그건 남자들이 어느 선까지 허락했기 때문에 되는 거예요. 남자들이 이건 안 돼, 그러면 끝이에요. 무조건 끝이에요. 그러니까 지금 우리가 그나마 가질 수 있었던 어느 정도의 권리 같은 거는 그들이 허락한 거예요. 우리가 쟁취한 게 아니에요. 남들이 보면 여자들이 쟁취한 것 같지만 그렇지가 않아요. 어느 선을 넘으면 절대 인정하지 않아요.

홍리아 근데 진짜 나쁜 건 여자예요. 사람들 상대해 보면 여성들이 남성 편을 엄청 들어요.

김미옥 그럴 수밖에 없어요. 강자 편을 들어야 되거든. 약자는 약자끼리 싸우거든요. 어떻게 남자한테 덤벼요? 못 덤비죠. 여자가 여자를 끌어내려요. 그리고 자기가 남성화돼요. 아들을 낳아서 그 아들하고 똑같이 남성화돼서 며느리를 구박해요. 그게 무의식에 깔려 있는 거예요. 무의식을 들여다보면 왜 여자가 남성화가 되는가? 왜 여자 별볼 일 없다면서 왜 여자가 박정희 대통령의 딸 박근혜를 대통령으로 뽑는가? 그 여자는 여자가 아니었어요. 아버지의 남성성이었어요. 그런 것처럼 여자들은 기본적으로 아버지라든가 아들이라든가 남편의 그 어떤 걸로 대리 남성화 되는 게 있어요. 왜냐하면 사는 게 너무 힘드니까. 자 다음 선생님, 너무 오래 기다리셨어요. 말씀해 주시죠.

이연정 오래 기다린 건 괜찮은데 앞에서 얘기하신 분들이 모두 사회적 정의감을 이야기하셔서 저는 무슨 말을 해야 할지 좀 고민했어요. 저는 이연정이라고 합니다. 제가 아니 에르노를 처음 접한 것은 프랑스에서 유학한 어떤 후배가 《남자의 자리》라는 책을 원서로 읽었는데, 불어를 공부한 것이 그때만큼 고마웠던 적이 없었노라고, 정말 감동적인 책이었다고 해서였어요. 나중에 이 책을 책 모임에서 함께 읽었을 때 저자와 비슷한 경험을 한 사람들이 눈물을 흘리는 걸 보고 아니 에르노라는 작가의 힘을 느꼈어요. 아니 에르노의 다른 책 《세월》도 읽었는데, 이 책을 읽으면서 느꼈던 건, 아니 에르노의 인생은 마치 주름처럼 접혀져 있구나 그리고 그 주름 속의 한 부분을 펼쳐서 이렇게 이야기하고 있구나 하고 생각했어요. 《남자의 자리》 역시 주름의 한 부분이고, 《세월》은 그걸 좀 더 펼쳐 보인 게 아닌가 하는 생각도 들었고요.

그런데 이번에 모임에서 이 책을 읽게 되니까 글을 써야 한다는 부담감 때문인지, 이전처럼 저자의 기억력에 놀라거나 글을 풀어가는 솜씨에 감탄만 하고 있을 수가 없었어요. 또 한 가지 고민거리는 선생님께서 계속 "누구나 다 목구멍까지 차오르는 쓰고 싶은 글이 있다"라고 말씀하신 거예요. 그래서 저 스스로에게 반문해 보았어요. '목구멍까지 차오를 만큼 나에 관해서 쓰고 싶은 것이 있나?' 라고 스스로에게 물어봤을 때 그건 아닌 것 같은데, 그렇다고 제가 상처가 없는 사람도 아니거든요. 다만 그 상처를 글로 드러내서 그것을 통해 스스로를 치유하고 싶은 그런 욕망은 없다고 생각한 것 같아요. 제가 쓰는 글이 누군가에게 상처가 되면 안 되니까요.

저의 상처는 주로 제 가족과 관련되는 것인데, 그런 글은 쓰고 싶지 않다는 마음이 컸어요. 그 상처들 역시 그냥 저의 인생이라고 생각했고, 어쩌면 그것들이 제가 살아가는 데 어떤 힘일 수도 있기 때문에 그것을 꼭 끄집어내야 된다는 생각을 하지 않았어요. 글쓰기와 관련된 저의 부담은 이런 부류의 것이었고요. 그렇다고 저를 감추고 싶다는 건 아니에요. 저를 드러내고 싶은 마음은 있으나 꼭 고통이 아니라 다른 어떤 것도 드러낼 수 있지 않을까. 예를 들면 직장에 다니면서 아이들을 키울 때, 엄마이자 직업인으로 느꼈던 어려움이나 괴리감 같은 것들을 어떻게 지나왔는지 등등을 풀어낼 수 있을 것 같아요.

김미옥 이 영향력이라는 건 살아가는 데 무척 큰 작용을 해요. 모든 인간관계는 서로가 서로에게 영향을 주고받아요. 그것도 나의 얘기일 수 있어요. 예를 들면 아까 농약 얘기 나왔는데 제가 어릴 때 이사를 갔는데 우리 집에 그때 열네 살 먹은 여자애가 찾아왔어요. 한 동네 살던 앤데, 걔는 우리보다 덩치가 크고 몸이 빨리 발달했어요. 근데 우리 집에 왔는데 우리도 단칸방이라 여름이었기 때문에 돗자리를 깔고 저하고 3일을 밖에서 마당에서 잤어요. 그렇게 3일 지나니까 어머니가 "이제 집에 가야지. 우리도 먹을 게 없다. 이제 가라"고 그랬더니 그 애가 울면서 가더라고요. 그 여자애 집이 어디였냐면 지금 부평이에요. 거기가 그때는 포도밭이었어요. 그 애는 안타깝게도 집에 가서 농약 먹고 그대로 죽었어요. 저희가 그 여자애 이름을 알아서 나중에 여자애들 몇 명이서 부평에 찾아갔어요. 근데 그 집에 여자가 없어요. 다 삼촌들이에요. 아버지, 삼촌들이에요. 삼촌들이 다 건장해요. 할아버지가 물려준 포도밭에 남자 네 명이 붙어서 일하고, 일하는 아줌마가 밥해요. 엄마는 그 딸을 하나 낳고 도망간 거예요. 그때는 몰랐는데 나중에 생각하니까 개가 집에 가지 않았던 이유가 무식하고 우람한 그 덩치들에게 뭔 일을 당하지 않았을까, 그렇게 짐작한 거예요. 이것도 하나의 이야기가 되겠더라고요. 사실은 내가 그 친구에 대한 이야기를 무의식 속에 깔아놓고 있었는데, 농약을 얘기하니까 갑자기 떠오르는 거예요. 그러니까 연정 선생님도 글을 쓰다 보면 이 무의식이라는 것이 내가 인식하지 않아도 어느 날 손으로 올라오는 수도 있어요. 그러다 보면 그게 우리가 언급하지 않았던, 그러나 누군가는 언급해야 했던 이야기들이 될 수 있어요. 나는 뭘 쓸 것인가 너무 고민하지 마세요. 시간 많아요.

글을 쓴다는 건 자신을 객관화하는 것

김미옥 제가 아니 에르노의 책을 보라고 한 이유는 일종의 통과의례, 나의 어릴 때와 이 사람의 어릴 때를 비교해 보라는 차원에서 말씀드린 거예요. 앞서 일단 디테일보단 솔직하게 쓰라고 했는데, 디테일이 중요하지 않다는 말이 아니에요. 디테일은 중요해요. 특히 아니 에르노에게 우리가 배울 건 솔직하면서 디테일한 글쓰기예요. 그걸 좀 염두에 두고 읽어 주세요. 그리고 다음부터는 우리나라 작가들이에요. 좀 더 현실적이고 더 와닿을 거예요. 그리고 본명으로 나가겠다고 하시는 분들은 본명을 써도 돼요. 하지만 솔직한 것이 불편하다면, 그리고 앞으로 계속 글을 쓸 생각이라면 필명을 한번 만들어 오세요.

　　보통 사람들은요, 내 생각대로 글이 써지지 않아요. 손이 쓸니다. 나중에는 손이 써요. '나는 오늘 영순이와 이런저런 첫사랑 얘기를 써야지'라고 생각해도 쓰다 보면 글이 엉뚱하게 나와요. 캐릭터가 형성이 되면 그때부터 영혼이 생겨요. 내 의사와 관계가 없이 그런 순간이 와요. 일종의 신기(神技)가 내리는 순간이 있는데 그거를 비평가는 샤먼이라고 그래요. '영이 내렸다' 이렇게 얘기를 했는데, 사실 그게 아니라 어떤 캐릭터의 성격을 부여하기 시작하면 손이 알아서 신기를 줘요. 아마 그 순간들이 올 거예요. 여러분들은 틀림없어요. 저는 믿어요. 왜냐하면 이 자리에 온 것만 해도 이미 신기가 좀 있는 사람들이에요.

홍리아 김미옥 선생님 때문에 온 거죠.

김미옥 제가 좀 느낀 게 여기 오신 분들이 남보다 촉이 뛰어나신 분들이에요. 촉을 따라가세요. 어떻게 하면 글을 잘 쓸까 생각하지 마시고 일단 매일 글을 쓸 때 그냥 손을 따라가세요. 욕도 좋고 날씨도 좋고 오늘 있었던 속상한 일도 좋고 지나간 일도 좋고. 손이 알아서 써요. 일단 써서 저한테 보내주세요. 글을 쓰시게 되면 저한테 그냥 보내세요. 안녕하세요, 이런 말 필요 없어요. 그냥 써서 툭 보내세요. 그럼 나도 툭 읽어볼게요. 그 사람만의 문향(文香)이 있잖아요. 이 사람은 어떤 방향으로 글을 쓰면 좋을까 라든가 그런 느낌이 있을 거예요. 혹시 누가 압니까? 오늘 모이는 이 여덟 명으로 한국 문단의 하나의 파가 형성이 될지?

홍리아 선생님 그러면 제가 다른 캐릭터를 써도 되는 거죠?

김미옥 상관없죠.

홍리아 저의 캐릭터가 아니라 다른 캐릭터를요.

김미옥 다른 사람을 쓰셔야죠. 에세이의 가장 큰 장점이 솔직함이거든요. 그러니까 독자와 나와의 쾌적한 거리가 어느 정도 있어야 서로 상처를 안 받는데, 너무 솔직하다 보면 저쪽 가치관하고 충돌해요. 그런 게 많아요. 남자들이 싫어하잖아요. 여자가 막 쎄 보인다든가 뭐 그것도 마찬가지거든요. 그래서 우리가 쓸 때는 자전소설 비슷하게 쓸 거예요. 에세이와 소설의 중간 형태를 취할 거예요. 그러니까 다른 사람의 이름을 써도 되고 뭘 써도 돼요. 근데 분명한 건 자전소설이라는 거예요.

지원 다음 만날 때까지 글 한 편 써서 드리는 건가요?

김미옥 수시로 보내도 돼요. 가장 절실한 게 우선 자기 이야기예요. 소설가들 대부분 자기가 아는 걸 써요. 자기가 알지 못하는 걸 쓸 수가 없어요. 〈녹터널 애니멀스〉라는 영화가 있었어요. 그 영화 보면 남자가 글을 써요. 여자는 부잣집 딸인데 둘이 동거를 해요. 여자가 이 남자가 히트를 못 치니까 비웃어요. "좀 특이한 거 좀 써봐. 우주라든가 뭐 이런 거." 그러자 그 남자가 이런 말을 해요. "내가 모르는 걸 어떻게 써?" 그래요. 그러니까 여자가 보기에는, 얘는 유명한 작가가 되기도 틀렸고 부자가 되기도 틀린 거예요. 그 남자의 아이를 임신했다는 말을 안 하고 병원 가서 혼자 낙태를 해요. 그리고 다른 남자한테 가요. 나중에 여자가 한 일을 알아가지고 남자가 소설로 복수를 해요. 그런 내용이었는데 나는 이 영화를 굉장히 충격적으로 봤었어요.

자기가 아는 얘기를 쓰세요. 들은 얘기도 아는 얘기예요. 제가 이런 말도 여러분에게 했었죠. 내가 하지 않으면 남이 내 얘기를 한다고. 내가 인생이 슬프면 남은 그걸 가십거리로 써요. 자기 일을 남이 얘기하면 좋아요? 진짜가 아닌데. 자기 얘기는 본인이 하는 게 제일 좋아요.

도희 　선생님 제 글은 어떠세요? 저는 맨날 치유 글이거든요. 제가 하도 아파서 제가 저를 치유하는 글이거든요.

김미옥 어떻게 치유하는데요? 의사예요? (웃음)

도희 　저는 거울 보면서 제 안에 있는 거 다 드러내고 울고불고 욕하고 발차고 다 해요.

김미옥 슬퍼하지 마세요. 슬퍼하지 말고 성질내요. 그러니까 분노가 자기를 일으키기도 해요.

도희 네. 분노도 하고, 제 서러움을 인정해 주기도 하고 슬픔을 스스로 바라봐 주는 거예요.

김미옥 그런데 도희 선생님은 자기가 살아온, 자기가 겪은 남들보다도 더 억울한 삶, 이런 걸 억울해하면 안 돼요, 일단은.

도희 이제는 안 그래요.

김미옥 쓰긴 쓰되, 그거를 '내가 얼마나 힘들게 살았는데' 막 이런 말도 하지 마시고, 객관적으로 한 발씩 떨어져서 인간 도희가 다른 도희를 보고 쓰듯이 쓰셔야 돼요. 작가가 울면 안 돼요. 물론 쓰면서 울 수는 있어요. 울 수는 있는데.

도희 제가 우는 거는 저를 객관화하기 위해서 아픈 저를 좀 이렇게 봐주는 거고요. 글을 쓸 때는 좀 떨어져서 쓰죠.

김미옥 떨어질 수밖에 없어요. 글을 쓴다는 것 자체가 객관화시키는 거거든요. 그거 쓰시고 나면 제가 한 가지 더 말씀드릴 거예요. 기분 나쁘더라도 들으셔야 돼요. 사정없이 쳐낼 거예요. 정말 앞으로도 글을 쓰고 싶다면 이렇게 쓰면 안 된다고 사정없이 쳐 낼 거예요.
　　　제가 장점이 하나 있어요. 저는 독자의 눈으로 봐요. 상품성을 본다는 거죠. 그럼 이 책이 나왔을 때 사라질 것이냐, 살아남을 것이냐, 그것도 결정을 해야 돼요. 가장 좋은 게 저는 독자의 눈이라고 생각해요. 가독성이 있느냐 여부 그리고 이걸 보고 입소문이 퍼져나 갈 것이냐. 일단은 시작하게 되면 시끄러울 거예요. 제가 하게 되면.

도희　워낙에 또 시샘하는 사람이 많잖아요.

김미옥　시샘도 노이즈 마케팅이에요.

홍리아　맞아요.

김미옥　그게 감사하기 짝이 없는 일이에요.

홍리아　관심을 가지니까 노이즈도 하는 거죠.

김미옥　그렇죠. 좋아요. 제가 여러분에게 부탁드리는 거는 매일 글을 쓰시라는 거예요. 어떤 글이든요. 하다못해 아까 학교 학생 이야기 든 뭐든 매일 쓰세요. 카뮈가 묘사를 잘해요. 사막에 바람이 분다든 가, 바닷가의 풍경이라든가. 우린 고통을 묘사할 수 있어요. 단, 누구 나 하는 건 하지 마시고요. 차에 깔려 죽는 기분이었다. 차라리 이런 게 나아요. 그러니까 아주 신선한 거, 누가 보면 어이없는 거, 그렇게 표현해 보세요.

　　　황석영 작가도 역사소설을 쓸 때는 도움을 받는다고 들었어 요. 《장길산》도 정석종 영남대 교수가 번역한 《추안급국안》이라는 일지에 나온 내용을 소재로 스토리를 붙인 건데, 이게 인조실록 같이 조선시대 300년 동안의 대역죄인들을 기록한 일지예요. 그 일지에 나온 '장길산'에 관한 내용을 토대로 이야기를 만드는데, 그 시대 사회 제도와 역사 같은 것에 관해선 다 그 교수님에게 도움을 받았다고 해요. 그러니까 내가 다 공부해서 쓸 생각 안 해도 돼요. 도움 받으셔도 돼요. 나의 개인 이야기는 어디서 보고 도움 받아요? 그냥 쓰고 싶은 대로 써요. 골치 아파하면서 글 쓸 필요 없어요. 도움 많이 받아도 돼요. 논문이나 다른 책 같은 걸 많이 보세요. 작가들이 책 안 읽기로 유명하거든요. 물어보면 잘 몰라요. 오히려 독자들이 똑똑하다니까요.

홍리아 독자들이 더 많이 읽으니까요.

김미옥 많이 읽으니까 그렇더라고요. 그리고 작가들은 책도 안 사요. 증여받는 거에 익숙해요.

희주 근데 공부 안 한 사람이 쓴 글을 보면 알잖아요. 독자는 다 알잖아요.

김미옥 독자가 정말 무서워요. 내가 작가들 협박하는 게 그거예요. 작가들 다 모임 있는 데서 얘기하는 게, 《천일야화》에서 세헤라자데가 안 죽으려고 천일 동안 얘기하잖아요. 천일 동안 이야기를 창작해서 안 죽으려고 왕한테 맨날 얘기해요. 그럼 이야기를 계속 만들어 내는 세헤라자데가 똑똑하냐? 그걸 듣고 감별하는 왕이 똑똑하냐?

누가 더 지식인이냐? 왕이에요. 그 왕은 여자랑 자고 그다음 날 죽여 버려요. 맨날 얘기해봤자 재미없으니까 죽여버려요. 근데 세헤라자데는 안 죽으려고 매일 밤 기를 쓰고 천일 동안 얘기했잖아요. 이런 걸 보면, 작가보다 독자가 더 왕 같아요. 독자가 더 지식인이에요.

저마다의 아픈 상처를 지닌 여성들의 서사

김미옥 저는 원래 이 모임을 글 위주로 진행하려고 했거든요. 지금 책을 네 권을 정하지만 그 책은 내가 좀 더 솔직해질 수 있는 마중물 같은 책들이에요. 그래서 제가 그걸 정한 거지, 우리가 독서 클럽을 만들어서 그 책과 그 작가를 막 파헤치려고 한 건 아니에요. 그런 취지이기 때문에 기존의 독서 클럽하고 달라요. 우리는 글이 들어가야 되니까요. 앞서 여러분들이 자기소개에서 각자 성함만 얘기했는데 앞으로 뭘 하겠다, 어떤 글을 쓰고 싶다 등의 계획을 각자의 서사를 중심으로 얘기해 주세요. 길게 얘기할 필요 없고 짧게라도 얘기해 주세요.

이연정 저는 13년 정도 문화부 산하의 연구소에서 연구원으로 일을 했었고요. 그러다가 갑상선암에 걸렸는데, 갑상선암은 사람들이 아무것도 아니라고 했지만, 아이가 초등학교에 입학할 나이이기도 했고, 저 역시 더 다니겠다는 의지가 별로 없었기에 회사를 그만두었어요. 그때부터 전업주부로 살면서 아이들을 공동육아, 대안 학교에 보냈고, 정신없이 10년을 살았던 것 같아요. 이 기간에 두 권의 어린

이 책을 쓰기는 했지만, 전업주부라는 것이 저의 정체성이었죠. 그런데 10년이 딱 지나니까 제 안의 어떤 에너지가 싹 바뀌는 게 느껴지더라고요. 신기하게도 그동안에는 어떤 욕망도 없이 그냥 아이들하고 잘 지냈던 것 같은데, 이제는 새로운 뭔가를 하고 싶다는 생각이 벼락같이 들었어요.

그러다 마침 제가 원래 했던 일과 비슷한 연구 보고서를 쓰는 걸 출판협회에서 맡게 되면서 슬슬 시동을 걸기 시작하던 차에 제주도에서 '빛의 벙커'라는 몰입형 전시를 보게 되었어요. 이 전시를 보면서 벼락같이 예술 쪽 일을 하고 싶다는 생각이 들었어요. 원래 제 전공은 사회학이고, 예술 쪽은 아닌데 그런 생각이 든 거죠. 그런 서양화는 이미 많은 사람들이 하고 있는 것 같아서, 전통 회화 쪽으로 방향을 정했어요. 그 무렵에 마침 의기투합한 동료도 있어서 사업자 등록까지 하게 되었죠. 지금은 전통 회화 관련한 〈어디든 미술관〉이라는 유튜브를 운영하고 있어요.

저한테 사람들이 많이 물어요. 원래 미술을 하셨냐고요. 제가 아니라고 하면 어떻게 이 일을 하게 됐냐고 물어요. 전공도 아닌 분야의 일을 하게 된 용기가 어디서 나왔는지는 잘 모르겠어요. 내면의 상처 같은 것이 원동력인 것 같지는 않고요. 제 안에서 어떤 서사가 나올지 아직 모르겠어요. 이상입니다.

김미옥 다음은 홍리아 선생님.

홍리아 저는 현직 고등학교 교사고요. 어릴 때부터 5남매의 둘째다 보니까 성격이 좀 공격적이다, 그런 말을 많이 들어요. (일동 웃음) 위에 언니가 있는데 언니는 되게 공부를 잘하고 또 집에서 맏딸이니까 듬직한 게 있고, 밑에는 장남이라서 딸도 많은 집 아들이다 보니 개도 이제 막 부각이 되었죠. 그래서 어떻게 하다 보니까 저는 중간에 끼여 가지고 좀 난리를 쳐야 절 알아보는 위치가 됐습니다. 저희 아버지가 교사셨는데도 노름을 해서 말아먹는 바람에 제가 대학 들어가야 하는 상황인데 못 가게 된 거예요. 언니는 이미 대학생이고 남동생도 대학을 가야 하는데, 할머니가 저보고 대학에 갈 수 없다고 하셨어요. 저는 농약을 먹지는 않았지만, 저수지에 빠지는 자살쇼를 몇 번 했었죠. 그렇게 한바탕 난리를 치고 겨우 대학에 왔고, 대학에 와서 보니 그 당시에 제가 아니 에르노까지는 아니어도 비슷한 상황이었던 것 같아요. 여성들을 억압하는 사회 구조적 문제가 무언지를 어렴풋이 깨닫고 나름대로 몸부림을 치지는 않았나. 그렇게 생각하면서 대학원을 가야겠다는 생각을 했고 중앙대 신문방송대학원 광고학과에 입학을 했어요. 거기서 논문도 쓰고, 한양대 국문과로 가서 박사를 하겠다는 계획이 있었거든요. 그랬는데 소개팅에서 만난 현재 남편과 불행히도(?) 결혼을 하고 이제껏 이 모양 이 꼴로 살다 보니 23년째 경단녀로 지냈습니다. 사실 육아 때문에 몇 년 교직생활을 하다가 퇴사를 했어요. 낙태가 아니면 자연유산밖에는 방법이 없었어요. 그 당시엔 전교조도 없었거든요. 그때 아이를 동네 할머니한테 맡겼는데, 할머니가 애 따귀를 막 때려요. 자기를 엄마라고 안 부른다면서 때리고 애 입에 아무거나 막 집어넣고 그랬어요. 그런 시대에 살면서 도저히 이건 인간이 할 짓이 아니라고 생각해서

첫 번째 만남 ─ 바닥까지 드러내기

회사를 과감히 퇴사하고 육아를 했어요. 그렇게 23년간 경단녀로 있다가 50세에 임용시험을 봤는데 떨어졌습니다. 그래서 계약직 교사로 12년째 일하고 있습니다. 고등학교 계약직 교사로 일하면서 서울, 경기, 강원, 울진까지 안 다녀 본 곳이 없어요. 제가 갔던 학교 중에 몇 군데서는 제가 교장의 성희롱을 고발해서 짤렸고요. (일동 웃음) 역사가 많습니다. 신분 세탁을 하면서 넘어왔습니다.

김미옥 누군가 해야 할 일을 하신 거예요.

홍리아 그래서 경기도에 있는 지금의 학교까지 왔는데, 그래도 실력이 있고 필요하니까 학교에서 또 쓰는 거예요.

김미옥 맞아요.

홍리아 세상은 그렇더라고요. 능력 있으면 쓰더라고요. 그래서 지금까지 왔고, 올해 또 교권 침해를 당했습니다. 다른 학생을 폭행하고 흡연을 권유한 학생이 있는데, 학교에서 아무도 얘를 못 건드리는 겁니다. 그래서 제가 이 학생을 야단을 쳤는데, 저한테 욕설을 하고 교과서를 집어 던졌어요. 그리고 학생 엄마가 학교에 왔죠. 그런데 학교로서는 이런 일이 처음 있는 일이고 또 시골 학교다 보니 교감이 저보고 교권 침해를 당한 게 아니라는 식으로 하고 넘어가자고 했어요. 왜냐하면 잘못하면 교감이 학생 엄마한테 고소를 당하거든요. 서이초 교사가 자살한 거랑 똑같아요.

김미옥 맞아요. 교사들이 학생한테 당해요.

홍리아 네, 이런 상황에서 페북에서 글 쓰는 모임을 딱 접하고 오게 됐어요. 글 쓰는 일은 제가 열 살 때부터 바란 일이거든요. 초등학교 때부터 장래희망 적는 칸에 소설가를 적었어요. 그런데 엄마는 항상 검사를 쓰셨죠. 저는 계속 소설가가 되고 싶었고요. 어쨌든 제가 그래서 이번에 정말 쓸 거리가 너무 많은 거예요. 기간제 교사 12년 생활 동안 전국을 돌면서 전국의 모든 관리자, 교육 실태, 학생들, 결손 가정의 모습, 자살하는 애들의 모습, 학부모들의 모습, 이런 것들을 보면서, 결국 변화를 위해선 글을 써야 한다, 그런 생각을 많이 했습니다. 그래서 제 자서전적인 소설도 나름대로 농약과 관련이 많고요. 초등학교 5학년 때 아빠가 엄마를 때리는 거를 보고, 제가 빨랫방망이를 들고서 같이 죽자고 때렸는데 아빠가 안 죽더라고요. 저랑 아빠만 죽어버리면 식구들이 행복할 것 같은 거예요. 아빠가 노름하면서 집문서, 땅문서를 매일 같이 날리니까, 차라리 나랑 딱 죽어버리면 식구들은 행복하게 살겠다, 이런 생각을 하고 때렸는데, 안 죽더라고요. 근데 아빠가 웃어요. 같이 죽자고 하니까, 그냥 웃더라고요.

김미옥 왜 여자들은 남자들이 쉽게 얻은 걸 쟁취해야만 얻을 수 있는지 모르겠어요.

홍리아 그리고 제가 학교에서도 뭔가 잘못된 걸 얘기하면 딱 두 가지

반응이 나와요. 여자가 왜 그러냐? 그다음에 두 번째, 남의 일에 왜 참견하냐?

김미옥 그래도 선생님의 끝은 창대하리라는.

홍리아 아무튼 잘 부탁드립니다.

도희 저는 공부하는 걸 되게 좋아했는데 공부를 못한 한이 있었어요. 오늘 같이 읽은 《빈 옷장》 책을 보면 엄마가 뭐든지 다 갖다주고 하는데, 그게 참 부럽더라고요. 우리 부모는 왜 그랬을까. 그런 생각을 했는데, 생각하면 답이 없어요. 모르니까요. 그분들은 모르니까요. 계속 거기에 대해서 생각하면 제가 힘들어지더라고요. 아무튼 공부를 하지 못한 결핍이 있었는데 제가 공부는 잘했어요. 그래서 5, 6학년 때 아버지가 공부 잘하니까 판사, 변호사 되라고 그런 말씀을 하셨어요. 옛날에 반공 웅변대회 나가고, 글짓기 대회에도 많이 나갔어요. 시골 학교라 책이 별로 없었는데, 고전 읽기를 하면 그렇게 재밌을 수가 없었어요. 그때 고전을 읽어서 제가 지금에 이른 것 같아요.

　　어렸을 때 아버지는 집에 거의 안 계시고 밖으로 늘 돌아다니셨어요. 어머니는 항상 일을 했고요. 그때는 몰랐는데, 지금 생각해보면 엄마는 항상 몸뻬바지 입고 일하느라 후줄근해 보이고, 아버지는 어쩌다 집에 들어오면 말쑥해 보이고 그랬어요. 아버지가 공부 잘하면 미국 유학도 보내준다고 그러셨는데, 어린 마음에 아버지한

44

테 잘 보여야겠다는 생각을 많이 했어요.

김미옥 아버지에 대한 그리움이 있으세요?

도희 그리움은 없어요. 다만 이게 양면적이긴 해요. 중학교를 들어가야 했는데, 누구도 안 보내주는 거예요. 공부 잘하는 전교 1등, 제 이름 모르면 간첩인 마당에, 아무도 저를 중학교 보내려고 하질 않는 거예요. 제가 그래서, 각시가 술 따라주는 대포집, 방석집 같은 집 안 아들도 부모가 술 팔아서 중학교 보내더라, 근데 왜 나는 안 보내주냐? 그리고 엄마한테 대들고 그랬던 게 기억이 나요.

김미옥 딸이니까.

도희 아니요. 딸이라서가 아니었어요. 그러니까 저는 궁금해요. 근데 엄마는 그런 거에 대한 생각이 없으셨고, 아버지는 그냥 밖으로 그렇게 돌아다니셨고요. 오빠도 공부를 잘했거든요. 중학교 선생님, 교장 선생님이 우리 오빠를 들먹이면서 이런 아이를 중학교 안 보내면 누구를 보내냐 했는데, 결국 안 보냈어요. 오빠는 졸업하기 전에 남의 집 새끼 머슴으로 갔어요.

김미옥 집이 가난해요. 가난하면 애기가 돼요. 그리고 지식인에 대해서 경멸하는 사람들도 있어요. '공부할 필요 없다'라고 안 보내는 거예요.

도희 맞아요. 어쨌든 중학교 들어가려면 국민학교에서 두 명씩 이렇게 시험 보는 게 있는데 제가 중학교 시험에서 1등을 했어요. 그래서 장학금을 얼마를 받았는데, 그걸로 돼지하고 오리를 사서 키웠는데.

김미옥 웃으면 안 되는데. (웃음)

도희 옆집 셰퍼드가 와서 그걸 다 물어 죽였어요. 그때 가족들은 다 경기도로 이사를 갔어요. 그리고 저 혼자 남았어요. 왜 남았는지는 정확히 기억나지 않지만, 아마도 제가 남는다고 그랬던 것 같아요. 그래서 이웃집에 며칠 있다가 학교 근처 친구들 자취방에서 또 며칠 지냈거든요.

김미옥 열네 살 먹은 여자아이를 떠돌게 했다고요?

도희 네, 어쨌든 그랬어요.

김미옥 초등학교 졸업하면 바로 열네 살 아니에요? 이제 막 성징이 드러나기 시작한 아이를요?

도희 네, 일단 들어보세요. 첫 시험을 봤어요. 4월 중순에. 제가 거기서 전교 1등을 또 한 거예요. 저는 어떻게 제가 전교 1등을 했는지 궁금해요. 제가 그때 이름이 김명희였거든요. 이름을 바꾼 지 얼마

안 됐어요. 중학교 때 과목 선생님들이 다 찾아와서 "김명희가, 너냐?" 그러면서 물어보고 그랬어요. 그렇게 지냈는데, 4월 어느 날에 아버지가 갑자기 찾아와서, 딸 자식 혼자 놔두면 안 된다고 그러면서 저를 데리고 가버렸어요. 전학도 안 갔고요. 이건 얘기가 너무 길어요. 아무튼 제가 그래서 공부에 대한 결핍이 있어요. 아버지에 대한 원망도 크고요. 엄마는 엄마대로 공장 일 하면서 고생하셨죠. 그래서 난 아버지 같은 사람 절대 안 만나고, 엄마처럼 안 살 거라고 했는데, 어느 날 보니까 제가 그렇게 살고 있더라고요. 처음 결혼했던 사람도 그런 사람이 아니라고 생각해서 결혼한 거였는데, 결국은 그런 사람이어서 이혼을 했어요.

김미옥 잘하셨어요.

도희 그래서 지금에 이른 거예요.

김미옥 제일 잘한 것 같네요. 그 얘기 할 때 표정이 밝아졌어요. 제일 잘한 거, 인생에서 제일 잘한 게 이혼인 사람도 있어요.

도희 제가 다음 모임 책인 《그 남자네 집》을 먼저 읽었어요. 책에서 보면 여자가 결혼하려는데 남편이 미리 돈을 주더라고요. 되게 감동했어요. 가지고 갈 물품이 없으니까 자기 돈으로 장롱 사게 하고 막 그랬잖아요.

김미옥 남편이 은행원이었죠.

도희 되게 감동이었어요.

김미옥 박완서 작가가 결혼할 때 문학성이나 예술성 있는 남자를 안 택했어요. 그야말로 현실적으로 돈 벌고 성실한 남자를 골라서 결혼 했거든요. 결혼생활은 돈 잘 벌어와 가지고 나를 편안하게 해주는 남자, 부드럽고 폭력적이지 않은 그런 남자가 편해요. 연애는 좀 예술 끼가 있고 하루하루가 자극적인 남자가 좋죠.

신지후 저는 생애 첫 기억이 여섯 살이에요. 그때 선명하게 기억이 나는데 여섯 살 되던 해 8월에 교통사고가 났었거든요. 그때 나이가 너무 어렸는데, 전체 기억상실이 있어서 제 이름조차도 모를 정도로 기억이 안 돌아왔었어요. 제 첫 기억이 놀이터 앞 아스팔트에 쓰러 져서 피범벅이 된 채로 울었던 장면이에요. 사람들이 웅성거리고 고 함치고, 엄마가 막 달려와서 저를 안아 올렸는데, 엄마가 나 알아보 겠냐고 물어보고 막 그랬거든요. 그렇게 병원에 갔어요. 그런데 어 떻게 된 건지 속옷조차 입지 않고 상의만 입은 채로 침대 위에 이불 도 안 덮고 누워 있었어요. 그렇게 하얀 시트 위에 누워 있는데 친구 들이랑 동네 사람들이 저 보려고 왔던 게 기억이 나요. 저는 그래서 생애 첫 기억이 수치심과 공포예요. 그때 어떤 생각이 들었냐면, 말 할 줄 아는 신생아 같은 기분인 거예요. 생각할 줄 알고 말할 줄 아 는데, 뭔가 무력해서 사람들에게 내가 어떤 기분인지를 말하는 게 잘 안 됐어요. 그래서 어렸을 때 굉장히 소극적이고 내성적인 성격이었고, 또 표정이 없는 아이였고 울지 않는 아이였어요. 누구 앞에서 우는 거 절대 안 보이고요. 뭔가 약한 모습을 보이면 쫓겨날 것 같다는 생각을 혼자 하고 그랬어요. 그러다 일곱 살이 됐는데, 그해 여름에 또 갑자기 그런 생각이 드는 거예요. 나 왜 여자지? 나 남자로 태어났어야 되는데. 그런 생각이 들면서 갑자기 사는 게 너무 끔찍해졌어요. 나는 커서 어른 여자로 살 자신이 없는데 10대 때 어떻게든 죽어야겠다, 그런 생각을 일곱 살 때부터 했거든요. 일곱 살 때 처음 유치원에서 한글을 배웠는데 제가 처음 쓴 글이 세 줄짜리 유서였어요. 가족들한테 잘 지내라고. 그거 누가 볼까 봐 꼬깃꼬깃 접어서 양말 속에 숨겨서 1년 정도 가지고 있다가 여덟 살 되던 해 봄에 펼쳐보니까 연필로 쓰고 그래서 완전히 지워져 있었어요. 살아도 되겠다, 우선은 그렇게 생각하고 지냈어요.

제가 초중고 때 보이시했거든요. 고2 때 이유는 모르겠지만, 가을에 반 친구 세 명이 저한테 고백을 한 거예요. 여고였는데요. 근데 두 명이 고백하니까 제가 든 생각이, 머리 길러야겠다. 그런데 제일 친한 친구가 저희 집 앞까지 찾아와서 너무 진지하게 고백을 하는 거예요. 두 시간에 걸쳐서요. 그렇게 친구가 고백하고 헤어지려는 찰나에, 바보같이 제가 우리 더 친하게 지내자는 뜻이냐고 했더니, 걔가 울먹거리면서 너한테 키스하고 싶어지면 어떡하냐고 했는데, 제가 너무 놀라서 도망쳤거든요. 그러다가 스무 살 때 제가 역으로 걔한테 고백을 했어요. 그렇게 둘이 사귀게 된 게 2001년도였는데요. 그때만 해도 시대가 동성애에 대해 관대하지 않은 때였어요.

친구로 지낼 때는 손도 잡고 다니고 그랬는데, 오히려 사귀고 나서부터는 아예 터치도 않고 그랬죠.

김미옥 플라토닉 사랑.

신지후 그리고 그때 이메일 같은 게 유행한 지 얼마 안 됐으니까, 완전 펜팔 친구처럼 지낸 거예요. 만나도 카페에서 얘기만 나누고 그랬거든요. 한 번은 백화점 에스컬레이터를 올라가는데 그 친구가 제 허리에 손을 감았어요. 제가 너무 놀라서 굳어버리니까 그때부터는 걔가 절 아예 건들지도 않았어요. 그렇게 대학 졸업 때까지 사귀다가 결국 헤어졌죠. 제가 초등학교 2학년 때 시드니 셸던의《내일이 오면》을 읽었는데, 거기 동성 성폭행에 관한 묘사가 너무 적나라한 거예요. 제가 그걸 읽고 성적인 거에 대한 거부감이 컸어요.

김미옥 신지후 선생님은 예민하고 상당히 머리가 좋다는 생각을 제가 몇 번 했어요. 가수 하리수가 자기 성 정체성을 느낀 게 고등학교 때였어요. 성 정체성은 여러 번 변할 수 있지만 대부분 중고등학교 가서 많이 변해요. 자기가 이쁜 거예요. 남자들이 좋아해요. 자기 정체성의 혼란이 거기서 멈춘 거예요. 근데 거기서 발전하면 바이섹슈얼, 양성애자도 돼요. 남자도 좋아하고 여자도 좋아하고. 근데 여자들은 고등학교 때 남성보다는 같은 반에 좀 괜찮은 여자애들에게 더 애정을 느끼는 경우도 있어요. 그게 하나의 과정인데, 일종의 변태, 곤충이 부화하듯이 그런 과정이에요. 우리 지후 선생님 글 보면

번쩍번쩍하는 게 있더라고요. 그래서 이 사람은 글 쓰면 괜찮겠다는 생각을 했어요. 근데 어릴 때 기억이 완전히 사라져가지고 다시 써보는 것도 괜찮은 것 같아요. 나는 사실은 신지후 선생님 글 같은 경우는 마르케스 스타일로 쓰면 좋을 것 같아요. 이거 숙제인데요. 마르케스의 《백년 동안의 고독》을 한번 읽어보세요. 그런 문체 괜찮아요. 이런 글을 진지하게 쓰면 안 되거든요. 진지하게 쓰면 그렇게 안먹혀요. 오히려 웃기게 쓰면 좋아요. 왜 《두근두근 내 인생》 비슷하게 어느 날 기억력을 잊어버리고 난 이후부터 자기에 대한 이야기를 재밌게 쓰기 시작하면 웃기면서도 팍팍 닿을 수 있는 얘기들이에요. 그러니까 한번 책을 읽어보세요. 마르케스의 그 문장풍을 한번 보세요. 다른 책들도 많은데 그 책만 우선 읽으세요. 우화풍이죠. 그게 어떤 거냐면 마술적 리얼리즘이라고 그러는데, 내가 정말 하고 싶은 말을 못 할 때 쓰는 기법이에요. 중남미의 특징이 독재잖아요. 그러니까 내가 정말 하고 싶은 말을 돌려서 말할 때 마술적 리얼리즘을 많이 써요. 그리고 이런 양성애 문제라든가 동성애 문제라든가 이런 거를 문장으로 고쳐 쓸 때 직설적으로 쓰면 안 먹힐 수가 있어요. 그러니까 마술적 리얼리즘 기법으로 쓰는 것도 괜찮아요. 내가 그 여자애랑 같이 자니까 갑자기 번데기가 됐다든가 그것도 괜찮아요. 카프카의 《변신》 비슷하게 바꿔서 하면 돼요. 여자랑 잘 때마다 내가 나비가 된다든가 그리고 그다음 날 깨보면 다시 사람으로 와 있다든가 또 남자랑 자면 내가 나비가 돼야 할 때 구더기가 돼 있다든가, 유충이 돼 있다든가 그런 식으로요. 이건 예를 든 거예요. 마술적 리얼리즘 쓰면 얼마든지 독자로 하여금 느끼게 할 수 있어요.

내가 글을 써야만 하는 이유

희주 저는 지금까지 그냥 평범하게 살았어요. 학교 다닐 때 제가 85학번인데 이른바 586이었고 졸업을 하고 공장에도 좀 다녔고요. 그리고 공장 나와서, 먹고 살아야 되겠다는 생각이 들어서 대학원을 갔어요. 전공이 자폐아 교육이에요. 그리고 강사를 하고, 지방대에서 교수를 하고 있어요. 하고 있는데 너무 재미가 없는 거예요. 정말 솔직하게 말씀드리면 지방대에서 학생들을 가르치는 게 너무 재미가 없었어요. 아이들이 눈빛이 반짝반짝해야 가르치는 맛이 있는데, 그렇지가 않거든요. 그리고 또 우리나라 지방대는 교육부 돈을 받지 못 하면 운영이 안 돼요.

김미옥 그렇죠, 교부금 받아야 되죠.

희주 20, 30억짜리 교육부 프로젝트를 하는데, 제가 우리 과 막내 교수였어요. 제일 위에 계신 선생님들은 그때 USB가 뭔지도 모르는 분들이었고요. 옛날에는 석사만 해도 다 교수를 했거든요. 그런 선생님들을 제가 다 어깨에 짊어지고 1년에 몇 십 억짜리 프로젝트를 해야 했었어요. 그런데 이 교육부 돈을 어느 정도로 꼼꼼하게 써야 되냐면, 회의비로 쓰는데 고속도로 톨게이트 영수증, 식당 영수증까지 다 같이 있어야 하는 거예요. 그리고 그게 숫자가 맞아야 되니까 저 혼자서 다 맞춰보고 그랬죠. 남편 보고는 내가 교수를 하러 다니는 건지 어디 경리로 일하는 건지 통 모르겠다고 그랬거든요. 제가 원래 돈 계산도 되게 못하거든요. 어쨌든 그거를 3년을 했어요. 제가 2년째에 학과장님에게 사표를 내겠다고 했더니, 절대로 안 된다, 조금 더 해보자 어쩌고 하다가 3년째는 도저히 안 되겠다 해서 제가 사표를 내고, 휴대폰을 끄고 잠수를 탔어요. 그래서 교수는 그만뒀고요.

아이들 가르치는 거는 재미있어해서 자폐 아이들이랑 잘 놀았죠. 그리고 보셔서 아시겠지만 제가 장애가 있는데, 그 일을 열심히 하다 보니, '도대체 우리나라는 왜 정책을 이 따위로 만들까'라는 생각을 참 많이 하게 됐어요. 왜 쓸데없는 데에 돈을 쓰고 그럴까. 그러다 전문직 임기제 공무원 시험 보는 게 있다는 걸 알게 돼서 제가 시험 보고 들어가서 공무원 생활을 6, 7년 정도 했어요. 그리고 최근에는 작은 공공기관의 장으로 갔다가 거기서 한 번 사고가 벌어졌죠. 저보다 높은 사람이 폭언을 한 거를 제가 그냥 넘어가지 않았거든요. 앞서 말씀하신 거랑 비슷한 케이스예요. 그래서 그 사람은 기재부에서 잘렸는데, 그다음엔 복지부에서 저를 자른 거예요.

홍리아 맞아요. 같이 나와야 돼요. 그럴 때.

희주 저를 내보내야 되는 거예요. 그런데 며칠 동안 감사하고 그러는데, 자기들이 절 아무리 파도 나오는 게 없으니까, 결국 나중에 뭐로 걸고 넘어졌냐면, 겸직 금지였어요. 그때 제가 장애아동시설에 이사로 이름을 올렸었는데, 사실 월급 10원도 안 받았고, 거기 간 적도 없었거든요.

김미옥 비영리임에도?

희주 네, 비영리여도요.

김미옥 그건 겸직이 아닌데.

홍리아 부당해고예요. 감사원에 걸면 돼요.

희주 저는 그때 우리나라 사법 체계에 대한 한계를 느꼈어요. 결국 어떻게 됐냐면, 제가 기관장이어서 저는 변호사 같이 언제든지 계약을 종료할 수 있는 입장이다.

김미옥 노동자가 아니다. 계약 종료.

희주 그렇게 계약 종료로 끝났어요. 시작은 해임이었으나 끝은 종료였죠.

홍리아 원래 같이 손잡고 나와야 돼요. 한 명 자르려면.

희주 속이 굉장히 끓었어요. 너무 자존심이 상하는 거예요. 이런 식으로 나의 30년 직업을 마감하나 싶었죠. 당연히 복지부에는 절대 못 들어가겠죠. 블랙리스트에 올라가 있었을 테니까. 돌아서서 생각하면 사실 내가 그렇게 험하게 당한 건 아닌 것 같다고 마음먹으려고 노력했어요. 저는 옛날에 글짓기 도 대회 이런 거 있으면 나갈 때마다 상 받아오고 그랬어요. 그러니까 학교에서는 다 "쟤는 국문과를 갈 거다"라고 생각을 했었고요. 근데 저는 그 말이 듣기 싫어서 대학을 가서 전혀 뜬금없는 전공을 했어요. 또 그때 다큐를 쓰고 싶어서, 그럼 사회를 잘 알아야 겠다고 생각해서 사회학과를 갔고요. 그렇게 살다가 이제 마음에 맺힌 거를 어느 정도 땅에다 파묻고 나니까 '글을 써야겠다'라는 생각이 들면서 옛날부터 내가 하고 싶었던 일이 글쓰기였구나 하는 생각을 했어요. 다행히 이제 밥은 먹고 살 수 있으니 '쓰자'라는 마음을 먹던 차에 이 모임이 떴어요. 사실은 제가 학교에 있을 때 전공 서적, 번역서 이런 걸 번역해서 여러 권 출간했었거든요. 그래서 또 저한테 번역서 계약서가 왔는데, 그거를 날리고 돈 내고 여기 온 거예요.

홍리아 복 받으실 겁니다.

희주 그런 생각을 했었는데, 그다음에 든 생각은 조금 더 가까운 것부터 시작을 해보자. 어떻게 보면 제 인생을 이렇게 바꾼 건 두 가지였던 것 같아요. 하나는 어렸을 때 소아마비. 근데 부잣집 딸이었어요. 그래서 저는 고3 때까지 병원부터 시작해서 안 끌려가 본 데가 하나도 없어요. 우리나라의 모든 병원은 다 다녀봤어요.

김미옥 침도 맞고. 침은 기본으로. 신경 살린다고. (웃음)

희주 한 번은 아빠가 데리러 오신 거예요. 그래서 제가 그랬어요. 그만해도 돼. 나 그냥 이렇게 살래, 내비 둬. 그래서 어떻게 보면 제가 가지고 있는 장애에 대한 한은 별로 없는 것 같아요. 부모님이 정말 해볼 만큼 해봤고 또 저는 공부도 잘했고, 살면서 일상이 그렇게 불편할 만큼은 아니었으니까요. 그렇게 생각할 수 있었던 게 제가 어렸을 때부터 워낙 많은 병원을 다니니까 너무 심한 장애를 많이 본 거예요. 어린 마음에 '못 걷는 사람도 있는데 난 아무것도 아니야' 이런 생각이 있어서 그랬던 것 같아요. 어떻게 보면 저랑 남편은 학생 운동을 했던 경험들로 인해서 완전히 다른 세상에 살게 된 거예요. 우리가 원래 살 것 같았던 세상과 또 다른 세상. 그래서 그 세상에 대한 얘기를 먼저 하는 게 나의 숙제일 것 같다 라는 생각이 들어요. 왜냐하면 586은 정치인만 있는 게 아니거든요. 걔네들은 정말 요만큼밖에 없고 나머지 사람들은 지금도 밥 못 먹고 사는 경우가 얼마나 많은데요. 그래서 저는 그것에 대한 얘기를 좀 하고 싶어요.

김미옥 그것도 좋아요. 우리나라 민주화 투쟁사, 지금까지 나온 관련 책들을 읽어 보면 실제 민주화 투쟁의 앞에서 뒤에서 진두지휘했던 어른들을 만나서 얘기를 해보면 여자가 빠져 있어요.

희주 그럼요.

김미옥 여자를 빼요, 의도적으로. 우리나라 민주화 과정에 다 남자가 앞장선 걸로 돼 있어요. 아니거든요. 실질적으로 여자들이 더 많이 했어요. 그래서 그런 걸 쓰는 사람이 필요해요. 쓰세요.

희주   최근에 제가 나이를 먹으면서 드는 생각인데 우리나라는 남자와 여자가 결혼을 해서 한 10, 20년 살면 서로가 무슨 동업자처럼 되잖아요. 남녀 간에 애정 같은 건 없는 가정이 굉장히 많은데, 저는 정말 그게 궁금한 게 그럼 왜 사나? 부부는 도대체 뭔가. 부부가 섹스를 하지 않는 비율이 굉장히 높습니다. 그러면 그 부부는 어떻게 사나? 그냥 애들 때문에, 재산 때문에, 사회적인 기능 때문에 사는 건가. 그러면 이들이 각각 남자와 여자로서는 죽나. 한 서른, 마흔 살쯤 되면 다 죽나? 그런 생각을 하게 됐어요.

김미옥   그렇죠. 그것도 하나의 문제죠.

희주   남자들이 와이프는 여자가 아니야. 그렇게 얘기를 해요.

김미옥   안 보인대요. 다들 그런 얘기를 해요.

희주   만지지 않은 지 10년도 넘었대. 이런 얘기를 해요.

홍리아   그게 어느 정도 줄어들 수는 있지만요.

희주   근데 진짜 많아요.

김미옥 저마다 그런 게 있죠. 그런 이야기도 한번 써보세요. 누군가 가 반드시 짚고 넘어가야 하는 거예요. 그래서 의도적으로 남자들 이 여자들한테 강요한 게, 윤리예요. 남자들은 여자도 욕성이 있다 는 걸 못 견뎌요. 자본주의가 발달하면서, 정실부인이 있어야 정실 자식이 있고 피가 증명이 되고 재산을 물려주고 그런 가장 기본적인 게 있죠. 아주 기대되네요. 어떤 글들이 막 쏟아져 나올지.

이쯤에서 스칼렛 선생님의 얘기를 한번 듣고 싶네요. 사실 스 칼렛 선생님은 에세이와 시집까지 낸 시인이시기도 하잖아요. 사실 저는 소설을 써야 되는 분이라고 생각하는데, 안 쓰시더라고요.

스칼렛 자서전이라고 생각하고 에세이를 쓰긴 썼지만 다는 안 쓴 거 죠. 또 시를 쓰고 나서는, 시로 이렇게 얘기를 하기는 너무 답답하다, 한계가 있구나. 그래서 산문을 썼는데, 산문도 답답해요. 그리고 이 제 형제간에 막 둘러보고, 또 우리 시숙도 제 얘기는 안 쓰냐고 물어 보더라고요.

김미옥 이거 주변이 그런다니까요. 친인척들이.

스칼렛 그러면 소설을 써야 되겠다고 생각했어요. 제가 자전소설 쓰 고 있다고 그랬잖아요. 그거를 완성은 못했지만 반 정도 쓰고 나니 까, 얘기 나올 때마다 욱하고 올라오던 게 조금 없어졌어요. 이게 무 슨 말이냐면, 저는 존재의 거부가 트라우마예요. 아홉 살 때 소아마 비였거든요. 근데 저희 큰오빠가 여섯 살 6개월 만에 소아마비에 걸렸어요. 저도 막 이렇게 열에 시달리다가 막 사방 천장 무늬가 빙빙 돌고 그러면서 결국 소아마비가 왔어요. 현대의학으론 고치기 어려웠지만, 지금은 괜찮아졌어요. 이게 제 삶을 추동하는 역할을 했어요. 내가 어떤 상황에 처해도 나는 선택받았고, 나는 이 기적 같은 일을 통해서 뭔가 분명히 나한테 삶을 살아야 한다는 사명을 줬을 거라는 생각을 늘 했어요. 그래서 어떠한 상황에 처해도 그걸 못 하겠다가 아니고 나보고 이거 하라는 거구나 하고 했어요. 그렇게 여기까지 온 거예요. 여름날 방학하기 한 달 전 일이 지금까지 기억이 나요. 소아마비가 온 해에 아버지가 밥을 먹으면서 우리 엄마한테, 저거 어떻게 살아야 되냐, 저거 병신은 어떡하냐, 어디 갖다 버리든지 무슨 조치를 취해야 되지 않나, 그렇게 말씀을 하셨어요. 저는 가만히 자는 척하면서 다 듣고 있었고요.

이연정 자식을 버린다?

김미옥 많이 그랬어요. 옛날에 엎어 죽인다고 막 그랬어요.

스칼렛 아버지와의 정서는 거기서 끝난 거죠. 그래서 엄마가 일하러 가서 아버지가 밥을 차려주면 배 안 고프다고 안 먹었어요. 그 어린 나이에 죽고 싶지 않았던 것 같아요. 뭘 탔을 것 같아서 안 먹었어요. 그래서 늘 그런 게 있었어요. 아버지가 나를 버리려고 그랬다, 나 죽일 수도 있을 거야. 근데 지금 생각해도 아마 그런 상황이 안 바뀌었으면 저는 어디 갔을 거예요. 분명히 버려졌지, 병신 자식을 용납

할 수 있는 그런 자식 사랑은 아니었어요.

아버지는 풍각쟁이라서 늘 떠돌아다니는 그런 사람이었기 때문에, 지금 생각하면 예술가인데 가장으로서 무능한 모습을 못 참아 하셨던 것 같아요. 그래서 폭력이 되게 심했어요. 막 집어던지고 난리를 치고. 그리고 큰오빠도 폭력이 심했어요. 근데 우리 집에 불문율이 있는데 아버지가 때릴 때는 도망을 갈 수 있어요. 근데 큰오빠가 때릴 때는 도망을 못 가요. 못 쫓아오는 사람한테 도망가면 안된다는 거죠.

홍리아 소아마비라서. 그냥 맞아야 되는구나.

스칼렛 엄마나 아버지가 큰오빠가 때리면 죽이진 않을 거니까 절대 도망가지 마라. 이게 불문율로 됐기 때문에 큰오빠가 때리면 절대 도망을 못 갔어요.

김미옥 그거 소설 쓰세요. 스칼렛 시인님은 시나 에세이보다는 소설이 맞아요. 근원적인 치유도 그렇고 소설이 맞아요.

스칼렛 오빠는 지금도 살아 계시는데, 만나면 그분이 "나 왔어" 한 마디 하고 끝나요. 아버지와의 정서는 이미 오래전에 끝이 났고요. 도대체 나라는 인간은 왜 존재하고, 항상 나는 왜 부정당하는 아픔을 겪어야 하나. 이런 생각을 많이 했어요. 남녀 차별도 엄청 심했어요. 그렇게 살다가, 예비고사, 학력고사, 수능을 다 쳤어요. 또 독서 지도 하면서 돈을 벌고, 대학에 가서 강사도 몇 년 하고 살았어요. 그렇게 계속 살았는데, 어느 날 우리 작은 오빠가 죽었어요. 북한산 등산을 하다가 추락사를 했어요. 현대 아산병원을 택시 타고 갔는데, 용인이니까 제가 가깝잖아요. 아버지는 돌아가셨고, 엄마는 대구에 계셨으니까요. 그래서 제가 먼저 병원에 와서 망연자실해서 있는데, 저희 엄마가 나중에 와서 저를 보더니만 "네가 왜 여기 있냐?" 이러는 거예요. "아니, 왜 엄마?" 이러니까, "아니 그러면 너는 살고 재석이가 죽었단 말이냐?" 이러면서요.

김미옥 이게 딸의 목숨이에요.

스칼렛 그러니까 사망 사고를 전한 사람이 산에서 소식 듣고 나서 저희 엄마를 다독거린답시고 말을 안 한 거예요. 엄마 생각에는 서울에 있는 자식이 저랑 작은 오빤데, 마음속으로는 작은 오빠는 절대 죽으면 안 된다는 게 있었던 거예요. 큰아들이 소아마비니까 작은아들한테 다 걸었던 거거든요.

김미옥 《소피의 선택》이라는 영화 보면 딸을 죽이잖아요. 딸을 포기하잖아요. 대부분 그런 게 있어요.

스칼렛 아산병원이 유족을 위한 호텔처럼 돼 있잖아요. 그 위에 올라가면. 병원에서 엄마는 저를 세 시간이나 붙들고 얘기했어요. "네가 아니고! 네가 아니란 말이야!"

김미옥 상처가 되게 많아서 소설을 쓰셔야 돼요. 내가 그걸 되게 많이 느꼈어요. 이분하고 얘기를 하면서.

홍리아 그걸 소리내서 말해야 되나. 속으로 하면.

희주 속으로도 하면 안 되죠.

김미옥 못 참는 거죠. 엄마들은 우리나라 조선시대 교육을 받은 엄마들은 다리를 쭉 뻗고 한을 풀면서 할 말을 다 해요. 차라리 나를 데리고 가지, 막 이렇게 나오면서 저 년을 데리고 가지 이렇게 나와요.

스칼렛 막 손을 틀어쥐고서 엄마가 그걸 못 견디는 거예요. 큰오빠가 몸이 그러니까 작은 오빠한테 투자를 엄청 했거든요. 경북고, 고대 나오고, 우리 집에선 완전 최고였어요. 그러니까 그 부재를 못 견디는 거예요. 엄마가. 그래서 막 몇 시간이나 통곡하는데, 나는 이걸 울어야 돼, 말아야 돼.

김미옥 아니 글로 쓰시라니까, 이제 글로 쓰셔야죠. (웃음) 그럼 다음 선생님.

지원 저는 현재 지방에 거주하고 있어요. 서울에서 8년 동안 박물관 학예사로 근무했습니다. 하지만 시어머니와 남편의 종용으로 전문직을 그만두고 지방으로 내려가 시어머니와 합가한 이후 남편의 사업을 도우며 시집살이를 시작했습니다.

김미옥 학예사에서 갑자기. (웃음)

지원   사실 제가 사회생활 할 당시만 해도 여성이 결혼 후 직장생
활을 계속한다든가 직장 다니며 애를 낳는다든가 하는 일은 찾아보
기 힘들었어요. 애를 맡길 곳도 없었고요. 직장 여성이 결혼하고 애
를 낳는다는 건 그만큼 자신과 가족 특히 자녀의 희생을 담보해야
하는 일이었습니다. 저도 일하며 제 아이를 맡길 곳이 없었으니까
요. 알음알음 개인이 운영하는 작은 놀이방에 두 돌 된 아기를 맡겼
습니다. 그런데 어느 날부터 아이가 눈에 띄게 침울해지고 놀이방을
가지 않겠다고 보채는 겁니다. 알고 보니 이곳에서는 아이가 운다는
이유로 불 꺼둔 깜깜한 방에 홀로 가두는 체벌을 수시로 한 겁니다.
그 사실을 우연히 알게 되고 저는 엄청난 충격을 받았습니다. 그리
고 스스로를 자책했습니다. 나는 내 아이보다 나의 커리어가 더 소
중한 이기적인 인간인가! 내 자식을 희생시킬 정도로 내 사회생활
이 그다지도 중요한가! 스스로 가슴을 쥐어뜯으며 자책하고 울었습
니다. 그러나 그럼에도 불구하고 직장을 그만둘 수 없었습니다. 그
래도 나는 자신이길 포기할 수 없었던 거죠. 그런데 시어머니의 종
용에 커리어를 포기하고 시집살이라는 굴레에 쑥 들어가게 되는 거
죠. 이후 시어머니와의 대치 끝에 이전 경력을 다시 이었고, 많은 부
침을 겪고 일곱차례 직업을 바꿨습니다.

김미옥 잠깐만요, 남편의 경제활동은?

지원　남편의 경제활동은 저와는 무관했습니다. 왜냐면 시어머니가 제게 돈이 가는 걸 극도로 경계했거든요.

김미옥 인생에서 도움 되는 사람만 있는 게 아니고 가장 가까운 데도 끌어내리는 사람이 있어요. 예를 들면 관청에 다니는 며느리가 늦게 퇴근한다고 기관장 찾아가는 거. 웃을 일이 아니에요. 저는 봤어요. 남편이 고시 출신인데 6시에 퇴근을 안 했어요. 기재부에 있었거든요. 장관한테 전화해 가지고 부인이 제때 안 온다고. 그리고 부인이 직원들한테 다 전화해서 남편은 어제 몇 시에 어디에 있었냐고 묻는 경우도 있어요. 또 우리 엄마 같은 경우는 내가 좀 늦으면 내 친구 집을 찾아갔어요. 그 친구 엄마한테 얘기해요. 내가 얼마나 나쁜 사람인지, 얼마나 나쁜 딸인지, 그리고 자기가 얼마나 속상한지 이런 얘기를 해요. 그러면 걔가 그런 애냐고 그러면서 못 만나게 돼요.

　　　집집마다 꼭 끌어내리는 사람이 있어요. 그럴 때는 떠나야 돼요. 시어머니 다 보냈어야 돼요. 근데 자식이 있고 남편하고 같이 있어야 되고. 의외로 지원 선생님은 어떤 제도라든가 어떤 규약이라든가 이런 거에 굉장히 충실하려고 하는 스타일이에요. 느낌이 딱 와요. 절대로 반항하거나 파괴하는 유형이 아니에요. 그래서 잘못 만났어요. 세월이 지났지만 시어머니에 관한 건 남편 영역으로 넘기시는 게 맞아요. 다음에 얘기 깊게 합시다.

말씀 잘 들었어요. 오늘 진짜 괜찮았는데 사실 제가 느낀 게 뭐였냐면 사람마다 트라우마가 있는데 그 트라우마를 극복한 사람과 극복하지 못한 사람의 차이가 있어요. 뱀이 쥐를 바라보면 쥐가 꼼짝 못해요. 천적이라 그렇죠. 트라우마가 천적이 되는 경우가 있어요. 내가 폭력으로 상처를 입으면 누군가가 나한테 주먹만 들어도 깜짝 놀라는 거예요. 꼼짝을 못하고. 그래서 트라우마는 극복해야 되는 거거든요. 글을 쓰다 보면 돼요. 글을 씀으로 해서 그 어떤 아픔이라든가 이런 것에서 벗어나면서 치유가 되고 불안이 사라지는 거예요. 활자처럼 사람을 치유하는 것도 없어요. 제가 공황장애를 글로 극복했었거든요. 제가 어제 말씀드렸죠. 비행기 안에서 13시간 동안 썼어요. 제가 공황장애 약을 안 가져와서 그때 '글을 써야겠구나' 하고 썼는데, 그러면서 공황장애가 안 왔어요. 한번 공황장애 오면 죽을 것 같아요. 지난번에 왜 뉴스에서 남자가 창문을 열어달라고 비행기에서 소동을 피웠던 거 있잖아요. 바로 제가 그랬어요. 승무원 보고 창문 열어달라고 난리, 생난리를 쳤어요. 숨을 못 쉬니까요. 공황장애가 무서우니까 숨을 못 쉬는 거거든요. 근데 글을 쓰면서 극복을 했어요. 비행기 안에서 글 쓰니까 사라져 버렸어요. 글을 쓴다는 게 이렇게 무서운 힘이구나 하고 새삼 놀랄 때가 많아요.

　　다음 주에 우리 읽을 책은《그 남자네 집》이에요. 책을 먼저 읽어보고 한번 써보세요. 말이든 글이든 읽어보고, 자기의 경험에 붙여서 그냥 몇 장이라도 좋으니까 써보세요. 써서 갖고 오세요. 그리고 쓰다가 막히면 말씀하세요. 수고하셨습니다.

솔직하되 분리하기

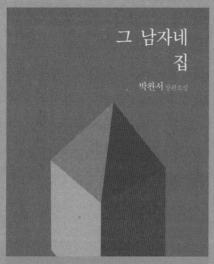

함께 읽은 책
《그 남자네 집》, 박완서 지음

전쟁의 비참함을 내밀하게 녹여낸 여성의 서사

김미옥 여기 모이신 여덟 명의 이야기를 다 들으니까 개인의 서사들이 굉장히 농도가 있어요. 그래서 사실 제가 이 모임에 좀 희망을 가져요. 누구나 쓸 수 있는 흔한 얘기가 아닌, 자기만의 이야기, 자기만의 서사를 쓸 수 있을 것 같아요. 네 권의 책을 읽고 여러분이 어떤 글을 쓸지 기대되네요. 우리는 네 권의 책에서 이들이 어떻게 용감할 수 있었는지, 작가들 각각의 개성적인 서사를 볼 거예요. 아니 에르노와 오늘 우리가 공부할 박완서 작가가 글을 쓰는 스타일은 달라요. 박완서는 영리해요. 영리할 수밖에 없는 이유는 여기가 대한민국이고 유교의 국가이기 때문이에요. 《그 산이 거기 있었을까》, 《그 많던 싱아는 누가 다 먹었을까》 같은 박완서 책을 쭉 읽어보면 6.25 때 쉽게 말해서 빨갱이로 끌려가기도 해요. 며칠씩 있어요. 가만히 내버려 뒀겠어요? 아가씨였는데. 나이가 19세인데. 절대 그 말을 못 하죠. 전쟁이 일어나면 가장 비참해진 사람이 여자하고 어린이거든요. 그래서 사실 우리나라는 여자가 그 물리적인 폭력에 당하는 걸 쓸 수가 없어요. 그건 보통 마음 아니면 못 써요. 근데 박완서 작가는 본인만의 방식으로 영리하게 썼어요. 박완서의 《그 남자네 집》을 보면 굉장히 영리하게 썼어요. 이게 한국전쟁을 소재로 쓴 마지막 소설이거든요. 그전 소설들 보면은 갔다 와서 밤에도 자다가도 일어나서 울어요. 쓰라린 경험이 있다는 얘기예요. 근데 그거를 차마 말로 못 하고 독자가 미루어 짐작하게 해요. 이《그 남자네 집》을 제가 높게 산 이유 중의 하나가 뭐냐 하면 분리를 했어요. 자기 자신

과의 분리. 그러니까 첫사랑을 사랑했지만 분리를 한 거에요. 이 첫
사랑이 전쟁 중에 있었어요. 첫사랑은 전쟁 시기의 사랑이라 분리해
버렸어요. 그리고 평화의 시기가 오니까 결혼하잖아요. 안정된 남자
하고. 그리고 또 아기를 낳아도 모성을 못 느껴요. 분리하는 거예요.
자아의식이 강한 거예요. 그러니까 우리가 여기서 배우는 건 분리
예요. 우리가 글을 쓸 때 과거로 몰입하는 게 아니라 한 걸음 떨어지
는 거예요. 지금 우리가 하고자 하는 게 한 걸음 떨어져서 자기 경험
을 보는 거예요. 제가 계속 한 사람 한 사람 볼 거예요. 보는데 가능
하면 침잠하기보다는 이렇게 분리돼서 썼는지 볼 거예요. 에르노의
솔직하고 거침없는 면과 박완서의 영리한 면. 그 나라의 문화와 풍
습 있잖아요. 그걸 피해 가는 거예요. 이 책에서 보면 춘희 얘기 나
오죠. 비극적인 상황을 보면 그거 그 시대에 흔했던 일들이에요. 내
가 직접 들은 적이 있는데 그 시대에 거리의 여자, 특히 미군 부대에
근무한 여자들 있잖아요. 일하다 말고 밥 먹으러 갔다가 길에서 끌
려와서 창고에 가서 욕을 보이고도 여태 거기 근무하는 사람들이 있
었어요. 그런데 그런 얘기 하나도 안 쓰잖아요. 없잖아요. 그냥 오로
지 직업을 선택한 춘희 이야기. 자기 얘기 다 피해 가요. 분리를 확
시키다 보니 삭제할 건 삭제해 버리는 거예요. 그러니까 박완서 작
가도 굉장히 아픈 경험이 많은 분이에요. 전쟁을 겪는 여자들은 진
짜 말로 표현할 수가 없는 쓰라린 경험이 있죠.《전쟁은 여자의 얼굴
을 하지 않았다》처럼 다 피해 가요. 그게 분리에요. 피해 가는 거, 분
리시키는 거예요. 그러니까 우리가 오늘 본 거는 분리로 봐야 돼요.
자아와 분리, 과거와 나의 분리. 그래서 독후감을 몇 사람한테 받았

는데 각자 어떻게 느꼈는지 우리 신지후 선생님부터 나눠볼게요.

신지후 저는 이 책에서 재밌는 부분들이 많더라고요. 박완서 작가가 세상사를 유머러스하게 묘사하는 그 부분이 지금 말씀해 주신 그 분리인 것 같다는 느낌이 들어요. 제가 유머러스하다고 느꼈던 부분이, "다 손수 하는 게 그렇게 신바람 나 보일 수가 없었다. 나는 본능적으로 저 신바람을 잘못 건드리면 고부 간에 돌이킬 수 없는 파국이 오리라는 걸 알고 있었다" 이런 시집살이 묘사 부분을 되게 재밌게 읽었어요.

김미옥 분리가 됐다 이거죠. 그리고 사실 이 박완서 소설이 굉장히 수다가 많아요.

신지후 이런 부분이 길어지는 게 첫사랑 얘기랑 무슨 연관이 되는지, 나중에 보니까 뭔가 다 가이드라인이 있는 거 같더라고요.

김미옥 맞아요. 근데 크게 보면 결혼한 나와 결혼하지 않은 나, 이렇게 분리를 해버려요. 그러니까 여러 가지로 빠져나갈 구멍이 너무너무 많은 시기에, 이것도 지금 여러분들 글 쓸 때 좀 도움이 될 거예요. 그러니까 춘희 얘기를 하듯이 바깥에다. 춘희는 자기 가족을 위해서 희생했잖아요. 그런데 박완서는 그 정도 성격이 아니었거든요. 자기 자신만 챙기면 되는 거예요. 둘을 나눴어요. 그래서 춘희 속에 박완서도 있어요. 그러니까 이게 행간을 읽는 건데 제가 이 얘기를 하는 이유는 자기 이야기를 쓸 때 남 얘기하듯이 쓸 수가 있다는 걸 알아야 한다는 거죠. 굳이 내가 어쩌고 그러지 말고, 내 친구 누구 하는 식으로 내 어린 시절을 은유하는 거예요. 가령 사람으로 은유하는 경우도 있잖아요. 병이라든가 누구의 어린 시절 등등 자기의 이야기를 분리해서 다른 사람들의 얘기로 그릴 수도 있어요. 차마 입으로 담을 수 없는 이야기를 쓰는 거죠. 다음 민영주 선생님.

민영주 제가 박완서 소설을 정말 중학교 때부터 좋아했었는데요. 작가님이 2011년에 돌아가셨는데 그때 참 많이 울컥했던 기억이 있어요.《그 남자네 집》은 지난 달에 처음 읽기 시작했는데, 그 이전에 아까 잠시 말씀하셨던《그 산이 정말 거기 있었을까》의 주인공과 여기 주인공 진석이 연배가 같은 인물이죠.

  저는 이 이야기를 바탕으로 제가 주술과 같은 글을 쓴다면 거기에서 나올 수 있는 감정들이 이것이구나 라는 걸 좀 연계해 봤고요. 그리고 첫사랑에 대한 낭만적 이야기는 누구나 가지고 있는 서사겠지만, 박완서 작가는 차마 표현할 수 없었던 것들을 자전적 소설이라는 포맷을 빌려서 표현했다고 생각해요. 자신의 마음 속에 묻혀 있던 것이 우울함일 수도 있고 설렘일 수도 있지만, 그런 걸 극복했던 순간을 그린 것이 아닐까 생각해 봤습니다.

  그리고 다른 시대적인 배경들을 보면 일제시대의 이야기, 전쟁의 이야기 등등 여러 가지 많았지만, 6.25 전쟁이 세 가지 소설에 모두 다 등장하잖아요. 그래서 박완서라는 작가의 인생의 정원에서 봄, 여름, 가을, 겨울을 이 소설들을 통해 다 느꼈던 것 같습니다. 박완서 작가는 중학교 때부터 읽어왔던 소설이지만, 속된 말로 불륜 소설도 많고, 그런 책들도 한 번 읽었던 기억이 있어요. 저는 특히 중학교 졸업, 대학교 입학, 아이 출산 또 제가 우울함에 빠져 있을 때, 딱 네 번의 시기 동안 항상 몰입해서 읽었던 작가이기도 합니다. 제게는 정말 의미가 깊은 작가입니다. 감사합니다.

김미옥 박완서 작가는 여행을 가면 같이 간 사람 잠을 안 재워요. 밤새도록 얘기하시고. 그러니까 수다쟁이라고 그래요. 유머 감각도 있으시고요. 애정 없이도 대화가 가능하죠. 왜냐하면 이 사람은 정서적으로 안정된 사람이기 때문에 굉장히 유연해요. 대부분의 여자들은 사랑해서 남자가 울면 마음이 바뀌어요. 대부분의 여자들의 불행이 그놈의 사랑 때문이거든요. (웃음) 근데 박완서 작가의 딸 호원숙 작가가 소송 관련해서 그녀가 글 쓴 거 보면 아버지는 굉장히 정서가 안정된 분이에요. 정서가 안정된 사람은 예측 가능해요. 상대가 예측 가능하고 정서가 안정될 때, 내가 정서가 불안정해도 그 사람이 잡아주는 거예요. 그거 아니야 이러면서요. 그러니까 예술적이고 감각적인 사람은 정서가 불안해요. 아마 현보도 그랬을 거예요. 같이 시를 얘기하고 마음이 통하고 그런 거는 예술적이라서 얘기했겠죠. 그는 결혼 상대가 아니라 연애 상대였어요. 정말 영리한 거죠.

철저하게 현실적인 글쓰기

스칼렛 전 박완서 선생님을 한번 뵌 적이 있는데 그 집에 가서 밥을

두 번째 만남 — 솔직하되 분리하기

먹었어요. 그러니까 지금의 동서문학상 비슷한 크라운 베이커리 문학상이라는 게 있었어요. 그때 제가 그 상을 받은 게 인연이 돼서 그분이 심사를 했는데 자택이 구리시에 있었어요. 선생님이 자신의 집으로 당선자들을 오라고 해서 직접 밥을 해줬어요. 굉장히 소탈하시고 아주 재미있었어요. 정말 동네 할머니 같은 느낌. 제가 40대였으니까. 그리고 저한테 뭐 하냐고, 뭐 쓰냐고 그래서 저는 시 씁니다. 그때 당선된 작품이 수필이었거든요. 전년하고 그해 이렇게 두 번 당선된 건데, 그때 선생님이 "무슨 시야. 소설 써, 소설." 이렇게 말씀하시더라고요.

김미옥 제가 느꼈던 거랑 비슷하네.

스칼렛 선생님이 그러셨어요. 근데 소설에서 그 느낌이 오고. 박완서 선생님이 영리하다는 건 저는 그분이 철저하게 현실적이라는 생각으로 받아들여요. 《그 많던 싱아는 누가 다 먹었을까》의 마지막 부분에 보면 그놈들은 내 몸도 더럽게 생각해서 나를 다행스럽게 건드리지 않았다. 딱 못을 박고 들어가요. 그리고 아현동 동네를 휘 보면서 여기 설마 밀가루 한 점, 보리쌀 한 점 없겠냐, 한 집 한 집마다 들르면 나는 다 먹고 살 수 있을 거다. 그러니까 거기서 오는 그 현실적인 거, 이성적인 거를 몸으로 이미 다 체득했던 것 같아요. 그분이 전쟁을 겪으면서, 그래서 되게 소탈하셨어요. 저는 두 번 뵙는데, 생전의 선생님을 생각하며 독후감을 대충 썼어요. 한 번 읽어볼게요.

"첫사랑에 대한 기억이거니 짐작하고 책을 펼치다 전쟁 전후 치열한 시대의 기록임을 알았다. 고등어를 구울 때 자꾸 뒤집으면 형태가 바스러져 모양새가 없다. 개인의 삶도 이념, 전쟁을 통과하고 나면 죽거나 헤어지는 상실을 겪는다. 원하는 선택지가 아닌 생존하기 위한 뜻밖의 선택을 하게 된다. 그 남자와의 만남은 내 생애의 술 같은 겨울이라 작가는 적고 있다. 두 과부의 실질적 가장인 여자는 미군 부대의 밥줄을 달고 있다. 미군 부대라는 공간은 여자가 몸을 파는 데라는 오해의 시선과 치욕을 감수하고도 버텨내야 하는 생존의 공간이다. 남자 또한 전쟁으로 상이군인이 되고, 가족들은 남과 북으로 흩어진 상태에서 노모와 누나를 닦달하여 여자와의 데이트 경비를 마련한다. 두 사람이 같이 보낸 시간과 공간을 유일하게 평균치의 삶, 그 나이의 젊은이가 할 수 있는 유일한 사치이자 도피처다. 그러나 만남에만 집중할 수 없는 현실을 인지하고 여자는 적당한 조건의 남자를 선택해 결혼을 한다. 그때 상대 남자는 '여자가 첫사랑이야'라고 절망한다. 여자는 결혼을 하고도 남자를 만나 결혼생활의 답답함과 대화의 부족을 돈으로 귀결되는 위압감으로 해소한다. 남자가 실명을 하게 되면서 남자에게 어리광만 부리는 막내에서 벗어나 정신 차리라는 외로운 말을 하고 헤어진다. 마지막 만남은 남자의 어머니를 보호하는 자리에서 이제는 결혼하고 아이가 있는 남자를 담담한 감정으로 대하면서 완벽하게 결별한다. 남자의 부고를 신문을 통해서 알게 된다. 남자는 장애인을 위한 재활과 장학 사업에 힘썼다는 기사였다. 여자는 후배의 이사 간 집을 살펴보다 자신이 살았던 집을 알게 되고, 그 남자의 집터도 알게 된다. 이렇게 소설은

두 번째 만남 ─ 솔직하되 분리하기

시작된다. 옛 신념이 헐린 뒤 찾아보는 그 남자의 집은 여자가 통과한 한 시대의 표상이다.

　나는 모성애에 대한 솔직한 담론에 공감이 깊다. 흔히 모성에는 본능으로 인식된다. 그러나 내 경우엔 생생하고 이물질스러운 거북함이 훨씬 많았다. 몸이 찌뿌둥한 채 부풀어 오르고, 난데없는 실감들이 나타나는 부자연스러운 변화에 자신이 부화되는 생경함이 낯설고 싫었다. 죽을 때까지 엄마여야 한다는 무게가 공포로 다가오기도 했다. 보통 이런 이야기를 하면 외계인 취급이나 나쁜 여자로 인식되기 때문에 입을 닫았다. 작가의 솔직한 고백에 내가 엉뚱한 여자가 아님을 확인하여 그동안 가졌었던 죄책감이 감소됐다. 이 소설에서 내가 가장 공감한 인물은 춘희다. 내가 어릴 때 골목에서 무수히 만났던 여자다. 그들의 이름을 우린 양갈보라 불렀다. 가족들을 위해서 몸을 자본으로 내놓은 여자다. 순희 조카가 쓰고자 하는 한국전쟁 중에 산업이 한국 경제에 얼마나 기여했나, 이 주제의 논문이 어떻게 써질까? 나는 아주 많이 기여했다고 본다. 그때만 하더라도 양키시장에 위생 물건이 많았고, 달러를 바꿔주는 아줌마들이 전대를 차고 환전을 해줬다. 근데 우리는 그 여자들을 어떻게 대했나. 그들이 낳은 아이들을 차별했다. 부끄러운 것도 역사다. 사망, 부상, 포로로 나타나는 숫자가 아닌, 수치스러운 것들을 우리는 역사가 될 수 없다고 생각한다. 전쟁에 직접 노출되는 남자들보다 전쟁이 끝나고 삶을 다시 재건해야 하는 현장에서는 여자의 변신은 무죄로 본다. 작가는 이 많은 것에 고개 돌리지 않고 조목조목 썼다. 외면하지 않고 마주보고 이게 현실이다, 라고 썼다.

작가에게 이 소설에서 자소설과 에세이의 경계는 여자가 결혼하고도 남자를 만나는 사건의 경계다. 만약 에세이라면 이 서사는 쓸 수 없었을 것이다. 산지기를 만나러 가는 데 합의한 것은 남자나 여자나 이 만남이 주는 애매함에 결론이나 의미를 주는 합의를 보기 위함이다. 임신했다는 사실 앞에 여자는 그날 산지기를 만나러 가지 못하며 안도한다. 이렇게 드러나며 사회적으로도 짱돌을 맞을 수 있는 사건도 쓸 수 있는 게 자소설이고 자유롭고 치열하게 쓸 수 있는 경계라고 본다."

김미옥 그 첫사랑에 진짜 눈이 멀었겠어요? 이 소설의 특징이 뭐냐면 눈을 멀게 하기도 하고 죽이기도 해요. 그 첫사랑을 눈을 멀게 함으로써 완벽한 단절이 됐다. 제가 볼 때 이건 소설은 맞아요. 그러니까 실화와 소설과 에세이와 자전이 소설화가 된 거예요. 〈클래식〉이라는 영화에서도 그런 말 나와요. 소설을 읽으면서 〈클래식〉 생각을 했는데 눈을 멀게 한다는 건 지금의 나를 더 이상 볼 수 없다는 거거든요. 그리고 젊은 시절의 나만 기억해요. 지금의 나를 기억 못하는 게 포인트에요. 이 남자는 지금 왜 나는 나를 알지 못하고 죽었나 하는 게 이 소설의 매력이에요. 그러니까 내가 정말 미워하거나 나를 괴롭힌 사람을 죽이기도 해요. 부상으로, 교통사고를 일으켜서 다리를 부러뜨리기도 하고요. 이 소설은 거의 하나님이에요. 작가가 하는 거 보면, 그런 게 있어요. 근데 우리 여기서 그 모성이라는 게 강요된 것이 아닌가 하는 생각을 상당히 눈여겨 볼 만해요. 솔직히 몸에 갑자기 이물질이 들어온 것 같잖아요. 막 입덧하고요. 원래 입덧

두 번째 만남 — 솔직하되 분리하기

이 항원 항체 반응이에요. 나한테 몸에 맞는 음식이 들어오면 소화가 잘되는 것처럼, 안 맞는 음식 먹으면 구토하잖아요. 똑같아요. 의학자들 말로는 특히 피가 '나'랑 다르고, 항체가 서로 안 맞는대요. 그래도 이미 들어왔으니까 버텨서 애를 낳는 거죠. 태어났을 때 그 모성 갑자기 안 생겨요. 어떻게 이상한 애가 나와? 아기가 뼈가 부러질까 봐 만지지도 못하잖아. 깜짝 놀라잖아요. 예쁘지도 않아요. 주름은 또 왜 이렇게 많아.

근데 이 남자들의 세계에서는 강요를 해요. 아기한테 막 예뻐하고 여자가 막 껴안고 그러고 영화에서 그렇게 나오잖아요. 그게 실은 강요된 신화거든요. 그렇지 않아요. 어찌 됐든 내 것이라고 인지가 딱 되는 순간, 예뻐 보이는 거지, 그냥 딱 보면 낯설어요. 애들 다 똑같이 신생아실에 누워 있잖아요. 처음에 어떤 애인지 알아봐요? 금방 못 알아봐요. 다 똑같아요. 책에서는 강요된 모성도 그렇고 여러 가지를 건드렸어요. 그러니까 내가 볼 때는 분리된 자아가 가장 마음에 들더라고요. 분리되었기 때문에 마음대로 쓸 수가 있었던 거예요. 저 사람 눈도 멀게 하고 눈 멀게 해서 내 예쁜 것만 기억하게 하고 그리고 죽여버리고 하는 게 작가의 매력이에요.

지원　저도 분리에 대한 얘기를 듣기 전엔 왜 이 책을 선정했을까 좀 이해가 안 갔거든요. 엄청나게 진한 연애사도 아니고 그렇다고 엄청나게 고생한 시집살이의 어떤 부분을 그린 서사도 아니고 무엇이었을까. 근데 그 답을 주시는 것 같아서 이해가 가고요. 그래서 아니 에르노 책을 읽으면서는 굉장히 솔직하게 나를 까발리는 것을 보면서,

나는 어떤 부분들을 선택해서 드러낼지 생각했다면, 이 책은 읽으면서 '근데 이거 어쩌자는 거지'라는 생각이 엄청나게 들었어요. 사실 어젯밤 열 시부터 읽기 시작해서 이제 다 읽었거든요. (웃음)

이 서사와 시대상과 현재 젊은 세대들의 딱 중간쯤에 있는 게 제 상황인데, 계속 드는 고민이 '그럼 난 뭘 쓰지?'입니다. '나의 서사를 쓴다? 그 포커스는 뭘까? 내가 이렇게 고생한 서사를 쓸 것인가? 아니면 고생해서 성공하지 못한 걸 쓸 것인가?' 지금 굉장히 헷갈리는 상황에 있는데 이제 답을 찾은 것 같아요.

그리고 이 소설에서 약간의 거리감이 들었던 건 주인공이 자아가 강하다는 점이었어요. 누구나 험난한 세상을 살아내면서 깊은 아픔들이 있단 말이죠. 근데 그 부분에 관해서 이 소설은 너무나 우아하고 매우 교양 있게 이야기가 진행되고 있어요. 하여튼 이 소설이 첫사랑에 대한 건지, 자신이 배신한 그 남자에 대한 것인지, 내가 그 시대를 풋풋함과 어떤 현실적인 그런 걸로 건너왔다라고 얘기하고 싶은 건지, 이런 것도 조금 헷갈리는 부분이 있었어요. 어떤 자연 다큐멘터리에서 본 내용인데요. 어떤 새는 교미를 하기 위해서 온 힘을 다해 집을 짓습니다. 그런 것처럼 이 작가 또한 집이 굉장히 중요한 하나의 모티브예요. 결혼 또한 계약인데 하물며 새들 또한 그런 부분들로 서로 계약을 하는데, 그렇다면 이 결혼이라는 부분들이 내 삶에서 갖는 상징성은 무엇인가. 각자가 다 그런 부분이 있겠죠. 또 그걸로 인해서 비틀려졌건 허물어졌건 하면서 여기까지 온 나의 서사. 그다음에 아까 강요된 모성애 얘기하셨지만, 굉장히 낯설 때가 있거든요. 내가 내 애를 보면서도 굉장히 낯설고도 또 끈끈한 그러한 느낌. 그래서 이제 조금 정리가 되는 느낌이고 그렇게 다시 한 번 봐야겠다고 생각했습니다.

내 얘기지만, 나 같지 않게

김미옥 우리 박완서 작가님이 영리하다고 제가 얘기를 했던 게 바로 우아하게 표현했다는 거예요. 절대 정직하지 않아요. 행간을 우리가 읽어야 돼요. 굳이 그거 신화화해서 나는 그 자식한테 몸을 더럽힌 적이 없다. 그런 말 할 필요가 없거든요. 그거는 자식이랑 남편이랑 다 사랑해줄 테니까, 집 식구의 시선을 의식했다는 얘기예요. 그러니까 소설이거든요, 의식해야 되니까. 근데 지금 이것도 저는 이분이 자식들을 굉장히 많이 의식했다는 느낌이 들어요. 자기 딸도 자기 길을 따라오잖아요. 내가 그 시대에 어떻게 해서 이러저러했다, 그런 말도 할 수 없는 거예요. 영원히 가져가는 이들도 있어요. 자식이 오히려 더 멀어요. 남편이 더 멀고. 소설도 읽어보면 어느 날 밤 우연히 포장마차에서 만난 사람에게 모든 걸 얘기하는 게 나와요. 그들하고는 아무런 관계가 없기 때문이에요. 가족이나 자식이나 또 친인척한테는 못할 거예요. 가까운 사람들에게 고백하면은 충격을 받거든요.

도희 서로 서로 연결돼 있어요.

김미옥 서로 연결되고 말은 돌아요. 지금 《그 남자네 집》도 고등학

교 때부터 타락을 했으면 그리고 결혼을 하고도 뛰쳐나가서 만날 정
도면 그 사랑만 있는 게 아니거든요. 정신적인 사랑만 있는 게 아니
에요. 다 있는 거거든. 누구 말마따나 결혼해서 자고 오니까 옛날 애
인만 못하다고. 굉장히 솔직하게 얘기를 하더라고요. 여기서 식구
도 다 좋게 얘기하는데 그렇지도 않아요. 누구나 다 비슷해요. 그러
니까 말하지 않아도 우리가 미루어 짐작할 수 있는 것들이 이 책에
는 굉장히 많아요. 아니 에르노는 다 드러냈죠. 드러내도 상관없는
프랑스이기 때문에 거기는 다 괜찮아요. 대통령 자체도 자기랑 스물
몇 살 차이 나는 사람하고 살잖아요. 근데 우리나라에서 그러면 가
십거리거든요. 지금 우리 박완서 작가님은 자기의 자전소설이라고
얘기를 했지만 자전적 에세이 속에 소설이 들어가니까 많이 바뀌는
거예요. 여러분도 이 책의 장치를 종종 응용할 수 있어야 되는데, 이
게 여러분들이 글을 쓰실 때 도움이 될 거예요. 현명하고 우아하고
교활하게.

분명히 내 얘기 같은데 아닌 것 같고 이런 거 있잖아요. 물론
필명을 쓸 거예요. 필명을 쓰지만 내 책이 나왔다고 얘기를 해야 될
거 아니에요. 누구도 자기 인생을 벗어난 글을 못 쓴다 그랬어요. 자
기 경험에서 우러나와서, 타인의 얘기를 가져와도 내 인생하고 연결
돼 있기 때문에 쓰는 거거든요. 그래서 오늘은 이 박완서라는 인간
이 얼마나 우아하고 교활할 수 있는가, 그거를 보는 거였어요. 아니
에르노가 솔직하고 거침없이 썼다면, 박완서는 우아함으로 쓰는 거.
그걸 잊지 마셔야 해요.

희주　저는 박완서 작가의 책을 거의 다 읽었어요. 나올 때마다 거의 다 읽었는데 이번 책을 읽으면서 느낀 거는 여태까지와는 다르게 굉장히 많은 걸 드러냈다는 느낌이 강했어요. 그전의 책들은 보면 이렇게까지 노골적인 감정은 없었는데, 이 책을 보면서는 작가님이 나이를 좀 더 많이 먹고 남편이 돌아가시고 나니까 많이 솔직해지셨다는 생각을 했어요. 작가님이 정말 현실적이잖아요. 그럴 수밖에 없는 이유가 이분이 열아홉 살 그 무렵에 전쟁을 겪었기 때문인 것 같아요. 우리는 전쟁을 겪지 못한 세대니까 고통을 직접적으로 알 순 없잖아요. 저는 《전쟁은 여자의 얼굴을 하지 않았다》를 읽으면서 전쟁이 여자들에게 주는 일상적인 고통과 공포가 얼마나 큰지를 간접적으로 느꼈어요. 이 책에서도 이분이 본인 전쟁을 겪은 세대라고 설명하잖아요. 안정된 직장을 가진 남자, 고졸이지만 나이가 나보다 일곱 살이 많은 중인 출신인 이 남자를 선택하고 생활의 안정을 꾀한다는 걸 보면서 저는 두 가지 생각을 했어요. 원래 이분이 이렇게 현실적인 감각이 뛰어난 사람이거나 아니면 전쟁을 겪었기 때문에 생존에 대한 욕구가 굉장히 강해졌거나. 그다음에 제가 이 책을 읽으면서 또 굉장히 주의 깊게 봤던 문장이 어떤 게 있었냐면, 자기는 결혼했기 때문에 성관계를 할 수 있다는 얘기가 나오는 거예요. 거칠게 표현하자면 그전에는 혼전 임신이 되기 때문에 그것이 주는 공포가 너무 커서 도저히 성관계를 할 수 없었으나 지금은 결혼을 했기 때문에 그럴 수 있다. 그런 마음을 가졌다는 걸 보면서 어떻게 보자면 인간이 가지고 있는 욕망에 저로서는 약간 안도되는 기분이 들었어요. 나만 이상한 인간이 아니었구나 뭐 그런 생각. 왜냐하면 저는 한 남자랑 되게 오랫동안 연애를 하고서 결혼을 했는데, 결혼하자고 했을 때 제가 했던 첫마디가 "내가 너랑 결혼했는데 혹시 눈이 돌아가서 좋은 사람이 나타나면 어떡하냐"였거든요. 왜냐하면 저희는 스무 살 때부터 친구였으니까, 제가 그 사람을 엄청 사랑하고 그런 건 아니라는 건 그때도 알았었거든요. 너무 친구로 정이 오래 들었던 거죠. 근데 너랑 결혼했는데 정말 내가 눈이 휙 돌아가는 남자가 나타나면 어떡하니 그랬더니, "괜찮아, 그땐 내가 두말없이 도장만 찍어줄게" 하는 거예요. 그래서 내가 진짜지 하고 다짐을 받고 결혼했는데 그 집에선 다 안 거죠. 특별히 연애에 재주가 없구나 (웃음). 그런 걸 알고 있었기 때문에 그랬던 것 같기도 한데 하여간 그런 느낌이었어요. 저도 결혼할 때 굉장히 걱정을 많이 했었거든요. 과연 결혼하고 난 다음에 사랑하는 사람이 생기면 어떡하지 라고 걱정을 했는데 그 걱정은 금방 잊혀졌어요. 사는 게 너무 바쁘다 보니 다 잊어버렸고, 책을 읽으면서 그 생각이 다시 나니까 내가 좀 늙었다는 게 느껴져요. 그다음으로 현실적인 선택을 못해서 많은 여자들이 결혼한 다음부터 뭔가 삐그러지는 생활들이 많은데, 이분 참 영리하신 분이다 라는 생각을 많이 했어요. 다만 개인적인 의문은, 그 시절에 1950년대에 내가 결혼한 여잔데 그 사람을 만나러 가려고, 산지기가 있는 곳에 갈 생각을 했다는 게, 이분이 산지기를 엄청 사랑했구나 하는 생각을 했어요. 그리고 소설마다 자주 등장하잖아요. 이름을 바꾸기는 하지만 막연한 내 사랑이 자주 등장하거든요. 그러니까 이 양반이 평생 그 연세가 돼도 '잊을 수 없는 사랑이었구나'라는 생각을 했어요. 그래서 서둘러 나도 평생 잊을 수 없는 사랑을 해야겠구나. 서둘러! 인생 너무 억울하구나. (일동 웃음) 이건 좀 아닌 것 같다, 이런 생각이 들었어요.

김미옥 박완서 작가는 내 소설의 원천은 어머니라고 그랬어요. 자기 엄마가 고향인 거예요. 그래서 제가 어떤 생각을 했냐면,《피아노 치는 여자》가 2004년도에 노벨상을 받았어요. 소설에 나오는 이 엄마가 굉장히 도덕적이고 윤리적이에요. 딸 하나를 키워요. 남자를 도둑놈 취급을 해. 그래서 자기 딸이 남자들에게 성폭행을 당하거나 어떤 성추행을 당하면 딸을 굉장히 감싸요. 끝까지 따라다니는 거예요. 엄마가 거의 매니저예요. 우리나라에도 비슷한 사람 있죠? 가수 김완선도 엄마가 딸의 매니저가 되어 평생을 좌우했잖아요. 아무튼《피아노 치는 여자》를 보면 이 여자가 마흔이 다 되도록 엄마가 따라다녀요. 그러니까 조심해야 되고, 어디 간다 그러면 계속 잔소리하는 거예요. 본인은 어떻게 애를 낳았냐고. 그러면서도 딸에게도 그렇게 강요를 해요. 우리 다 그랬을 거예요. 밤중에 돌아다니지 마라. 어디 남자 보고 웃느냐. 그러니까 이 여자가 어떻게 크냐면, 이제 피아노를 참 잘 쳐요. 유명한 피아니스트가 되는데 문제는 인간의 식욕, 성욕이 왜곡되는 거예요. 그러니까 남자랑 자지 못하고 갑자기 몸에서 어떤 반응이 일어나면 칼로 자기 허벅지를 찌른다든가 그런 식으로 표출을 하는 거예요. 발산을 제대로 못하니까 이렇게 표현된 거죠. 그러는데 이 여자를 사랑하는 젊은 남자가 생겨요. 너무 잘생긴 대학생이, 선생님, 나 당신 피아노 치는 게 너무 섹시하다 그러는 거예요. 이 여자는 이 남자가 마음에 들어. 이 남자는 정상적

82

인 남자예요. 사랑하니까 같이 자고 싶고, 키스도 하고 싶은데 여자가 미적대는 거예요. 그러면서 여자가 조건을 걸어요. 네가 오늘 밤에 우리 집을 찾아와서 우리 엄마를 폭행해서 방에 감금하고, 나를 성폭행을 해라. 이 말은 뭐냐면 엄마에게 변명이 되는 거예요. 내가 남자랑 자고 싶지 않은데, 엄마 시키는 대로 남자랑 안 잤어. 근데 나 지금 폭행당하는 거야. 그리고 또 남자한테는, 네가 우리 엄마도 만족시키고 너도 나랑 하니까 너도 만족하는 거야. 그러니까 이게 왜곡된 거예요. 사람들은 이걸 보고 새디스트니 마조히스트니 그러는데, 제가 볼 때는 이 엄마의 교육이 잘못된 거예요. 그래서 이 남자는 그렇게 해놓고서 너무 비참한 거예요. 자기가 사랑하는 여자를 성폭행해 놓고 여자에게 얘기해요. "나는 이런 이상한 결혼을 하고 싶지 않아. 당신을 사랑하지만 이건 너무 비정상이다." 그리고 결국 다른 여자에게로 가요. 마지막 장면에 칼이 나와요. 날카로운 과도를 들고 걷다가 여자가 자기 심장을 찌르면서 가요. 결국은 죽는 거예요. 이게 배경이 유럽, 프랑스인데도 이런 일이 벌어지는 거예요. 부모가 너무 강압적으로 하니까. 근데 우리는 사회나 부모가 다 같이 그러잖아요. 그러니까 왜곡되는 방법이, 절대 연애도 하면 안 되고, 남자랑 자도 안 되고.

이연정 저는 독후감을 쓰다가 완성을 못해서 제출을 못했어요. 아니 에르노에 이어 박완서를 읽고 나서, 제가 안다고 생각했지만 사실은 너무나 몰랐던 시대와 사회가 있었음을 깨닫게 되었어요. 그러면서 자연스럽게 들었던 또 한 가지의 고민은, 그렇게 특별할 것이 없

두 번째 만남 — 솔직하되 분리하기

는 저의 인생에 대해서 소설이건 에세이건 쓴다고 했을 때, 그것이 그냥 저만의 고백이 아니라 어떤 의미를 가지는 글이 되려면 그 속에 무엇을 담아야 될까가 고민으로 남았어요. 흔히 '귀명창'이라는 말을 쓰는데, 귀명창은 자기가 노래는 못해도 어떤 노래가 좋은지는 알잖아요. 제가 글을 많이 쓰지 않았더라도 어떤 글이 좋은지는 아는데, 과연 잘 쓸 수 있을지 많이 고민하고 있습니다.

저는 이번 책을 읽으면서 처음부터 끝까지 집에서 시작해서 집으로 끝났다는 것이 아주 인상적이었어요. 제 얘기를 잠깐 드리자면, 저는 사실 굉장히 결단을 쉽게 하는 편이고 후회도 잘 하지 않는 편이거든요. 이런 성향인 제가 자주 꾸는 꿈이 있는데요, 요즘에는 좀 덜 꾸지만, 너무나 터무니없는 집을 구하는 꿈이에요. 그 집에 가 보면 구조가 너무나 이상해서 저의 선택을 마구 후회하는 거죠. 제가 선택한 집인데, '이번에도 또 이런 집을 구했구나'라는 생각을 해요. 그런 꿈을 반복적으로 꾸는 게 이상해서 사람들한테 물었더니 '집은 너의 무의식이다' 이런 얘기를 하더라고요. 현실에서의 저는 다른 사람들이 저에게 어떤 결정을 내릴지를 물어볼 만큼 결정도 빠르고 단호한 편인 데다, 일단 결정을 내린 후에는 별로 후회하지 않는 사람인데 왜 이런 꿈을 계속 꾸는 것일까 하는 것이 고민이었어요. 다행히 제 꿈속의 집이 점점 심플해지고는 있어요.

그래서 저는 집이라는 이슈를 가지고 이 책을 보게 되었던 것 같아요. 박완서 선생님이 책 속에서 집에 대해 묘사할 때, 자기를 '새대가리'라고 하잖아요. 새대가리라고 자평한 이유는, 자연 다큐멘터리에 나오기를, 새는 정확히 어떤 목적을 가지고 집을 짓는데 자신

84

도 남편을 선택할 때, 기둥이 무너지는 집이 아니라 안정적인 집을 원해서였다고 말했죠. 맨 마지막에 그 남자와 헤어지는 장면 역시 집으로 묘사하는 그런 점들이 저에게는 참 인상적으로 다가왔습니다. 이제 제가 글을 쓴다면 ,굉장히 평범하면서도 어떻게 보면 조금 다를 수 있는 이야기, 제가 아이들을 키우면서 우리 사회에서 다른 사람들이 잘 하지 않는 선택들을 했던 과정을 풀어내면서 저라는 사람의 속 이야기를 끌어낼 수 있지 않을까 생각하고 있습니다.

김미옥 괜찮을 것 같아요. 그러니까 《그 남자네 집》인데, 꿈속에 나오는 집은 무의식의 형태이고 지금 우리가 사는 세상은 진짜 현실이잖아요. 그러니까 의식과 무의식, 의식 속의 집과 무의식 속의 집을 다 가지면서 우리가 안정감을 찾는 거잖아요. 안정감, 사실은 정말 좋은 남자를 만나 결혼하는 거는 안정된 남자, 돈을 꾸준히 벌되 큰돈이 아니고 정서가 안정돼 있어서 내가 불안할 때 위로가 되고 나를 잡아주는 사람. 그게 꿈이거든요. 사실 여자들이 정착하고 싶은 남자네 집은 그런 거예요. 왜 연애와 결혼이 다른지 아시죠. 연애는 격렬하잖아요. 막 부딪히고 죽네, 사네 하면서 정서 불안 중의 극치가 연애인데, 사실은 사랑 자체가 이 호르몬 때문이라더라고요. 그 호르몬이 2년 이상을 넘어가면 죽는대요. 몸에서 계속 나오면. 그런데 그런 사람이 아니라 원래 이 사람의 성격이 괜찮고 그리고 정서 갈등도 있고.

그러니까 소설을 쓰실 때 내 에세이와 나의 서사를 소설화, 나의 이야기를 쓸 때 다른 사람과 가치관이 충돌하면 상처받으니까 이렇게 과감하게 써도 되는지 고민하는 거예요. 과감하게 써도 되는 거예요. 소설이니까 자전이든 뭐든 그게 탈출구가 있는 거예요. 박완서 작가님같이 교활해질 필요가 있거든요. 그래서 남들이 경험하지 못한 이야기를 써도 되고 과감하게 써도 돼요.

도희   아까 모성애 말씀하셨는데 저는 그래서 선생님이 말씀하실 때 제가 좀 다른가 그런 생각이 들었어요. 저는 사실 사는 걸 공부하듯이 살았던 것 같아요. 살아온 게 그래서 그랬는지, 공부에 대한 결핍이 있어서 그런지 뭐든지 다 결혼도 공부하듯이. (웃음) 지금 생각하니까 아무것도 모르고, 뭘 모르고 이렇게 살아왔던 것 같은 그런 느낌이 드는데, 저는 선 본 지 3개월 만에 결혼했고 첫 아이를 낳았는데 그 아이만 저의 아이인 거예요. 작은 빌라에 시부모님 계시고 남편 있고 시누이 있는데 제가 덜렁 들어가서 살았거든요.

김미옥 방이 몇 개였어요?

도희   18평 빌라였어요. 참 뭘 모르고 얼척이 없었다는 생각이 들었어요. 아무튼 그래서 저는《그 남자네 집》이 책 제목인데, 저는 그 남자의 얘기는 별로 안 들어왔어요. 사실 지난번에도 얘기했듯이 제가 좀 경제적으로 늘 결핍이 있었고 배움에도 결핍이 있었어요. 그래서 처음에 읽었을 때는 전민호라는 사람이 나가서 결혼하려고 그럴 때 장롱도 이렇게 저렇게 수리해 주고 그러는 게 너무 여자를 배려해 주는 사람이구나, 하면서 한참 그 대목에 머물러 가지고 울었거든요. 그 느낌이 고마워 가지고. 그랬는데 두 번째 읽을 때는, 춘희가 미군 부대에 갔었는데 거기 취직하는 것 자체를 사람들이 부끄러워 하고 그러잖아요. 그런데 저는 그런 생각이 들었어요. '꼭 그렇게 흘러가야 했을까?' 거기서도 그러지 않고 그냥 춘희가 자기를 보호하고 자기가 하고 싶은 대로 살고 동생들을 위해서 희생하지 않고 그냥 자기만 생각하면서 살 순 없었을까 하는 생각이 들었어요. 맨 처음에 춘희가 몸을 팔려고 간 게 아니고, 일을 구하고, 결혼하고, 아이를 낳기 위해서 간 거잖아요. 진짜 그렇게 한 거잖아요. 그런데 아이를 가졌을 때 그 남자가 도망가 버렸기 때문에 낙태를 함으로써 어쩌다 보니까 그렇게 흘러갔잖아요. 우리가 살다 보면 원하는 방식대로 살고 싶었는데 환경과 상황이 안 받쳐줘서 어쩌다 보니 내가 원치 않는 일을 하고, 그렇게 상황이 흘러갈 수밖에 없는 경우가 많잖아요. 춘희도 어쩔 수 없이 그럴 수밖에 없었고 그래서 춘희의 인생을 손가락질할 수 있을까. 또 훈이가 거기서 엄마는 다음 생에도 절대 만나고 싶지 않은 사람이었다고 얘기를 하더라고요.

춘희가 얼마나 마음이 많이 아팠을까요? 모든 가족의 먹고사는 것을 춘희한테 짐 지워버리고, 그러고 나서도 손가락질을 받고, 온 가족이 그랬잖아요. 이럴 수도 없고 저럴 수도 없고. 그 마음이 와닿아 저는 마음이 많이 아팠어요. 그리고 조카가 이모 고생한 거에 대해서 알아주고 또 그 수고에 대해 춘희가 고마워서 넋두리 하잖아요. 그런 마음이 제 마음에 굉장히 큰 공명을 일으켰어요. 아름답고 멋지게 살고 싶지 않은 인생이 어디 있겠어요. 그렇지만 살다 보면 그러지 못할 때가 있는 거고. 춘희가 그랬듯이 누구나 그럴 수

밖에 없는 상황이 있었잖아요. 그걸 우리가 함부로 말하거나 판단할 수도 없고요. 그런 마음이 많이 들었고요. 그래서 많이 부족하지만 이제 저도 되든 안 되든 제 얘기를 써보고 싶다는 용기가 생겼어요.

김미옥 네, 수고하셨어요. 제가 볼 때 이 모든 게, 가부장적 문화가 만들어낸 제도의 틀에 약자들이 들어가 있어서 그래요. 우리 어릴 때 시골에 동네 여자와 남자가 하나씩 있었어요. 기억나죠? 그냥 막 뛰어다니는 남자애들. 근데 가부장적인 제도 속에서 여자가 시집을 안 가고 있으면 여자도 미친 남자애랑 똑같이 취급했어요. 시집을 못 갔다고 하면 뭔가 하자가 있는 거예요. 정신병 걸린 미친 여자처럼 취급하는 거예요. 몸에 큰 흉터가 있다든가 어릴 때 어디가 다쳤다든가 이런 식으로 이상하게 몰고 가거든요. 그러니까 부모들한테는 딸이 시집을 안 가면 안 되는 거예요. 또 딸은 희생과 헌신의 대상이에요. 희생과 헌신을 해서 아들들 태어나면 오빠들 뒷바라지 하는 거예요. 딸들은 희생하는 게 정상이고 집안이 어려우면 딸은 어릴 때 학교도 안 다니면서 바로 공장에 가서 돈 벌어와야 했어요.

춘희 얘기를 했는데, 당시 전쟁터에서 모든 제조업이 파괴되고 없는 상황이었어요. 취직할 자리가 있다면, 밥만 먹여줘도 남의 집 식모로 가는 때였거든요. 돈을 벌 수 있다는 것만으로도 굉장한 거였는데, 춘희는 PX에 취직했잖아요. 그럴 때 PX에 취직했다는 건 똑똑한 사람이었다는 거예요. 그리고 백이 좀 있었다는 거예요. 즉, 박완서 작가가 PX에 들어간 건 똑똑했기 때문에 들어간 거예요. 미군 부대 PX에 들어가면 사람들이 흉을 보면서 한편으론 부러워했어요. 박수근도 거기서 그림 그리고 초상화 그려주고 그랬잖아요. 그렇게 부러워하던 자리인데, 춘희는 장녀잖아요. 큰딸은 가부장 제도라는 프레임에 걸려 있어요. 프레임에 걸려 있어서 어쩔 수가 없는 거예요. 무의식이 어릴 때부터 의식이 돼요. 큰딸은 집안 살림을 도맡아야 하고, 학교를 안 가도 동생을 위해 희생해야 돼요. 희생과 헌신, 게다가 맞아도 가만히 있어야 되고. 엄청나게 당하는 거예요.

그리고 큰딸이 아니어도, 딸로 태어났다는 이유만으로 굉장히 부당하게 사는 게 있어요. 그 결과가 오늘날의 비혼이에요. 딸들이 결혼을 안 하는 거예요. 애 안 낳겠다는 거예요. 그냥 나 혼자 살게 놔두라는 거예요. 그러니까 이 가부장 제도의 프레임이 없어지고 있는 거예요. 그러니까 도희 선생님도 희생양인 거예요. 우리 도희 선생님도 사실은 시집 갈 때가 된 거니까, 가라니까 애정도 없이 그냥 간 거 아니에요?

도희   제가 스물여덟 살 때 결혼했는데 사람들이 가도 후회, 안 가도 후회라고 그랬거든요. 좀 충동적이었는데.

김미옥   충동이 아니고, 그런 프레임이 있던 사회였기 때문에 벗어나고 싶지 않았던 거잖아요. 하지만 자아의식은 있어요. 이 집에 나 혼자뿐이야. 다 남이야. 나하고 혈육 말고는 없어. 이게 또 자의식이에요.

도희   그러니까 제가 만약 다른 사람이었으면, 다른 환경에서 자랐으면 지금에 이르렀을까 그런 생각이 들죠.

김미옥 박완서 작가가 글을 써서 당선이 됐기 때문에 계속 글을 써도 됐었던 거지, 계속 썼는데 아무런 성과가 없었다면 절대 글 못 쓰게 했을 거예요. 남자들은 성과가 없는 것에는 가차 없어요. 남자들은 집구석에서 뭔 짓 하고 있냐고 그랬을 거예요. 성공했기 때문에 오늘날의 박완서가 있는 거예요. 《그 남자네 집》은 굉장히 많은 걸 함의하고 있어요. 그러니까 행간을 잘 읽어야 해요. 그리고 우리 도희 선생님 앞으로 그런 말 하지 말고, 피해의식 가지지 마요. 지금 충분히 보기 좋아요. 자신감 갖고, 좀 건방져질 필요가 있어요. 너무 겸손할 필요 없어요. 그러니까 지금 필요한 거는 자신감 회복이에요.

도희 아니, 제가 표현을 이렇게 하지만은 자신감도 있고 충만감도 있고 많이 회복됐어요.

김미옥 그래 보여요. 그러니까 여기 왔죠. 그렇게 좋아 보이는데, 쓰신 글에서의 표현이 많이 억눌려 살았다는 느낌이 약간 들더라고요.

도희 제가 스스로 그랬었던 것 같아요.

김미옥 지금 우리가 여기서 이렇게 글에 대해서 얘기하고 책에 대해서 얘기하는 가장 큰 이유는 복원력 때문이에요. 복원력은 빨리빨리 찾는 거예요. 누가 우리에게 상처를 주거나 심한 말을 하거나 그럴 때 빨리 회복되는 거예요. 그래서 회복 탄력성을 좀 가져야 되는 거거든요. 그럼 다음, 가장 활발하고 적극적인 홍리아 선생님.

첫사랑, 내가 가장 아름다웠던 시절에 대한 소묘

훙리아 우리나라 여성 작가들 몇 분 계시잖아요. 저도 글을 많이 안 읽은 사람 중에 하나인데, 박완서 작가님 하면 많이 알려져 있고 또 은유와 비유의 달인이시고. 탁월한 글을 보면은 '어떻게 이렇게까지 비유를 잘할까?'라는 생각이 들어요.

"향기 짙은 흰 라일락을 비롯해서 보랏빛 아이리스, 불꽃 같은 영산호, 간드러지게 요염한 유도화, 홍등가의 등불 같은 선들꽃, 숨 가쁜 치자. 그런 것들이 차례로 불어난 열정, 화냥기처럼 걷잡을 수 없이 분출했다."

그러면서 꽃 하나를 표현하는데 거의 한 장을 다 할애하는 걸 봤을 때는 정말 이분의 비유와 은유가 굉장히 탁월하다는 걸 느꼈어요.

저는 이분의 글을 보면서, 말씀하신 자기와의 분리 외에도 또 굉장히 영리한 부분에 대해서 포착한 게 있어요. 《매디슨 카운티의 다리》와 이분의 이 글과 비교를 했을 때 그 작품은 적나라하게 섹스 신이 나오는데 남자와의 만남을 위해서 시장에 나가서 드레스를 삽니다. 자기는 몸이 이미 늙었지만 그래도 섹스를 하기 위한 준비를 하죠. 그걸 준비하는 과정에 있어 설레고, 자기가 마음에 드는 약간 노출이 있는 드레스를 고르는 설렘을 안고 와서 그 남자를 집 안에 들이죠. 남편과 아이들이 없을 때 벌어지는 정사신을 적나라하게 표현했어요. 나중에 자녀들이 보게 되죠. 엄마가 이랬을 리가 없다. 우리들의 엄마가 낯선 남자와 정사할 리가 없다. 이러면서 막 서로 싸움이 벌어지는데, 딸들은 그래도 된다. 엄마가 왜 그 나이에 못 그러냐. 그런데 우리 엄마는 우리 안 버리지 않냐. 그 남자가 좋다. 그렇게 우리 엄마와의 추억을 새기고, 남자가 트럭을 갖고 와서 바깥에서 기다렸을 때도 엄마는 끝까지 가지 않았다. 그래서 우리를 끝까지 키웠다. 이렇게 하면서 엄마를 동정하는 자녀가 있었고, 한쪽에서는 '우리 엄마는 불륜이다' 이렇게 나와요.

그런데 박완서 선생님의 글에서는 이런 거를 정말 교묘하게 피해 가더라고요. (웃음) 저는 그 부분에 관해 많이 생각했어요. 그 부분이 여성으로서도 굉장히 교묘한 부분이잖아요. 그래서 그 부분을 전체적인 거 빼고도 재미있게 봤습니다. 그런데 또 이분은 자기는 물건값도 깎지 못한 호구이고, 남편한테 주급을 받는다 이런 식으로 미사여구를 다 활용해서 본인을 호구인 것처럼 표현하더라고요. 거기다가 또 그 남자 만나러 갈 때 비로소 치마를 탁 잘라가지고. (웃음)

저도 첫사랑이 있는데, 사람은 여자든 남자든 평생 사랑을 먹고 사는 것 같아요. 그 사랑 하나를 가지고 10대든, 20대든 내가 꽂혔던 사람이 죽을 때까지 남는 거죠. 힘들 때도 생각나고 내 마음속에서 계속 나오는 거죠. 그렇게 간다고 저는 생각을 해요. 근데 저는 첫사랑이 딴 사람이었고 또 다른 사람은 내가 첫사랑이었던 거예요. 열여섯 살 때 남학생은 내가 첫사랑이라 나를 잊지 못했고 그다음에 나는 대학교 때 다른 사람이 첫사랑이었어요. 그런데 어느 날 우연히 페이스북을 봤는데 제가 열다섯 살 때 3년 사귀고 헤어진 애가 우리가 같이 쓴 애칭을 닉네임으로 해놓은 거예요. 40년이 지났는데. 그래서 쟤는 미친 거 아닌가, 애까지 낳고 살고 있다는데. 결국은 제가 전화만 한 번 했어요. 근데 왜 안 만나려고 하냐고 물어봤더니, 그 애가 저한테 하는 말이 47킬로그램의 그 예쁜 구슬 같은 모습, 너무 예쁜 모습 그대로였으면 좋겠다고.

김미옥 자기는 나이 들어도 그대로야? (웃음)

훌리아 근데 나는 만나고 싶지 않은 게 애가 늙었을 거 아니에요. 60이니까. 그래서 내 모습을 그대로 간직하게 하고 싶은 마음이 컸어요.

김미옥 그다음에 눈을 멀게 해. (웃음)

훌리아 제가 다른 사람을 통해서 들었는데, 제가 준 편지를 와이프랑 결혼하고 나서도 30~40년을 갖고 있었던 거예요. 그래서 그걸 들켰는데 그 와이프가 남편 없을 때 시어머니랑 둘이 태웠답니다. 그랬는데도 아직도 페이스북에 이름이 서로 쓰는 애칭이었던 거죠. 아무튼 그런 얘기가 있어요.

김미옥 원래 문장을 잘 쓰고 논리 전개를 잘해야 하는 분야는 논문이에요. 원칙적으로는 이 소설가라는 작가는 이야기꾼이에요. 이야기를 얼마나 잘하나. 얼마나 많은 이야기를 재밌고 가독성 있게 전달할 수 있는가. 그리고 진짜 아픈 이야기가 남들의 가슴, 내 가슴을 칼로 찌르고 지나가는 그 순간의 그 얘기거든요. 그렇지만 어느 순간에 이걸 치고 들어가야 하는지 글을 쓰는 '나'는 몰라요. '나'는 그냥 생각나는 대로 쓰는 거기 때문에 글을 쓰다 보면 읽어주는 사람이 그걸 잡아요. 그래서 본인이 독자가 되는 방법은, 써 놓고 일단 떨어져 있는 거예요. 잊어버리는 거예요. 그러다가 다시 봐요. 남의 글 보듯이. 그럼 보여요. 그러니까 조금씩 매일 매일 쓰는데, 대신 쓴 만큼 됐다가 다시 원래 처음으로 돌아가는 거예요.

　　그러면 우리의 희망 신지후 선생님. (일동 웃음) 왜냐면 제가 너무 기대가 많은 게 글을 굉장히 샤프하게 잘 쓰더라고요. 그리고 남들과 또 다른 서사를 갖고 오셔서 조금만 바꾸면은 좋은 작품이 나올 수 있을 것 같아요. 제가 이 얘길 왜 지금 하냐면, 신춘문예 같은 데서 어떤 때 전화가 와요. 전화가 오면 몇 년생이세요 하고 물어본대요. 그래서 20대, 30대 이러면 뽑는대요. 나이가 50, 60 넘어가면 자른대요. 결승에 올라가면 전화가 오는 거예요. 그래서 나이 좀 있는 사람들은 자기 딸, 아들 이름으로 올려놓는대요. 그러고 나서 나중에 밝혀지면 사실은 안 썼다 이렇게 나오더라고요. 상을 타고 나면 그다음에는, 실은 접니다. 이렇게 나타나는 경우도 있어요. 그렇게 우리나라가 나이에 대해서 굉장히 민감해해요.

스칼렛 나이를 밝히게 돼 있어요. 신춘문예는 웬만한 데는.

김미옥 아니요. 많이 없어졌어요. 세계일보도 없어졌고 경향신문도 없어졌고, 다 없어졌어요. 작년도 것부터 제가 봤는데 조선일보하고

94

몇 군데만 나이를 적고 나머지는 나이를 밝히는 게 없었어요. 대신에 전화를 해요. 결승에 올라가면. 우남정 시인도 신문사에서 몇 년 생이냐는 전화를 받았다고 하더군요. 나이를 알아야 되는 거라. 두세 사람으로 압축이 되는데, 실력이 비슷하면 어린 사람을 줘요. 우남정 시인이 학교 교감 출신이에요. 전화가 왔는데, "결선 올라가는데 내 나이 밝히면 안 뽑을 거죠?" 그랬대요. (웃음) 그래 가지고 그걸 뽑았어요.

신춘문예는 우리나라만 있어요. 원래 발상지가 일본이었는데 없어졌어요. 중국도 없어지고 우리나라만 지금 남아 있는 거예요. 일제 잔재예요. 이거 의미가 없어요. 미국이나 이런 나라는 책 그냥 나와요. 반응 보고 막 나오고, 그거를 읽어보고 독자들이 괜찮다, 입소문이 퍼지기 시작하는 거거든요. 우리도 앞으로 그렇게 갈 것이고, 지금도 이미 그렇게 되고 있어요.

POD(Print on Demand)라는 게 있어요. POD가 뭐냐면은 일종의 OEM방식인 거예요. 큰 기업 가령 해태제과가 있으면 그 제과가 다른 작은 업체에 OEM을 주는 거예요. 그러면 어떤 공장에서 과자를 만들어서 이름만 해태로 따요. 이런 거랑 비슷해요. 내가 소설을 썼어. 출판사에서 아무도 안 받아줘, 그러면 교보나 알라딘 같은 데다가 POD 신청을 해요. 주문자 제작 방식이에요. 누가 그 책 POD로 주문 신청을 하면 그때서야 인쇄를 해줘요. 그런데 우리나라에서 아직 성공한 경우는 없어요. 미국에서는 성공한 케이스들이 꽤 있어요. 《그레이의 50가지 그림자》가 POD방식으로 작기가 써서 낸 거예요. 출판사에서 제작한 게 아니라 그냥 인쇄를 작가가 한 거예요.

그리고 그걸 아마존에서 내준 거고요.

희주   저작권, 인세 이런 게 세다. 우리나라는 주로 회사늘이 돈을
버는 구존데.

김미옥 우리나라에서 자비 출판으로 내 책을 내려면 보통 천만 원이
기본이라고 해요. 내가 받는 게 아니고 줘야 돼요, 출판사에. 그래야
책이 나와요. 그러니까 출판사에서 먼저 제안하는 거는 좋은 거예
요. 정말 좋은 책을 못 알아보는 경우도 많죠. 요즘 베스트셀러 보면
책 같지도 않잖아요. 이게 책이냐? 막 이러잖아요. 근데 진짜 괜찮은
작가들이 많거든요. 덜 알려졌을 뿐이지. 언제 우리나라 문학계도
한번 천지개벽을 해야 될 거예요. 내년에 아마 서평가협회가 발족될
거예요. 그리고 제가 부회장으로 이름이 올라가 있더라고요. 그럼
굉장히 냉정하게 글을 쓰게 돼요. "이게 글이야?"라는 식으로, 책을
사정없이 비판해요.

이연정 선생님이 신랄하게 쓰신 서평도 있나요? 저는 예전에 쓰신
글은 잘 모르고, 요즘에 쓰신 글만 보면 대부분 좋은 평만 있는 것 같
아요.

김미옥 신랄하게 서평을 올리면 상처받으니까 차라리 끊어버려요.
두 번 다시 언급 안 해요. 원래 무관심이 더 무서운 거예요. 차라리
노이즈가 낫지, 아예 침묵은 더 무서운 거예요. 본인이 깨달아야 해

요. 작가는 끝없이 노력해야 해요. 매너리즘에 빠지면 안 돼요. 문장은 같을 수가 있는데 문제는 앞에 보면 그 얘기가 그 얘기라는 게 딱보여요. 그러면 그건 끝난 거예요. 그럼 더 이상 작가가 아니에요. 작가는 끝없이 노력하고 변신해야 되거든요. 제가 이야기가 많은 사람을 좋아하는 이유 중의 하나가 자기 서사가 많잖아요. 박완서 작가처럼 결국 자기 이야기를 계속 풀어나가는 단계. 이런 이야기가 필요한 거예요. 그냥 똑같은 주제 가지고 똑같이 얘기하면 아무 의미가 없는 거예요.

민영주 선생님 본인 서사 얘기를 한번 해주세요. 지난번에 먼저 가셨죠. 저번 모임 때 우리는 각자가 자기 살아온 서사를 다 얘기했어요.

민영주 저의 서사에 대해서. 몇 분 동안? 너무 많아서. (웃음)

홍리아 세 시간 하셔도 돼요.

김미옥 10분.

민영주 저 되게 솔직한 성격이에요. 얘기 안 하면 아예 안 하고 하면모두 털어놓고.

홍리아 저희 그날 다 솔직했고 눈물, 콧물 다 흘렸습니다.

민영주 입을 열고 마음을 여는 순간 모든 게 사라집니다. (웃음)

홍리아 저희는 다 그런 과입니다. 다른 과가 아니에요.

민영주 저는 경북의 어느 소도시에서 태어났어요. 고향에선 공부를 곧잘 했어요. 그때 당시에 졸업할 때 90이었으니까 89년도에 고등학교를 다녔고, 그 시기에 소도시의 평범한 가정에서 삼수를 시켜줄 수 있는 집안이 흔하지 않았어요. 그때 돈으로 70, 80만 원 냈었거든요. 저는 목표 대학이 스카이 대학 중에 하나였는데 물론 다 떨어졌죠. 3수까지 다 떨어지고 지방대에 가야 할 처지에 놓였죠. 그때는 전기대학, 후기대학 이런 시스템이었는데 거기서 원하지 않은, 성적이 낮아도 안전하게 합격 가능했던 관광경영학과에 들어갔어요. 학교 학사 성적이 너무 안 좋았어요. 왜냐하면 지방대학에 다니는 것이 너무 자존심 상했나 봐요. 그래서인지 결석도 자주하고 그랬죠. 학벌 그거 아무 것도 아닌데 그땐 왜 그랬는지…. 졸업을 앞두고 승무원 시험을 치러 간 적이 있어요. 지금은 그런 게 다 없어졌는데 영어와 관련된 일이니까. 고3 때 대학 간 친구들이 영어 교사 되고 교수 되는 것보다 나는 글로벌하게 성장하겠다는 생각을 하고 시험을 보러 갔어요. 근데 그때는 키 제한이 있어서 162센티미터가 됐어야 되는데 저는 161.8센티미터이었어요. (일동 웃음) 키 젤 때 약간의 공기를 막 빨아당겨서 발가락으로 힘을 주었지만 무리였죠. 요즘은 머리 위로 탁 재는 거잖아요. 그때는 이렇게 막 물렁뼈를 누르는 거예요. 그래서 어거지로 160센티미터 몇인가 나왔어요. 이쪽으로 가면

98

키 탈락자 이쪽으로 가면 키 합격자. 그러니까 준비한 인터뷰는 아무것도 못 해보고 떨어졌죠. 그때 마침 서울 삼성동의 특급 호텔에서 직원을 모집하길래 거기에 지원했어요. 저 정도의 가벼운 회화가 된다면 아주 '어서 오십시오' 하던 시절이었죠. 그 시절에는 요즘처럼 취업이 그리 어렵지는 않았잖아요?

처음에는 객실 예약 부서에서 근무하다가 컨시어즈 중에서 GRO 부서, Guest Relation officer 부서에서 영어 통역 담당을 하고 있었는데 거기에서 제가 아는 친한 언니하고 같이 들어가서 실습도 하고 같이 잘 지냈어요. 지금도 친한 언니인데 그때 이후부터니까 거의 30년 친구죠. 근데 주방에 프랑스, 이탈리아 식당 셰프가 한국 사람인데 너무 멋있다고 소개해달라고 하는 거예요. 그래서 같이 한번 밥 먹을 기회를 만들었어요. 셰프와 로비 직원 간에 사랑 이야기가 연결이 되겠다 싶어서, 같이 저녁 먹자고 그랬어요. 그래서 그 친한 언니랑 셰프하고 해서 셋이 만난 거예요. 그 두 사람 대화도 제법 잘 통하고, 그 다음 날도 만나자 했는데 남자가 적극적으로 나오길래 두 사람이 정말 서로 마음에 있는 줄 알았죠. 사귀는 줄 알았어요. 그 다음 주 쉬는 날에 또 만나기로 약속해서, 셋이 또 만났어요.

근데 세 번째인가 네 번째 만나는 때에 그 언니가 기분이 너무 좋아서 코인 노래방 처음 나왔던 그 시절에 노래하며 술 먹고 반복하다 그대로 고꾸라져서 테이블에 엎드려 잠들어 버렸어요. 근데 잠든 언니를 제가 막 깨우니까 그 남자가 깨우지 말라고 하더라고요. 그리고 자기랑 얘기를 좀 하자고 하더라고요. 네 번 만났을 때였어요. 그 남자 외모는 휴 그랜트랑 비슷했어요. 잘생겼지만 제 스타일은 아니었죠. 저는 쿨의 이재훈 스타일 너무 좋아해요. (일동 웃음) 키 작고. 배우 임호처럼 반듯한 얼굴, 이런 스타일. 그때는 셰프라 부르지 않고 조리사라고 그랬거든요. 스위스에서 갓 돌아온 조리사. '스위스 호텔학교를 졸업했고, 요즘 너무 바쁜 일정 속에 나흘 동안 술을 연이어 마시니까 너무 피곤했다. 그래서 앞으로 그 언니랑 너 연락 좀 자제해라.' 이러는 줄 알았죠. 근데 현실의 대답은 '4일동안 너무 즐겁고 행복했다. 그래서 고마웠다. 무엇보다도 너를 볼 수 있어서 설레고 좋았다.'라고 하는 거예요. 그 사람은 제가 좋았던 거고 관심을 보인 이유를 제가 착각했던 거죠. 근데 그 짧은 고백을 듣고 나니까 그때부터 제 가슴이 쿵쾅쿵쾅 뛰기 시작하는 거예요. '어떡하지? 나도 좋은 마음이 있었구나. 코인 노래방에 꼬꾸라진 이 언니를 이제 잊어야 되나, 아… 이 무슨 복잡 미묘한 감정일까! 허허….' 그때부터 고민에 고민을 거듭했죠.

저는 삼수했고 그 언니는 직장을 다니다가 들어온 장수생 언니, 둘 다 아웃사이더에 외로운 처지로 대학 생활을 시작해서 꽤 친했던 거예요. 고민에 고민을 거듭하다가 결국 고백을 했어요. 그냥 저는 좀 그런 성격이에요. 안 되면 말고. 인생은 뭐, 안 되면 말고. 이런 생각이면 두려울 게 없다는 생각 자주 하는 편이예요. 제 이야기 들려 드리는 동안 좀 친해졌으니까 편하게 말씀드릴게요. 그 언니에게 사실대로 이야기 안 하고 'A가 있었는데 A의 친구가 어쩌고 저쩌고 이래가지고, 저래가지고, 근데 알고 봤더니 B는…' 그 언니는 나름 눈치가 빠른 사람이라, "괜찮아. 그날 너희 둘 눈빛 보고 내가 알아서 일부러 술 먹고 고꾸라진 거야." 그러는 거예요. 그러니까 자신한테 얘기할 때는 쳐다보지 않았는데 제가 얘기할 때는 그 남자가 나를 계속 쳐다봤다는 거죠. 대화할 때 아이컨택 그거 되게 중요해요. 그 이후 본격적으로 당당하게, 떳떳하게 무려 3년을 사귀었어요. 그때 나이가 스물세 살이었으니까, 얼마나 예쁜 나이예요.

홍리아 그분 아내인 거예요, 지금?

민영주 지금 결혼 안 한 사람 이야기를 하는 거 아니에요? (일동 웃음)

홍리아 나는 서사를 이야기한다 그래서.

민영주 내가 잘못 이해했어요. (웃음)

홍리아 아니 뭐 마음대로 편하게.

민영주 희극, 비극, 희극, 비극 왔다 갔다 할 거예요. 세 명 더 있어요. (일동 웃음) 이제 이건 비극이에요. 첫 번째 비극이에요. 그래서 재밌게 잘 사귀고 그랬었는데 그 어린 시절을 이야기할 기회도 없었어요. 근데 제가 여지껏 알고 있었던 사람 중에서 가장 아는 것이 많아 김미옥 선생님 급이라고 봐도 될 정도로, 셰프이지만 너무나 아는 게 많았어요. 그 시절에 이미 홍채로 문을 여는 시대에 대해서 꿈을 꿨던 사람인 거예요. 93년도 이때 이메일도 없었던 시절인데 책도 많이 읽고 한자 공부를 많이 했죠. 그게 함정이었지. 그래서 다섯 살

두 번째 만남 — 솔직하되 분리하기

차이여도 친해지면 존댓말을 안 하잖아요. 근데 저는 극존칭을 했어요. 저절로 그런 말이 나오더라고요. 리스펙 그 자체였어요.

어느 날 직지사에 차를 마시러 가자고 하는 거예요. 그쪽 어머니도 만난 후라 저는 제가 그 무렵 일찍 결혼할 거라고 생각을 했죠. 스물여섯 살쯤에. 근데 그 찻집을 두 번 다시는 가고 싶지 않고 또 '치자꽃 설화'라는 시를 읽으면서 두 번 다시 읽기 싫게 되었답니다. 그 시가 뭐냐면, 스님이 된 어떤 남자 친구를 절에 두고 홀로 내려가는 어떤 여자를 바라보는 관찰자 시점으로 쓴 시예요. 그 여자가 저였어요. 스님이 됐다는 얘기죠. 저랑 만난 그분이 왜 그렇게 한자 공부를 많이 했는지 그때 알았어야 했는데, 저는 그냥 진짜 한자인 줄로만 알았죠. (웃음) 이제 스님이 됐던 이유를 설명할 차례죠? 그 직지사 찻집의 녹차를 마셨는데 정신이 무척 맑아지는 거예요. 너무 맛있었고요. 그때는 제가 오빠라고 했거든요. 지금은 스님, 스님 하겠지만. 근데 그 이후로 단 한 번도 만난 적은 없어요.

액센트 승용차 보라색 차 키랑 통장, 비밀번호가 적힌 메모지를 전해주고 자기가 살아온 유년 시절 이야기를 하는 거예요. 이분은 자신의 엄마가 재가해서 다른 집 아이들을 키우고 있다는 것까지만 제가 알고 할머니 손에서 자랐다는 걸 알아요. 근데 할머니가 자신을 양육하며 키우는 동안 집에 놀러 온 사람들한테 엄마가 사는 이야기를 들었던 거예요. 엄마가 포항 사람이었거든요. 그래서 포항 이름 들어가는 식당은 지금도 항상 가요. 오늘도 있다면 갈 거예요. 포항 사람들 너무 좋아하고. 지금은 사랑은 아니지만 제 신체의 일부처럼 정신에 뭔가 선명하게 각인되어서 그랬던 것 같아요. 포항!

그가 이야기하길 엄마가 매 맞고 살고 너무 힘들어한다는 것을 동네 할머니 친구들한테 들었던 거죠. 그 어린 나이에 다짐했던 게, 5천만 원을 벌면 엄마한테 드리겠노라고 결심했다는 거예요. 할머니랑 항상 손잡고 포항에 있는 보경사를 갔었대요. 근데 그 절에 갈 때마다 너무 행복했대요. 그래서 스님이 될 거라 결심했는데, 스님이 되면 5천만 원은 못 벌잖아요. 마침 그때 스위스 국제학교, 요즘은 공부 잘하고 부유한 집안 자식들도 꿈을 꾸지만, 그때는 가난한 사람들이 더 많이 갔던 거죠. 정부 지원금 같은 제도가 있었나봐요. 양식 조리사! 그래서 스위스를 갔다 와서 서울 특급호텔에 있다가 제가 근무했던 호텔로 스카우트 돼서 온 거죠. 그래서 5천만 원을 버는 과정에서 저를 본 거고. 7천만 원짜리 돈이 든 통장에서 5천은 엄마 드리고 비밀번호 찾아서 2천은 저에게 줬어요. 마치 위자료 같은 느낌이랄까? 그냥 내가 돈이 필요 없기 때문에 너에게 줄게. 그리고 차도 난 필요 없다. 그리고 굿바이라고 하는 거예요. 그리고 진짜 그 길로 바이바이했어요. 너무 매정하고, 저는 그때 당시에 종교인들이 되게 이기적이라고 생각을 했어요. 당시에는 면허증도 없었기 때문에 차를 거기다 두고 올 수는 없고 해서 우리 집 자매들 중에 유일하게 저희 작은 언니가 면허증이 있어서 서울에서 내려와서 차를 운전해 가고, 언니에게 차를 줬어요. 서울로 올라가면서 몇 시간을 펑펑 울고. 그렇게 첫사랑이 지나가고 5년쯤인가 지나 동국대 승가대에서 어떤 강연하는 걸 TV로 한번 본 적은 있어요.

홍리아 웃으면 복이 와요.

민영주 그 오빠 때문에 너무 상심했던 상처가 2년 이상을 가는 거예요. 그 상실감이. 그때도 글 많이 썼어요. 우울할 때 쓴 글은 진짜 우울함이 묻어 있어요. 많이 배우지 않아도 머릿속으로 사고를 많이 하는 사람은 나에게 상처를 준다, 이 생각을 하고 단순한 사람을 골라 뒤늦게, 급하게 떠밀리듯 결혼을 하게 되었어요. 그게 저의 단순한 실수였던 거죠. 어쨌든 지금 제가 아들 하나인데, 그 아이의 아빠이고, 결혼식은 10월에 했는데 아이는 3월에 태어났죠. 그럼 이해하실거라 믿고. (일동웃음)

근데 결혼식 전날도 저는 이 결혼은 아니라고 생각했어요. 이 사람은 아니다.. 그래도 선택의 여지가 없었죠. 아이가 다섯 살 때 이혼을 했으면 두 살 때부터 싸웠다고 생각하시면 되잖아요. 결국 이혼했죠. 3년 지나, 아이 세 살 때 2년은 별거. 그러니까 6개월은 입덧 하고 6개월은 몸 풀었죠. 정신이 없었어요. 그러니까 거의 1년밖에 안 살았다고 보면 되죠. 근데 지금 그 사람과의 삶은 아무 기억이 안 나요. 애가 있으니까 내가 결혼이란 걸 했었구나, 아빠가 이 사람이구나. 이 정도인 거지, 추억도 없고 아무것도 없는 거죠. 헤어지고 찢어버릴 사진도 몇 장 없었어요. 추억도 사랑도 눈물도 아무것도 없죠.

그렇게 해서 이혼을 하고 제가 할 수 있는 걸 찾아봤어요. 제고향으로 내려와 제일 높은 산꼭대기에 올라갔어요. 막막한 마음에 딱 내려다보니까 아파트가 이렇게 2개가 있는데 그때 당시에 전부 보습학원 하던 그런 시절이었는데, '영어와 수학만 가르쳐서 차별성 있고 특별한 교육 사업을 하자!' 이렇게 다짐을 했어요. 고향에 내려오게 된 이유는 저희 집이 엄마가 모텔, 호텔 이런 경매 쪽의 일을 좀 많이 해서 호텔 2개를 운영하고 있었어요. 98년도에는 다 부도났지만 그때 당시에는 좋았던 시절이니까. 그래서 엄청 뭐가 많은 집이라고 생각했다가 그게 다 줄도산을 하니까 아이 아빠도 심경의 변화가 온 거죠. '부잣집인 줄 알았는데…' 저는 잘 사는 사람이나 금수저에 관해 아무 느낌이 없어요. 왜냐하면 그거는 부모님 돈이지 내 돈이 아니니까. '내가 열심히 일하면 된다'라는 생각을 하고 생업 전선에 뛰어들었죠. 대상포진 세 번 걸리고 하루종일 밥을 거의 못 먹고 한 끼, 새벽 한 끼만 먹기도 하고 그랬어요. 영어,수학학원 운영하면서 밤 열 시부터는 고3들 영어과외해서 새벽 두 시까지 일했어요. 미친 듯이 돈을 벌었죠. 아이 아빠와 그렇게 이혼한 게 그다지 서운하지도 않았어요. 사랑이 없었으니까. '애는 너가 키울 거지?' 이렇게 얘기했는데 저는 속으로 '그래, 땡큐다' 그랬죠. (웃음) 지금도 양육비 관련해서 고소하면 되는데 그거 없다고 내가 못 사는 것도 아니고, 또 돈도 없는 것 같아서 소송은 안 했고 어느새 아이는 스물셋이 되었어요.

　저는 힘들 때마다 2003년, 2004년도 다이어리를 보는데, 오늘도 봤거든요. 와, 진짜 2년 동안 주말도 단 하루를 쉰 적이 없는 거예요. 그래도 오랫동안 학원 운영하고 강사도 하면서 우리 아이한테 풍족하게 용돈 줄 수 있을 만큼은 모았어요. 그리고 초등학교 동창 애들이 자기 아이들을 저희 학원에 많이 보내주었어요. 너무 고맙죠. 근데 그 초등학교 동창 남자애들 와이프한테서 불만이 거세게 일어나는 거예요. "우리 누구누구 아빠랑 어떻게 알아요?" 여자가 혼자 사니까, 그런 걸 물어봐요. 그때 '남편이라는 존재가 이럴 땐 필요하구나'라는 생각은 했어요. 남자는 혼자 살면 동정심을 받고 여자들의 모성애를 자극하면서 행복할 수는 있잖아요. 근데 여자는 내가 큰 혐오감을 주는 외모고 과체중이 아닌 이상 자꾸 그렇게 얘기가 되는 거예요. 도마 위에 오르게 되고, 나는 그냥 한번 이렇게 살짝 미소 지었는데 막 여우짓 한다더라. 얼토당토않은 뒷말 오가고. 좁은 동네에서 그게 정말 심했어요.

김미옥 혼자 리사이틀을. (웃음) 근데 아마 이혼해 가지고 잘 된 대표적인 케이스. 대학원 박사학위로.

민영주 그때 이를 갈면서 공부했죠. 그 결혼의 실패와 타인들의 지나친 관심으로 오늘날의 제가 있다고 생각해요. 전 남편과 그 지역 사모님들께 진심으로 감사드립니다. 하하하….

김미옥 사실은 이렇게까지 자세히 많이 얘기할 줄은 몰랐고. (일동 웃음)

민영주 여기까지. 그런 삶에 대해서 글을 써보려고요.

김미옥 왜 내가 그 첫사랑 얘기를 하라 그랬냐면 박완서의《그 남자네 집》보면 그 첫사랑이 계속 나오는 가장 큰 이유가 내가 가장 아름다웠던 시절이어서 그래요. 그 남자가 멋있는 게 아니에요. 내가 가장 아름다웠던 시절에 첫사랑을 했기 때문에 그 남자를 생각하게 되는 건 그때의 나를 떠올리는 거거든요. 지금 이혼을 해서 세 남자가 아무 기억도 안 나는 것은 그때 내가 너무 비참했기 때문인 거예요. 이혼하기까지 고통을 견디는 과정의 그때 내가 너무 싫어요. 그러면 잊어버려요. 이 뇌는 너무 고통스러우면 잊어요. 근데 만약 돌아간다면 내가 그때 그 선택을 하지 않았을까? 아니야, 그 당시로 돌아가도 그 선택을 해요. 인간은 원래 그래요. 아닌 건 아닌 거예요. 그때 내가 그러지 말았을걸, 아니야, 그때 너무 못 견뎌서 그렇게 한 거예요.

그래서 박완서 작가는 그때 첫사랑을 그리워하기도 하지만, 그건 동시에 그때의 자기를 그리워한 거예요. 그 시절의 자기가 그리웠기 때문에 그 첫사랑 눈도 멀게 해서, 소설에서 그때의 예쁜 것만 기억하라고, 자기도 그렇게 기억하겠다는 얘기거든요. 이런 박완서 작가의 글쓰기 방식이 여러분이 글 쓸 때도 도움이 될 거예요.

우리 다음 작품은 김명순 《사랑은 무한대이외다》였죠. 5개 국어를 한 여자고, 우리나라 최초의 엘리트 여성인데, 이 사람 생각하면, 전 가끔 울어요. 이 여자를 남자 문인들이 다 죽이려고 하더라고. 남자들이 그 꼴을 못 봐요. 오늘 고생하셨습니다.

두 번째 만남 — 솔직하되 분리하기

상처를 객관적으로 바라보기

함께 읽은 책

《사랑은 무한대이외다》, 김명순 지음

너무 앞서갔던 여성이 쓴 비애의 글쓰기

김미옥 이 책 읽어보셨으면 책보다도 '탄실이'가 누구냐며 궁금해하
실 사람이 많을 거예요. 탄실이는 김명순의 어릴 때 아명이에요. 김
명순은 1896년도에 태어났고, 쉰다섯 살에 죽었어요. 기생 딸이었고,
아버지는 평양의 굉장한 부자였어요. 김명순은 집에 돈이 많아서 유
학까지 갔는데, 거의 천재에 가까워요. 4개 국어를 했거든요. 4개
국어를 했고, 에드거 앨런 포를 처음 번역한 사람이 이 여자예요. 근
데 이 분이 열아홉 살에 일본 유학 갔다가 유부남에게 성폭행을 당해
요. 그 성폭행한 사람이 훗날 최초 참모총장이에요. 이용준이었어요.
    당시 사람들은 성폭행이나 남자들이 바람피우는 거에 대해
서는 수다스러웠어요. 자기들이 성폭행을 해놓고 마치 헤픈 여자로
만드는 거죠. 요즘도 마찬가지예요. 남자들이 쓰는 말도 안 되는 문
장들이 있잖아요. "왜 짧은 치마를 입고 밤에 돌아다니냐", "네가 왜
거기 내 앞에 서 있어" 이런 것들이요. 결국은 그 피해자한테 다 뒤
집어씌우는 거예요. 전형적인 케이스가 김명순 작가인데, 이 사람은
똑똑하고 머리도 좋고 공부도 많이 했기 때문에 부당하다고 소송도
하고 그랬었어요. 근데 그 당시에 이 남자들의 인식이라는 게 여자
편이 아니었어요. 여자는 소모품이었어요. 김명순이 많이 배우고 똑
똑하니까 떠든 거예요. 근데 나는 너무 충격받았던 게, 그때 우리나
라 인텔리 남자들이 다 김명순을 공격했어요. 방정환도 그렇고 우리
나라 팔봉 김기진 있죠? 팔봉 문학상. 팔봉 김기진도 공개적으로 김
명순을 비판했어요. 이름 대면서 외갓집 혈통을 물려받아서 음탕한

끼가 흐른다, 이런 식으로 말했죠.

저는 가장 충격받았던 게 김동인이었어요. 〈김연실전〉에 보면 남자랑 자는 거 연애하는 걸 즐기는 여자로 나와요. 그러니까 이렇게 생각을 해보세요. 이 4개 국어를 하고 상당한 인텔리고 똑똑하고 돈도 많고. 근데 집안 혈통은 기생 딸인 거예요. 아버지는 부자지만, 남자들이 보기에는 안 예쁜 거예요. 집안도 별로인 여자가 많이 배워 갖고 똑똑한 척하고 영어도 막 원서를 다 번역하고 그러니까. 그런데 예뻤어요. 예쁘고 똑똑하고 이러니까 작살을 내는 거예요. 한마디로 이 사람들뿐만이 아니에요. 여론이라는 게 웃기는 게, 말잔치로 이 사람을 매도했어요. 대부분 사실이 아니었죠. 한국에서 못 견뎌서 일본으로 갔어요. 굉장히 가난하게 죽었다고 그러더라고요. 하지만 이 사람은 우리나라 진짜 최초의 소설가로 봐야 돼요. 탄실전을 이 사람이 썼어요. 이 책에 보면 그게 나오죠. 스칼렛 선생님 이 책 읽은 얘기 먼저 좀 해주세요.

스칼렛 네, 제가 좀 할게요. 저도 읽었는데 이게 어떻게 돌아가는 건지를 잘 몰라서 도서관에 가서 좀 찾아봤더니 큰 글씨로 시문학선이라고 해놓은 큰 글씨로 나온 시집도 한 권 있고, 그다음에 근대여성작가선에 자전소설《탄실이와 주영이》가 있었어요. 그래서 그걸 쭉 읽어보니까, 수필을 이렇게 쓸 수밖에 없는 상황이 나왔어요. 그래서 제가 몇 자 적어 왔는데, 읽어볼게요.

"나는 세상에 다시 안 오리다. 그래서 우리는 아주 작별합시다." 유언. 이 시를 읽으면서 엄마의 장례식을 생각했다. 스님은 열심히 목탁을 두드리며 극락왕생하소서를 연이어 독성을 하는데, 나는 극락왕생만 나오면 다시는 태어나지 마소서를 말대꾸로 후렴구를 넣었다. 스님은 나중에 "보살님, 그만 하세요"라고 했지만 "스님이 극락왕생하셔서 그만하시려면 저는 그만 해요" 하고 받아줬다. 극락을 믿고 안 믿고의 문제가 아니고, 나는 엄마가 다시는 어떤 에너지라도 존재하지 않기를 진심으로 기원했다."

　　엄마 세대의 여성의 삶이란 인고의 질곡을 요구한 삶이지 사람으로 대접받지 못하는 삶이었죠. 김명순은 1917년 문예지《청춘》으로 등단을 하고 시, 소설, 희곡을 묶은 두 권의 작품집을 냈지만 문학사에서 언급된 적이 전혀 없어요. 우리는《폐허》,《창조》,《백조》의 문예지를 배웠고, 남성 작가들이 즐비한 문학사조를 공부했을 뿐이죠. 평양에서 갑부 김희경의 소녀로 태어나, 어머니가 기생 출신이었고, 어머니는 김희경의 첩이었죠. 남산 소학교를 졸업하고 남산 소학교에서 유대인 역할로 연극을 했는데 부친이 분노해서 학교를 옮겼어요. 그때 어머니가 돌아가셨고 진명여고에 들어갔다 퇴학을 했어요. 그 후에 일본 유학을 갔어요. 그래서 도쿄 국정여학교 3학년을 다녔고, 그때 일본에 있을 때 1915년 일본군 소위인 이영준에게 성폭행을 당하고 결혼도 거절당하면서 자살 시도를 하고 일본에서 조선으로 돌아왔어요. 이게 큰 스캔들이 됐어요. 그래서 졸업을 못하고 다시 조선으로 돌아와서 숙명여고를 졸업했어요. 1924년《폐허》이후 동인으로 활동하였고 이때 자전적 소설《탄실이와 주영이》를 조선일보에 연재를 했는데 중간에 중단됐어요. 그 중단된 이유도 이 책에 나오는데, 이 소설이 최초로 성폭행을 고발한 내용이기 때문이에요. 자신의 인생과 예술활동을 왜곡하고 조롱하는 남성 중심 문단에 강력하게 저항했죠. 김기진이 김명순의 사생활과 작품활동 전체를 비난하고 조롱하는 김명순 공개장을 썼고 김명순이 《신여성》에 발표를 한 사건이 불거지게 됩니다. 그러고 나서 또 보면은 "사랑은 언제든지 사람은 언제든지 자기를 믿고 사는 것입니다. 외롭고 갈 데 없는 사람일수록 자유를 구하는 마음은 더 커지는 것입니다."《나는 사랑한다》에 나오는 한 구절이에요. 1951년 일본의 정신병원에서 생을 마감하기까지 그녀는 홀로 있었어요. 여기 홀로라는 얘기 많이 나오잖아요. 시에서도 많이 나오더라고요. 길을 간 것이지 가정이나 국가 같은 울타리가 없었어요. 이 수필집은 오로지 자신으로 살고자 하는 의지를 불태운 여자, 투쟁의 수단으로 글을 써서 존재를 열망한 여자의 기록입니다. 무한대와 같이 인생 속 사랑도 무한대이외다. 실패, 실연을 하고도 사랑은 무한대라고 믿은 의지의 여성이었죠. 어머니가 돌아가시자 배우기 위해 집을 떠났고 10년간 일본에서 땅콩을 파는 고학을 하기도 했습니다.

김미옥 첩이었던 엄마가 죽잖아요. 그러니까 대우를 안 해줬지.

스칼렛 유산을 준다든가 이런 게 거의 없었어요. 그래서 일본에서도 굉장히 고생을 많이 했고 가난했어요. 수필《내 자신을 위해》14쪽에 보면 "유배되지 않으면 추방될 운명이 타고났음을 다시 확인한다"라고 적혀 있어요. 김명순는 성폭행 문제를 공론화시킨 최초의 사례였어요. 오동나무가 벼락을 맞은 것 같은 상황인데도 모든 책임을 여성에게 돌리고 남자는 영복이 있다는 소리를 들으며 멀쩡하게 결혼해서 잘살고 있는 것을 견딜 수 없었다는 감정을 생생하게 드러냈죠. 그러나 당시 김명순의 고발은 다른 여성들의 응원을 받지 못했고, 오히려 공동체에서 추방되고 유폐되었어요. 결국 조선이라는 공동체와 결별합니다. 이게 조선에서 일본을 갔지만 그 중간중간 계속 왔다 갔다 하는 생활을 계속했던 이유였죠. 일본에서 돌아와도 아버지의 집으로 돌아가지 않았죠. 1927년 이후 김명순이 경제적, 사회적으로 어려워집니다. 여기서 보면 1927년이 가장 어려웠다고 얘기가 나오는 거죠. 수필에서. 강정산과 차상찬이 그 기사에서 이 사람을 명예훼손으로 고소했어요. 고소를 했으나 여론은 개벽사 편이었고, 김영순의 평판은 악화되었죠. 1928년 이미 민간에서 배제된 김명순의 작품은 관심을 끌지 못했다고 돼 있어요.

"1939년 3월 공장에는 김영순, 김일엽, 나혜석, 신여성 세대를 향한 악의와 험담으로 가득한 김동인의 소설《김연실전》이 있었다. 생활도 작품활동도 어려운 김명순은 1945년 이후에는 조선으로 돌아오지 않았다. 그래서 그 이후의 생활을 우리가 알 수 있는 소설이 하나 있는데 이게《김탄실과 그의 아들》이라는 전영택의 소설에서 짐작만 할 뿐이다." 그래서 김명순은 자신을 저격한 방정환, 김동인의 구더기 같은 인생들이 보인다. 또 쥐 같은 작은 남자라고 적고 있습니다.

사랑받으며 한 사람으로 존재하고 싶었던 김명순은 기존 문단의 남성 권력자로부터 철저히 배척받았습니다. 그러나 그녀는 자전소설,《탄실이와 주영이》를 통하여 끝까지 저항하였죠. 그녀는 갔

세 번째 만남 — 상처를 객관적으로 바라보기

지만 시집과 소설, 수필을 남겼다. 시집이 한 권 있어요. 한글로. 거기서 제가 골랐는데 이것도 유언이에요. 제목, 유언.

"조선아, 내가 너를 연결할 때 개천가에 고꾸라지든지, 뽑히든지, 죽은 시체라도 더 학대해다오. 그래도 부족하거든 이다음에 나 같은 사람이 나더라도 할 수는 있는 대로 또 학대해 보아라. 그러면 서로 미워하는 우리는 영영 작별된다. 이 사나운 것아. 사나운 것아.'

김미옥 사실은 그 당시 처녀가 없었다 그래요. 밤에 아가씨가 나가잖아요. 그러면 교통이 많이 발달되지 않았고 외진 곳이 많아요. 산중이라서. 동네니까 길거리를 갔다가 나무 뒤에서 남자가 끌어당겨서 범하고. 머슴들, 남편이 그런 일들이 굉장히 많았어요.

근데 우리 김명순이 처음으로 성폭행에 대해서 내가 이걸 당했다 하면 거기에 동조하거나 편을 들면 자기도 얘기를 해야 돼요. 그러니까 거부 반응을 일으키는 거예요. 같이 욕을 하는 거죠. 여자가 행실이 어땠길래, 이런 식으로 똑같은 거예요. 오히려 당시 여자들이 남자보다 더 남성적으로 여자를 공격했어요. 우리 미투가 제대로 된 게 200년 걸린 거예요. 이 첫 고백 있고 나서 200년 만에 제대로 된 거예요. 그것도 많은 사람들이 사실은 소송했었어요. 성폭행에 대해서, 강간이라고 그랬어요. 근데 소송을 해도 아무 소용이 없는 거야. 사회 여론은 완전히 행실이 문란한 여자로 몰아가고, 또 판사는 피해자를 아주 돌아버리게 만들어요. 얘기 들어보면. 심문 과정이 돌아버리잖아요. 네가 밤에 나가고 말이야, 그런 식이니까 여자들이 설 곳이 없었어요. 그러다가 미투가 되면서 갑자기 연대가 형성이 된 거예요. 나도, 나도가 나온 거예요. 우리나라가 처녀성을 굉장히 중요하게 생각하던 그 시기를 지나서. 사실 처녀는 없었어요. 진짜 솔직한 우리 인류 문명의 역사를 보면 난혼이었어요. 그리고 약탈혼이었어요. 힘센 놈이 와 가지고 그 나라 가서. 임진왜란 이런 전쟁들, 다 성폭행이었어요. 정절 지키는 거 있잖아요. 그건 단지 남자들의 로망에 맞춰준 거예요. 너 죽어라 하고, 여자들 자살하잖아요. 그건 남자들 로망을 위한 거예요. 대부분 침묵하는 거야. 그렇게 살다가 200년 만에 공식화되면서 지금 미투가 막 나왔잖아요. 그리고 연대가 형성이 되고 여자들이 목소리를 높이기 시작하면서 달라진 거예요. 그러니까 김명순이나 나혜석이나 그 시대를 앞질러 갔던 거예요. 김명순이 성폭행당한 걸 말하지 말았어야 되는거예요. 남자가 아무리 떠들어도 그냥 가만히 있어야 되는 거예요. 그러면 하다못해 모르는 쪽으로 혼사라도 들어왔을 거예요. 그렇지만 이미 소문이 나버린 거예요. 그래, 내가 공식적으로 당했다, 이런 식으로 막 소송하고 고소하고 떠들고 이러니까. 사람들이 인정을 안 하니까 그 피해자가, 여자가 얼마나 힘들었을까를 생각은 안 하는 거예요.

뼛속까지 가부장적인 한국 문단

이연정 약간 그 분위기를 느낄 수 있는 게 몇 해 전에 최영미 시인 같은 사람을 문단이 대하는 태도를 보면.

김미옥 얼마 전 원로 시인의 출판기념회에 간 적이 있어요. 참석하신

분 중에 민주화 투사로 유명한 분이 여성과 미투에 대해서 발언하는 것을 듣고 놀랐어요. 억울하게 우리 선생님이 당하셨다. 성폭행한 것도 아니고, 그 앞에서 옷 벗고 술 취해서 주사 좀 부렸는데, 그걸로 문제를 삼는다고 얘기하는 거예요. 이게 도대체 어디서부터 잘못된 건가. 그러니까 유교적인 가부장 습관이 아주 뼛속 깊이 우리 사회에 박혀 있는 거지요. 그러니까 그 시대인 거라. 그 시대, 일제 강점기에서 한 치도 못 벗어난 거예요. 남성우위에서. 그 생각을 하면서 얘기를 듣는데 사람들이 우리 시대에 어른이시고 앞서가는 분이시라고 생각하는 원로 문학가들 있죠. 그분들도 똑같은 거야. 사고 방식이.

스칼렛 한 발자국도 앞으로 못 나갔어요.

김미옥 진보를 못 했어요. 전 깜짝 놀랐어요. 인식이 아직도 그런 거예요. 그러니까 원래 패러다임이 깨지려면 그 세대가 죽어야 돼요. 그래야 깨져요.

이연정 시인의 글을 보면 상당히 사람을 불편하게 만드는데, 사람들이 그 불편함을 근거로 비난하는 거죠. 사실관계 파악이 아니라, 이 여자 뭔가 불편해 하는 식으로.

김미옥 사람들이 여성 시인 최 모 씨가 거만하다고 얘기해요. 서울대 나왔고 공주 스타일에 옷도 잘 입고 누가 저속한 발언을 하면 인상

팍 쓰면서 불편해하죠. 자기의 경계가 뚜렷한 사람이에요. 그런데 나는 지금도 이해를 못 하겠어요. 왜 문단 어르신 옆에 가장 젊고 예쁜 여자를 앉히죠? 접대부도 아닌데 말이지요. 대표적인 문단 미투 사건이었죠. 그런데 주변 사람들이 원로 시인이 노벨문학상 후보로 거론된 걸 못 잊더라고요. 내가 그래서, 그걸 인정을 받으시려면 참회록을 먼저 써야 된다고 했어요. 고은 씨가 스스로 내가 인생 교육을 그렇게 받았고 그렇게 살아왔기 때문에 난 이런 게 당연한 줄 알았다. 남성으로의 특권이 완전히 일상화돼 있었다. 내가 생각해 보니 잘못한 거다, 이런 식으로. 길게 쓸 필요도 없어요. 참회록 한 번 쓰고 그다음에 시집 내고 그래도 받아줄까 말까인데요. 작년에 나온 시집 있잖아요. 작년에 실천문학사에서 나온 그 시집 막 나온 거 다 회수됐잖아요. 난리가 나가지고.

그게 참회록이 없었기 때문이에요. 참회의 글이 있었어야 했었어요. 근데 또 나온 거예요. 이건 딱 오백 권만 출판했어요. 그렇게 해서, 아는 사람들한테만 준 거야. 그래서 이건 이렇게 내가 웃으면서 내가 집에 갖고 왔어요. (웃음)

그러니까 아주 오랜 세기 동안 지속된 남성들의 특권 때문에 인류 사회가 남자를에 관해 '오냐오냐'하고 받아주는 게 관습이 돼 버린 거예요. 그러니까 여자가 죽든 말든 상관 안 해요. 딸이 옛날에 머슴하고 정분나면, 목매달아 죽었잖아요. 똑같은 거예요. 지금 우리 공부하고 있는 이 김명순 씨도 상당히 똑똑한데, 기생 딸이잖아요. 모계 혈통으로 기준을 삼거든요. 아버지 쪽이면 첩이라도 양반 가문으로 인정을 하죠. 어느 정도 자리가 올라가요. 그런데 종일 때는 얘기가 달라져요. 엄마의 신분에 따라 확 달라져요. 홍길동이 아무리 똑똑해도 종이었잖아요. 그래서 호형호제를 못하게 했죠. 김명순은 그보다 더한 기생이니 더 심했을 거잖아요.

기생이 옛날에는 왕 앞에서만 춤추고 노래하는 일대 기생이 있었어요. 그 사람들은 궁궐에서만 살아요. 그리고 예술가였어요. 그리고 그 당시 기생들은 똑똑했어요. 남자들이 똑똑한 여자 못 만나죠. 기생들은 악기 다루고, 노래도 하고, 시 쓰고 그러잖아요. 황진이 같은 사람이 최고라고 그러죠. 지금으로 치면 스타예요, 스타. 그러니까 남자들이 좋아하죠. 하지만 거기서 나오는 자식은 그렇지 않죠. 사랑하고 어떤 사회 제약의 신분하고 별도인 거예요. 그러니까 이 사회 제도를 보면 정말 층위가 달라요. 그 의식과 마음과 현실이 달라요. 그럼 이거를 어떻게 할 것이냐. 가장 좋은 방법은 없애는 거예요. 그 모순되는 걸 계속 껴안고 넘어오면 안 되는 거예요. 지금 우리 사회에서 부딪히고 하는 것도 여자 문제라든가 하는 것도 옛날에도 그게 많이 부딪혀요. 너무 모순적인 게 많아요. 근데 김명순 같은 경우는 너무 아까웠어요. 김명순은 결혼한 적이 한 번도 없죠? 내가 알기로는 없어요. 중매도 안 들어왔다 그러더라고. 왜냐하면 이미 버렸다고 그러잖아요. 몸 버렸다고 그러지. 아니 날벼락 한 번 쳤다고, 무슨 몸을 버려. 난 웃기지도 않아요.

스칼렛 한번 하면 그래도 조선시대에도 그런 걸 줬는데 일제시대는 더 간 것 같아.

김미옥 그게 남자들이 밖에서 고생할 때일수록 압박을 받으면 안에서 강자가 된대요. 화풀이 대상에 여자가 있는 거예요. 미국에서 백인들이 쳐들어와 가지고 인디오들을 인디언 보호구역으로 몰아냈을 때 가장 비참해진 사람이 여자하고 애들이었어요. 남자들이 술 먹고 화풀이할 데가 없으니까 때려죽이는 게 더 많았대요. 부인들을 막 때리고. 옛날에 우리 아버지는 술 먹고 집 다 때려부셨죠. 애들 때리고 그런 사람들 많았어요. 사실은 가장 아끼는 게 부인과 애들이잖아요. 가장 아끼는 것도 죽이는 거예요. 일제 때 일본 사람들한테 얼마나 당했어요. 밖에서 깨지니까 돈 벌기 힘들고 먹고 살기도 힘드니까. 근데 남자들이 분풀이할 데가 없는 거예요. 엉뚱한 데 분풀이하면 감옥 가니까, 애들하고 여자를 때리는 거예요. 솔출판사 임우기 대표 딸이 미국에서 인디언 문학을 전공했어요. 인디언 문학과 인류학을 공부해서 인디언 출신 작가들의 글을 번역을 했어요. 이번에 세 번째 번역을 했어요. 그래서 저한테 왔어요. 첫 번째《사슴 뿔을 한 소녀》를 제가 두 번째 올렸을 거예요. 거기 보면 전부 여자들이 비참해지는 거예요. 그러니까 백인한테 당하고 자기 남편한테 쫓겨나고, 성폭행은 보통이에요. 이게 그 얘기에 대한 여자들의 글이에요. 그걸 썼는데 일제 때도 마찬가지였을 거예요. 남자들이 화풀이할 대상이 여자밖에 없어요. 김명순이 심한 케이스로 걸린 것 같아요. 감히 내가 성폭행당했다, 저놈이 나를 폭행했다. 지금 같으면 감방 들어가야죠. 근데 다 남자 편 들었잖아요. 저는 솔직히 팔봉 김기진 있잖아요, 깜짝 놀랐어요. 팔봉비평문학상 1회 수상하신 분이 김현 선생님이에요. 평론상이거든요. 그게 전 너무 어이가 없더라고.

이연정 그렇네요, 정말.

김미옥 그래서 제가 이렇게 쭉 얘기했지만, 결국 죽어야 끝나요. 그 연령대가 죽어야 끝나지 않을까 그런 생각이 들어요. (웃음)

　　이 책을 왜 선정했냐면, 김명순 작가 시대하고 지금이 사실은 하나도 달라진 게 없어서 그래요. 아직도 그래요. 가령 엄마들이 더 심해요. 딸이 성폭행을 당하고 밤중에 울면서 들어왔다. 쉬쉬하면서 말하지 말라 그래요. 네 앞날이 막힌다. 말하지 말라, 침묵하라가 교지였어요. 지금도 마찬가지예요. 침묵하라. 그런데 침묵하다 보니 화병이 생기고 자살하고 그런 게 많거든요. 그래서 침묵하지 않는 유일한 방법이 글을 쓰는 거예요.

　　작년에 나온 책 중에 《전쟁 같은 맛》이라는 문화인류학자 책이 있었어요. 그 책을 읽어보니까, 아들하고 딸 둘이 있는 엄마가 혼자서 먹고살 게 없으니까 양공주로 간 거예요. 그러다 국제결혼을 하게 돼서 애들 셋 데리고 미국으로 갔어요. 애들은 공부를 잘했어요. 그래서 문화인류학 박사 되고, 다른 아이들도 다 엘리트가 됐어요. 근데 엄마가 치매에 걸린 거예요. 엄마가 다른 음식은 잘 안 먹는데 분유를 주로 잘 먹어요. 엄마가 분유를 먹을 때 뭐라고 그러냐면 전쟁 맛이야 그래요. 왜냐하면 전쟁 났을 때 미군들이 가져온 가루거든요, 그게.

스칼렛 덩어리가 져서.

120

김미옥 찌면 덩어리가 돼요.

스칼렛 우리 배급 받았어요.

김미옥 나도 기억나요. 전지분유. 그러니까 이 양공주가 처음 미군한테 받은 게 그거였던 거예요. 근데 그거를 그 딸이 그대로 썼어요. 우리나라에서 그래도 제법 인기 끌었어요. 나도 읽고 이거 쓸까 말까 하다가 안 썼는데, 그 동생들이 난리가 난 거야. 출판 금지 소송을 걸었다 그래 가지고. 그러니까 큰누나는 솔직하게 해서 책 팔리고 했지만 동생은 우리들이 미국 사회에 자리 잡은 엘리트인데 쪽팔리게 이게 뭐냐 이거야. 그렇게 된 거예요. 그랬는데 소송까지는 안 갔어요. 그러니까 우리 국내에서 끝난 거예요. 이번에 우리 이혜숙 씨가 《계절을 먹다》 책이 나왔어요. 근데 사실은 이혜숙 씨가 문제가 되려면, 첫 번째 에세이 《쓰지 않으면 죽을 거 같아서》가 문제가 돼야 해요. 이혜숙 씨가 농담처럼 얘기하는 것 중에 그게 있어요. 할아버지가 애를 못 낳는다고 할머니를 쫓아냈어요. 그러고 있다가 나중에 재가를 했어요. 거기서 아들을 낳았어. 두 번째 부인이 들어왔는데, 두 번째 부인의 자식을 둘을 낳았어요. 이해가 안 되잖아요. 고자라고 얘기를 했는데. 근데 이건 직접 들은 얘기예요. 몇 개월에 한 번씩 절에 갔다는 거예요. 아마 씨를 받으러 간 것 같아요. 근데 그 의문점을 올린 거예요.

　그래서 내가 물어봤어요. 내가 첫 원고를 읽었잖아요. 추천서 쓰고 나서 물어봤어요. 이런 얘기했을 때 주변에서 뭐라 그러지 않냐? 안 그런대요. 거의 다 죽었고요. (웃음) 왜냐면 본인도 70세가 넘었으니까, 다 죽었거나 그리고 옛 기억인데, 지금은 다 이사 가고 시골들이 다 도시로 바뀌어 가지고, 아는 사람 따라 가면 거의 친인척이지만, 그 밑에 조카들도 잘 몰라요. 그러면서 거기다 농담조로 '할머니 내 피가 진짜 이씨 맞나' 이렇게 써 놨거든요. 근데 그런 일이 한둘이 아니에요. 애 안 낳고 쫓겨났던, 옛날 여자들은 남자가 하자가 있었어도 여자가 다 뒤집어 썼잖아요.

스칼렛 여자가 떠났는데 애를 낳는 게 이상하잖아요.

김미옥 반면에 톨스토이 있잖아요. 레오 톨스토이가 농노들을 데리고 있었어요. 근데 처녀고 아줌마고 다 건드린 거예요. 톨스토이는 바람둥이였어요. 톨스토이 책 보면 너무 정력이 넘쳐서 미치겠다고, 나를 제어하는 게 힘들다는 내용이 나와요. 그 동네 애들이 다 톨스토이를 닮았어요. 그때 그 모든 죄를 여자가 뒤집어쓰는 거죠. 유명했어요. 그 동네에 가면 톨스토이 닮은 애들이 다 뛰논다고. (일동 웃음) 그런데 60세가 넘으면서 정욕이 줄어들어 갑자기 크리스천으로 개종하면서 주님의 말씀과 참회와 헌신의 삶으로 나아간 거죠. 좋은 일을 하고 살아야 해 막 이러는 거야. 인간은 이 호르몬에 약한 거예요. 톨스토이 보면 그런 걸 느껴요. 그러니까 모든 게 여자 탓이야. 여자 탓이에요. 지금 우리 김명순 작가가 대표적으로 거스르려고 반항했다가 깨진 케이스예요. 정말 이 얘기는 지금 하지 않으면 안 된다, 꼭 하고 싶다 그러면 해야 돼요. 필명 쓰면 돼요.

김명순과 에밀리 디킨슨

민영주 이 작품을 보면서 두 인물이 자동으로 연상되더라고요. 첫째로는 입센의《인형의 집》의 노라가 떠올랐고, 둘째로는 여성 시인 중에 최고이자 원조인 에밀리 디킨슨가 떠올랐어요. 김명순 작가와 에밀리 디킨슨의 시적 세계가 너무 닮아 있어서요. 일단 그 시대 조선의 여성 작가들을 제가 다섯 가지로 공통적인 점들을 분류해봤는데요. 출생연도가 비슷한 작가들로는 김일엽, 윤심덕, 박인덕이라는 여성 작가가 있어요.

김미옥 김명순 작가는 1896년이죠.

민영주 네, 다 그 시대에 태어났죠. 제가 이런 조사하는 걸 좀 즐겨서 뭐든지 내용을 공부하기 전에 체계적으로 시스템화한 다음에 본격적으로 읽는 성격입니다. (웃음) 또 여러분들도 그럴 시간도 없으시고 바쁘실 것 같아서 제가 필요한 것들 공유드리면 좋고요.

그리고 두 번째 그때 당시에 여성 작가들이 전부 서북 출신인 거예요. 북한 서쪽. 왜냐하면 그쪽에는 러시아하고도 연결이 되고 바다도 이쪽 인천 쪽으로 해서 서양문물이 빨리 들어올 수 있었기 때문에.

김미옥 잠깐만요. 그거 한번 물어보고 싶었어요. 서북, 평양 이쪽 북쪽 사람들이 인텔리가 그렇게 많은 거예요?

민영주 우리가 몰랐던 인물이 너무 많아요.

김미옥 여자고 남자고 엄청나요. 그리고 남쪽보다 더.

민영주 다 일본으로 갔으니까요. 우리가 모르는 사람들이 너무 많죠. 일본 유학을 갔다라는 그 계급적인 이유가 하나 있어요.

김미옥 아니 평안도 쪽이라서.

민영주 모든 논문이나 이런 쪽을 보면 그게 제일 아쉽다고 하죠. 그 시대의.

김미옥 거의 다 사회주의자죠. 디아스포라의 최고라는 한국계 미국인 작가 강용흘이나 이미륵이나 다 그쪽 출신이에요. 백석도 거기 출신이고요.

민영주 서양 문물 수용을 하면서 근대식 교육에 노출되고, 열망이 강해서 자녀 교육도 그렇게 해서 해외로 보냈어요. 지금 우리가 미국에 보내듯이 그 시절에 일본이나 러시아 쪽으로 유학 보냈죠. 세 번째 공통점은 유학파입니다. 김일엽 작가는 이화학당을 졸업하고 이후 일본의 닛신여학교, 그다음에 나혜석은 올 때 도쿄 여자미술학교, 김명순은 시부야의 국정 여학교, 윤심덕은 도쿄 음악학교, 김활란은 웨슬리언 대학.

김미옥 웨슬리 대학이었어요? 웨슬리 대학이면 헬렌 켈러 나온 데잖아요.

민영주 그렇죠. 그리고 네 번째 공통점은 현실 참여를 하는 방법으로 그 작가들이 김명순을 포함해서 음악과 연극에 관심을 많이 보였고, 영미 문화 중에서도 가장 지식욕이 높은 사람들이 쓰는 희곡으로 테네시 윌리엄스 뺨칠 정도의 실력을 발휘하게 되죠. 그래서 연극 활동에 윤심덕까지 참여해서 음악을 했죠.

　　마지막 공통점은 물론 다 얘기 나누셨겠지만, 남자들로부터 비참한 말년을 맞이하고 또 해외에서 죽음을 맞이한다거나 이혼, 동거, 별거, 불륜 이런 비극적인 말년을 보내게 되죠. 특히 김명순은 한국 사관학교 사관생도에게 강간을 당해서, 그게 근대 문학의 남자 작가로부터 항상 무시를 당했던 그런 배경이 됐어요. 그래서 보니까 에밀리 디킨슨과의 공통점을 찾아보면, 실존적인 깨달음과 죽음과 무덤을 극화시켰다는 거죠. 격렬한 내면의 삶을 살았던 공통점도 있었고요.

　　에밀리 디킨슨은 고독과 슬픔의 인생을 살았어요. 그래서 휘트먼 같은 시인과 대적할 정도로 대단한 시인이었고, 응축된 언어로 추상적인 사고에 구체적인 사실을 결합했던 그런 시인이었어요. 제가 추리한 바가 맞다면, 김명순 작가가 에밀리 디킨슨의 작품들을 읽었겠죠. 번역도 했으니까요. 그래서 영향을 많이 받았다는 생각이 들어요.

　　그리고 특히나 에밀리 디킨슨 시는 제목이 없어요. 제목을 번호 아니면 대시(―) 아니면 불규칙적으로 그냥 대문자가 툭툭 튀어나와요. 이 책에서도 그냥 점 "…" 찍히고, 대시가 되게 많이 나왔는데, 엮은이인 박소란 시인이 일부러 그러지 않았을까. 그 시대에 또 그게 여성 작가가 아니더라도 다 언어의 규칙성에 좀 반하는 것을 시도하는 게 당시의 시 패러다임이 아니었을까 하는 생각이 들어요. 각 나라에서도 그 패러다임이 시대별로 다 똑같으니까.

그리고 어떤 작품을 비평할 때 김명순과 에밀리 디킨슨 둘 다 신비로운 면이 있고, 감수성이 독특하고 이국적인 호소력이 있다는 게 닮았어요. 에밀리 디킨슨 시 중에 "공기에 취한 나는 이스라엘 난봉꾼이다"라는 그 구절을 저는 되게 좋아하거든요. 정말 좋아해요. 그러니까 난봉꾼이란 말이 너무 예쁘잖아요. (웃음) 우리 보통 건달이다, 날라리다, 양아치다, 이러는데, 이런 말보다 난봉꾼이라는 단어가 한자어지만 참 예뻤어요. 근데 그런 비슷한 말을 쓰면서 결국은 자기를 사랑하는 마음을 김명순 작가도 많이 글로 표현했던 걸로 봐서 많이 닮아 있었어요.

김명순 작가의 시에서도 에밀리 디킨슨 시의 제목과 거의 흡사한 제목의 내용이 그대로 담아있죠. 이 책 27쪽이죠.

"사랑은 무한대이외다. 사랑은 무한대이외다 아름다운 K양이여, 암흑처럼 이 혼돈한 사회에서 아름다운 구원의 여성이 되기를 바랍니다. 여러분 남녀의 갈등이 있으나 이 긴 편지를 사랑으로 받으세요."

이미 강간과 여러 가지 비극적인 일로 인해서 죽음을 몇 번이나 생각했던 에밀리 디킨슨도 마찬가지거든요. 그랬던 상황에서 디킨슨이 썼던 이 이야기를 들으면서 아마 용기를 얻어서 자살을 하거나 그러지는 않았을 거라 생각을 해요. 그래서 두 인물을 겹쳐서 한 번 소개해 드리고 싶었어요.

김미옥 제가 정신과 의사 한 분에게 들은 얘긴데, 폐쇄공포증이 있는 사람의 특징을 들은 적이 있어요. 그들은 일단 집 밖으로 안 나가요. 그리고 특정한 색깔에 대한 편집증이 있어요. 노란 옷만 산다거나 까만 옷만 산다거나. 우리 왜 〈이보다 더 좋을 수는 없다〉라는 영화에 보면은 걸어갈 때 보도블록의 금 안 밟으려고 막 뛰어가는 사람 있잖아요. 이거 진짜 강박관념 같은 건데, 에밀리 디킨슨은 집이니까 무사했던 거예요. 서구니까 집 밖을 안 나가도 무사할 수 있었어요. 근데 김명순 같은 경우는 집 자체에서 거부당한 거예요. 엄마 자체가 가정에서 불안한 거예요. 첩이니까. 거기다 엄마가 죽어버렸고, 재산 같은 거는 남자 소유였어요.
　　조선시대 때는 여성에게 재산이 갔어요.《장화홍련전》의 사건이 발생한 이유는 재산을 둘러싼 갈등 때문이었어요. 장화, 홍련의 엄마가 재산을 가지고 시집을 왔다가 죽었어요. 그러니까 그 재산은 장화하고 홍련이한테 가야 되는 거예요. 근데 새엄마가 들어와서 아들을 낳았어요. 그러면 장화, 홍련이 시집을 가게 되면 재산 다 가져가야 돼요. 우리 조선시대에 그랬대요. 그러니까 죽일 수밖에 없는 거야. 죽어야 아들한테 재산이 가는 거예요. 사회 제도가 그랬었어요. 이게 하도 문제가 되니까 아들 쪽으로 재산이 갔대요. 재산을 딸에게 주지 않고 그냥 혼수값만 해주는 식으로 퉁친 거죠. 마찬가지로 김명순도 그 부잣집 남편, 아버지 쪽에서 공부를 잘할 수 있었는데 그때 성폭행당하고 비참한 길로 접어드는 거지요. 당시 비극의 단초는 가난한 집에선 지원을 못 받았다는 데 있어요. 엄마가 어릴 때 돌아가셔서 그랬죠. 열 살 때인가. 어릴 때 돌아가셨는데, 여자한테 엄마가 없는 거는 진짜 허허벌판에 발가벗고 덜덜 떠는 거랑 똑같은 거예요.

그리고 지켜줄 사람이 없잖아요. 뼈대 있는 집안 같으면 여동생이 성폭행 당하면 오빠나 집안 사람들이 거리에서 몽둥이 들고 기다리다 그 남자를 밤중에 때려죽이기라도 했어요. 그거는 자기 여동생이 예뻐서 그런 게 아니라 가문을 위해서 그러는 거죠. 옛날엔 자기 여동생 목 멘다는 이런 것도 있는데, 이슬람 명예살인 같은 거 우리나라도 꽤 많았어요. 홍살문이 진짜 홍살문이 아니라 거의 명예살인이라는 뜻이에요. 빨간 홍살문 있잖아요. 이거는 정절을 지키다 죽었다는 뜻인데, 그 말은 곧 가문의 명예를 살리기 위해 죽는다는 의미예요. 죽으라고 그러는데 어떻게 안 죽겠어요. 네 새끼가 잘 되려면 네가 죽어야 된다, 그러면 죽어야지. 그러니까 지금 우리 김명순 같은 경우는 터뜨렸잖아요. 그게 우리나라에선 처음이에요, 처음이니까 누가 그걸 받아주겠어요. 같은 여자가 더 욕을 했죠. 집안에서 완전히 내놨을 거예요. 거의 아사(餓死)하다시피 죽었으니까. 그래서 에밀리 디킨슨하고는 둘이 결혼 안 하고 혼자 산 거 정도가 비슷하지, 다른 것들은 미묘하게 다른 부분이 많을 거예요. 동서양의 가치관이 너무 달라서, 특히 우리 같은 경우는 일제시대이기도 했고 남자들이 여자에 대해선 더욱더 고압적이었어요. 근데 왜 남자들은 지금도 자꾸 떠들지? 같이 잔 거 떠들고, 왜 이렇게 수다스러운지 모르겠어요. 나 저 여자랑 잤다는 둥 어쨌다는 둥.

스칼렛 주둥이를 좀.

김미옥 남자들 지금도 입이 헤퍼요. 아니 잤으면, 그건 어쨌든 둘만의 비밀 아녜요? 그건 여자를 위해서 무덤까지 가져가야 된다 그러는데 막 떠들고 다니는 거예요.

도희 공효진이 어느 드라마에서 헤어지는 장면인데, 공효진이 그러더라고요. 남자가 뭐라고 그러니까, "야, 너네는 자고 나서 헤어진 여자한테 하는 얘기가 다 걸레야".

김미옥 맞아요. 걸레라고 그러더라고요. 유명한 영화, 〈뽕〉 있죠? 거기 보면 다른 사람들 다 주는데 왜 나만 안 주냐고 억울함을 호소하는 내용이잖아요. 이게 여자가 물질화 되게끔 인식되는 거예요. 남자들 인식에 하도 유교 체제가, 가부장제가 이상하게 각인돼 있다 보니까 여자가 소모품이 돼서 그래요. 그래서 피해자의 가장 대표적인 항변이 인간이라고 주장한 거예요. 그게 김명순이 "나는 여자를 떠나서 인간이다" 했다가 사정없이 깨진 거예요. 지금 그래서 에밀리 디킨슨하고 비교하니까 재밌네요. 모르지만 에밀리 디킨슨도 아마 비슷한 경험이 있지 않을까 싶어요. 다 떠들지 않았을 뿐이지 집 밖을 안 나가기 쉽지가 않거든요.

민영주 그리고 성적인 이야기가 되게 많이 나오거든요.

도희 목사를 그러니까 그 영화만 봤거든요. 근네 목사를 속으로 사모했는데 거절당하고 그 정도로 그러고 나서는 이어서 계속 있거든요. 그걸로 봤는데.

김미옥 약간의 정신병이에요.

민영주 작품 세계는 그렇게 한번 분류를 해봤고요. 그리고 신여성으로 김명순을 규정하자면 조선시대의 "노라"라고 얘기할 수 있을 것 같아요. 헨릭 입센, 노르웨이 작가죠. 근대 극작가, 희곡으로 쓴 내용이니까 아마도 그 작품에서도 도움을 받지 않았을까 하는 비평 추론을 해봅니다.《인형의 집》은 여성 해방 운동의 상징적인 작품이잖아요. 세 아이의 어머니이자 사랑받는 아내였고, 남편 헬메르가 아내인 노라를 예뻐하고 그렇게 대하다가 린데 부인이라는 제3의 인물이 방문하면서 그 이후에 크로그스타란 사람이 자기가 잘릴 위기에 처했는데, 노라가 나쁜 일로 돈을 빌리진 않았어요. 근데 남편이 아파서 힘든 게 있어서 그 돈을 은행 대출을 받았는데 그 비밀을 터뜨리겠다, 아니면 나를 복직시켜 달라 이런 식으로 노라를 위협하죠. 그래도 노라는 남편을 위해서 그 돈을 대출받고 그랬던 건데 남편이 노라를 공격하죠. 나쁜 여자야라고 얘기했을 때 노라가 그 순간에 자아를 깨달아서 자신을 찾아서 새장 같았던 그런 인형의 집 문을 쾅 닫고 떠나는 이야기잖아요. 그러면서 작가는 자기 정체성을 통찰

하라는 경고의 사이렌을 보낸다고 봤고요. 그런 것들이 김명순이 자신의 생에 대한 애착으로 연결이 돼서 115쪽 같은 경우에 두 번째 단락의 여섯 번째 줄 같은 내용이 나오죠.

"그러므로 나는 생의 애착이 큰 만큼 사회에 대한 아무런 이해도 가지지 못하였다. 다만 흙에 돌아가는 것이다. 나라는 하나의 나아가는 하나의 형체가 영혼을 향하여 분쇄되어 분자로 원자로점점 갈라져서 토양이 되어 생물을 양성하는 성분이 되리라 할 뿐이다. 또 그리고 거기 돌아가서 더 편안할 것을 생각지 못한다. 죽음은 내게 하나의 타격이 아닐 수 없다.

나는 빚을 많이 진 사람이다. 내 생전에 반드시 다 갚아볼 결심이 없지 않다. 그러한 나는 그의 환원에 대만은 아직 꿈꿀 수 없다. 오직 호강을 얻을 생애 마지막 지점에 있는 고향이 그리워졌다."

이 부분은 이제 포기하는 단계에서 썼던 글이라고 저는 생각해요. 노라처럼 자아 성찰을 하고, 자신을 찾아서 뭔가를 하며, 성폭행 당했던 것을 이야기까지 했지만, 더는 한계였던 거죠. 그래서 마지막으로 마무리하자면 탄실이 혼령이잖아요. 탄실의 이름으로.

김미옥 원래 아명이었죠.

민영주 정말 와닿았던 게, 제가 3일 동안 신여성으로 지냈어요. 3시 논문을 쓰면 거기에 몰입을 해야 되거든요. 이게 제 습관이고, 에밀리 디킨슨 논문 쓸 때는 흰옷 입고 그렇게 해야 해요. 그동안 모든 걸 그 여자처럼 머리도 땋아서 이렇게 하고 흰색 잠옷 입고, 뱀도 한

번 생각하면서 섹스가 무슨 뜻이 있을까 이런 생각도 하고 그래야지 글이 나올 수 있어요. 나 혼자 있는데 뭐 해요. 누가 본다고. 글 쓰는 사람들은 용기가 생긴다고 생각해요.

제가 평소에 지구를 초록별이라고 표현하는데, 김명순 작가도 비슷한 표현을 쓰더라고요. 책의 114쪽에 이런 구절이 있어요. "모든 별들 중에 지구가 조직적으로 모든 나라들 중에 조선이 가장 유리하게 조직적으로 발전하기를 바란다." 그 시대에 이런 말을 쓰면서 모든 별, 지구, 우주 여기까지 생각이 간다는 게 너무 멋있었어요. 이런 말을 할 수 있는 게 비록 사회적으로 지탄을 받고 스스로 가정적으로도 그런 불행과 비참한 상황에 몰려 있지만, 글을 씀으로써 이분은 그 안에서 모든 주인공이 되는 거고, 쓰는 순간 만큼은 행복했을 거라 생각이 들어요. 그래서 마지막에 했던 두 문장이 가슴에 계속 와닿는데 내용이야 다들 읽으셨을 거니까 저는 제 느낌과 감상을 말씀드리는 거라서. "김명순, 탄실, 모든 것이 멸망해서 자취를 찾을 수 없으나 그대로 인간에게 남아 있는 것은 사랑입니다. 우주 건설의 전초가 사랑이오 지지가 사랑이오 인생의 토대가 사랑이외다." 이렇게 마무리 드리겠습니다.

김미옥 의외로 문학 하시는 분들 중에 특히 여자들이 나이를 먹고 죽음에 대해 생각하면서 글을 쓰는 사람이 있어요. 죽음은 소멸이 아니다. 원자의 재배, 재도열이다. 그러니까 우리가 죽으면 다 원자로 해체되잖아요. 이 원자가 이 지구에 생성되지 않은 것들이거든요. 우주에서 온 것들이에요. 그게 빅뱅이라거나 이렇게 블랙홀이 부딪히잖아요. 그때 생성되는 원소가 있는데 그게 집으로 오는 거예요. 그래서 이 지구에서 절대 만들어지지 않는 원소가 와서 우리 몸속에 있거든요. 이 기라든가 손가락이라든가 이 원소가 다 배치돼 있어요. 그러니까 우리가 죽으면 사라지는 게 아니고 원소가 돼서 다시 원자로 가서 안아줘서 어떤 부위는 식물로 가기도 하고 어떤 부위는 물로 가기도 하고 제각각 자신이 갈대로 다 흩어지는 거예요. 그러니까 원소의 재배치다 재배열이다, 이렇게 정의하기도 하는 거죠.

아까 스칼렛 작가님이 그 얘기하셨죠? 그 시 읽어줬잖아요. 아마 그 상태까지 가지 않나 싶어요. 인간이 너무 덧없으니까 다시 태어나지 말고 이런 식으로 하면서 우주로까지 광범위하게 퍼진 것 같아요. 역시 우주를 우리 민영주 선생님이 잡았어요.

민영주 우주 얘기 나오니까 아주 그냥 하나의 과제처럼 생각을 하다가 아니 이것이 무엇이냐 이러면서 그때부터 에밀리 디킨슨을 꺼냈죠.

김미옥 너무 체념하거나 모든 걸 걸고 싸우다 포기하게 되면 어느 시점에 가면 생과 사를 초월하잖아요. 그런 느낌이 들어요. 우리 신지후 선생님은 이 내용을 얘기하셔도 되고 뭘 얘기해도 되지만, 저는 너무 궁금해요. 어떤 글을 쓰게 될지. 지금 어떤 작업을 하고 계신지 아주 운을 살짝 좀 띄워주세요.

세 번째 만남 — 상처를 객관적으로 바라보기

내 경험을 솔직하게 바라보기

신지후 저는《사랑은 무한대이외다》보기 전에 제목 때문에 당연히 사랑 얘기하는 줄 알았어요. 그런데 책을 봤는데 예전에 고등학교 국어 시간에 봤던 시조 같은 것들이 책에 나오는데, 그게 무슨 내용인지 잘 모르겠어서 당황스러웠어요. 읽었는데 너무 어려웠어요.

김미옥 사전 지식 없이 읽으면 어려워요. 신소설 읽는 기분이에요.

신지후 제 얘기는 표현이 좀 그렇지만 만만한 거는 첫사랑 얘기거든요. 근데 너무 많이 우려먹은 거예요. 내가 같은 데서 너무 많이 써먹지 않았나. 저는 11년 전에 첫사랑이 의료 사고로 죽었기 때문에 그때의 안타까움을 잊지 못하는 것 같아요. 발목 인대 봉합 수술을 받고 보름 정도 입원했다가 퇴원한 지 며칠 안 돼서 갑자기 자다가 숨을 못 쉬었던 거예요. 구토를 했는데 그 토사물이 기도를 막아버렸거든요. 근데 걔가 통깁스를 한 상태라서 어떻게 도움 요청을 못 한 상태로 그냥 꺾어버려 가지고 허무하게 죽었어요. 그때가 2013년도였는데요. 그때 제 직업이 잡지사 기자였는데, 사람들 인터뷰를 하고 그런 일을 해야 하는데, 그걸 할 수 없는 게 그냥 며칠째 종일 눈물이 계속 나는 거예요. 그래서 그때 그 일을 그만두고 마음이 편치 않아서 한 3~4년을 그냥 경력 단절식으로 살았어요. 당시에 사귀던 남자 친구가 자기 신용카드를 주면서 저한테 네 마음 상태가 나아질 때까지 쓰라고. 첫사랑이 저한테 어떤 애인지 그 친구는 잘 알았거든요. 그래서 그냥 자기 신용카드로 여행을 훌쩍 떠나도 좋고 네가 좋아하는 사람한테 뭔가를 사줘도 되고 그리고 살라고 해서, 제 마음 내키는 대로 썼더니 제 씀씀이가 점점 커지는 거예요. (일동 웃음) 그러다가 실제로 저한테 갚으라고 한 건 아니지만, 제 마음에 부채감이 엄청 커졌어요. 그래서 제가 그냥 헤어지자고 했어요. 그러고 나니까 파산 면책 신고를 하고 제가 부채에서 벗어난 느낌이 들더라고요. (일동 웃음) 그 친구는 끝까지 멋있었어요. 저한테 특이하게 살지 말고 특별하게 살라고 당부를 했어요.

김미옥 특이하게 살지 말고 특별하게 살아라.

신지후 그래서 저한테 자기는 저를 만나면서 단 한 번도 나쁜 사람인 적 없이 늘 좋은 남자 친구였대요. 그러면서 그런 좋은 사람인 자기를 오래 만났던 너도 좋은 사람이니까 누구랑 만나고 어떤 사랑을 하든 잘 지냈으면 좋겠다고. 그러니까 그 친구 얘기를 쓰고 싶은 거예요. 저는 진짜 첫사랑 얘기를 해야 되나 하면서.

김미옥 너무 착하게 쓰지 마세요. 그리고 객관적으로 보세요. 왜 이 새끼가 나한테 이렇게 멋있는 척하고 헤어지지 하는 이면에는 나는 너한테만큼은 좋은 사람으로 남고 싶다는 의식이 있을 거예요. 그러니까 어떤 사실에 대해서 내가 겪은 경험의 사실과 진짜 깨뜨려서 보는 진실이 다른 경우가 많아요. 그러니까 지금 신지후 선생님이 만났던 남자에 대한 인식은 그 남자의 의도대로 착한 남자로 남

세 번째 만남 — 상처를 객관적으로 바라보기

긴 했어요. 근데 왜 착한 남자로 남을 수밖에 없었는지 그 이면을 분석을 해보세요. 소설의 즐거움이 뭐냐면 어떤 걸 그대로 사실대로 안 쓰면서 진실로 들어가는 거예요. 소설의 즐거움은 사실, 진실 파헤치기예요. 그러니까 그 남자 입장, 3인칭으로 써도 돼요. 왜 좋은 사람으로 남고 싶어 했는가, 그거를 한번 파 보시고 아니면 이런 가정도 있잖아요. 저 남자가 나한테 좋은 남자로 인식되길 바라고 헤어진 거는 내가 무서워서 그럴 수도 있어요. 가끔 가다 도는 여자들이 있더라고요. 물불 안 가리고 죽자고 칼 들고 덤비는 여자들이 있어요. 내가 어떤 분한테 얘기를 들었는데 이분이 사랑, 애정 소설 전문가예요. 근데 그분이 그런 얘기를 했어요. 헤어질 때 서서히, 절대 나쁜 소리 안 하고. 너는 옷을 그렇게 입어도 못생겼어, 절대 그런 말 안 해요. 단지 일주일에 한 번씩 만나던 게 2주일에 한 번이 되고, 그리고 3주일에 한 번, 점점 기간이 길어져요. 단지 시간이 없어, 너무 바빠, 내가 연락할게, 연락 없어요. 그러다 상대가 아쉬워서 연락하면 절대 딱딱거리지 않아요. 너무나 반갑게 맞아요. 근데 시간이 없어. 그래서 어떤 경우냐면 상대편으로 하여금 지치게 만들어요. 그래서 상대방이 이별을 먼저 말하게 만들어요. 머리 약간 좀 있는 사람들이 그래요. 근데 그건 수법인데 알면서도, 네가 지금 내 기운 빼 가지고 내 입에서 이별하자는 말 나오게 하려는 거냐고 물어보면, 절대 아니라 그래요. 그렇다고 홧김에 같이 연락 안 하면 그 길로 침묵 이별이 되는 거예요. 그러니까 헤어지는 방법이 굉장히 많은데, 지금 신지후 선생님이 말한 그 사랑의 방법 중의 하나가 상대방은 좋은 남자로 남는 거예요. 근데 어떤 이별도 아름다운 이별이 없잖아요. 다 개새끼잖아. 나를 두고 가는 거 자체가. 근데 먼저 이별을 말했음에도 반항하거나 저항하지 않고 카드까지 마음대로 쓰라고 했던 사람이잖아요. 그런 사람이 끝까지 멋진 남자로 남은 사랑, 나를 좋은 사람으로 네가 기억하길 바란다. 그러니까 그 저변을 한번 파헤쳐봐요. 쓰면서 재밌을 것 같아요.

신지후 그리고 저는 필명이 생겼어요. 작명가에게 의뢰를 해 가지고 받았어요. 일곱 개의 이름을 받았는데 그중에서 제가 고르는 거였거든요. 신씨가 저한테 무조건적으로 좋대서 신씨로 했고요. 제가 두 글자 이름 말고 그냥 성까지 있으면서 세 글자 이름을 갖고 싶다, 아예 새로운 이름으로, 그래서 "신지후". 공경할 지에 아름다울 후.

김미옥 신지후 괜찮다. 잘했어요. 자기 성을 확 뒤바꾸는 사람도 있어요. 이 문학의 가장 큰 요인은 그토록 얄밉고 싫은 내 인생 있잖아요. 그걸 벗어날 수 있는 계기가 돼요. 이름도 그렇고 소설에서는 뭐든지 가능해요. 오늘 아침 사건이 있었어요. 이화경이라고 《하염없이 무엇을 생각합니다》라는 소설 쓴 작가 있죠. 그 작가가 아침에, 새벽에 내가 눈을 떴는데 사과글을 올렸어요. 뭔가 했더니 《오후 네시》라는 장편소설이 있어요. 프랑스 작가가 쓴 건데, 《오후 네시》에 뭐가 나오냐면, "눈이 녹으면 흰빛은 어디로 가는가?"라는 문장이 나오는 거예요. 그런데 셰익스피어의 물음이라는 소네트에 그 문장을 본 것 같아요. 이거 출처가 나는 셰익스피어의 소네트라고 생각을 했었어요. 근데 그 소네트라는 출처를 안 밝히고 거기다 쓴 거예요.

세 번째 만남 — 상처를 객관적으로 바라보기

이화경 작가가 그 문장을 가져온 거예요. 《하염없이 무엇을 생각합니다》가 단편소설 일곱 개인데, 첫 번째에 그게 나와요. 자기 남자 친구가 자살을 했는데 그 자살할 때 유서에 "눈이 녹으면 흰빛은 어디로 가는가?" 이렇게 되는 거예요. 그래서 그걸 보는데, 사실 셰익스피어 소네트가 삼각관계 얘기거든요. 그 소네트에 물이 나오는 문장을 보면은 그게 나올 거예요. 셰익스피어가 그 시에서 화자로서 등장해서 피부와 머리가 까만 여자를 사랑해요. 그 당시 미인은 피부가 하얗고 금발이잖아요, 파란 눈에다가. 그런데 그 소네트에 나온 여자는 까매요. 그러니까 당신은 흰눈 같은 가슴도 아니고 검은 가슴이야. 피부가 까무잡잡하다는 얘기예요. 근데 그 여자가 아마 고리대금업을 하나, 돈으로 자기 친구도 파산시키고 하는 그런 막장 내용이 막 나와요. 제가 그 소네트를 상당히 흥미진진하게 읽어서 기억하는데, 그 문장은 본 적이 없기는 해요. 근데 "눈이 녹으면"이라는 문장이 있었어요. 어떤 영문학자가 그 작가한테 따진 거예요. 셰익스피어 책 어디에 봐도 "눈이 녹으면 흰빛은 어디로 가는가"가 없었다. 어디서 나왔냐? 이렇게 된 거예요. 그래 갖고 대부분의 문학에서 인용을 많이 하잖아요. 누군가 말하면 출처 안 찾아보고. 이게 책으로 나왔잖아요. 보통 작가의 책이 나왔고 거기에 《오후 네시》소설에 "눈이 녹으면 흰빛은 어디로 가는가?" 하는 셰익스피어의 물음이 있었다 하고 나와요. 그러니까 누구나 다 이거는 책으로 나오니까 믿지. 그래서 인용을 한 건데, 그걸 영문학자가 카톡으로 막 따진 거예요. 결국 그 작가가 공식적으로 새벽에 내가 잘못했다고, 출처를 제대로 안 남겨서 그랬다고 한 거예요. 그런데 제 생각은 아니, 왜 작가가 출처를 확인해? 이미 출처는 거기 인용한 사람 거를 재인용한 거지. 소설가는 절대 잘못했다고 말하는 거 아니다. 그리고 소설의 특징은 픽션이고 허구예요. 셰익스피어가 안 했어도 했다고 할 수 있어요. 우리 엄마는 안 죽었는데 내가 죽었다고 할 수 있어. 실제 그런 작가도 꽤 있어요. 엄마가 죽었다 이렇게 써놓고는, 나중에 사람들이 "정말 안됐어" 이랬는데, 그 작가는 "소설이야" 막 이런 거예요. 실제 작가들도 많이 그래요. 그래서 제가 그거 가지고 왜 사과를 하냐고. 대놓고 내가 그랬다고 하고 사과하지 말라고 했어요. 소설가는 사과하는 거 아니라고 그랬어요. 소설의 특징이 아무리 개연성이 있다고 해도 결론은 픽션이거든요. 픽션이니까 누가 말을 했다, 그건 사과할 거 아니에요. 그것 때문에 제가 그 새벽에 일어나 가지고, 이상섭이 번역한 셰익스피어 전집 있잖아요. 그걸 앞에서부터 계속 찾아봤어요. 셰익스피어 문장이 은유, 기교가 많잖아요.

이연정 AI한테 물어봐야 될 것 같은데.

김미옥 AI가 답을 못 했어요. 그래서 내가 AI가 답을 못한 이유가, 사람들이 못 찾은 거예요. AI, 구글링에 답이 안 나왔으니까 이거는 허구다, 딴 사람이 한 얘기다. 이렇게 나온 건데 내가 볼 때는 아니었어요. 왜냐하면 고대 영어 있잖아요. 중세 영어 그거를 현대 영어로 번역하는 과정에서 또 문제가 있을 수도 있어요. 그래서 이거를 진짜 출처를 따진다면 그걸 다 조사를 해야 되는 거예요.

민영주 어느 작품인지?

김미옥 근데 이게 내가 왜 소네트라는 생각을 하게 됐냐면, 프랑스에 유명한 와인이 있어요. 그런데 와인 이름이 "눈이 녹으면 흰빛은 어디로 가는가"예요. 그리고 또 유명한 반지도 있어요. 그 반지 이름도 "눈이 녹으면 어디로 가는가"예요. 근데 그 출처가 뭐냐, 셰익스피어 소네트예요. 그래서 제가 불어로 물어봤어요. 번역기 돌려서. 그랬더니 소네트래요. 그러니까 우리나라 사람들은 내가 볼 때 이 구글이나 이런 거 물어본 걸, 고대 영어 안 물어보고 중세 영어 안 물어본 것 같아요. 그래서 내가 다음 주에 해놓고 조사하겠다고 그랬어요.

민영주 제가 셰익스피어 전공한 후배 있어서 전화해서 바로 물어볼게요. (웃음)

스칼렛 너무 많이 얘기하니까 복잡하네요.

진정성 있는 글이 사람의 관심을 끈다

이연정 저는 선생님 말씀 듣고 가장 고민이 컸던 건 제 삶이 너무 밋밋한 것 아닌가 하는 점이었어요. 이 책을 보면서는 저의 80년대 대학 시절이 소환되더라고요. 작가가 산 시대는 1920년대이고, 60년이 지난 1980년대에 저는 20대를 보냈지만, 어떤 점에서는 비슷하다고 느꼈거든요. 20대면 사실 인생에서 가장 찬란한 시기인데도

80년대 학번인 저는 운동권 문화 속에서 대학 4년을 오롯이 보냈습니다. 그러면서도 문학소녀 같은 습관이 남아 소설을 많이 읽었는데, 책 제목은 기억이 안 나지만 어떤 구절에서 가슴이 미어지는 느낌을 받았던 기억이 나요. 소설 속 주인공이 제 나이였는데, "지금이 네 인생의 황금기"라는 표현이 있었거든요. 그 당시에 제가 어떤 꿈을 가지고 살았는지를 되짚어 보았어요.

돌아보면 후회하지는 않지만, 그때는 운동의 이념 같은 것에 종종 짓눌리기도 했고, 운동을 하면서도 늘 자책감을 벗어던지지 못했던 것 같아요. '내가 감옥에 가면 버틸 수 있을까'라는 두려움 같은 것에 늘 억눌려 지냈거든요. 실제로 저는 감옥에는 가지 않았지만, 4년 동안 머릿속에 항상 감옥이 있었던 것 같아요. 이 책의 저자 김명순은 어쩌면 자신이 더 많이 누릴 수 있었음에도 그렇지 않은 삶을 살아가면서 불행과 외로움을 버텼다는 점이 공감되더라고요. 저도 사실 어떻게 보면 빛나는 청춘을 보낼 수도 있었고, 출세나 성공 같은 것을 위해 바칠 수도 있었던 시기였는데, 스스로 선택해서 두려움과 압박감 속에 살았던 거잖아요. 빛날 수도 있었던 시기를 스스로 외면했구나 싶기도 하지만, 한편으로는 그런 엄혹한 시기가 아니었다면, 내가 어떻게 세계와 역사와 철학을 공부하고 고민했겠나 하며 스스로를 위로하곤 했는데, 김명순의 글을 읽고 보니 그 시절의 나에게도 굉장히 많은 상처가 있었다하는 것을 깨닫게 되었어요.

대학 다닐 때는 일기를 썼던 것 같은데, 졸업 이후부터 오랫동안 글을 거의 쓰지 않았어요. 기껏 썼던 글이래야 직업이 연구원이었기 때문에 보고서만 썼죠. 그래서 글쓰기 자체는 두렵지만, 저에 대한 글을 쓰는 것을 주저하게 돼요. 계속 머릿속으로만 '썼다, 지웠다 썼다 지웠다'를 반복하고 있습니다.

김미옥 유명한 작가들마다 다 하는 얘기가 있어요. 유명한 작가한테 "책을 내고 난 지금 심정이 어떻습니까?"라고 물어보면 거의 한 목소리로 "허허벌판에 발가벗고 서 있는 느낌이다" 그렇게 얘기를 해요. 아까 감옥 얘기를 했는데 우리 함세웅 신부님이 쓰신 그 책에 보면 가장 많이 나오는 게 공포예요. 끌려갈까 봐, 잡혀갈까. 실제로 많이 끌려가고 고문 많이 당했어요. 그분 근데 그거 당할 때마다 그렇게 두려워했다 그러더라고요. 매번 당하지만 고통은 늘 새롭잖아요. 뭐 많이 받는다고 피부가 탄탄해지는 거 아니에요. 매번 아프거든. 그런 얘기였는데 지금 이 서사를 얘기하시는데 뭔가 허들을 뛰어넘기 힘들다는 말은 지금 방어적이라는 얘기인 것 같아요.

이연정 이 시절에 대해서는 아직 안 쓰고 싶어요.

김미옥 그러니까 왜 자기 방어를 그렇게 하는지 스스로에게 물어봐야 해요. 그게 어느 순간이 되면 이렇게 내려놓는 시기가 있어요. 내가 옛날에 열등감이고 치부라고 생각했던 게 어느 날 지나 보니까 아무것도 아니었던 거예요. 어떤 친구 보면 자기 코가 못 생겨서 늘 코를 가리고 다녔다니까. 그리고 어떤 사람은 자기 이빨이 못 생겨서 웃을 때 늘 이러고 가리고 다녔대요. 근데 아무도 안 봐요. 타인은 사실 관심 없어요. 남한테 처음에 한두 번 이렇게 보고 지적할지 몰라도 죽든 말든 상관 안 해요. 사회생활 해보면 알죠. 옆에서 죽었으면 죽었네 하고 끝이잖아요. 직장 다녀보면 그렇잖아요. 누구누구 옆에 있고 사무실에서 친했는데 같이 커피도 먹고 어제 밥 먹었는데 오늘 퇴근하다 죽었대. 그러니까 어떡해? 그러면 끝이에요. 그게 타이밍이에요.

민영주 시간이 지나면 또 그게 진짜 별일 아니게 생각되죠. 저 여기 대학 가기 전에 고등학교에서 한 3년 근무를 했어요. 근데 사립고등학교는 교감들이 완전히 독사보다 더 나쁜 사람들인데, 교감이 우리 아파트의 같은 동에 살아요. 근데 저는 첫 해는 기간제 교사로 했고, 늦게 교사를 시작했어요. 2년 정교사로 있었는데, 기간제 교사 때 그 교감이 이렇게 나를 막 깔아뭉개고 다녔어요. 근데 교감들이 하나같이 그러더라고요. 왜냐하면 교장이 되기 위해서 그 해에 실적이 좋아야 되니까. 교대도 많이 보내야 되고 하여튼 그랬는데 너무 힘들고 논문까지, 박사까지 같이 써야 되고 해서 학교를 그만둔 거예요. 그리고 5년이 지나서 작년 연말에 마주쳤는데 정말 꿈에서도 죽이고 싶고 막 손 떨릴 만큼 미웠던 사람인데, 엘리베이터에서 딱 마주쳤는데 반가운 거 있죠. 그래서 내가 그 사람, 진짜 또라이들, 남자들 특히 시간 철저하고 전자 문서 결재할 때 커서를 마지막 저장할 때 문서 제일 위에 올려야 되는 거 아시죠? 제일 밑에 놔뒀다고 그걸 가지고 몇 개월을 갈구던 사람이었어요.

김미옥 여자야, 남자야? 남자인데 쪼잔해요?

민영주 그러니까 제일 위에 커서를 놓고 저장을 하라는 건데, 저는 항상 그걸 잊었어요. 맨날 나는 어긋나고, 근데 그 어긋나는 거를 또 즐기는 사람이에요. 그때 학교에서 공부는 못하는데 글을 살 쓰는 학생이 있었어요. 그 학교가 여학교였는데 당시 학생들이 교대를 선호해서 상위권 학생은 수능시험 안 봐도 교대를 갈 수 있는 상황이었어요. 내신성적만 좋으면 됐어요. 학교에서는 그런 애들만 열 명을 잘 키워 교대 보내면 되는 거였어요. 그때는 내신에 좋은 글짓기, 사생대회 이런 거 상들을 다 개네한테 밀어줘야 했죠. 그런데 내가 담임하고 있는 반에 뚱뚱하고 얼굴 이상하게 생긴 애가 글을 너무 잘 쓴 거예요. 개를 장원을 줬어요. 그러니까 교감이 딱 부르더라고. 그 학생이 쓴 작품을 내 면전에 들이대면서 이게 뭐가 잘 썼냐고 이러는 거예요. 그래서 제가 정말 잘 썼다고 했죠. 그런데 얘는 잘하는 게 없어서 그래서 글이 정말 빛이 난다고 했죠. 그래도 교감은 당장 다른 애로 바꾸라는 거예요.

김미옥 나도 너무 비슷한 경험이 있어요. 나 고등학교 회장 선거 때 회장 됐어요. 근데 그날 당선되고 났더니 선생님이 부르더라고요. 그만둬야 되지 않을까? 선생님들 다 회식 시켜드려야 되는데, 너 돈 있어? 그러더라고요. 나는 그냥 안 하겠다고 빠졌어요. 돈 없다고.

민영주 그런 것들이 너무 막 쌓이니까 지긋지긋한 거예요.

김미옥 근데 우리 민영주 선생님은 타의에 의한 어떤 압박에 의해서

144

생긴 거잖아요. 그럼 그거는 잊어줄 수 있어요. 내 잘못이 아니니까. 그런데 지금 우리 연정선생님 같은 경우는 어떤 경우냐면, 자신의 부담되는 것들을 딛고 추진해야 돼요. 자기가 가지고 있는 공포라든 가 피하고 싶은 과거 등을 자기가 결정해야 되는 거예요. 그거를 아 직까지 글로 쓰기에는 그게 너무 치열했던 거예요. 그러니까 5년 만 에 끝나는 게 아니고 좀 더 세월이 지난 다음에 그 당시 그 운동 기 간에 별일이 다 있을 거예요. 운동권 안에는 별의별 일이 다 있는데 그거를 풀어쓰기에는 이게 지금 딱 막히는 거예요. 허들이 있는 거 예요. 근데 그게 어느 관습이나 어떤 룰이라든가 모든 게 좀 해방되 는 나이가 있잖아요. 그때 그 글을 쓰셔도 될 거예요.

이연정 선생님은 쓰고 싶은 이야기가 서사잖아요. 그 서사를 그 운동권 때 그 어떤 경멸했던 투쟁기가 아직까지 가슴에 남아 있 는 거예요. 치열하게 투쟁했던 사람은 아닌데 자신하고 싸웠잖아요. 자신하고 싸웠어. 그게 제일 힘들어요. 원래 자신하고 싸우는 게 힘 들어. 그거를 나중에 푸세요. 먼저 또 다른 사람의 이야기들, 집안 어 른들의 서사라든가 친구 이야기라든가 그런 걸로 한번 서사를 써봐 요. 그러면 또 그 문장에 맞게 문자 붙이면 되고.

나는 지금 도희 선생님이 쓰다 만 게 반쯤 왔는데 난 정말 좋 았어요. 괜찮았어요. 그러니까 뭐라 그래야 되나 이거를, 그 서사에 맞는 문체가 있어요. 내가 다시 느낀 게 있어요. 모든 문장이 매끄러 울 필요는 없어요. 공장에서 정제 돼서 나올 필요가 없고 기름칠해 가지고 반짝반짝할 필요도 없어요. 그거는 그렇게 사람에게 관심을 못 끌어요. 진짜 사람을 끄는 건 진정성이거든요.

민영주 대화가 대화체가.

김미옥 대화체도 괜찮아요.

민영주 별로일까, 어떨까요?

김미옥 원래 소설은 대화체로 써요.

민영주 대화체 반 설명 반 이렇게.

김미옥 예를 들게요. 각자 입장에서 서술하는 거예요. 그죠? 몇 개가
나오죠. 근데 내가 오늘 손을 좀 대긴 대야 될 건데, 각자 입장에서
서술하는데, 확확 장면이 바뀌잖아요. 거기에 장면 바뀌는 거에 약
간의 멘트가 들어가야 되는 거거든요. 그것만 있으면 대화도 비슷해
요. 이거는 변형된 모노드라마인데 괜찮더라고요. 우리 도희 선생님
은 어떻게 생각했어요? 책 읽고.

도희   저는 《사랑은 무한대이외다》라는 제목만으로도 되게 와닿았
어요. 제가 어쩌다 한 20년 교회에 다니면서 저를 스스로 편안하게
하고 싶었어요. 그런데 코로나로 인해서 교회마저 안 가게 됐는데,
그때 계기가 있었어요. 우리 아이가 택배를 하려고 그러는데 제 마
음이 굉장히 불안한 거예요. 너무 불안해요. 근데 아이는 좋다고 그
러고 누구는 좋다고 하니까. 그러니까 왜 나는 그럴까 그런 의문이

들었어요. 왜 남들은 괜찮다는데 나는 이렇게 불안한 것일까. 제 안에 어떤 무의식이 이걸 나라고 생각을 했고, 그러다가 인터넷 동영상으로 처음으로 법문을 들었어요. 그러면서 저 스스로의 인생 여정을 뒤돌아보니 이런저런 일을 겪으면서 여기까지 온 제가 너무 고생했다는 생각이 드는 거예요. 저는 진짜 스스로 저를 괴롭혔었던 것 같아요. 그런데 그것들이 조금씩 안개 걷히듯 사라지면서 현실을 인식하게 된 거죠. 사실은 제가 현실에서 깨지는 그런 일들이 있긴 있었어요. 제가 도시가스 안전 점검을 하러 다녔는데 거기서 만나는 사람들을 보면서 현실을 직시한 거죠.

김미옥 좋은 경험이에요.

도희 딱 1년간 했는데, 도시가스 안전 점검은 집집마다 가야 되잖아요. 선택해서 가는 게 아니고 모든 집을 다 가야 되니까. 그때 이런 집 저런 집 다 봤는데 정말로 이런 집 저런 집 다 있죠. 그러면서 내가 참 스스로 안됐다고 생각했는데 저보다도 안 된 사람들이 많더라고요. 그때까지는 제가 저 스스로를 너무 불쌍하다고만 생각했는데, 그냥 이렇게 객관적으로 현실적으로 봤을 때 다 저렇게 나름대로 불쌍하고 힘들게 사는구나 하는 생각이 들면서 스스로를 불쌍하게 보는 그 눈이 깨졌어요. 그리고 요즘에는 느끼는 게 사람들이 하는 일들이 다 사랑받고 싶어서 그런 거다, 사랑받고 싶어서였다. 모든 행동이, 우리가 지금 하고 있는 모든 것들이 전부 사랑받고 싶어서였다.

김미옥 다른 말로 인정욕구라고도 하죠.

도희   그렇죠. 인정욕구죠. 그러니까 인정받고 싶었다. 사랑받지 못해서 그 결핍감이 지금 이렇게 행동으로 나오는 것들이라는 생각이 들었어요. 그래서 부모님이 내게 베풀지 않았던 보호라든가 사랑이라든가, 이런 게 다 아쉽고 안타깝고 힘들었는데요. 요즘 들어 다시 생각해 보면 그분들로서는 그럴 수밖에 없었던 이유가 있었던 거고, 그렇다고 그분들이 나를 버렸던 거는 아니었구나, 나를 사랑했구나, 그런 생각이 들었어요. 책에 보면 명순이 죽으려고 했는데, 살아보라는 내용의 편지를 받고 자기가 죽으려고 했던 결심을 바꿔서 이 편지의 참뜻을 알려고 생각하게 되었다는 내용이 나오잖아요. 그래서 저도 같은 마음으로 같은 고민을 했어요.

김미옥 근데 도희 선생님은 어떨 때 보면 보수 같아요. 보수 느낌이 딱 드는데, 그런데도 그 어떤 진보에 대한 소망이 느껴져요. 그러니까 도희샘 글에서 보면 몸도 양쪽 다 전후가 다 좀 그런 거예요. 한쪽으로 치우치지도 않고, 나쁘게 말하면 엉거주춤이고 좋게 말하면 경계에 있는 거거든요. 제가 선생님 글을 보면서 경계에 서 있다는 걸 느꼈어요. 너무 많이 끌어내리더라고요. 그러니까 가학에, 피가학의 추억이 너무 많아요. 끌어내리고 누군가가 못살게 굴고 그러니까 안 되게끔 하는 사람들이 많아서, 딸이기 때문에, 여자이기 때문에 그런 피가학의 기억이 남들보다 커요. 피해의식이. 그러니까 피해의식이 그냥 피해가 아니고 피가학이에요. 그냥 내가 얻어맞는 거

예요. 내 의사와 관계없이 얻어맞는 거예요. 그런 면이 상당히 보이
는데, 그러니까 서러움이 많고 눈물이 많고 그래요.

이거는 자기 연민, 종교가 아니고 생존자의 눈물이에요. 그나
마 살아남은 거거든요. 약간 쓴 글을 봤는데 이 정도면 생존이다 싶
더라고요. 이 정도면 살아남은 게 아니고 생존한 거예요. 그래서 그
거를 좀 더 완성시키고. 사실은 이 글을 쓰면서 저는 김명순이 주춤
했다는 거 알아요. 김명순이 이 글을 쓰면서도 자기를 최대한 가리
느라고 어린 시절 탄실이를 불러요. 탄실이가 어릴 때 이름인데, 그
래서 여기에 무의식이 10대에서 20대로 왔다 갔다 해요. 저는 그 흔
들림을 알겠더라고. 이 글을 쓰기 위해서 얼마나 많이 힘들었을까.
용기거든요. 지금도 결혼 안 한 처녀가 "나 성폭행 당했어"라고 말
하는 거는 용기가 필요해요. 이게 21세기도 용기를 필요로 하는데,
1896년에 태어난 거의 20세기 초지. 정말 용감한 여자예요.

도희   선생님, 제가 공부하고 싶었는데 공부를 못했던 거, 그것만 쓰
는 것도 그 당시로 돌아가니까 너무 힘들더라고요.

김미옥   도희 선생님 이해하는게, 저도 6학년 때 엄마가 학교를 못 가
게 했어요. 돈 벌어 오라고. 1학기 딱 그만두고 그다음부터 카라멜
공장 간 거예요. 근데 그 시절을 쓰는데 열 받더라고요. 갑자기 막
눈물도 나오고 그랬었어요.

도희   우리 오빠도 공부를 잘했거든요. 저는 그래도 그나마 검정고

시도 하고 그랬는데.

김미옥 그거는 본인의 의지로 한 거지.

도희 우리 오빠는 그러니까 그러지 못하고. 저희 집 얘기였어요.
오늘 좀 부끄러운데.

김미옥 뭘 부끄러워요. 우리 집은 자살했어요. 오빠들 자살하고 중학
교 2학년 때 그만두고 동네 야단 났었어요.

도희 이렇게 착실하고 공부를 잘했는데, 6학년 다니다가 남의 집
에 머슴살이를, 새끼 머슴을 시켜 놓은 거예요.

김미옥 그건 그러니까 도희 선생님 시대에 그 부모가, 잘 못 배운 부
모들이 많은데.

도희 이해하려고 하지 않았어요. 그냥 "그렇구나" 정도로만 생각
했어요. 이해하려고 그러면 너무나 힘이 들었어요. 그래서 그 오빠
가 중학교 다닐 때 즈음에 친구들은 중학교 다니고 초등학교 다니고
그랬을 거 아니에요. 그런데 그 새끼 머슴 바지 입고, 그 모습을 보면
서 그 오빠가 느꼈을 그 외로움, 그 누구한테도 말할 수 없는 그 부끄
럽고 서럽고 그런 마음.

150

김미옥 공감하지 마요. 그것도 오빠 거예요. 오빠 거를 왜 자기가 공감을 해요. 그러면 아파요. 하지 마세요. 공감도 공감할 만한 사람한테 하는 거예요. 살아보니까 모든 사람을 공감해 줄 필요가 없어요. 그만한 가치가 있는 인간한테 공감하세요. 예전에는 나도 했었거든요. 근데 아니더라고. 살아보니까 이건 아니에요. 그럴 만한 인간이 있을 때 그 인간에게 해주는 거예요. 진짜 공감은 귀해요. 동정하고 연민하고 헷갈릴 수도 있어요. 그거 조심해야 되고요.

보내주신 글을 봤고, 지금 모두 글 잘 쓰고 있어요. 이렇게만 쓰셔서 다시 보내주세요. 제가 고칠 부분 보고 있거든요. 글은 나오면 던져놓고 기다려야 돼요. 3일이든 일주일이든 다시 읽으면 남의 글 읽듯이 약점이 보여요. 하자가 보이기 시작해요. 자기가 쓴 건 무조건 쓴 다음에 다시 보세요. 컴퓨터로만 보지 말고, 프린트해서 보세요. 이게 마지막이라고 생각하고 저한테 보내면, 그때부터 또 다시 시작하세요. 오늘은 여기까지 합시다.

세 번째 만남 — 상처를 객관적으로 바라보기

용기 있게 쓰는 삶

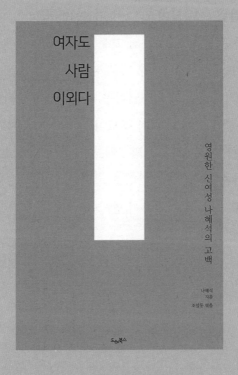

여자도
사람
이외다

영원한 신여성 나혜석의 고백

나혜석
지음
조일동 엮음

드림북스

시대를 거스르는 글쓰기

김미옥 공식적으로 오늘이 마지막이에요. 근데 글은 계속 써서 주셔야
돼요. 왜냐면 그냥 편집할 수도 있는데 그렇게 하면 책이 엉망이 돼요.
원고를 쓰면 거기서 끝나는 게 아니고, 심한 경우 만나서 맨투맨으로
붙을 거예요. (웃음) 피드백이 왔다 갔다 하는 정도는 기본이고.

희주 그럼 시기나 주제나 이런 거 정리한 게 있어야 하나요?

김미옥 상관없어요. 그냥 나의 얘기를 쓰는 거예요. 오늘까지 우리가
여태 책을 네 권을 봤잖아요. 그게 사실 에세이와 소설을 빙자한 자
전이거든요. 자세히 얘기해요. 나혜석이나 김명순이나. 그것도 결국
은 그 시대에는 받아들여지지 않았던 얘기들이잖아요. 근데 나혜석
같은 경우 자기 이혼 고백록을 써가지고. 아마 더 옛날로 갔다면 앓
다가 목매달아 죽었을 거예요.

도희 조리돌림하고.

김미옥 명예살인도 우리나라에 꽤 많았어요. 며느리를 죽여 버렸잖
아요. 죽어 가지고 홍살문인지 세우고. 그 명예살인이 딸도 있었어
요. 딸도 죽여 버려. 그래야 집안이 좋아지는 거예요. 근데 나혜석은
좀 급진적이었어요. 바람도 피웠고. 문제는 우리나라뿐만 아니라 세
계 어디서든 남자들 입이 제일 싸요. 내가 저 여자랑 잤다고 다 말하

고 다녀요. 여자들은 침묵하고 남자들은 말하고. 근데 나혜석은 그럴 때 소송 걸어서 위자료 받아냈어요. 그러니까 급진적이었던 거예요. 지금 보면 아무것도 아닌데, 그 당시에는 대단한 거였어요. 네 권 모두 비슷한 의지를 가진 책들이에요. 시대를 거스르고 자기 얘기를 한 여성들이잖아요. 지금은 시대를 거스를 필요까진 없고, 자기 얘기를 쓰면 돼요. 진솔하게. 원래 진솔한 게 에세이거든요. 근데 거기에다가 너무 분명한 거는 바꿔야 돼요. 죽일 수도 있어요. 살릴 수도 있고. 약간의 픽션이 들어가면 그때는 소설이 되는 거예요. 이번에 시험 삼아 출발하는 거예요. 그리고 서사에 충실해야 해요. 가장 중요한 게 진정성이거든요. 소설책들 나와도 잘 안 팔리고, 기성 소설가 책 읽어봐도 느낌이 없잖아? 문장만 번뜩이는 거는 포장지거든요. 포장지가 좋으면 속도 좋아야 되는데, 그게 없다면 아무 의미가 없는 거예요. 진정성 있게만 쓰면 돼요. 사람들이 읽고 나서 '이런 게 있었어?'라는 공감과 반응이 나오려면, 일단 진정성이 있어야 해요. 일단은 우리 이때까지 읽은 그 네 명의 여자 중에서 누가 가장 급진적인 것 같아요?

홍리아 당연히 나혜석이죠. 진짜 급진적이에요.

김미옥 일단 집이 잘 살았고. 일본에 가서 학교도 졸업하고, 결혼도 집안 좋고 돈 잘 버는 남자랑 했어요. 그리고 그 남자가 영국 유학 갔잖아요. 돈을 못 벌어요. 그리고 자기는 평생 그림 그리면서 살고. 남자 잘못 만나도 입 다물고 살아야 해요. 그런 나쁜 소리 있어요.

왜 잤으면 입을 다물어야지, 그걸 뭘 떠들어가지고.

홍리아 지금 남성도 그런데 그 당시는 더.

김미옥 지금 남자들도 그러니까.

홍리아 이건 당연히 데이트 폭력.

김미옥 옛날에 한 동네 괜찮은 처녀 하나가 있었는데, 남자들이 다 잤다고 떠들었어요. 나도 재랑 잤다. 실제론 안 잤던 사람이 훨씬 많았을 거예요. 같이 잔 남자들이 많다고 하니까 그 여자를 기피하더라. 그러니까 이 말의 홍수 속에서 진짜 말의 저주에 걸려서 끝나는 이런 사람도 있었어요. 지금이야 걱정하고 조심스러워하지만. 옛날보다는 여자들이 당당해졌어요. 근데 나혜석이 요즘 여자들이 하던 생각을 한 거예요. 내 정조를 왜 너네가 참견하냐. 내 취향이고 내 취미다. 이런 얘기였던 거죠.

　　사실 어떤 문단 원로께서 나혜석 작가에 대한 글을 쓰려고 했는데, 나혜석 아들이 "나는 그런 어머니 없다"라고 얘기한 적이 있어요. 나이가 60, 70인데도 그러더라는 거예요. 자기 어머니인데도 굉장히 냉정해요. 그러니까 자기들을 버린 사람에 대한 남의 글도 보고가 되고 이러니까, 또 자기 아이를 악마라는 식으로 하니까.

홍리아 여기도 나오잖아요. 자기를 아마 나쁘게 말했을 거다.

김미옥 그 애들이 나이가 70세가 넘어서 전화를 하니까, 나는 어머니 없다고. 그래도 그 생모가 그리울 텐데.

희주 그 나이에도 그렇게 되는 게, 개인의 자유 아닌가요.

스칼렛 나는 그렇게 생각하지 않아요. 그 개인의 자유는 있는데 남자들은 대체로, 모 재벌 같은 경우에도 많잖아요. 그러면 거의 다 남자는 아버지 편에 들어가서 경제적이라든가 권력을, 힘이 가지는 것이 옳다고 생각하면 그쪽으로 붙어요. 그런 경우가 많아요.

김미옥 우리가 알고 있는 루쉰 있잖아요.《아Q정전》쓴 사람. 루쉰은 본처에게 자식도 없었어요. 본처를 내버려두고 자기는 신여성하고 평생을 살았어요. 신여성이 잡지에다 발표를 했어요. 애정도 없이 본처라고 붙어있는 그런 미개한 종족들아. 그런 식으로 공격했는데, 그거를 보면 비슷한 스타일이 나혜석이었어요. 루쉰의 동거녀는 다 신여성이었어요. 자유연애 하다 보니까 중매로는 안 되잖아요. 똑똑한 남자 고르려면 유부남인 거야. 그 유부남들은 애정 없이 집안 식구들하고 사는 거고. 그러니까 가장 큰 희생은 본처가 되는 거예요. 나혜석은 그나마 의식이 트였기 때문에 그런 글을 보면서 남자들 공격하고, 왜 너네도 안 지키는 정절을 우리 보고 지키라고 그러냐 이런 말이 나오잖아요. 근데 결국은 말로가 안 좋았죠. 아들들이 엄마를 돌아보지 않는 게 전 너무 충격인 거예요. 고개를 딱 돌려. 세뇌교육처럼 무서운 게 없어요. 옛날에 그런 일 많았어요. 형 편을 들어서 형수 막 때리고. 어느 하나 형 마음에 안 들면 여자를 그냥 매타작하고.

위험한 여성들

희주　저는 나혜석 작가를 보면서 '책임감이 강했구나'라는 생각을 참 많이 했어요. 그 아이에 대해서, 아이를 양육하는 과정에서. 저도 그런 생각을 했었거든요. 아이를 낳고 나서 내가 수단이 되는 거를 정말 절실하게 물리적으로 느꼈던 거죠. 내가 수단이고 또 나는 그냥 누구를 위해서 존재하는 대상이 되어야 하는 존재라는 생각을 참 많이 했었는데 그 부분이 많이 비슷했고요. 또 이 분은 이미 알고 있었을 거예요. 자기가 이혼에 대한 얘기를 했을 때 사회가 어떻게 반응할 것인지를. 다 알면서도 자기는 그 선언을 하지 않을 수가 없었겠죠. 왜냐하면 자기는 그게 너무 당연하다고 생각했으니까. 근데 저는 삶에서 결혼생활을 하면서 정말 제일 웃겼던 게 우리 사촌 시동생이 나이가 많이 어렸어요. 한 열 살 넘게 차이가 났죠. 근데 제가 그 친구들한테 도련님이라고 해야 되는 상황인 거예요. 그래도 저는 한 번도 그렇게 안 불렀어요. '내가 지네 종년이 아닌데 저것들한테 무슨 도련님이라고 불러야 돼' 하고 생각해서 저는 한 번도 그렇게 부른 적이 없었어요. 근데 이 친구들이 제가 대학생 정도였는데, 명절 때 이렇게 드러누워 가지고 형수님, 식혜 뭐 어쩌고 이러는 거예요. 그래서 제가 가만히 부엌에서 쳐다보고 있었어요. 눈이 마주치길 기다리면서. 그래서 눈이 마주쳤죠. 손가락으로 골랐어요.

그러고 부른 다음에 문을 싹 닫고, "야, 너네가 지금 어디다 대고 누워서 형수님 시키고 그러니? 너네가 여기 와서는 안 돼 지금. 그러면 너네가 떠다 먹어" 그랬어요. 그러니까 얘네들이 그다음에 떡 군기가 잡힌 거예요. 저를 보면 감히 거기 앉아서 부르지 못하는 거죠. 그리고 제가 그다음에 우선은 제 남편한테 그랬거든요. "야, 너네 사촌 동생들 데리고 너네 설거지 해. 이게 뭐 하는 시스템이야." 그래서 그 친구들이 설거지에 투입이 되고, 우리 시할머니랑 작은어머니랑 앓아 눕고 싶은데 감히 앓아 눕지는 못하는 그런 상황이 된 거예요. 근데 저는 여자들이 어떠한 불편한 상황, 부당한 상황에서 그것을 다 참고 넘어가 주는 것도 그 부당하고 불편한 것을 공고하게 하는 데 굉장히 일조를 한다고 생각해요. 그러니까 작은 것부터라도 아닌 건 아니라고 말을 해야 그다음에 바뀌는 거지, 그걸 다 들어주고 난 다음에 왜 사회는 바뀌지 않아 라고 하면 절대 바뀌지 않는다고 생각을 하거든요. 그러니까 인생이 피곤하죠. 사실은 저항이 불을 보듯 뻔하다는 걸 예상하면서도 저는 하는 거란 말이에요. 사회생활에서도 그렇고 가정생활에서도 마찬가지고요. 그래서 지금 이 나이가 돼서 제일 좋은 건 제가 아들만 둘이 있는데 그 친구들이랑 굉장히 대화가 잘 돼요. 매우 노골적이고 구체적인 사건 하나를 얘기하자면 안희정 씨 사건이 났을 때 저는 "난 이건 연애라고 생각해"라고 얘기를 했어요. 그때 제가 하필이면 경기도청에 근무할 때였어요. 공무원들은 다 연애라고 했어요. 우리 아들은 그게 아니라는 거야. 성폭행이라는 거예요. 그래서 그거 말고도 우리가 지금까지도 서로 논쟁 중이에요. 그래서 저는 아이들이 굉장히 여성주의

적 관점을 갖고 자란 거에 대해서 굉장히 흐뭇하고 행복하고 지금까지 나와 대화 상대가 될 수 있어서 되게 좋아요. 근데 그거의 밑바탕은 어떻게 보자면 자기 엄마가 그 부당한 거에 대해서 얘기를 하고 지적했다는 거죠. 우리 큰아이가 제가 살면서 제일 좋았던 게 여성의 날에 학교 갔다 와서 꽃을 사들고 와서 화장대에 뒀는데, "위대한 여성 희주 씨를 존경합니다"라고 쓰여 있었어요. 그래서 제가 그때 어떻게 보면 제일 행복했던 것 같아요. 딴 거가 아니라 "위대한 여성 희주 씨를 존경합니다" 그러고 딱 왔는데 제가 우리 아이의 꽃다발을 받고 정말 행복했어요. 그 모든 것보다 훨씬. 참 잘 살았구나. 지금도 그런 면에서는 아이들이 참 좋은 친구죠. 같이 논의할 수 있고 논쟁할 수 있으니까.

김미옥 여성의 날을 처음 주창한 사람이 러시아 여자 콜론타이에요. 레닌하고 논쟁할 만큼 똑똑하고 대단한 사람인데 자유연애를 주장했어요. 남자들이 보기에 정말 곤란한 여자였죠. 그래서 자기 나라가 아닌 타국의 외교관으로 빙빙 돌았죠. 본국으로 돌아오면 골치 아프니까요.

홍리아 얼마나 했길래 그렇게. (웃음)

김미옥 매력적인 데다가 똑똑하고 거기다가 인물도 괜찮아요. 그러니 남자들이 일단 대화가 통하니까 좋잖아요. 가서 잤잖아, 나 쟤랑 잤다 이거야. 여자가 떠들면 그 남자 집안이 어떻게 되겠어요? 이거는 완전 폭탄인 거라. 그래서 밖으로 내보냈어요. 평생 밖으로.

지원   이름이 뭐라고요?

희주   알렉산드라 콜론타이.

김미옥 그 시대 레닌의 동지였어요. 귀족 딸인데 일찍 눈이 뜨였어
요. 그 여자가 여성의 날도 주창하고, 가장 큰 게 국가에서 애를 키워
야 된다 그랬어요. 가정 살림도 국가가 해주는 거예요. 그 여자가 먼
저 만들었어요. 미국에서도 그때 여자들이 데모하고 그랬었는데 모
인 거예요. 세계 여성 노동자대회에서 모여 가지고 여성들이 주장한
거예요. 로자 룩셈부르크하고도 친했는데, 로자도 그런 쪽이에요.
성에 대해 개방적이에요. 로자는 소아암을 심하게 앓았어요. 못생겼
잖아요. 근데 급진적이에요. 급진적이어서 결국 1919년에 살해당했
어요. 총 맞아 죽었거든요. 시체 못 찾았다고 해요. 광에다 버렸다가
찾았다는데 그것도 가짜라고 그랬더라고요. 워낙 급진적인 게, 그러
니까 콜론타이하고 로자 룩셈부르크하고 급진파들끼리 맺은 거예
요. 그 두 사람의 공통점은 국가가 애하고 살림을 다 해주고 나는 자
유여야 한다. 그거였어요. 실제로 그랬고.

희주   사상이 굉장히 급진적이었기 때문에.

김미옥 위험했어요. 그 여자는 진짜 급진적이었어요.

160

희주   완전 페미니스트였어서.

김미옥 좀 강성인 여자들이 우리나라에서 유명한 김 알렉산드라, 그
여자도 러시아 전쟁에 휘말려 죽었는데, 처음에 살려준다 그랬어요.
이 여자가 적군파 여자거든요. 그 여자를 살려준다고 그랬는데 이
여자가 싫다고 그랬어요. 굉장히 강성이에요. 그 여자도 그 옛날에
결혼하고 남자가 알코올 중독인데 이혼해 버렸어요. 애 데리고 집
나가버렸어요. 그리고 딴 남자랑 결혼해서 또 애 낳고. 근데 가정이
있는데도 집에서 나와 가지고 운동했어요. 볼셰비키 운동하다가 총
맞아 죽었죠. 하바롭스크 외무부장관까지 했어요. 홍범도가 그 여
자를 만났다고 돼 있는데 실제론 안 만났을 거예요. 일단 안 맞아요.
대화가 안 됐을 거라는 생각이 들어요. 하여튼 급진적인 여자. 근데
급진적이라고 뭐라고 할 게 아니라 그런 여자들이 있어 가지고 바뀐
거예요. 그런 여자들이 없었으면 아마 우리도 이슬람 원리주의 나
라처럼 얼굴 이렇게 가리고 다녔을 거예요. (웃음) 우리나라에도 나
혜석 같은 사람이 있었기 때문에 여성의 지위가 바뀌는 거에 일조를
한 거예요. 이거 욕을 하면 안 돼요. 우리는 칭찬해야 돼. 남자들이
뭐라고 하든. 그래서 자꾸 여자들이 죽어요. 남자들이 이렇게 된다
는 걸 보여주고 싶었나 봐요.

강혜연 제도가 너무 없어서 그랬죠.

희주   부모가 나이 30세에 일찍 돌아가셨기 때문에 거둬줄 사람이

없었으니까.

홍리아 그렇죠. 가족도 버리고 사회에서도 버림받고.

희주 그거는 못 말렸겠지만 행려병자까지는 안 됐겠죠. 부모가 있었으면 돈이라도 줘서 집이라도 한 채 해줬겠죠.

김미옥 예금을 털어도 안 나오고. 아플 일 있을지 어떻게 알아.

여성의 경제력이 중요한 이유

스칼렛 50대 이상의 남자들이 정말 그 마누라가 싫어서 이혼할 때는 얼마나 엄청나게 준비를 하는지. 지금 살고 있는 집도 여자 모르게 처분을 한다든지, 월세를 사는 조건으로 해 가지고 팔아버리는 거예요.

희주 저 지금 저희 집을 팔았거든요. 후배가 집을 샀는데 얘기하기를, 저희 같은 라인이었으니 5천인가가 잡혀 있다고 했는데 막상 그날 계약서 쓰면서, 왜 부동산에서 그걸 떼주잖아요. 근데 5억 얼마가 생긴 거예요. 그러니까 얘가 너무 당황해서 서로 자기 남편한테 숫자가 맞는지 막 확인해 보고. 그래서 제 후배는 그 집을 돈을 거의 안 주고 산 거예요. 이게 다 너무 많이 잡혀 있어 가지고. 그러니까 그 남자가 이미 다 잡아놓은 거예요. 와이프는 몰랐던 거죠.

김미옥 그거 보면 여자들이 순진한 거예요.

김미옥 우리 스칼렛 선생님은 이 책 보고 어떻게 생각하셨어요?

스칼렛 나혜석은 예술가잖아요. 그래서 결정적일 때는 굉장히 감정적이에요. 왜 이러지? 왜 이런 결심을 했지? 그래서 이혼할 때 굉장히 기회를 못 보는 것 같아서 아쉬웠어요.

　　책에 보면 왜 이혼 요구하면서 세상에서 무서운 게 세 가지가 있는데 그중의 하나가 사랑이고 또 하나는 경제적인 것이라고 해요. 그리고 마지막으로 그런 얘기를 하지 않는 세상이라고 말해요. 누구보다 경제적인 게 중요하단 걸 잘 알고 있었죠. 유럽을 다니면서, 그때 2만 원이면 얼마예요? 오늘날 2억인가, 그 정도잖아요. 그런데 이혼할 때는 왜 이렇게 준비를 못 했는지, 이혼을 요구하면서 경제적인 어떤 것도 준비를 전혀 못 하고 있다는 게 안타까울 따름이에요.

김미옥 말씀 잘하셨다. 우리나라 여자들 이혼할 때 보면 갑자기 바보가 돼요. 이상하더라고요.

스칼렛 제가 2022년에 양재동을 좀 다녔거든요. 열 받는 일이 있어가지고. 근데 오전에는 40대 변호사를 만났고, 오후에는 60대 변호사를 만났는데 완전히 다르더라고요. 40대 변호사는 주로 내 얘기를 들어줘요. 애들이 너무 이러저러하게 속상하고 그런데 이게 이혼이 가능합니까? 어쩌고저쩌고 하니까, 그렇죠, 맞아요, 하면서 일단 공감을 해줘요. 공감을 해주니까 자꾸 얘기를 하게 되면서 변호사 상담료가 늘어나잖아요. 원래 한 시간 하는 거였는데 세 시간 되는 거죠. 가끔 가다가 우리가 변호사를 상대를 해야 되는 이유가 있더라고요. 혼자서 막 머리에 복잡한 것들이 딱 정리가 돼요. 이건 되고 이건 아니고. 이거는 어디까지나 요만큼 쓰고 내가 할 수 있는 건 요만큼 딱 정리 되는 거예요. 돈이 하나도 안 아까워서 좀 막 풀었으니까. 또 예약한 사람이 있어요. 60대 변호사 그분은 참 리얼해요. A4지를 딱 주는 거예요. 주면서 남편 재산, 선생님 재산을 다 쓰라는 거예요. 그랬더니 딱 보더니만, 이혼하지 마시고요. 선생님 재산이 더 많네요. 그러니까 합의를 하세요. 그리고 꼭 이렇게 분하고 억울하면 그 여자를 그냥 참으세요. 근데 이 정도는 천만 원이 맥시멈이라는 거예요. 그러면서 그 천만 원도 사실은 선생님이 한 푼도 못 가져가고, 상담료로 제가 다 가져가는 겁니다. 그렇게 재수가 없으면 그 상대방의 남편, 그 여자의 남편도 이 남편을 상간남으로 고소를 하라는 거예요.

김미옥 둘 다 유부남이니까.

스칼렛 이건 이렇고 저건 저렇고 딱 얘기를 하는데 그러면서, 10분도 안 걸려. 10분 만에 딱 정리하는데 나는 왜 변호사가 못 됐을까? 막 너무 괜찮은 거야. 그러면서, "한 시간 했는데 지금 저희가 40분이 남았는데 무슨 얘길 할까요?" 이러는 거예요. 그래서 내가 물어봤어요. 60대 이후에 이런 사건들이 있습니까? 이러니까 너무 많다는 거예요. 그러면서 아까 들은 얘기예요. 남자들도 이혼을 준비할 때 이렇게 철저하게 준비한다는 거예요. 자기는 사는 것도 월세로 돌려주고 간다는 거야. 그러면 우리 25년 이상 살면 이혼이 가능하잖아요. 25년 넘게 살면 무조건 50%예요. 전 재산 중에 인정되는 게. 어쨌든 남자들은 철저하게 준비를 한다는 거예요. 어떤 여자가 강남에 모 아파트가 60억이 있는데 그 집이 자기 집이다 생각하고 있는데, 남편이 이미 월세를 살기를 하고 집을 팔았다는 거예요. 그 얘기를 하면서, 이렇게 남자들도 이혼을 할 때 준비를 철저하게 합니다. 근데 우리 한국의 여자들이 이혼을 할 때 너무 감정적이고 흥분 상태에서 한다는 거예요. 그래서 나 같은 전문가를 찾아와서 냉정하고 객관적으로 정말 손해를 끼치지 않고 나중에 살 수 있는 어떤 기반을 마련을 해야 되는데 그러지 않고 일을 다 저지르고 오는 바람에 제가 도와줄 방법이 없는 이런 사례가 너무 많다는 거예요. 그 얘길 듣는데 정신이 번쩍 드는 거예요.

홍리아 그거 홍보하러 다니면 되겠다. 마진 거기서 30% 잡아요. (웃음)

스칼렛 60대 이후에 가장 바람이 잘 나는 것이 초등학교 동창회부터 동호회, 배드민턴, 탁구, 등산 이런 거. 근데 이게 왜 그러냐면 우리가 섹스할 때만 오르가즘 느끼는 게 아니고 몸을 같이 부대끼면서 뭔가를 하는 활동을 하면 그 쾌감이 상당하대요. 몸으로 부딪히는 거를 정기적으로 매일 하잖아요. 그러니까 이게 60대 이후에 이런 이혼을 하고 아니면 또 같이 또 잘해보자 이게 원 상태로 잘 안 돌아간대요. 이 몸으로 부딪히면서 이 기쁨을 아는 존재들이 이번 한 번만으로 멈추지 않고 아주 멀리 갑니다.

홍리아 아니 근데 그 이후에 어떻게 됐어요?

스칼렛 사람 만날 때 항상 녹음을 하라고 하더라고요. 그래서 그 이후에 그 여자를 만나서 제가 얘기를 했어요. 그리고 적어도 두 번 대화하라고.

홍리아 그래요. 아무것도 없이 어떻게 법정에 나가요.

스칼렛 성질 나서 한 대 때리면 잘못하다 200만 원이고. (일동 웃음)

홍리아 맞아요. 때리면 원래 그래요.

스칼렛 정 때리고 싶으면 500만 원을 준비하고 때리고 오라고 하더라고요. 간통죄 없어지고 나서는 굉장히 심각하다는 거예요. 그 여자들이 막 집에 가서 찾아가서 문을 들어가는 것도 가택침입이 된대요.

홍리아 기물파손.

스칼렛 너무 모른다는 거야. 여성이 오히려 당한다는 거야. 여성분들이 모르고 감정적이고 이런 거는 준비가 안 돼 있다. 저는 어쨌든 그

변호사한테 40분 동안 많은 걸 배운 거예요. 그래 가지고 나혜석을 보면 참 답답했어요. 똑같아. 그런데 우리가 이혼할 때는 철저하게 인정해야 되는 거예요.

김미옥 그게 쉽지가 않아요. 자기 일이 되면 그렇게 못해요.

스칼렛 먼저 도서관에 딱 가서 변호사를 만나기 전에 질문을 준비해요. 변호사를 만나기 전에 내가 어떤 질문을 할 것인가. 책 다섯 권 찾았어요. 그리고 한 사람만 만나보지 말래요. 병원 여러 군데 가는 것처럼 변호사도 40대도 보고 60대도 보고 그렇게 한두 분 만나면 어떻게 해야 할지 감이 잡히는 거래요.

김미옥 나혜석이 감정적으로 나가서 지혜롭지 못하고 이성적으로 법적인 조치를 못했기 때문에 결국 몸만 나온 거예요. 애까지 주고 아무것도 없이 나온 거예요.

스칼렛 맞아요. 그래서 이 여자가 계속 얘기하는 게 있잖아요. 사람이 무섭고 돈이 무섭고 세상이 무섭다. 무서운 줄을 몰랐던 거지. 사실은 이혼하기 전에 이 여자는 세상이 무서운 줄 몰랐다는 거예요. 자기 이름으로 써야 된다, 어쩌고저쩌고 이런 거는 그냥 머리에서 나온 글이고, 제가 볼 때는 그렇게 철저하게 당한 이유는 이 여성이 제대로 그런 인식이 없었기 때문이에요. 왜냐하면 그렇게 선택된 여자였잖아요. 남자도 건강했고 정말 잘 나가는 엘리트였잖아요. 그 당시 최고의 엘리트였으니까. 그래서 이분도 이후에 자기 삶이 많이 달라졌겠지만 이혼할 때는 신여성이 아니었다. 솔직히 말해서 이혼한 그때 그 이전의 생각이나 사고가 냉정하지 못했다는 거예요.

김미옥 돈이 항상 떨어지지 않을 거라는 막연한 생각을 했던 거예요. 근데 현실은 아니거든.

희주 아니, 그리고 애써서 돈 벌어본 적이 없잖아요.

스칼렛 그래, 맞아요. 자기가 번 돈이 없죠.

김미옥 왜《자기만의 방》이라고 버지니아 울프가 쓴 책에도 나오거든요. 지갑에 돈. 콜론타이도 주장하는 게 그거예요. 여자의 경제력. 다들 경제적 독립이 우선이에요. 돈 없으면 다 소용없죠. 근데 내가 돈이 없는데 이혼을 당할 상황이 되면 지금 스칼렛 선생님 말처럼 그 돈을 내 걸로 만들어야 돼요. 내 명의로 하든 어디 다른 데다 팔아넘기든 해야죠.

스칼렛 제가 우리 여성분들에게 한번 말해드리고 싶었던 에피소드였어요.

김미옥 나는 여자보다 남자가 이혼을 해서 비참하게 사는 사람 세 명 정도를 봤어요. 사실 더 많아요. 내가 아는 사람은 시인인데 그 사람은 삼성에 다녔어요. 공군 ROTC도 나오고 아무튼 상당히 명석하고 똑똑한데, 삼성에 들어가서 돈도 잘 벌고 선생들 투자도 받아서 돈도 많이 벌었는데, 이 사람이 유교적인 사고가 있어요. 여자 보고 밖에 나가지 말고 애 잘 키워라 하는 사람이에요. 그런데 이 남자가 구조조정 당하고 IMF 때 막 사업 안 되니까 이 사람 사고방식이 어떻게 돌아갔냐면, 너 이때까지 내가 벌어온 돈 잘 썼잖아. 그렇게 여자한테 밖에 나가지도 못하게 해놓고서는, 이제 너도 나가서 돈 벌어와야 돼. 사회생활을 안 해본 여자한테, 밖에 나가면 거기 어디에 있냐고 소리나 지르던 남자가, 밥 먹을 때 되면 빨리 안 들어오냐고 재촉하던 남자가, 그런 남자가 자기가 위기에 처하니까, 너 돈 벌어와. 너는 평생 내 돈 먹고 밥도 먹고 살았잖아. 이렇게 되는 거예요. 여자는 사회 경험이 없고. 근데 성과는 있어요. 옷 갖고 나가서 다단계를 했어요.

홍리아 그래, 아무 경험이 없으니까.

김미옥 다단계로 다 말아먹고 결국 이혼해서 그 여자의 빚까지 막 이상하게 얽히니까, 이 남자 지금 나이가 60세가 넘었어요. 그 사람 지금 강북에 있는 다세대 빌딩의 옥탑방에 살 거예요. 옥탑방에 살아요. 한 달에 30도 많다고 20으로 깎아달라고 애원하는 걸 봤어요. 그 똑똑하고 명석하던 남자가 그리 돼버리더라고. 근데 그 여자도 쫄딱 망했어요. 그 여자도 어디선가 누구 집에서 부엌일을 하고 있다 그러더라고. 그러니까 자식들만 불쌍하게 되는 거예요. 그래서 나는 비웃었어. 그때 이 얘기를 듣고 있는 데서 비웃었어요. 남자가 가부장적인 의식으로 자기 부인을 바깥에 돌리면 그릇처럼 깨진다, 나가지 마라. 잠깐 어디 가서 몇 시간째 연락 안 되면 전화해, 너 거기 어디야? 당장 들어와 이런 사람이었거든요. 그런데 그런 사람이 사업 망하니까 왜 나한테 얹혀서 내 피 빨아 먹었냐 이렇게 나오는 거야. 너무 웃긴 거예요. 처음부터 같이 활동했던 게 아니라 자기가 남자 권위를 잃으니까 여자한테 막 다 뒤집어씌우는 거예요. 나혜석이 놓친 게 그 경제권인데 나혜석이 돈이 계속 있었다면 잘 나갈 수 있었어요. 남편 또한 마찬가지고.

희주 걔네들이 그거에 더 연연하는 것 같고요.

김미옥 애들이 나중에 더 연연해하죠. 나중에 스칼렛 선생님 그거 한번 써보세요.

스칼렛 우리 보통 핸드폰 보면 스케줄이 있잖아요. 근데 확실히 제가 여행 가서 없을 때는 그 여자하고 그렇게 통화를 많이 했대요. 그걸 제가 다 기억해서 갔어요. 변호사한테 그냥 안 갔어요. 썼어요. "쌍년인가?". (일동 웃음) 암튼 그래서 내용을 다 적어서 변호사한테 보여줬더니, 이렇게 갖고 오는 사람 없대요.

김미옥 우리 나혜석 얘기하다 해결책까지 다 나온 것 같아요.

희주　저는 언젠가 대학 동문회를 갔는데 정말 싫었던 게 그 친구의 아내가 온 거예요. 저 여자가 여기 왜 왔나. 왜냐하면 이게 부부 동반도 아닌데 와서. 근데 제가 그날 완전 열 받았던 거는 생율인가 그걸 먹는데 그걸 막 까서, 아니 막 싸 가지고 남편도 주고 여기저기 주고 하는 게 난 너무 싫은 거예요. 도대체 쟤는 여기 왜 왔나. 뭐 하러 왔어. 나중에는 제가 좀 빡쳤죠. 그래서 저는 속으로 '지가 지 거 먹게 하라고'. 저는 그거 딱 질색이거든요. 어디 가 가지고, 이렇게 설날만 쉬면 정말 싫은데, 그날은 제가 나중에 결국은 딱 얼굴을 굳히면서 얘기했어요. "우리 학교 동문은 아니신데, 우리 얘기 하는데 방해 안 하면 안 될까요?"라고. 딱 대놓고 그러니까 그다음부터 그놈들이 아무도 와이프를 데리고 올 생각을 못하는 거예요. 저는 여자분이 와 가지고 그러는 거 정말 싫거든요. 내 삶이 있고, 남편의 삶이 있는 거지, 남편이 지 거야?

스칼렛　전시회나 동인회 와서 여성 회원들 꼭 한복 입고 나와서 꽃 달고 와서 손님맞이하고.

희주　나는 그럼 정말 딱 밥맛이야. 나는 여자들이 그렇게 안 살았으면 좋겠어요.

스칼렛　똑같은 동인인데 꽃 달고 나와 갖고는.

김미옥 아마도 제 평생의 싸움이 엄마의 의식하고의 싸움인 것 같아요. 여자들이 자주 갖는 의식 있잖아요. 너는 그러면 안 돼 이런 거 있잖아요. 그거 싸우는데 평생 걸렸던 거예요. 제 생각에는 지금도 싸우고 있고. "여자가 말이야" 이 소리를 어딜 가도 꼭 들어요.

물론 집집마다 부모에 따라 다르기는 한데, 며느리한테 세게 대하는 시어머니라든가. 남성 권리를 그대로 대타로 이어받는 거예요. 남자 권한 대행. 우리 민영주 선생님은 하실 얘기 있으신가요?

스칼렛 선생님, 오늘 또 논문 찾아왔어요?

민영주 논문 써왔어요. 근데 논문을 쓰는 게 워낙 생활화돼서 선생님들하고 좀 내용이 다를 수도 있어요. 왜냐면 늘 하는 짓이 이래서. (웃음) 이렇게 정감 있게 말씀드리는 거는 지금 앞에 잠깐만 하고, 뒤에 강독회처럼 제가 쓴 거를 나눠보려고요. 잘나가던 시절의 나혜석을 표현할 때 떠오르는 키워드들은 만인의 연인, 미인박명, 도화살, 작은 살, 들어온 돈은 많고 또 모인 돈은 적고, 최초의 서양화가이기 때문에 여성화가. 그리고 내 것도 못 지키는 사람. 내 거랑 가족, 남편, 남의 것은 가졌다가 결국 놓쳐버리는 그런 사연 많은 여자. 이렇게 정리를 한 번 해봤고요. 그리고 가장 인상적이었던 부분이 《삼천리문학(三千里文學)》이라는 문예지에 실렸던 내용인데, 청구가 나혜석 남편 김우영의 호잖아요. 그 부분 읽을게요.

"반드시 후회 있을 때 내 이름 한번 불러주소. 4남매 아이들아, 애미를 원망치 말고 사회 제도와 도덕과 법률과 인습을 원망하라. 네 애미는 과도기의 선각자로 그 운명에 주된 희생된 자연인이. 후일 외교관이 되어 파리에 오거든 등 네 애미의 묘를 찾아 꽃 한 송이 꽂아라."

이때가 35년도니까 그녀 나이 47세쯤, 그러니까 오빠의 집을 방학해서 찾아갔잖아요. 처음에는 오빠 때문에 김우영을 소개받았는데 점점 사회 이슈가 되고 너무 창피하니까 좀 집안 망신이다, 옷에 냄새도 나고 막 이러니까 쫓아냈는데, 올케 언니가 49세였는데 여기 책에는 없을 거예요. 49세에 자기 시누이를 데리고 61세부터 갈 수 있는 양로원에 집어넣어요. 그러니까 49세가 61세로 보일 수 있었던 그 정도로 고생을 했던 거죠. 그전에 썼던 건데 그래도 양로원은 안 가도 되고 파리에 가는 꿈을 꿀 수 있었을 때. 그리고 또 인상적인 부분이 나혜석이 이광수의 연인이었다고 그랬잖아요. 그래서 이광수가 화, 목은 원래 사귀던 여자, 월, 수는 나혜석을 만났다 그러죠. 근데 나혜석은 여자가 있는 걸 알고 이광수하고 만났고, 이광수의 연인은 그걸 모른 상태에서 결혼 사실을 알게 돼서, 너 날 선택할래, 나혜석을 선택할래? 이래서 나혜석이 결국 이광수한테 차였다 그러죠. 그래서 자유주의적인, 사상적인 자기의 가치관, 세계관이 그때부터 바뀌었죠. 그리고 오빠의 소개로 사별남이었던 남편을 만나게 됐던 거죠. 그래서 그렇게 좋아했었는데 나혜석이 결혼 조건으로 세 가지를 들어요. 일, 일생 두고 지금과 같이 나를 사랑해 주시오. 이, 그림 그리는 것을 방해하지 마시오. 삼, 시어머니와 전실 딸

네 번째 만남 — 용기 있게 쓰는 삶

과는 별거케 해주시오. 그러니까 그 남편 아이가 총 다섯이에요. 그러니까 신여성의 사고방식. 그리고 그렇게 당당했다가 약간의 권태로움이 느껴졌을 때, 결혼 10년이 지난 다음에 뭐라고 썼냐면 "나의 생활은 그림을 그릴 때 외에는 전혀 남을 위한 생활이었다. 속에서 부글부글 끓는 마음을 꾹꾹 참으며 현실에 얽매여 산 것이다. 그러므로 구미 프랑스로 가는 그 만유의 기회는 내게 씌운 모든 탈을 벗고 펄펄 놀고 싶은 것이었다. 나는 어린애가 되고 사람이 되고 예술가가 되고자 한 것이다. 마음뿐 아니라 환경이 그리 만들고 사실이 그리 만들었다." 이렇게 자기의 권태로운 생활, 그때 아이 네 명을 시어머니한데 맡겨두고 간 것은 지금 현대적인 여자, 엄마들도 쉽게 결정하지는 못했을 것 같아요. 그 부분에 대한 대가일 수도 있다는 생각을 해요. 그러니까 이거를 페미니즘적인 관점으로 본다면 문학자들이 다 바쁘다고도 할 수 있지만, 전통적인 한국의 정서로 봤을 때는 어떻게 생각이 들었냐면 두 가지로 나눌 수 있겠더라고요.

이건 결론 부분이에요. 나혜석의 연애 감각, 수필, 그러니까 고백체의 글이 이 시절부터 하나의 문학 장르로 시에서도 소설에서도 수필에서도 나오기 시작하죠. 그래서 고백의 제도에 의해 발견된 진정한 자기를 찾으려는 노력은 문학의 한 양상으로 발전한다. 이렇게 제가 논문을 투고하려고 해요. 저는 1년에 두 편씩은 꼭 써야 되니까요. 영어 교육학이 전공이어도 교양 수업을 하고 있으면 문학도 상관이 없거든요. 그래서 이번에는 나혜석의 연애관과 자전적이면서 분명한 자기 철학을 드러내는 나혜석 수필의 문학적 특징을 정리해 봤습니다.

수필을 통해 드러난 여성성은 근대 주체의 지향이었지만, 육아 및 교육에 대한 철학은 모호성으로 회귀했습니다. 신여성의 페미니즘이죠. 그다음에 여성성은 근대 주체를 지향은 했으나 육아 및 교육에 대한 철학은 모성으로 해결한 점을 발견하였다. 즉 수필과 달리 나혜석의 실제 삶은 그녀가 지향한 여성성에 균열이 생긴 거예요. 자기가 지향한 게 아닌 거죠. 그럼에도 불구하고 나혜석은 의식과 삶을 일치하고자 노력했죠. 자기 자신을 성찰하고 자기 삶을 돌아보는 수필을 통해 자전적 수필의 가능성을 보여주었다. 이러한 논의를 통해 나혜석의 사상과 작품의 가치가 재평가될 수 있다고 봅니다.

김미옥 민영주 선생님의 연구로 우리도 나혜석을 무척 학문적으로 바라볼 수 있게 됐네요.

민영주 이 나혜석은 물론 노라의 생각에 반기를 든 당대 남성들의 봉건적 유습에 의해 여성들을 강요하던 구태의연한 성이론에 대해 강력하게 거부하는 〈인형의 집〉의 구절을 마지막으로 대신하며 발표를 마치겠습니다.

"조선의 남성들아, 그대들은 인형을 원하는가. 듣지도 않고 화내지도 않고 당신이 원할 때만 안아줘도 방긋방긋 듣기만 하는 인형 말이야. 나는 그대들의 노리개를 거부하오. 내 몸이 불꽃으로 타올라 한줌 재가 될지언정 언젠가 먼 훗날 나의 피와 외침이 이 땅에 뿌려져 우리 후손 여성들은 좀 더 인간다운 삶을 살면서 내 이름을 기억할 것이야." 〈이혼 고백장〉,《삼천리》1934년.

김미옥 3일 뒤에 이 책, 이 글이 나오면서 엄청 욕을 먹게 되죠. 나혜석을 공격하는 유명한 문인 글도 있었어요. 유명 남자 작가가 거의 미친 여자 수준으로 몰더라고요. 바람피워 놓고 할 말도 많다.

민영주 네, 결론은 나왔는데 이제 마무리만 할게요.

김미옥 우리 민영주 선생님은 철저해요.

민영주 제가 이거 너무 오래 써야 되는 거라서 좋은 말씀 감사해요. 올해 또 연구 실적 하나 올린 것 같아요. 이런 기회가 잘 없잖아요. 나혜석은 여성으로서 많은 한계 상황 속에서도 작품을 통해 자신의 여성 해방 사상을 주장하고 자신의 전 삶을 통해 여성 해방을 실천하려고 했던 시대를 앞선 페미니스트라는 것을 알 수 있다. 오늘 그냥 진짜 평범하게 내면서 발표 마치겠습니다.

희주 저는 민영주 선생님의 논문에 두 가지 질문을 드리고 싶어요. 말씀 중에 나혜석이 근대 주체를 지향했는데 모성으로 회귀했다 이렇게 얘기했잖아요. 그럼 근대 주체는 시대의 흐름을 얘기하는 거예요, 그렇죠? 근데 모성이라는 단어는 그렇게 시대성이나 역사성을 갖고 있지 않아요. 그러면 이 주장의 근거는 제가 봤을 때는 근대 주체를 지향했으나 엄마의 역할에 있어서는 시대의 한계를 벗어나지 못했다고 얘기가 돼야 되는 것이지, 모성을 지향했다 했을 때 그 모성의 정의를 어떻게 하실 거예요?

176

민영주 모성을 지향하는 게 아니라 모성으로의 회귀.

희주 그때 그 모성을 어떻게 조작적으로 정의하실 건지.

민영주 조작적 정의가 아니고 그때는 원래 있는 삶에 우리가 지향하는, 그런 삶이 아니라 있는 그대로 정의해야겠죠.

희주 아니, 얘기한 게 근대 주체를 얘기했으면 근대의 시대적 흐름을 얘기를 하신 거예요. 근데 그와 상반되게 나혜석이 결국 모성으로 회귀했다고 할 때 그 모성이라는 거는 시대적인 의미가 전혀 없어요. 여기서 선생님이 주장하시는 모성이 무언지에 대한 설명이 반드시 필요하다. 이게 논문이라면. 그런 생각이 들었고 또 하나는 루소는 또 되게 재미있는 게, 아이를 일곱인가 아홉을 낳았는데 평생 결혼하지 않고 여인이랑 살았고 그 애들은 전부 다 고아원에 보냈어요.

스칼렛 아까 사랑이라 하면 다 속는다 그랬는데.

희주 그러니까 루소의 《에밀》이 가져다주는 그 뉘앙스가 너무 많은 사람들에게 굉장히 반감을 많이 불러일으킬 수 있다. 루소의 교육론에서 주장하는 아동교육론의 모순은 저는 꼭 짚고 넘어가야 한다. 이게 논문으로서 정의가 되려면 그러니까 그런 부분들을 아귀를 맞춰줘야 그 논문을 읽는 사람이 그거에 대한 논쟁을 하지 않잖아요.

김미옥 루소를 얘기할 때 개인의 사생활과 그 사람의 어떤 학문적 성취하고는 분리해서 봐야 해요.

희주 물론 시대적 한계가 있죠. 그렇긴 한데,《에밀》에서 자연으로 돌아가라는 말과 함께 네가 애한테 잘해주면 20년 후에 네 옆에 개망나니가 있을 거라는 얘기도 나와요. 루소의 사생활 문제뿐만 아니라《에밀》자체가 교육론적으론 정립되지 못한 텍스트라는 거죠.

홍리아 근데 그게 교육론으로 봤을 때는 또 그만한 가치를 보는 거고, 루소를 평가하는 그런 면에서는.

김미옥 근데 사생활은 빼는 게 옳은 것 같아요. 그렇게 따지면 톨스토이의 사생활도 만만치 않죠. 톨스토이 동네는 그 사람이 영주일 때 동네 애들이 다 톨스토이랑 똑같이 생겼어요.

희주 사생활을 평가할 때와 교육을 평가할 때는 굉장히 잣대가 달라지죠.

김미옥 달라지죠.

희주 어쩔 수 없이 제가 교육학 전공자라서 그건 간과할 수가 없는 거예요. 그런 논문이 되려면 그 틀거리가 좀 더 명확해져야 한다.

김미옥 그래요. 아우구스티누스《고백록》얘기까지 나왔는데, 아우구스티누스를 굉장히 훌륭한 기독교인으로 평가를 하는데, 그 사람도 사생아 낳아 가지고 막 갖다 버리고 그랬어요. 이런 식이거든요.

희주 한계라는 게 분명히 있죠.

민영주 나혜석은 루소의 철학을 얘기하는 게 아니고 그 부분에서 그냥 이 말만 인용했어요. "나는 학자나 군인을 양성하는 것보다 그냥 사람이 돼야 된다." 딱 이거 인용이에요.

김미옥 제가 한 가지만 말씀드릴게요. 우리나라에서 남의 작가를 많이 인용을 해서 제목으로 가장 성공한 작가는 이문열이에요.《그대 다시는 고향에 돌아가지 못하리》,《추락하는 것은 날개가 있다》전부 다 남의 책 제목이고 문장이에요. 그런데 그 사람이 그런 얘기를 했어요. 그때 막 분서갱유 사건 일어나고 나서 또 자기 책을 냈는데 그 표지에다 뭐라 그랬냐면 "인간으로 태어나서 가장 잘하는 일은 사람을 만드는 일"이라고 했어요. 그게 원래 루소가 했던 말이래요. 때 내가 느낀 게 뭐냐면 이문열 작가가 참 적재적소에 인용을 기가 막히게 잘하는구나. 그래서 지금 여러분들 토론 들으면서 딱 이문열이 생각났어요. 세계적인 문학 대가들이 한 말을 이문열이 인용하면 다 자기 것처럼 해요. 근데 여기는 잠깐 인용부이고 그 사람을 공부한 건 아니잖아요. 나혜석이 그 대상이죠.

희주 아니, 제가 언급하고 싶은 건 그 부분이에요. 모성. 모성의 용어의 정의는 반드시 필요하다. 이게 논문이 되려면.

김미옥 모성은 지금 그 책에 의하면 강제된 모성이잖아요. 그건 사실 공감이죠. 처음 애 봤을 때 솔직히 애들 어디 잡을 데도 없지 않아요? 너무 무서워요. 틀어질까 봐. 그리고 사실 갓 태어난 아기는 이상하잖아요. 애가 할아버지 같이 막 주름이 져 있고.

희주 그러니까 왕족들이 유모한테 애를 맡겨서 키우기 때문에 그 아이에 대해 상당히 냉정하잖아요. 왕위 계승권하고, 죽이고 살릴 수 있는 게. 그걸 만약에 내가 키우던 아이였다면 있을 수 없는 일이죠.

김미옥 누가 병원에 실려 갔는데 어떤 짓을 해도 안 죽더래요. 그래서 본처를 딱 보여주니까 바로 죽어버렸어. (일동 웃음)

도희 좋은 해결책이다.

스칼렛 아니, 근데 옛날 중국에 무슨 책 보면 그런 좀 난리 나는 그런 게 있잖아요. 복상사 같은 거.

김미옥 우리 유튜브에도 있어요. 거기서 실제로 실려온 거 찍은 사진이 있어요.

180

홍리아 복상사가 의외로 많대요.

김미옥 복상사는 심장마비로 죽는 거예요. 제가 아는 간호사가 그걸 두 번 봤대요. 젊은 여자하고 할아버지가. 영화 〈티스(Teeth)〉 있잖아요. 그 영화가 캐나다 벤쿠버 영화제에서 대상 받았잖아요. 자연에서 동물도 연골과 경골을 나누잖아요. 바다에서 올라오잖아. 그래서 경골들은 육지로 거의 다 올라와요. 척추가 있고 딱딱한 동물들이요. 근데 경골 중에서 물에 남은 동물이 포유류 중에 고래가 있죠. 뼈가 처음에는 말랑말랑하다가 경골처럼 되잖아요. 딱딱하게. 근데 생식기에 그 이가 생기는 거예요. 이가 생기다 멈췄어요. 분화를 멈춘 거예요. 그래서 연골로 가는 거예요. 그런데 거기에 성폭행을 당하거나 강간을 당할 때 그걸 가진 여자, 그러니까 분화가 덜 된 여자가 있는 거예요. 티스가 이빨이란 뜻이에요. 평소엔 숨어 있어요. 마치 독사 같이 숨어 있다가 공격할 때 나오는 거예요. 연골에서 나와 가지고 잘라요. 여고생 때 남자친구랑 같이 여행 갔다가 갑자기 성폭행을 하니까 거기서 행위를 할 때 잘려 버려요. 남자가 죽어버려요. 피 흘리면서. 여자를 성폭행을 하니까.

도희 정말로 그런 사람이 있는 거예요?

김미옥 우리 몸이 이물질로 인식하면 항원항체반응이 일어나지요. 착상해서 아이가 생기면 몸에서 못 받아들이는 사람이 있다고 하더군요.

네 번째 만남 — 용기 있게 쓰는 삶

도희 저는 첫 아이는 입덧이 전혀 없었어요. 둘째 아이 때도 입덧이 없었거든요.

김미옥 잘은 모르지만, 혈액형이 같으면 입덧이 없다는 소리를 듣긴 했어요.

도희 아니요, 아이는 둘 다 A형이고 저는 O형이에요. 그런데도 두 아이 다 아무런 입덧을 안 했어요.

김미옥 그게 몸이 거부하는지 아닌지 차이가 내 몸에 이물질이 아니고 당연히 들어왔다고 착상될 때가 있더라고요.

도희 글쎄 아무튼 간에 그랬는데, 둘째가 첫애하고 21개월 차이인데 아마도 제 몸이 힘들었었나 봐요. 저는 둘째를 가졌을 때 하혈과 유산기가 있었어요. 그게 시댁에 태어나면서 장애가 있는 아이가 있어요. 그러니 시어른과 전남편도 유산기 있는 것이 태아에 문제가 있는 것이 아닌가 걱정했죠. 병원에 가서 낙태하기를 바랐어요. 혹시 아픈 아기가 태어날까 봐 걱정되었겠죠. 병원에서 저의 몸이 약해서라고 하는데도 다른 가족들의 걱정은 계속되었죠. 저는 몸이 약해서라면 내가 조심하면 되지 왜? 그렇게 저 혼자 고집으로 태아를 지켰어요. 그래서 저는 모정은 원래 안에 있는 것이 아닌가 생각했어요. 나중에 생각하니 만약 아기가 아프거나 하면 그 책임을 어떻게 지려고 했을까? 그런 생각이 들었지만, 그때는 다른 아무 생각 없었어요. 21개월 차이 나는 남자아이 둘 돌보면서도 몸이 약해서 힘은 들었지만, 그저 아이들이 예뻤어요. 아이들 돌보기 위해 내가 움직이면서 너희들이 나를 살리는구나 그런 생각이 들었어요. 다른 사람들은 아들 둘 키우기 힘들다 하며 성질 나빠지고 목소리 커진다는데, 저는 아이들이 예뻐서 무척 기쁘고 행복했어요. 얼마나 기쁜지 평생에 할 수 있는 효도가 이걸로 충분하다는 생각이 들 정도로 아이들 자체가 기쁨이었어요.

희주 근데 대부분 다 그럴 걸요. 그때 아이 낳을 때 느꼈던 행복은 다 그렇게 느껴요.

지원 저는 몇 가지 말씀을 드리려고 해요. 근데 이거 어떻게 구하셨어요? 이거 절판이던데.

스칼렛 도서관에 많아요.

지원 사려고 들어갔더니 절판이더라고요. 그래서 E북으로 읽었습니다. 이북 별로 안 좋아하긴 하는데. 시누이 부분이 저한테는 좀 와 닿았는데, 왜냐하면 제가 경험한 시누이랑 상당 부분 오버랩이 됐거든요. 여기 나혜석도 똑똑한 시누이가 있었다. 하나는 천치고 하나는 똑똑한 시누이다. 근데 그 시누이가 이렇게 모종의 간섭을 하는 바람에 이혼이나 기타 등등 이런 부분에서도 역할을 좀 많이 합니다. 저희 시어머니도 시누이가 바깥 활동 하는 거를 굉장히 말렸어

요. 서울에 있는 회사에 취직을 했는데 결국 끌고 내려와서 결혼시
켰거든요.

김미옥 시어머니가?

지원 네, 시어머니가요. 왜냐하면 여자는 바깥으로 돌려서는 안 된
다, 그런 생각을 갖고 있는 사람이었거든요. 그래서 여성들이 엄마
에서부터 딸에게까지 스스로 노예를 자청해서 가는 삶이다. 이런 엄
마로부터 물려 받은 여성으로서의 성 역할 이런 부분들이 그대로 대
물림되는 것 같아요. 그럼 그 근원은 뭘까? 그러니까 결국은 열등감
이다. 엄마로 인해 제한된 성 역할을 물려받잖아요. 즉 여성은 결혼
해서 아이 낳고 살림하고 남편을 잘 보필하며 일평생 살아가야 한다
는 것이죠. 근데 그건 온전한 자신으로서가 아닌 남편의 한 부속물
로서, 남편의 어떤 타이틀로 살아가는 거고요. 이 책에서 김우영, 결
혼 전에는 상당히 깨인 사고를 갖고 나혜석의 연인의 무덤까지 함께
가서 비석도 세워주고 결혼의 세 조건까지도 다 수락을 했음에도 불
구하고 나혜석을 버린 이유는 뭐냐. 그 남자 역시 열등감과 자존심
을 건드린 그 부분 하나. 그다음에 권태. 새 연인 이런 부분들이 크
지 않았나 라는 생각이 들어요. 아까 말씀하셨잖아요. 새 여자가 정
말 가장 매력적인 여자다. 만고의 진리인가. (웃음)
　　그럼 우리 여성들은 어떻게 해야 되나. 아까 얘기했듯이 경제
력과 능력을 가져야만 가능한가? 그리고 나혜석에게 있어서 프랑스
는 과연 무엇인가? 아까 말씀 많이 하셨죠. 또 한 가지는 시어머니와

시누이하고 사이가 결정적으로 나빠지게 된 게 선물을 사오지 않고 그 화구를 잔뜩 사온 게 좀 생각이 짧지 않았나 하는 생각을 했고요. 그만큼 자신에게 투철하고 몰입하는 게 결국 이혼하고서 일본 미전 입선의 성과로 이어지게 되는 거죠. 그런 부분들이 좀 인상적이었고요. 나혜석이 나문희 배우 고모할머니예요. 그래서 과거에 나문희 배우 회고할 때 보니까 병자 같은 고모를 엄마가 거둬 가지고 몇 번 집에 데려오면 오빠가 그렇게 내치고 막 절대 들이지 말라 그랬대요. 혈육인 오빠도 피보다는 오히려 그 인습과 체통과 체면 이런 것들이 더 중요했다는 거죠. 그래도 나혜석이 끝끝내 놓을 수 없었던 게 모성. 그래서 결론적으로 말하면 나혜석은 아직도 너무 폄하되어 있다. 아직도 연구가 많이 안 되어 있다. 그 집안에서조차도 그럴 정도로.

김미옥 지금도 전화 안 받는다잖아요. 자기 엄마 얘기 나오면.

지원 그러니까 나혜석은 굉장한 사상가이고 계몽가이고 교육가였다. 나로 끝나지 않고 후대 여성들에게 영향을 주는 사람이었다. 또 자기 공부에 충실하고, 자아 찾기를 통해 어떻게 살아야 하나를 평생 궁구했던 선각자였다는 것이 저의 생각입니다. 그런데 여성으로서, 인간으로서 또 조선인으로, 세계인으로서. 불처럼 활활 타오르던 이 부분이 갑자기 꺾이면서 급격히 나락으로 떨어지게 된 연유는 우리가 좀 더 공부를 해봐야겠다. 연구가 좀 더 필요하다. 이런 생각이 좀 들었습니다. 다음으로 중요한 한 부분이, 이 책 중간에 보면 가지 않은 길, 흰 눈을, 길이 양 갈래로 나눠서 사람들이 저렇게 간 것처럼 내가 발이 시리도록 가야 된다, 부분들의 표현이 매우 인상적이었습니다. 그런데 이런 기개에도 불구하고 현실의 벽을 뚫기는 쉽지 않았던 것 같습니다. 이후에 그 실패의 원인이 뭔가. 이혼이 미친 영향이 뭔가. 그런 힘들이 왜 또 그렇게 급격하게 빠졌는가 기타 등등 이런 부분들이 궁금했습니다.

김미옥 가장 큰 거는 여자 역할, 지금 상태를 보면 여자가 아무리 급진적으로 권리가 발달한다 그래도 남자를 영원히 못 이겨요, 제가 볼 때는. 지금 솔직히 우리 민영주 교수도 대학에서 남자 교수들 갖고 있는 거, 뛰어넘기 힘들죠. 여자들이 아무리 똑똑해도 그래요. 어느 곳이나 마찬가지예요. 사실 남자들이 어떤 집단이나 조직에 가면 그때는 달라져요. 자기들끼리 뭉치더라고. 많이 봤어요. 근무평가라든가 승진 문제도 이런 식이에요. 여자들한테는 돈 안 벌어도 되지 않냐 그러면서. 옛날에 한참 구조조정 했을 때 여자들 되게 많이 잘렸어요. 남편을 뭘 잘라 이렇게 되더라고. 맞벌이를 하는 남자한테는 또 그런 말 안 했어요. 여자한테 그래요. 아마 그게 20년 전 일인데 그럼에도 불구하고 여전히, 지금 구조조정 하잖아요? 여전히 그건 똑같아요. 여자에 대해서는 잔인해요. 그러니까 그 인식을 벗어나려면 한 세대가 아니라 몇 세대 죽어야 될 것 같아요. 우리가 흔히 패러다임이 깨지기 위해서 한 세대가 죽어야 한다는데, 제가 볼 때는 몇 세대 더 죽어야 돼요. 한 2세대 정도 죽으면 좀 달라질까? 그 생각이 들더라고요. 그 패러다임이 안 깨질 거예요. 가장 큰 거는 물

186

리적으로 힘이 약해요. 이번에 재혼녀의 조건이 신문에 나왔었어요. 이혼남이 재혼 상대자로 여기지 않는 여성상이 나왔는데 첫 번째로 싫어하는 여자가 기골이 장대한 여자였어요. (일동 웃음) 왜냐하면 이혼할 때 반드시 몸싸움이 일어나요. 아프고 아름답고 귀엽고 이런 여자는 때려도 날아가요. 자기가 우위에 설 수 있어요. 근데 기골이 장대한 여자는 안 잡혀. 잡혀도 같이 잡고 싸워요. 그래서 센여자 싫대요. 그게 신문에 나왔어요. 나 그거 보면서 정말 웃지 않을 수 없었어요. 남자가 여자를 때렸는데 여자가 오히려 남자를 반 죽여 놨어. 왜냐하면 기골이 장대했거든요. 힘도 더 셌고. 그리고 결단력도 뛰어났었어요. 무기를, 주변에 있는 걸 무기화 하더라고. 남자는 주먹인데, 여자는 무기를 쓰니까 지는 거예요.

스칼렛 요즘 여학생들은 다 남자 때리고 난리야.

김미옥 보면 어떤 생물들은 진화하잖아요. 용불용설이라고. 그러니까 자기 몸을 키우는 것 같아요. 덩치도 키우고. 일종의 진화예요. 왜냐하면 적자생존이거든. 그러니까 당해 본 종족은 바뀌어요. 이거 가장 유명한 말이잖아요. 모든 생물은 천적을 닮아가요. 그래야 살아남으니까. 우리는 남녀가 협업관계라고 생각하지만, 사실 모든 여자의 천적은 남자인 거예요. 저는 남성화 된다는 게 힘이 세지는 것보다도, 기골이 장대해지고 일단 물리력으로 갖추고 그리고 경제력도 갖추고. 이런 걸 보면 그 시누가 똑똑한 척하면서 이간질 시키고 있는 것도 알고 보면 그게 다 남자의 권리를 자기가 대행하고 싶은 거예요. 그러니까 우리도 그걸 갖고 싶어 하고, 또 희생양으로 약자인 며느리가 당하는 거죠. 지금은 며느리도 세지만 아직도 여전히 당하는 며느리들이 많아요. 같은 여자이면서도 불구하고 그건 말이 안 되거든. 근데 그렇게 하고 있더라고요. 여자가 여자에게 잔인한 건 그만큼 자기들이 힘센 쪽으로 몰려가기 때문이에요. 남자들이 기골이 장대한 여자 무섭대잖아요. 맞았단 얘기야. (일동 웃음)

도희   제 이혼 소감을 이렇게 많이 나눴었는데, 제 안의 것들을 좀 치유하고 싶은 과정에서 제 생각이 현실화 된다는 게 많이 느껴지더라고요. 나 여기 오늘 2시에 모임 온다, 그 생각을 가지고 여기 오니까 여기 와서 지금 이렇게 하는 것처럼.

김미옥   그렇죠.

도희   그러니까 내가 있어서 만물이 있는 거잖아요 제가 미옥 선생님을 몰랐을 때는 미옥 선생님이 있지만 제게는 없는 사람인 것처럼 현실은 내 생각을 보여주는 것이란 걸 알게 되었어요. 이혼을 했지만 14년 반이나 다니던 회사에서는 이혼 사실을 말하지 않았어요. 사람들 입에 오르는 것도 싫었고, 그 생각들에 묶이고 싶지 않았어요. 그러다 동창들에게 얼마 전 말했는데 친구들이라고 생각했는데도 어떤 친구들은 전과 다르게 대하는 것 같았어요. 저의 자격지심이었는지 모르지만. 아무튼 자기 스스로 중심을 잘 잡고 있는 것이 중요하다는 것을 느꼈어요. 속으로 어디 좋은 사람 있나 찾는 마음이 있으면 저 스스로 흔들리게 되더군요.

김미옥 남자랑 재혼해서 사랑할 생각이 없다는 얘기죠?

도희 아니요. 그런 부분은 있는데, 아무하고나 만나지는 않겠다, 이 얘기예요.

스칼렛 근데 이혼하는 거 그거 되게 용기예요.

도희 어려서 엄마처럼 살고 싶지 않았어요. 그런데 어느 날 제가 엄마처럼 살고 있더군요. 아버지가 무능하고 무책임해서 엄마가 혼자서 고생하며 살았어요. 그게 참을 수 없었죠. 결국 이혼했는데 좋을 줄 알았는데 잠시 좋고 오랫동안 이혼 후유증에 괴로웠어요. 그동안의 결혼생활이 아무것도 아니라는 허망함, 남들은 다 잘 사는데 나만 잘 살아내지 못한 것 같은 실패감, 그리고 스스로 나는 여전히 똑같은 사람인데 어디가 많이 부족한 사람인 것 같은. 아무튼 복잡한 감정이 오랫동안 힘들게 했어요. 생활고는 여전하고 외롭고 결핍감도 있었지요. 어느 날 퇴근길에 만난 비둘기 두 마리가 사이좋게 있는 모습이 그렇게 부럽더라고요.

홍리아 그거는 결혼한 사람들도 그렇습니다.

스칼렛 같이 있으면서 지옥인 사람들도 많아요.

김미옥 제도가 옛날부터 있지 않았어요. 결혼 제도 생긴 거 사실 축적된 재산을 자식에게 물려주려고 생긴 거예요. 그리고 사실 이혼이 쉬운가? 이혼이 어려웠던 이유가 중세 때 로마 교황청에서 무슨 말을 했냐면, 너네가 좋아서 한 결혼이 아닌데 무슨 증오가 있어서 이혼을 하냐, 그냥 살아라 그랬어요. 그게 결혼 자체를 애정 같은 게 아니라 재산, 집안 이런 걸로 생각을 했거든요. 그러니까 저는 지금 우리 도희 선생님이 상당히 여리고 감성적이고 굳이 그 남녀가 같이 사는 거 보고 참 좋아 하지만 저는 아니에요. 사실은 아니에요. 같은 여자끼리 살아도 괜찮은 집을 봤어요. 동성연애자가 아닌데도요.

도희 지금이 아니고 옛날에 그랬었다는 얘기예요. 그런 제 모습을 봤다는 거죠. 몇 년 전 이야기예요.

김미옥 지금 이혼한 지 얼마나 됐는데요?

도희 2008년도에 했어요. 16년 정도 되나요?

희주 사랑은 안 했어요, 그 사이에?

도희 네, 사람을 만나거나 하지 못했어요 사는 게 우선이었어요. 외로움을 느낄 그런 기회도 없었어요. 이혼하고 한 5년 지났을까? 거의 사촌 오빠가 오빠 친구를 소개해 주겠다고 했는데 그때 생각했어요. 아이들이 불편하겠다 싶었고 그때는 제가 생활에 여유가 없었고 그래서 생활하기 바빴고 내 복에 무슨 부귀영화가 있겠나 하기도 했어요. 그래서 거절했어요. 사람도 안 사귀어 보았고 여러모로 세상을 넓게 볼 줄도 몰랐어요. 아버지 같은 사람을 안 만나고 싶었는데 그런 사람을 만났죠. 늙어서까지 무능한 남편과 사는 게 무서웠다는 것을 얼마 전에 알았어요. 그게 무서워서 이혼한 거구나, 그런 생각이 들더군요.

스칼렛 부럽기도 하지만 억울하기도 하잖아요. 나 혼자만 애쓰고 있다고.

도희 그때 당시에는 그랬죠.

김미옥 경제적인 독립 문제가 큰데, 그 경제적인 능력이 없어요. 그 삶이 결국 아닌 것 같아서 자기 탓으로 연결되는 거예요. 도희 선생님이 이혼한 것도 결국 경제적인 문제 때문이고요. 근데 사실 그 생각도 바꿔야 돼. 남자가 벌어서 우리가 먹고 산다, 그거 바꿔야 돼요.

도희 그러니까 제가 그 생각을 가지고 있었기 때문에 결국은 너무 견디기 힘들었던 거죠. 아버지가 그랬기 때문에. 제가 한 번은 어떤 영상을 봤는데, 아빠 펭귄이 알을 품었다가 부화시키는 거예요. 제가 그걸 보고 공명을 일으켜서 막 눈물을 흘렸어요. 왜 내 아버지는 저런 사람이 아니었고 내 아이들의 아버지는 저런 사람이 아닌가. 그래서 그런 마음이 있었으니까. 그게 너무 힘들었으니까.

네 번째 만남 ― 용기 있게 쓰는 삶

김미옥 맞아요. 남성들이 단지 물리적인 힘이 좀 더 셀 뿐, 실제로는
여자보다 더 감정적이고 약한 사람도 많아요. 무능한 사람도 많고.

도희   그 사람은 굉장히 건강하고 잠도 잘 자는 사람이었는데, 허드
렛일은 안 하고 남들이 다 위해 바쳤던.

희주   뭐라도 해야지, 이런 것도 없고.

도희   이 마음이라는 바다는 아무리 더러운 것을 쓰더라도 자체는
더렵혀지지 않는다. 그런 말처럼 나는 변함없이 실천하는데 다른 사
람의 이목이나 뒷담화가 두려워서, 나는 사실 하나밖에 없는데.

희주   선생님, 그걸 너무 크게 생각하셔서 그런 거 같아요.

도희   그런 생각이 들었어요.

김미옥 그때보다 나았다면 성공한 거예요.

도희   그때는 정말 왜 나만 이러지 그런 마음이 되게 컸어요. 그런
데 지금은 어쨌든 그것들을 통과해서 지금의 내가 된 거니까, 이렇
게 말하면 좀 뭐하지만 자기가 살 삶의 몫이 있지 않은가. 지금은 그
런 생각이 들어서 괜찮아요. 저를 찾기 위한 과정이니까.

김미옥 지금 저한테 보내주신 원고 있죠? 그거 약간 손 더 봐서 보내주세요. 계속 쓰고 있죠? 그거 좋더라고요. 진정성이 느껴지니까. 기대가 커요. 기대가 크니까 슬퍼하지 말고. (웃음) 항상 웃고. 지금 보기 좋아요. 이혼 정말 잘했어요. 자, 다음 홍선생님.

홍리아 제가 요새 격변의 시대를 맞이하고 있고, 이제 교사생활을 마쳤습니다. 며칠 전에 강원도 태백에서 섭외가 들어왔었어요. 오라고. 거기 사택 주고 방과 후 하면 돈도 많이 준다며 후한 조건으로 제안이 왔는데 제가 노했습니다. 왜냐하면 이제 노모도 옆에 와 있고 지금 글도 또 완성을 못 했어요. 보내긴 많이 보냈어요, 여러 가지로.

김미옥 엄청 많이 왔어요. 그거 읽느라고 지금 바빠요. (웃음)

홍리아 많이 보내놓은 상태고 지금 페이스북에 우연히 글을 또 몇 개 올렸는데, 몇 분이 궁금해하세요. 빨리 글을 써달라고. 제가 어떤 느낌을 받았냐면 이 글을 쓰다 보니까 한두 분이, 독자라고 해야 되나, 아직 작가도 아닌데? 암튼 그 몇 명이 "그다음 어떻게 되나요? 잠도 못 자고 기다리고 있어요. 왜 빨리 안 써주시나요?" 이렇게 글을 올렸어요. 누군가 내 글을 보는구나. 안 보는 것 같아도. 기분이 좀 좋더라고요. 오늘도 그래서 밤에 가서 또 쓰려고요.

김미옥 글 쓸 때 부탁드리는 게 경건하게 쓰세요. 농담조로 쓰지 말고. 진정성 있게.

스칼렛 페이스북에도 정성껏.

김미옥 그러다 보면 출판사들이 다 덤벼요. 저한테도 물어보는 사람 꽤 있으니까. 부캐를 하나 만들라 그랬죠. 왜냐하면 공개된 곳에서는 점잖아야 되거든요.

아직도 여성에게 불리한 사회

홍리아 스칼렛 선생님 말씀대로.《나혜석의 고백》을 마지막으로 중림서재에서 네 권을 읽으면서, 저 자체가 원래 태생이 페미니스트예요. 밑에 남동생이 저를 기다리고 있었고, 제가 여기에 남동생 퇴원한 다음에 줄을 긋고 나왔어요. 그리고 위에 딸이 나잖아요. 그래 가지고 제가 태어날 때 5남매 중에서 딸, 딸이잖아요. 그래서 우리 할머니가 제가 아들인 줄 알고 온 동네 잔치 준비를 하고 있었는데 또 딸이니까 가마솥에다가 잔치할 준비를 했는데 딸인 거예요. 우리 엄마가 산모잖아요. 우리 언니는 부잣집 첫 손녀고 거기는 딸이든 아들이든 일단 낳았으니까, 그다음에는 아들일 것이다 해서 미역국을 끓일 때 할머니가 소고기를 이 주걱에다 사발로 떴어요. 큰 데다 떴다가 다시 넣었다가, 막 정신이 없는 거예요. 미친 거야. 할머니가. 거기 나와요. 제가 일단 소설 쓸 때. 경희5에 나와요. 경희가 저예요. 근데 그거를 밝히면 안 돼. 진짜 밝히면 안 돼. 왜냐하면 그거 누가 알아봐요. 그래서 연도를 얼른 바꿨어요. 암튼 할머니가 이렇게 떴다가 뺐다가 떴다가 뺐다가 했어요. 정신이 미친 거야. 쟤가 아들이

어야 했는데 왜 꼬추가 없지? 이런 생각을 하셨대요. 할머니가 조금만 기다리면 꼬추로 변하겠지. 이렇게 되고 우리 할아버지가 동네에서 무진장 성정이 착한 분인데, 사랑방 하나 얻어 살던 과부댁이 할아버지한테, 지금 뭐 낳았어요? 이렇게 물어보니까, 저기 앞에 큰 애랑 똑같다니까요! 인형이랑(?) 똑같다니까요? 이런 거예요. 근데 할아버지가 너무 착하시니까 엄마 서운할까 봐, 그 당시에 크라운산도가 나왔던 때거든요. 크라운산도를 산모 방에다가 넣어 둔 거예요. 저는 둘째 딸이니까 좀 그랬죠. 근데 내가 자라면서 여기다가 아들 줄을 타고. 아들 줄이 이거예요. 여기 줄이 있는 거예요. 여기 잘 보면 줄이 있어요.

김미옥 그게 생물학적으로 확실한 거예요?

홍리아 전혀 관계없어요. 그 사람들이 다 언니는 안 타고 나왔는데 나는 타고 나왔어. 아들 동생 줄. 그래서 밑에는 아들인 거야. 그래서 그때부터 내 태생이 페미니스트예요. 그래서 우리 남동생은 나한테 할머니 없을 때 얻어맞고 꼬집히고.

김미옥 누구한테?

홍리아 저한테. 얻어맞고 꼬집히고. 가족들은 내가 남동생 잘해주는가 싶었겠죠. 일단 나혜석을 말씀드리겠습니다. 다른 이야기는 앞에서 많이 나왔으니까 정조 부분을 제가 말씀드릴게요. 보통 우리가

네 번째 만남 ─ 용기 있게 쓰는 삶

이 성적인 부분은 많이 잘 넘어가기도 하고 여성들이 잘 건드리고 싶어 하지 않는데, 여기 나혜석이 얘기했습니다.

"정조는 도덕도 법률도 아무것도 아니요, 우리 오직 취미"라고 그랬어요. 이렇게 취미라고 단정을 지었고, "밥 먹고 싶을 때 밥 먹고 떡 먹고 싶을 때 떡 먹는 것과 같다. 마음대로 할 것이요. 결코 마음의 구속을 받을 것이 아니다"

그럼 지금 우리 모두가 여기 떡 먹고 싶은 것처럼 그런 아무 남자랑 하고 있는 사람 있느냐? 그거는 아니잖아요. 어쨌든 그렇게 생각을 해야 된다 이런 거죠. 누구처럼? 남자처럼. 그런데 이게 결국 여기서도 불평등이 나온 거잖아요. 근데 남자는 하룻밤에 한 여자랑 열 번을 못 했대요. 한 여자가 그렇게 섹시한 여자래도. 엄청나게 색기가 있어도.

김미옥 오늘 왜 이렇게 생물학적 결정론이 많이 나오죠. (웃음) 근데 나 열다섯 번 했다는 사람도 봤는데.

홍리아 주사기처럼 한 거야, 찍찍찍찍. (일동 웃음) 그러나 새로운 여자가 계속 들어오잖아요? 그럼 열 명 하고도 한대요.

김미옥 아니, 그건 아니고. 왜 그래?

홍리아 아니, 지금 제가 말하는 거.

김미옥 어디서 이런 일이. 증거를 대세요, 증거를.

홍리아 이거는 이제 하나의 은유. (일동 웃음)

김미옥 직유 같은데? (웃음)

홍리아 그만큼 새로운 것에 대해서, 우리가 새 옷을 사잖아요. 여자들이 집에 옷이 없어서 삽니까? 그래도 새 옷을 사잖아요. 남자들 심리가 새 옷 사듯이 한 여자보다는 새로운 여자에 끌리는 거예요.

김미옥 아니, 정조론을 가지고.

홍리아 남자들이 그렇대요. 여자들에게는 자꾸 정조를 자꾸 지키라고 하면서 남자들은 자신들 논리대로 새로운 여자들을 원하면서 여자들을 갈아치운다는 거죠, 정조 문제는 지금도 여성 스스로는 움츠러들어 있고, 틀리다는 얘기를 하려고 하는 거예요.

김미옥 근데 남자만 색을 좋아하는 건 아니잖아요?

홍리아 좋아하는데, 제가 말씀드리는 건, 좋아하는데 그 좋아하는 거를 남자처럼 못 나타낸다는 거죠. 이렇게 떡을 먹듯이 대놓고.

김미옥 나타내면 매장되잖아요.

홍리아 그래서 저는 결론적으로 이거예요. 제가 말씀드리는 여자는 일단 명확해야 돼. 이거는 명확해야 되고 저는 나혜석 씨를 경제력이 없어서 이렇게 내쳐져서 죽었다는 것도 있지만, 그 시대에는 미술 하는 사람 있죠. 미술 하는 사람들이 현실감이 좀 없지 않나요. 많이 떨어져요. 음미체들은 현실감이 많이 떨어지고 또 그 당시뿐만 아니라 지금도 예술 하는 사람들이 그렇게 현실적으로 내가 경제적으로 살아야지 그런 건 좀 없다고 저는 생각을 해요. 그쪽은 먹고 사는 현실 문제에 대한 생각이 잘 없어요. 그래서 좀 영악해야 되고, 제가 생각하는 건데 나쁜 여자가 돼야 되고 또 힘 있는 여자가 돼야 된다고 생각해요. 저는 좀 집에서 그런 편이에요. 영악하고 나쁜 여자. 그다음에 경제력도 내가 다 갖고 있어요. 그리고 남편한테 거짓말도 엄청 잘해요. 만약에 5천만 원을 내가 갖고 있다 그래도 돈 한 푼 없다 그러고. 이게 저희가 남자고 여자고 강한 자가 모든 걸 지배하게 돼 있는데, 남자들, 나쁜 남자들을 여자들이 뭔가 싫어하면서도 끌려가는 그런 게 있잖아요. 근데 애인을 많이 둔 여자들도 다 나쁜 여자들이에요. 정부 만날 때도 막 안 만나주고 그래야지, 남자들이 이렇게 잘하지, 너무 잘해주면 배신당하고 이런 게 있어요. 그래서 제가 생각하는 거는 뭔가 우리가, 여성 스스로가 좋은 쪽에 나쁜 여자가 돼서, 사회를 이끌어가는 좋은 쪽에 나쁜 여자가 돼서 남성들의 나쁜 것도 지배하고.

김미옥 아유~. (웃음)

홍리아 애타게 호소합니다. (일동 웃음)

이연정 아직 제가 한 편도 못 냈는데.

홍리아 마음이, 하나가 중요합니다. 제일 큰 하나가 중요합니다.

이연정 저는 이 책 보면서 제일 인상 깊었던 부분은 25쪽에 나온 "먼저 밟을 수 있는 언니들이여 드디어 뚜렷이, 발자취를 내어주시오."라는 문장이었어요. 나혜석에게 이런 생각이 없었다면 구태여 그렇게까지 몰매를 맞을 이유가 없었는데 기꺼이 그렇게 했죠. 그런 면에서 영악하지 못했던 여성인 건 분명한 것 같아요. 저 역시 글을 쓸 때 그저 제 감상을 쓰는 것이 아니라 제 삶에 대한 글이 누군가에게 재미를 주건 용기를 주건 했으면 좋겠다고 생각해요. 지금 제가 구상하고 있는 글은 사실 책 얘기인데요. 제가 건강 문제로 직장을 그만두고 나서 오로지 가정에만 속해 있던 시절의 삶에 관해서 쓰고 싶어요. 다른 사람들한테 "너는 참 용감하기도 하다"라는 말을 종종 듣는데, 저의 용감함이 어디에서 나왔는지를 책이라는 매개를 통해 풀어보려고 구상 중입니다.

김미옥 사실 이혼도 용기고 가정을 지키는 것도 용기예요. 비굴하게 참고 사는 건 용기가 아니고. 자기가 결정한 걸, 내가 이렇게 살겠다 하고 그렇게 살아가는 것도 용기예요. 근데 지금 우리 시대가 너무 과하게 아니라고 하지만, 여성이 나아졌다고 하지만, 그래도 그건 겉보기고 실제로 안으로 들어가면 남자가 꽉 잡고 있어요.《말괄량이 삐삐》쓴 린드그렌은 열일곱 살에 임신했잖아요. 서른 살이나 많은 회사대표가 성폭행을 한 거죠. 린드그렌이 임신하니 결혼하자고 했어요. 자식이 여덟 명이나 되고 두 번이나 결혼했던 남자가 세 번째 결혼을 하겠다고 덤볐어요. 그러니까 도망간 거예요. 그 당시 풍조가 어땠냐면, 불과 100년 전이야, 그지? 근데 그때도 국회의원이 제발 피임을 합시다. 그랬다가 그 자리에서 구속됐어요. 그런 시대였어요. 피임하자는 말을 했다가 구속되고. 그 정도로 여자들을 애 낳는 기계 그리고 얼마든지 버려도 되는 시대. 그렇게 남자들이 강성인 시대였거든요. 그러니까 다른 나라에 도망가서 그 여자를 돕는 페미니스트들이 변호사, 다 여자들이었어요. 지켜줬어요. 그 여자가 아기를 낳았어. 그 애 아들을 뺏으려고 그 남자가 난리 칠 때도 그 여자들이 다 지켜줬어요. 여성 연대야. 그때 변호사니 뭐니 하는 사람은 독신들이 많았어요. 다 봐줬어요. 애도 키워줬어. 근데 문제는 그렇게 연대가 있음에도 불구하고 우울증이 굉장히 심했어요. 자살을 몇 번 시도를 해요. 미혼모잖아. 어쨌든 결혼해 준다고. 근데 서른 살이나 많은, 아버지보다 나이 많은 남자가 세 번째 결혼을, 네가 내 새끼 낳으니까 한다는 건 말이 안 되잖아요. 임신했어도 결혼할 수 없잖아요. 서른 살이나 많은데. 정도 안 가는 그런 남자한테. 근데 그런 사회보다는 낫다고 해서 지금 얼마나 많이 달라졌을까? 아니야. 안 달라졌어. 여전히 미혼모 보는 눈도 그렇고. 왜 숨기느냐? 그런 눈 때문에 숨기는 거예요. 오히려 낙태 안 해준 게 고마운 거거든. 나라에서 키워줘야지. 근데 거꾸로 행실을 어떻게 했길래 하면서 비난해요. 연애하다가 남자가 버리면 미혼모 되는 거지. 제가 아는 작가는 임신한 상태에서 남자가 바람을 피워 이혼했는데 양육비를 안 줘요. 그때 내가 부랴부랴 개 취직 알아보러 다녔던 게 그것 때문에 그랬어요. 양육비를 안 주니까 먹고 살 수 없잖아요. 지금 거기 잘 다니고 있어요. 다니고 있는데 요즘 어려우니까 그 회사들도 간당간당하잖아요. 그게 제일 골치 아픈 거야.

이연정 저는 사실은 석사 논문을 모성론에 관해서 썼었거든요.

김미옥 아, 그래요?

이연정 그때가 이제 1994년인데, 당시만 해도 모성론에 대한 논의가 전혀 없을 때니까 겨우 석사 논문인데도 〈한겨레신문〉이나 〈문화일보〉에서 인터뷰를 하고 그랬어요. 한국 사회에서 모성론을 얘기하는 것 자체가 사회적 반향을 불러일으킬 만한 주제였던 것 같아요. '모성론에 관한 비판적 성찰'이라는 제목으로 학문적으로 모성에 관해 연구된 것들을 정리했거든요. "역사적으로 봐도 이 모성이라는 것은 한 시대의 개념에 불과하고, 심리학적으로 봐도 모든 여성이 모성을 가지고 있는 것은 아니다"라는 내용이 담겨 있었는데, 만약 그때 나혜석에 대해 읽었더라면 좋았을 것 같아요. 근데 그때 제가 볼 수 있었던 자료 중 자신의 모성에 대한 진솔한 고백은 거의 다 서양 문건들이었고 한국에서는 육아의 어려움을 고백한 정도만 있었어요. 여성들이 도맡아서 육아하고 발 동동거리는 식의 내용만 있었지, 나혜석 류의 고백은 찾을 수 없었죠.

김미옥 전혀 없어. 가장 흥분하는 게 자기 어머니를 모욕한 거. 모성을 더럽히는 거. 어머니는 여자가 아니야.

희주 살면서 내가 굉장히 성차별이라고 정말 강력하게 느낀 게 언제였냐면, 제가 2천 년에 박사를 받았어요. 그때 논문을 한창 쓸 때니까, 어느 대학에 최종면접을 보러 갔어요. 그전에 다 끝났어요, 다른 건. 전임 예정자로 간 건데, 이사장 면접을 딱 들어가서 저한테 뭐라고 하냐면, "남편이 뭐 아네요?" 이러는 거예요. 그래서 제가 거기 다 쓰여 있다 회사원으로 되어 있다 그랬더니, "남편이 회사원인데 그 아내가 지금 교수를 하겠다고 오시는 거예요?" 이러는 거예요.

김미옥 그걸 말이라고 하는 거예요? 그 사람 남자예요, 여자예요?

희주 남자죠. 그래서 제가 속으로 '야 이 xx야, 그럼 네가 나를 뽑으면 안 되지!'. 너무 어이가 없어서. 당연히 그 학교는 '대상자 없음'으로 안 뽑았죠. 왜냐면 제가 1등이니까. 우리 다 겪어봐서 알잖아요. 저보다 좀 더 나이 많은 선생님한테 그 얘기를 했어요. 세상이 그러더라고 얘기를 했더니 그 선생님이 나한테 한 얘기가, "야. 여자 교수의 남편감은 일단 검사여야 돼. 그런 애는 무조건 뽑아. 왜냐하면 학교에 뭔 일이 생기면 걔네들이 방패하기로 돼 있으니까. 1번은 법조인이고 2번이 같은 교수야. 그러니까 너는 안 돼. 야, 사업이라고

202

쓰지 그랬니." 그러는 거예요. 왜 그 나이 때는 고집대로 사는 때라 그런 거를 몰랐어요. 그래서 세상이 참 이렇구나 라고 느꼈는데 제가 한 1년 반 쉬었다가 이제 그럼 다시 학교로 갈까 해서 도전해 봤더니 지금도 똑같은 거예요. 이사장 면접을 하고 왔는데 그때랑 똑같이 묻는 거예요. 너무 재밌는 거예요. 하나도 안 변했네, 안 변했어. 그들이 묻는 1번은 "너 왜 전임을 그만뒀니?" 그래서 심사위원 중에 여자는 딱 한 명, 나머지는 다 남자예요. 그래서 내가 그때 우리 아이가 너무 어렸다, 어려서 내가 주말부부 하기가 사실 너무 힘들어서 그만뒀다. 이랬더니 남자들 표정이 딱 어이없어하는 표정이더라고요. 그렇다고 다섯 살짜리 애 때문에 교수를 그만두냐. 그러니까 그 얘기는 너 다른 이유가 있는 거 아니야? 이거였고 두 번째도 똑같아요. 남편 뭐하냐. 아이가 없어요.

홍리아 개인 사생활 아니야? 남편이 없을 수도 있잖아.

이연정 평판 조회할 때 여성은 그거 조사해요. 연애 이력 이런 거 다 조사하잖아.

희주 평판조회, 신원조회.

홍리아 여자만 그런 걸 조사하나.

희주 남자도 하긴 하지. 근데 걔네는 조직적으로 서로 밀어주고 당겨주고 도와주고.

이연정 남자는 경력을 조회하는데, 여성은 연애 이력을 조회한다니까요.

스칼렛 그런 여성들 못 오잖아요, 조직에.

김미옥 일단 시간이 다 됐습니다. 그동안 고생하셨고, 과제 꼭 제출하세요. 열심히 쓰시고. 이 모임에서 읽은 네 권의 책과 대화들이 여러분의 글쓰기에 도움이 되었으면 좋겠네요. 첫 모임 때 말했듯이, 일단 바닥까지 솔직해지시고, 다 쓰시면 던져놓고 며칠 뒤에 다시 보세요. 처음 쓸 때는 솔직하게, 이후에는 남의 글 보듯이 객관적으로. 이만 마치겠습니다. 모두 네 번의 모임 동안 수고하셨습니다. 이 모임은 마지막이지만 우린 글 때문에 계속 연락해야 하잖아요. 각자 글로 다시 만납시다.

우리들의 자전적 이야기

생이여 고맙다

도희

도희

어느 날 자전거로 출근하다가 교통사고가 났다. 보호장구 없이 공중으로
부웅~ 뜨는 순간 '머리 다치면 안 된다'라는 마음 깊은 곳 소리를 들었다.
배운 적 없는 낙법으로 머리를 보호해서 오늘을 살고있다. 도움이고 은혜
였다. 그 이후 세상이 고맙고 아름답고 빛났다. 살아있어서 고맙고 기쁘다.

나는 시골에서 초등학교에 다닐 때 전교 1등을 도맡았다.

단칸방이어서 공부할 환경이 아니었지만, 수업 시간에 배운 것은 순식간에 암기했다.

게다가 나는 큰딸이어서 일하는 엄마 대신 동생들을 돌보고 집안일도 해야 했다.

우리 집은 학교 근처에 있어서 학교 스피커가 웅변대회나 글짓기에서 상을 받은 아이들을 호명하면 동네 사람들이 다 들었다.

내 이름이 들리면 엄마와 같이 밭일을 하던 동네 여자들은 "칠량댁은 좋것소, 저렇게 공부 잘하는 딸을 둬서. 밥 안 먹어도 배고프지 않겠소." 하며 부러워했다.

엄마도 그때만큼은 고단함을 잊었다고 했다.

아버지는 가족을 외면하고 외지로 떠돌았다.

생이여 고맙다

처음부터 그랬던 것은 아니었다.

결혼하고 한두 해는 살림에 재미를 들여 남의 땅이지만 농사일도 열심히 했다.

4형제 막둥이인 아버지는 강진 도암이 고향이었지만, 친구와 바다가 있는 칠량에서 살림을 시작했다. 할아버지가 '나 살았을 적에 내 곁으로 와야 땅마지기라도 떼어주지 않겠느냐?' 해서 다시 고향으로 왔지만, 장남인 큰아버지의 반대로 결국 아무것도 물려받지 못했다.

아버지는 남의 집 일을 하면서 빌린 논에 농사를 지었다.

큰집의 산자락을 경작해서 밭을 일궜지만, 그것마저 큰집에서 빼앗아 가버렸다.

아버지는 사는 재미를 잃었을까? 어느 날부터 농사일을 작파하고 읍내 양복점에 취직했다가, 책방에서 일했다가, 나중에는 천막 극장을 따라다니며 집에 올 생각을 하지 않았다.

어린 자식들의 부양과 살림까지 엄마에게 맡기고 그는 한량으로 살았다.

떠돌던 아버지도 어쩌다 집에 오면 공부 잘하는 나를 칭찬했다.

"나중에 판사도 되고 변호사도 되어라! 계속 그렇게 공부 잘하면 미국 유학도 보내주마."

허풍인 줄도 모르고 나는 공부만 잘하면 되는 줄 알았다.

어른들은 나를 중학교에 진학시킬 생각이 없었다.

어느 날 엄마한테 따지듯 대들었다.

"엄마, 왜 나는 중학교에 안 보내줘요? 나도 중학교 가고 싶단 말이에요."

동네 친구의 부모는 색싯집을 했지만 그래도 자식을 중학교에 보냈다.

"색시 두고 술을 팔아서도 중학교에 보내는데 엄마는 뭐예요?"

나는 여자를 두고 술 파는 일에 이마를 찌푸렸던 것 같다. 지금은 미안하게 생각한다. 그런 집도 자식을 중학교에 보내는데 공부 잘하는 나를 진학시키지 않는 부모에게 화가 났다.

엄마한테 대든 덕분이었을까? 아니면 학교 선생님이 설득 덕분이었을까? 추가 등록 기간에 선생님과 함께 읍내에 가서 중학교 입학 등록을 할 수 있었다.

돌아오는 길 발걸음은 구름 위를 걷는 것처럼 신이 났다.

중학교 입학 전 각 초등학교 대표 두 명씩 학교에 가서 장학생 선발시험을 보았다.

나는 우리 학교 대표로 시험을 보았다. 그날 동네회관 마당에서 아이들과 놀고 있었다.

집에 전화가 있는 친구가 소식을 전해주었다.

"명희야, 네가 중학교 입학시험 1등 했대!"

믿기지 않은 꿈같은 소식이었다. 다른 학교 여학생과 공동 1등이었다. 그때 장학금이 4만 5,000원이었다. 그 돈으로 새끼 오리 몇 마리와 새끼 돼지를 샀다. 잘 키워서 학비로 쓸 생각이었다. 꽥꽥거리며 뒤뚱대는 새끼 오리들과 밥 달라 꿀꿀거리는 새끼 돼지,

생이여 고맙다

저것들만 잘 자라면 학비는 문제없다는 생각으로 나는 신이 났다.

어느 날 학교에서 돌아왔는데 집이 썰렁했다. 키우던 돼지와 오리가 이웃집 사냥개에게 물려 죽고 말았다. 동물들만 있으면 학비는 걱정 안 해도 되는데. 누구에게 항의할 수도 없었고 눈물도 나오지 않았다.

세상이 나를 도와주지 않는다는 생각은 하지 않았다.

그렇게 생각하면 정말 그렇게 될까 봐 나는 고개를 흔들어 털어버렸다.

그 일이 있고 우리 가족은 시골에서 서울로 이사했다. 한창 산업화가 시작되는 70년대 말이었다. 정리할 것도 없었다. 논밭도 없고 집도 남의 집이었으니 짐만 챙겨 떠나면 되었다.

나는 학교에 다니고 싶어서 고향에 남았다. 가족과 헤어지는 것은 문제가 되지 않았다.

희미한 예감처럼 내가 이곳을 떠나면 다시는 공부할 수 없을 것 같았다.

서울로 가족들이 떠난 후 나는 엄마와 친했던 이웃집과 큰집에서 몇 주간 살다가 선생님의 도움으로 학교 근처 자취하는 아이들 방에 얹혀 더부살이를 시작했다.

중학교에 들어가서 4월 첫 시험을 보았다. 이번에도 전교 1등이었다.

시험 성적이 나오고 선생님들은 교실에 들어와 내 이름을 먼저 불렀다.

우리들의 자전적 이야기

"김명희, 오, 너냐!"

평균은 99.6이었고 나는 지금 내 기억이 맞는 걸까 의문이 든다.

가족도 없고 거처도 불안한데 어떻게 그렇게 높은 점수가 나왔을까?

4월 말 비 오는 토요일이었다. 수업을 마치고 자취방에 돌아왔을 때 갑자기 아버지가 나를 데리러 왔다. 딸자식은 혼자 두면 안 된다는 이유였다. 나는 선생님과 친구들에게 인사도 하지 못하고 고향과 학교를 떠나야 했다.

연기처럼 아무 흔적도 없이 몸만 떠났다.

서울이라고 온 곳은 경기도 파주의 임진강 근처 어디였다. 한 달이 넘도록 집에서 전학서류를 기다렸다. 5월 말경에 서류가 도착했고 경기도 파주 읍내 중학교에 다닐 수 있었다.

그 학교에서 한 달 남짓 공부하고 여름방학을 맞았다. 그것이 학교생활의 전부였다.

아버지는 나에게 자퇴할 것을 종용했다. 나중에 야간 중학교에 보내주겠다면서 날마다 자퇴를 종용했다. 결국 나는 학교를 그만두었다.

당시 중학교는 스쿨버스를 운행했다. 방학이 끝나자 버스의 운전기사는 우리 집 앞에서 차를 세우고 경적을 울렸다. '방학 끝났다, 학교 가자' 나는 큰 나무 뒤에 숨어서 버스를 바라보았다. 세상에 나 홀로 버려진 것 같았다. '나 학교 못 가요, 우리 아버지가 학교 가지 말래요' 소리 지르고 싶었다.

생이여 고맙다

그때 버스를 바라보며 울었다. 다음 날도 그다음 날도 버스는 멈춰 서서 나를 불렀다. 그때 누구라도 붙들고 학교에 보내달라고 통곡하고 싶었다. 학교에 다니지 않으면 사회에서 탈락한다는 생각을 본능적으로 했던 것 같다.

고향을 떠나온 지 5년이 지났다. 초등학교 동창회를 추석에 한다고 모교 운동장으로 모이라는 연락이 왔다. 그리웠다. 내가 가장 빛나던 시절이 거기 있었다.

당시 명절 때는 귀향 차편이 부족해서 관광버스를 이용했다. 나는 그리운 친구들을 만난다는 기대 속에 대절 버스를 타고 고향으로 달려갔다. 추석 저녁 학교 운동장에서 친구들을 만났다. 고등학교에 진학한 친구들과 공장에서 일하는 내가 만났지만 서로 할 말이 없었다.

우리의 공통 기억은 초등학교 시절뿐이었다.

헤어질 때 한 친구가 내게 겸손해졌다고 말했다. 버스를 타고 오는데 차창으로 둥근 달이 떠 있었다. 문득 겸손해졌다는 친구의 말이 생각났다. 진짜 겸손해졌을까? 전에는 공부를 잘한다고 우쭐했을까? 나는 주눅이 들었던 것 같다. 진짜 겸손해지고 싶었다. 나는 중학교를 중퇴하고 곧 커튼 공장에 취직하여 시다로 일했다. 동창회에 참석한 그때는 봉제 공장에 다니며 밤늦게까지 일했다.

10월 초였다. 마침 신설동에 있는 검정고시 전문 수도학원에서 새벽반이 신설되었다. 나는 부모님과 의논 없이 옆집에서 돈을

우리들의 자전적 이야기

빌려 등록금을 냈다. 새벽 5시 40분에 시작하여 8시 10분에 끝나는 고등학교 입학자격 검정고시 준비반에 다녔다. 얼마나 하고 싶은 공부였던지 일찍 일어나는 일은 아무것도 아니었다. 이른 새벽이었지만 나의 뇌는 반짝반짝 빛났다. 10개월이 어떻게 갔는지 모르게 지나갔다. 나중에 엄마에게 전해 들었다.

"지가 쇳덩어리가 아니고서야 한두 달 다니다 말겠지,"

아버지의 말이다. 아버지의 바람이었을 것이다.

겨울이면 연탄재를 깨뜨려야 간신히 오르내릴 수 있던 약수동 달동네에서 지금의 광명시 철산동으로 이사를 했다. 고등학교 과정도 이어서 하고 싶었다. 아버지가 직장을 구로공단으로 옮기게 했다. 아버지는 이번에도 학원에 못 가게 했다. 차라리 부모가 없는 고아였으면 좋겠다고 생각했다. 혼자 기숙사에서 살아야겠다고 마음먹었다. 회사에 출근했다가 낮에 외출해서 옷가지들을 들고나오려 했지만, 그때마다 아버지가 집에 있었다. 두 달을 그렇게 공부하고 싶어서 아버지와 줄다리기를 했다. 고등학교 과정만 공부하기로 약속하고 신설동 수도학원을 다시 다닐 수 있었다. 공장도 전에 다니던 곳으로 옮겼다.

철산동에서 신설동은 멀었다. 새벽이나 밤늦은 시간에는 한 시간, 퇴근 시간은 두 시간 가까이 소요되었다. 새벽 4시 조금 지나서 일어나 준비하고 학원에 갔다. 퇴근 후 학원의 빈 교실에서 자습하고 막차로 귀가했다. 만원 버스에 두 시간을 서서 가면 다리가 뻣뻣

생이여 고맙다

해지고 무릎이 굽혀지지 않았다. 엄마도 숙식하며 일했고 살림은 나보다 세 살 어린 어동생이 해서 먹는 것도 부실했다. 어떤 날은 고단해서 늦게 일어나 지각하는 날도 있었다. 그것이 되풀이되자 학원 담임 선생님이 교무실로 나를 불렀다. 수업 시간에 쓰는 지휘봉으로 손바닥을 아프게 때렸다. 그분은 오른팔을 사고로 잃고 의수를 하고 있었다. 왼손으로 쓰는 칠판 필기가 말하는 속도보다 빨랐다. 손동작을 볼 때마다 얼마나 노력하면 저럴 수 있을까? 저절로 존경심이 우러났다. 나를 아끼는 마음으로 일부러 사랑의 매를 드셨다는 것을 알았기에 손바닥을 맞고도 고마운 마음이 들었다. 길고 길었던 10개월이었다. 다행히 고등학교 과정을 잘 마칠 수 있었다. 초등학교 입학을 열 살에 했으므로 스물두 살 8월이었다.

대학교에 가고 싶었다. 학교 선생님이 되고 싶었다. 고등학교 과정만 하기로 한 약속이 무슨 중요한 약속이라고 더 고집을 부리지 않았다. 지금이라면 어떻게 해서라도 공부를 계속했을 것이다.

고등학교 졸업장을 가졌지만, 아무것도 달라지지 않았다. 경찰 공무원 시험을 생각했다. 책을 사서 틈틈이 공부했다. 공장은 남산 도서관 밑에 있었다. 퇴근하고 근처 구멍가게에서 초코파이 하나와 요구르트로 요기했다. 도서관에서 10시까지 두 시간 정도 책을 보다가 집으로 향했다. 어느 날은 책이 눈에 들어왔고 어느 날은 졸았다. 몸은 무거웠지만 늦은 시간 남산도서관 계단을 내려가며 올려다본 하늘에 달과 별이 나를 응원하는 것 같았다. 화이팅, 명희야!

우리들의 자전적 이야기

경찰공무원 시험만 그랬을까? 시험 보기 전에 신체검사를 먼저 했다. 나는 오른손 검지 손톱이 비틀어져 있었다. 그것이 신체검사에서 지적사항이 되면 어떡하나 걱정이 되었다. 아기 때 문틈에 끼어 다친 검지 손톱을 의식하며 다녔다. 그것은 문제가 되지 않았다. 종아리가 문제였다. 면접관 여순경이 내 종아리를 보더니 다른 여순경을 가리켰다. 저 언니 종아리처럼 날씬해지려면 운동해서 살을 뺀 다음에 오라고 했다.

몰랐다. 어느 사이 종아리가 조선무가 되어 있었다. 다리가 굵어서 공무원도 될 수 없다는 사실이 답답하고 속상했다. 빵과 우유로 대신한 식사와 공장의 작업환경은 운동 부족을 불렀다. 결국 면접에서 떨어졌다. 경찰공무원이 되고 싶었으나 신체검사 탈락으로 자포자기의 심정이 되었고 다시는 관심을 두지 않았다. 식사와 운동으로 몸을 관리하면 좋아진다는 것도 몰랐다. 그때 누군가에게 물어보았으면 좋았을 텐데 나는 꿀꺽 체념을 삼켰다.

언제부턴가 공부하느라고 잠을 줄인 것도 아닌데 불면이 시작되었다.

직장 일이 힘든 것도 아니었다.

전력을 다해 몰입할 대상이 사라져서였을까?

까닭 없는 원망과 울분, 세상에 대한 증오로 밤을 지새웠다.

학교에 가서 공부를 계속할 수 있었다면, 아버지가 나를 데리러 오지 않았다면, 시골 학교를 그냥 다니게 했더라면, 현실을 받아들이지 못할수록 아버지에 대한 미움이 깊어졌다.

생이여 고맙다

누구를 미워하는 것이 힘들다는 것을 그때는 몰랐다. 미워하기 위해 하루를 맞는 것처럼 온통 아버지에 대한 증오로 가득했다. 눈에 피돌기가 생겨 병원치료도 오래 받았다. 지나고 나서야 알았다, 아버지를 향한 미움이 몸을 아프게 했다는 것을. 누구를 미워하는 것은 상대가 아닌 자신부터 해친다는 것을, 그것이 나를 미워하는 것인지 그때는 몰랐다.

어린 날 꿈이 생각났다. 학교에서 고전 읽기반에서 활동하면서 어른이 되면 작가가 되고 싶었다. 방송통신대학교 국문학과에 원서를 넣었다. 첫해는 떨어지고 이듬해에야 입학할 수 있었다. 학교의 '풀밭' 동아리에서 문학을 논하고 문학기행을 가는 일은 내 젊은 날에 가장 즐거운 추억으로 남아 있다. 일하면서 공부하는 건 쉽지 않았다. 시험 기간에 책을 펼치면 어깨가 아프고 눈꺼풀은 무거웠다. 잠을 쫓으려고 커피를 마시면 잠을 못 이루고 밤을 꼬박 새워야 했다. 학부는 5년제였지만 나는 결국 2학년을 마치고 그만두어야 했다.

나는 공부에 대한 열망과 아버지에 대한 미움으로 젊은 날을 젊은이답게 살지 못했다.

사람을 만나고 사귀는 경험도 하지 못했다. 나이가 차서 스물여덟 살이 되었지만, 연애도 한 번 못 했고 세상도 몰랐고 사람은 더더욱 볼 줄 몰랐다.

공부보다 사람을 알고 세상을 아는 것이 훨씬 중요하다는 것을, 자기 자신이 어떤 사람이라는 것은 타인을 만남으로 알 수 있다는 것을, 그때는 몰랐다. 통과의례도 없이 나이만 먹은 것이다.

　　　　　　　　　　　우리들의 자전적 이야기

어른들의 주선으로 결혼할 남자와 선을 보았다. 몇 명을 만났고 그 중 한 남자와 선을 본 지 3개월도 안 되어서 결혼을 했다. 남자는 반듯해 보였다. 잘생겨서 내 차지가 아니라고 생각했다. 그런데 남자가 나를 마음에 들어 했다. 소개해 준 분은 내가 믿고 존경하는 이모였다. 사람이 점잖고 괜찮더라는 이모의 한마디에 의문도 없이 자연스럽게 결혼을 결정했다.

아버지 같은 사람만 아니면 되었다. 생활력이 강하고 책임감이 있는 남자, 그것이 내가 신랑감을 선택하는 기준이었다. 살아보지 않고 어떻게 확인할 수 있겠는가? 오래 산 이모도 나도 알 수 없는 일이었다. 외양이 반듯하면 당연히 정신도 그런 줄 알았다.

남자의 부모를 모셔야 했고 살림도 넉넉하지 않았다.

엄마가 말렸지만, 부모 없는 자식이 어디 있느냐며 가서 잘하면 되지 않겠냐고 잘난 체를 했다. 발등을 찧고 싶다. 남자는 꿈속에 사는 사람이었다.

비현실적이었고 책임감이 없었고 항상 대박을 꿈꾸었다.

그가 꿈을 말하면 시집 식구들도 희망에 출렁거렸다.

옆에서 보고 있으면 답답하고 숨이 막혔다.

시부모와 8년을 함께 살았고 아이 둘을 낳아 길렀다.

친정엄마가 홀로 모든 책임을 지고 살았을 고단함이 뼈저리게 느껴졌다.

나의 결혼생활도 별다를 게 없었다.

형편이 점점 안 좋아지자 시부모는 살림을 분가했다.

생이여 고맙다

1998년 IMF 때였다. 보육교사가 되려고 공부를 시작했다. 덕성여대 평생교육원의 1년 과정을 등록했다. 당시 보육교사 자격증 취득은 상당한 인기를 끌었고 공부는 재미있었다.

함께 공부하는 사람 중에는 미혼여성들이 많았고 명문대 출신들도 많았다. 1년 과정을 마치고 집 가까운 곳에 취직했지만, 수료식에 갈 생각은 없었다. 400명 중에서 최우수 성적이라는 통보가 왔다. 상장을 받으라는 연락이었다.

보육교사로 2년을 근무하다가 문득 중도 하차한 방송통신대학교 남은 공부를 하고 싶어졌다. 대학 졸업장이 있으면 나중에 직업을 선택할 때 도움이 될 것 같았다.

그러나 직장과 살림과 공부까지 하려니 엄두가 나지 않았다. 허리가 아파서 일을 쉬고 있던 친정엄마가 우리 집에 와서 도와주기로 했다. 덕분에 방송통신대학교를 무사히 마칠 수 있었다. 5년을 다니던 어린이집이 문을 닫게 되었다. 작은아이가 4학년 때였다. 아이는 엄마가 직장을 그만두게 되었다는 말을 듣고 걱정했다.

"엄마, 쌀 두 포대 사놓으면 안 돼요?"

아이는 밥을 굶을까 두려워하고 있었다.

쉴 수는 없었다. 방문 학습지 교사로 취직했다. 친정엄마 덕분에 방송통신대학교를 졸업해서 가능했던 직업이었다. 아이 말대로 쌀을 두 포대 샀다. 20킬로그램 한 포대면 한 달을 살았다. 아이를 안심시키고 싶었다.

우리들의 자전적 이야기

정규과정으로 차근차근 공부한 것과는 차이가 있었을 것이다. 회원을 관리하고, 가르치는 것은 자신 있다고 생각했다. 미리 공부 내용을 예습하고 회원을 만나 수업을 했다.

방문 교사를 선택한 것은 공부에 대한 자신감과 교사에 대한 꿈이 작용했을 것이다. 밤늦게까지 회원을 만나서 수업했다. 밤에 누우면 어깨와 등이 결리고 아팠다. 처음에는 공부하는 재미와 새로운 일에 적응하느라 다른 생각을 할 여유가 없었다. 늦게 집에 들어가면 아이들은 잠이 들어 있었다. 몸이 물먹은 솜처럼 무겁고 힘들었다. 아침에 일어나기도 힘들었고 출근하기도 싫었다. 그만둘 핑곗거리가 있었으면 했다.

출근 중에 큰 부상이 아닌 작은 부상으로 살짝 다리를 다치거나 했으면 싶었다.

싫으면 그만두고 다른 일을 해도 되었을 텐데 나는 우직했고 무엇보다 나 자신에게 친절할 줄을 몰랐다. 아니 친절한 적이 없었다.

남편이 사업할 때 사업자 등록증에 나를 주주로 올렸다. 내 앞으로 세금 2,500만 원이 부과되었다. 몸이 힘든 데다 세금 문제까지 겹치니 살고 싶은 의욕이 사라졌다.

세금을 해결하지 않으면 통장이 압류될 수 있어 불안한 날이 연속되었다.

하루는 방문 수업을 마치고 나오는데 남편에게서 전화가 왔다.

통화 중에 계단을 헛디뎌 넘어지며 발목을 접질렸다.

병원에서 의사는 2주 동안 안정을 취하라고 했다. 목발을 짚고

생이여 고맙다

절뚝거리며 수업을 다녔다. 두 달 석 달이 지나도 좋아지지 않았다. 그렇게 6개월을 버티다가 결국 방문 학습지 교사를 그만두었다. 1년 6개월 만이었다. 말과 생각이 얼마나 중요한지 깨달았다. 말에는 주술력이 있었다. 나는 늘 큰 부상 아닌 발목을 다쳐서라도 일을 그만뒀으면 했기 때문이었다.

집에서 공부방을 차렸다. 아이들을 모아 가르쳤더니 발목 부상은 나아졌다. 세금 문제는 주주로 등록은 되었으나 돈을 취한 적이 없었고 등록 기간에 나는 어린이집 교사로 근무했다. 담당 공무원에게 하소연하자 안타까웠는지 "국민권익위원회에 의뢰하신다고요?"했다.

무슨 말인가 했는데 그 기관에 의뢰하면 구제 가능하다는 해결방법을 질문으로 알려준 것이었다.

덕분에 기관에 증빙서류를 보내고 절차를 거쳐서 세금 문제는 해결되었다.

나는 서류와 함께 내가 살아온 이야기를 진정서로 써서 보냈다.

국민권익위원회에서 한번 방문해 줄 수 있느냐고 하더니 다시 오지 않아도 된다는 연락이 왔다. 우연히 다시 방문하게 되었을 때 VIP가 나를 만나고 싶어 했었다는 것이었다. 노무현 대통령 시절이었다. 나중에 그분이 임기를 마치고 허망하게 세상을 버렸다는 소식을 들었을 때 그와 만났더라면 내게 무슨 말씀을 하셨을까 싶었다. 아마 내 손을 잡고 '사느라 고생하셨다'며 허허 웃지 않았을까.

우리들의 자전적 이야기

공부방 수업은 학교를 마치고 오는 아이들과 함께 오후 두세 시간만 하면 되었다.

오전은 시간 여유가 있다고 하자 동네 요구르트 배달원이 일을 해보라고 했다.

교육을 받고 요구르트 배달을 시작했다. 새로운 경험이었다. 우선 많이 팔아야 많이 벌 수 있으니 웃으며 '안녕하세요!'를 외치고 다녔다.

챙 넓은 모자와 노란색 유니폼은 잘 어울렸고 나는 일이 재미있었다.

건설 현장의 더운 뙤약볕 아래서 가족을 위해 노동하는 사람들을 보았다. 내 아버지, 내 남편에게서 볼 수 없었던 모습이었다.

가족을 위해 일한다는 것. 나는 그 단순하고 평범한 사실에 감동했다.

돈 많은 건물주는 가장 저렴한 요구르트를 배달시켰고 반지하의 세입자가 오히려 값비싼 제품을 먹었다. 건물주는 그냥 된 것이 아니라고 생각했다. 배달을 끝내면 아이들이 오기 전에 수업을 준비해야 했다. 배달일은 말처럼 그렇게 쉬운 것이 아니었다.

몸이 약한 나는 체력적으로도 힘이 들었다. 그때 처음으로 교회 예배 시간에 졸음이 와서 꾸벅꾸벅 졸았다. 전에 없던 일이었다. 요구르트 일을 하는 동안에도 친정엄마가 계속 집안일을 도와주셨다. 요구르트 배달은 비가 오면 비옷을 입고 수레를 끌며 배달했다. 더운 여름 특히 비 오는 날은 보통 힘든 게 아니었다. 온몸은

　　　　　　　　　　　　생이여 고맙다

땀으로 범벅이 되고 발은 빗물에 젖어 퉁퉁 불었다. 그런 모습을 아들이 보았던 것 같다.

쌀 두 포대를 걱정하던 작은아들이 대학생이 되었을 때, 엄마가 요구르트 일을 하기 전에는 비 오는 날이 좋아서 비를 기다렸다고 했다. 비가 오면 체육 시간에 밖에 나가지 않고 교실에서 수업하기 때문이었다.

그러나 엄마가 요구르트 일을 하는 동안 비가 오면 슬펐다고 했다. 몇 년이 지난 후에야 속말을 꺼내는 아이 때문에 뭉클했다. 비를 맞으며 요구르트 배달하는 엄마 생각으로 속상했던 아들이었다. 몸에 이상이 생겨 병원에 입원해서 수술을 받아야 했기에 요구르트 일은 그만두었다.

내가 퇴원하고 집에서 가료 중이었지만 남편은 생활비를 벌 생각을 하지 않았다.

아버지처럼 가정 경제를 책임지는 것은 아내라고 생각했다.

남편은 일하는 대신 술을 마셨다. 밤늦게 택시를 타고 와서 택시비를 떠넘겼다.

술에 취해 거리에 누워 있는 그를 데려오기도 했다.

무언가가 그의 무릎을 꿇게 했던 것 같다.

남자라고 사회생활을 다 잘하는 건 아니었다.

무능한 그가 그때는 미웠고 다시 안 보고 싶었다.

나의 친정엄마는 당신의 딸이 당신처럼 사는 것을 보자 힘들어했다.

엄마는 내 생일 이틀을 앞두고 집에 가고 싶다고 했다. 마음이 느껴졌다. 진작 보내드리지 못한 게 죄송했다. 엄마의 아픈 어깨에 쑥뜸을 뜨면서 말했다.

"내가 힘들다 보니, 엄마한테 소홀했고 잘못한 것이 참 많네. 엄마 미안해…."

"자식이고 부모인데, 잘잘못이 어디 있고 용서가 어디 있겠냐?"

친정엄마는 가던 날 아침 두 팔로 가슴을 젖히며 앞으로 30년은 끄떡없다고 했다.

딸을 안심시키려는 의도였다는 거 안다.

그렇게 친정엄마는 가신 지 30일도 안 되어 심근경색으로 세상을 떠났다.

내가 어렵고 답답하게 사는 모습을 보며 가슴을 쳤을 엄마를 생각하니 모든 것이 내 잘못 같다.

그럼에도 나는 공부시켜야 하는 자식이 있었고 먹어야 했고 살아야 했다.

의사의 많이 걸으라는 조언에 따라 나는 도시가스 검침원으로 취직했다.

집집마다 방문해서 가스 누출 점검을 하는 것이 내가 하는 일이었다.

날마다 종일 걷는 것은 운동이 아니라 노동이었다.

사람 만나기가 쉽지 않아 여러 번 방문해야 했다.

담당 구역을 정해진 날짜까지 점검해야 했으니 문만 열어줘도

생이여 고맙다

고마웠다.

집에 사람이 있어도 지저분해서, 어른이 없어서, 몸이 아파서
라는 등의 이유로 문을 열어주지 않았고 다음에 오라고 했다.

"괜찮아요, 얼른 하고 가겠습니다."

몇 개월 같은 일을 반복하다 문득 그 괜찮다는 말이 누가 괜찮
아야 괜찮은 건지 의문이 들었다. 상대의 괜찮음과 나의 괜찮음이
충돌하고 있었다. 먼저 상대가 괜찮아야 괜찮은 게 아닐까, 모든
집을 방문하는 가스 점검은 집집마다 사정이 달랐다. 아파트와 빌
라, 연립주택, 상가건물의 구석진 지하방, 허름하고 컴컴하고 습기
가득한 집도 방문했다. 어두컴컴한 굴속 같은 방에서 몸이 아파 이
불을 덮고 누워있는 환자도 만났다. 집안은 어지러웠고 눅눅했다.
미안해서 까치발로 걸었다. 점검 후 설명을 생략하고 누워있는 병
자를 위해 살금살금 뒷걸음쳐 나왔다.

나는 '나만 고생한다'고 생각했었다. 무책임한 남편 때문에 외
롭고 고단했다. 가스 점검일은 그런 생각을 지워주었다. 나보다 어
려운 사람들이 많았고 생명 가진 모든 것들은 수고하며 살았다. 그
러나 가스 검침원은 나의 허약한 체력에 맞지 않았다.

일을 마치고 집에 가면 옆으로 돌아눕기도 어려웠다. 허리의
작은 뼈와 인대가 고통으로 존재를 증명했다. 1년 후 준비한 것처
럼 제약회사 공정검사 자리가 나왔다. 소속은 품질팀, 근무는 생산
팀에서 했다.

　　　　　　　　　　우리들의 자전적 이야기

어디에도 소속되지 않아서 나는 섬처럼 느껴졌다. 처음에는 외롭고 서운했는데, 공정검사 자리는 원래 그런 것이었다. 현장에서 일하는 사람들은 기계와 씨름하고 작업 강도도 높았다. 그래서 였는지 마음의 여유가 없어지면서 말과 행동이 퉁명스러워졌다. 공정검사업무는 생산 중인 제품을 무작위로 채취해서 기준에 맞는지 시험하고 표준제품이 생산될 수 있도록 돕는 자리였다. 검사를 하다 보면 작업자는 감시를 받는 기분이 들었던 것 같다. 특히 생산부장은 차질 없이 생산을 진행하려 했고 나의 업무는 제품을 검사하는 것이어서 서로 부딪히는 일이 있었다.

제약회사에서 근무를 시작하고 얼마 지나지 않아 남편과 이혼했다. 어느 날 퇴근하고 귀가하자 남편은 2천만 원만 주면 이혼해주겠다고 했다. 나는 조금 놀랐지만 기다렸다는 듯이 그러겠다고 했다. 나는 그에게 지쳐 있었다. 그는 늘 '조금만 기다려'를 입에 달고 살았다. 나는 속으로 지금은 이혼하지만, 그가 달라져서 돌아오기를 바랐다. 변하지 않는다면 헤어지는 것도 잘된 일이라고 생각했다. 이혼 판결을 받고 오면서 그는 세금 문제가 있으니 이렇게 서류로만 헤어지자는 말을 했다. 나는 물끄러미 그를 바라보았다. 그에게는 그가 해결할 수 없는 금액의 세금이 부과되어 있었다. 그만큼 돈이 돌 때도 있었으련만 그는 집에 돈을 주지 않았다. 그가 왜 생활비를 주지 않았는지 궁금했다.

그는 나중에 목돈으로 한꺼번에 갖다줄 생각이었다고 했다.

결국 나중은 없었다. 같이 버스를 타고 오다가 나는 회사로 가고 그는 집으로 갔다. 이혼하고도 한동안 한집에서 살았다. 대출해

생이여 고맙다

서 돈을 주자 그는 집을 나갔다.

그가 아내와 자식들에게 일말의 책임감이라도 있었다면 우리는 헤어지지 않았을 것이다.

나는 노동에 몸이 아팠다. 다섯 개가 아프면 일곱 개가 아프다고 그에게 말했다. '나 아프니 안 아픈 당신이 나 좀 도와달라'는 몸짓이었다. 매달 50만 원만 생활비를 달라고 했지만, 소용이 없었다. 무책임한 아버지 때문에 엄마 혼자 고생하던 그런 삶을 나는 살고 싶지 않았다. 그런데 오랜 세월 당연한 듯 그렇게 살았다.

목돈이 아니어도 함께 살림을 꾸리고 싶었다. 신체 건강한 그가 무얼 해도 몇십만 원은 벌 수 있지 않았을까. 엄마처럼 살기 싫었다. 그것이 이혼이었다.

이혼을 하자 기대하지 않고 하소연하지 않아도 된다는 사실에 홀가분해졌다. 대출금을 갚을 때는 차라리 그 돈으로 함께 살 걸, 하는 생각도 들었다. 문득문득 내 인생이 실패라는 좌절감이 밀려왔다. 남들은 잘사는데 왜 나는 끝까지 살아내지 못했을까? 아이들에게 미안했다. 이혼이 다른 사람의 일이었을 때는 '살다 보면 그럴 수 있지' 했던 것이 내게 적용되지 않았다. 그동안 기울였던 정성과 노력이 물거품이 되었다는 허무함과 쓸쓸함이 자주 엄습했다. '엄마처럼 안 살 거야'를 실천했지만 기쁘지 않았다. 같이 살 때는 내 명대로 살지 못할 것 같았다. 모든 것이 무책임한 남자 때문이라고 생각했다.

이혼하고 홀가분해졌다고 생각했는데 그것도 나를 괴롭혔다.

우리들의 자전적 이야기

나 자신을 스스로 괜찮은 사람이라고 생각했는데 기준이 흔들렸다. 누구에게도 이혼했다는 말을 할 수 없었다. 입에 오르내리는 것이 싫었고 이혼녀에 대한 선입견도 싫었다. 그저 침묵했다. 내게 아버지 같은 사람은 절대 안 된다는 뿌리 깊은 불신이 없었다면 어땠을까? 정상적인 가정에서 자랐어도 이혼했을까? 그런 생각을 자주 했다. 이혼 전에도 내가 벌어서 살았지만, 이제는 정말 모든 걸 나 혼자 책임져야 한다는 생각에 비장해졌다. 나이도 있고 체력적인 면에서 아무 일이나 해낼 자신이 없었다. 이 회사에 꼭 붙어 있어야겠다고 결심했다. 이왕 입사했으니 인정받고도 싶었다.

어느 날 회사에서 내 잘못이 아닌데도 나의 잘못으로 보고가 된 것을 며칠이 지나서 알았다. 억울하고, 속상했다. 바로잡기는 역부족이었다. 같은 일의 반복인데 억울한 감정이 치밀었다. 그러다 보니 생산부장과의 사이가 예민해졌다. 그는 내가 업무적으로 맞서면 나를 괴롭히려 태어난 사람처럼 행동했다.

내가 벌레처럼 느껴지던 날 나의 자존감은 완전 바닥으로 가라앉았다.

나는 어떤 상황에서도 일어서는 '인간 김명희'라는 생각에 정신이 번쩍 들었다.

이대로 주저앉지 않겠다는 오기가 생겼다.

그때 내가 찾은 것은 교회였다.

기댈 곳 없는 나에게 신앙은 큰 힘이 되었다. 나를 무시하는 인

생이여 고맙다

간들에게서 벗어나기 위해 직장을 그만두고 싶었지만, 아이들과 먹고살아야 했다.

여기서 못 견디면 저기서도 못 견딘다는 생각이 들었다.

이혼할 당시 나의 두 아들은 중학생, 고등학생이었다.

한 달도 지나지 않아서 아무렇지 않아졌다. 무슨 일 때문에 그만두고 싶었는지도 잊어버렸다. 나 자신을 달래던 기억만 또렷하다.

생산부장의 괴롭힘은 치사하고 유치했다. 그는 강한 자에게 약하고 약한 자에게 강한 자였다. 얼마나 교활한지 어떤 날은 그의 뒤통수를 때려주고 싶었다. 지금에 와서 보면 그도 그럴 수밖에 없었던 것 같다.

그는 어린 날 아버지를 잃고 홀어머니 밑에서 자랐다. 중학교 졸업 후 여기까지 올라온 사람이었다. 사람에게 그도 많이 당했을 것이었다. 그는 잘한 일은 자기 몫이고 잘못은 다른 사람에게 돌렸다. 당하는 이는 부하 직원이었고 알았지만 어쩔 수 없었다. 몸으로 배운 삶의 생존 방식이었다. 나는 거칠고 호된 인생 학교에서 강한 훈련을 받고 있다고 생각했다.

고생 끝에 낙이었는지 회사의 대표가 바뀌면서 분위기가 달라졌다.

품질팀장이 새로 오면서 섬에 다리가 놓인 것 같았다. 중간관리자의 관리방식도 달라졌다.

생산부장은 겉으로는 달라졌지만 교묘하게 은근히 괴롭혔다. 내 업무는 주체적이고 독립적이어야 했다. 나는 용기를 내어 공식적으로 항의했다.

"부장님 저에게 왜 이러십니까?"

내가 뭘 어째서 그러냐며 도리어 나를 이상한 사람으로 취급했다.

"부장님도 양심이 있으면 아시겠지요, 스스로에게 물어보세요. 계속 그러시면 저도 가만히 있지 않겠어요!"

그 후로 그는 조심하는 것 같았다. 양심이 그를 조심하게 했는지, 내가 가만있지 않을까 봐 조심했는지 알 수 없지만, 후자였을 것이다. 양심보다 생존이 더 우선이었을 테니까. 과잉 충성자의 오류는 자기 기준으로 충성한다는 것이다.

한번은 그가 들어온 젊은 직원에게 제대로 일을 가르친다는 이유로 너무나 심하게 대하니 견디지 못하고 나가버렸다. 젊은 직원을 퇴사하게 한 일은 대표의 생각과 완전히 다른 행동이었다. 새로운 대표는 작업자에게 자율적인 책임감을 부여해서 즐거운 근무 환경이 조성되기를 원했다. 반면 생산부장은 감독하고 간섭함으로로 자기 존재감을 과시하는 사람이었다.

생산부장은 다른 일들과 겹쳐서 회사를 떠나야 했다. 떠나는 회식 자리에서 그는 나에게 사과했다. 미워서 그런 것이 아니라 일 욕심이 많아서 그랬다고 미안하다고 연신 세 번을 말했다. 정말 그랬을 것이다, 그로서는 어쩔 수 없었을 것이다. 자기 자신도 어찌지 못하는, 살기 위해 몸에 밴 무엇이 자기도 모르게 그 사람의 삶을 살아갔을 것이다.

　　　　　　　　　　　생이여 고맙다

내 인생에서 이혼 결정과 회사생활에서 관계의 어려움은 나를
돌아보게 했다.

회사에서 생산부 여성들과 사이좋게 지내지 못했다. 소속이
달랐고 그녀들의 일은 육체노동으로 시간을 다투는 일이었다. 나
의 일은 시험하고, 기록하는 것이었으니 그녀들이 보기에 나의 일
은 일이 아니어서 상대적 박탈감도 작용했다.

잘 지내보려고 노력했지만 결국 체념했다. 입장을 바꾸면 그
녀들의 마음이 이해되었다.

무거운 박스를 들어야 했고 힘들었다. 나를 거부하는 그녀들
이 섭섭하지 않았다. 정년 퇴임을 했을 때 그녀들과 유감없이 화해
하고 나올 수 있었다.

아버지도 이제는 고인이 되었다. 내가 지나온 삶을 돌아볼 때
아버지 영향이 가장 컸다. 태어나서 처음 본 이성이 아버지라고 했
던가? 아버지 같은 사람을 만나지 않겠다는 나의 결심은 무의식의
작용인지 남편을 만나게 했다. 남편은 아버지의 무능과 무책임을
그대로 재현했다.

점잖고 사람 좋다는 평을 들었던 그가 무엇 때문에 내가 가장
싫어하는 모습을 보이며 살았는지 모르겠다.

혹시 나도 엄마처럼 묵묵히 가정 경제를 책임지는 모습을 남자
에게 보였던 걸까?

돈을 벌지 않아도 여자가 다 알아서 할 거라고 안심하게 했을까?

우리들의 자전적 이야기

그래도 돌아보니 살아온 나날 모두가 아버지의 그늘이었다.

그를 이해하고 싶었다. 그를 놓는 것이 아픔과 고통에서 해방되는 일이었다.

결혼 전에 아버지를 미워하고 원망했고 결혼 후는 남편에게 그랬다.

두 남자의 무능과 무책임은 내가 가장 두려워했던 것이었다.

내 생각의 패턴에 대해 의심하기 시작했다.

아버지도 그렇게밖에 살 수 없는 무엇이 있었을까? 궁금해서 큰아버지를 찾아가 묻기도 했고 엄마를 알기 위해 이모를 찾아가기도 했다. 알 수 없었다. 그래서 모르는 그대로, 그렇지만 아버지도, 엄마도 어쩔 수 없는 무엇이 각자의 삶을 이끌었을 거로 생각했다.

나는 엄마처럼 살아도 괜찮았다. 엄마의 삶이 오늘의 나를 있게 한 것이니 아무 문제가 없었다. 삶은 달아난다고 피할 수 있는 것이 아니었다.

있는 그대로 받아들이며 살아내는 것도 나쁘지 않았다.

평생을 무슨 절대 진리처럼 꼭 붙들었던 생각이 내 고통의 근원이었다고 생각한다

헤어진 전남편의 무능과 무책임을 참기 힘들었던 것은 내 뿌리였던 아버지에 대한 부정이 투영된 것이라는 걸 이제는 안다.

충분히 잘 살아왔다, 타인을 의식하고 인정받고 싶은 마음이 괴로움의 근원이었다는 것도 이제는 안다.

생이여 고맙다

좀 더 일찍 알았더라면 즐겁게 살았을 테지만 지금 깨닫는 것
도 다행이고 고맙다.

모두 아득한 옛일이 되었다.

어느 하나 버려질 것 없는 내 삶이여, 고맙고 고맙다!

우리들의 자전적 이야기

〈사랑가〉로 찾은 내 사랑

민영주

민영주

명확한 사고와 논리적 추론을 위한 지식, 행복과 기쁨 사이의 다양한 감성을 담아 언어를 가르치는 대학 교수이다. 니코스 카잔차키스의 소설과 엘리자베스 비숍의 시를 사랑하며, 도요새를 주제로 한 사진과 시에 깊은 흥미를 느낀다. 영화와 음악에 대한 평론도 즐겨 쓰며, 글을 통해 예술의 다채로운 세계를 독자들과 나누고자 한다. 문학을 넘어서 예술 전반에 걸친 이야기를 학생들과 공유하며, 삶 속에서 빛나는 순간들을 함께 발견해 가는 것을 기쁨으로 여긴다.

우리는 자신의 일부를 남기고 떠난다. 그저 공간을 떠날 뿐, 떠나더라도 우리는 그곳에 남는다. 다시 돌아가야만 되찾을 수 있는 것들이 우리 안에 남는다. 우리가 지나온 특정한 장소로 갈 때 자신을 향한 여행은 시작된다. 단지 꿈같은 바람이었을까? 긴 세월이 지났어도 어제 일처럼 선명한 이야기가 있다. 한때는 괴로워 잠 못 드는 밤의 연속이었지만, 일기를 쓰듯 이렇게 담담해지기까지 27년이 걸렸다. 27년의 세월이 지나 지금 그를 만나러 간다. 중앙고속도로 원주 이정표가 보일 때 날이 밝기 시작했고 안개는 옅어졌다. 안개의 이미지가 어떻게, 이렇게 아름다울 수 있을까? 모든 것이 사랑스럽다.

27년 전 그날의 모진 대화는 풍광이 수려한 절을 뒤로하고 한

〈사랑가〉로 찾은 내 사랑

여름 뙤약볕을 피해 들른 작은 카페에서 시작되었다. 그때 마신 녹차의 맛과 향은 정신의 반을 맑게 해주었지만, 서글픈 통보로 나머지 정신은 혼탁해졌다. 그는 봉투에서 차 키와 통장을 꺼내 탁자 위에 놓으며 조용히 대화를 건네기 시작했다.

"이런 말 갑자기 전해서 미안해. 오늘이 지나면 말하지 못하고 떠나게 될 것 같아."

"무슨 말요? 오빠! 오늘 좀 이상하네. 절에 바람 쐬러 가자고 하질 않나, 나랑 눈도 마주치지 않고……. 나한테 뭐 잘못한 거 있구나?"

"영주야, 너 처음 만날 때 말한 적 있지? 우리 엄마 사는 이야기……."

그의 눈빛에서 난 직감했다. 3년 가까이 지켜본 그는 그 어떤 말도 가볍게 하지 않는 사람이었고, 한번 내뱉은 말은 반드시 지키는 신중한 사람이었다. 처음 만날 무렵, 목표한 돈을 벌면 반은 엄마께 드려 재혼한 남편에게 무시당하지 않도록 하고, 나머지 반은 나를 위해 쓸 것이며, 자신은 그 어떤 물질도 의미 없는 고요한 삶 속에서 수행하고 싶다고 얼핏 내비친 적이 있었다. 그 고요한 '삶'이 어쩌면 이 고요한 '산'이 되는 것이 아니기를 바라며 그의 눈을 바라보았다.

"나 이제 더 이상 이 차 키와 통장에 든 돈이 필요 없다. 너와 함께 나눌 시간은 지금이 마지막이 될 거야. 미안하다는 말보다는 나를 이해해 달라고 말하고 싶어. 나 대신 엄마를 찾아가 줄래? 지난 20년 동안 가끔 들려오는 엄마 소식이, 남편에게 맞고 산다는 그

우리들의 자전적 이야기

말이 무척 괴롭고 힘들었다고……. 이 정도 돈이면 모진 남편이어
도 한동안은 편하게 지낼 수 있을 것 같다고 못난 아들이 전한다고
말씀드려."

"무슨 소리야, 별안간!"

나는 악을 썼다.

1996년에 이미 홍채 인식 기술을 실증적으로 깊이 있게 연
구하고 싶다던, 세대를 앞서가던 그의 이름은 최영준, 내 이름 끝
에 받침이 하나 더 있을 뿐, 나이는 1967년생 양띠, 직업은 스위스
HTMi 호텔학교 조리학과 출신의 호텔 셰프, 졸업증서에서 기억
나는 그의 세부 선택 전공은 Swiss European Culinary Arts, 취미는
수영과 스키, 그리고 노래 부르기였다. 이 정도 소개라면 어느 부
유한 집안 아들이 요리에 관심이 많아 스위스 유학이라도 다녀와
특급 호텔의 양식당 셰프가 된 줄 알 것이다. 퇴근 후 수영 다니고,
겨울이면 강원도 여기저기 흩어진 최고급 스키장의 눈밭을 휩쓸
고 다닐 것 같기도 하다. 게다가 영국 배우 휴 그랜트처럼 단아한
외모에 노래까지 잘 부른다면 여자들이 줄을 이어 따라다닐 근사
한 배경 아닌가? 그 시절 〈네 번의 결혼식과 한 번의 장례식〉이라
는 영화가 ost 'Love is all around you'와 함께 큰 인기를 끌었다. 그
의 표정, 특히 미소가 휴 그랜트와 닮았다고 주변 사람들이 말해주
던 기억도 난다.

영준의 어린 시절은 가난, 외로움, 우울, 상실감이 지배적이었
고, 그러한 감정들은 할머니를 따라 자주 찾던 '보경사'라는 절에

서 눈 녹듯이 사라지곤 했다. 그때 나이가 여덟 살, 대웅전을 지날 때 느껴지는 인도감, 뒤뜰 햇살 좋은 곳에서 졸고 있던 고양이의 모습조차도 영준에게는 삶의 의미가 되었다. 그가 태어나던 달에 아버지는 폐암으로 돌아가셨고, 홀어머니와 할머니 밑에서 자란 영준은 며느리가 재가하기를 적극적으로 권유했던 할머니가 이 세상에서 가장 멋진 여성이라고 입버릇처럼 말했다. 아들이 이 세상 사람이 아닌데도 극진하게 시어머니를 챙기는 모습이 고맙고 가여웠던지 영준의 할머니는 '내 손자는 내가 키울 테니, 넌 그 집안 가서 다시 아이 낳고 행복하게 잘 살면 된다. 영준이는 걱정하지 말고, 찾아오지도 말아라. 이제 우리랑 정을 끊거라.'라고 하시며 딸 둘이 있는 집안에 중신을 서 며느리를 그렇게 떠나보냈다. 1970년대 중반 그 시절에 2층 양옥집 살며, 자가용 있고, 텔레비전 있는 양조장 집안이면 꽤 부유한 편이었을 것이다. 더구나 3대 독자 집안에 딸 둘이었으니, 아들 하나 더 바랐던 목적도 있었을 듯하다. 양조장은 엄마의 새로운 남편의 아버지 재산이었고 물려받으면 되는 것이었다. 그러나 호색한에 폭력까지 행사하는 엄마의 남편은 노름에 빠져, 술통에 빠져 한 집안이 몰락하는 데 그리 오랜 시간이 걸리지는 않았다.

영준이 할머니 곁에서 낮잠이라도 자고 있으면 동네 할머니들이 와서 엄마의 소식을 귓속말로 소곤소곤 전했지만, 그 낮은 소리가 오히려 더 잘 들렸고, 더 비극적으로 느껴졌다. 치매 걸린 시어른은 며느리가 잘못 들어와 집안이 망했다고 죽는 날까지 영준의 엄마를 괴롭혔다. 영준은 그렇게 엄마의 불행한 삶을 마주하며 슬

우리들의 자전적 이야기

폰 유년 시절을 보냈다. 눈물이 흘러 귓속으로 들어가던 그 아련한 느낌은 아직도 선명하게 기억난다고 했다. 할머니는 돌아가시던 날에도 '네 엄마는 행복하게 살고 있으니까, 너만 편하고 무탈하면 이 할미 편하게 눈 감을 수 있어.'라는 말씀을 하셨다. 영준이 고등학교 입학하던 해에 할머니는 초라하지만 따스한 온기가 느껴지는 유산, 논 몇 마지기와 복숭아나무가 심어진 언덕배기 작은 밭을 남겨주시고 영면하셨다.

돌아가신 할머니의 남동생 도움으로 땅을 팔아 만든 현금은 스위스행 항공권으로 활용되었다. 호텔 조리사, 지금은 '셰프'라는 호칭으로 불리는 직업이 그 당시부터 연봉이 높은 직업으로 인식되기 시작했다. 스위스 호텔학교를 나와 조리사로 성공한 먼 친척의 성공담을 어릴 적에 가끔 전해 들은 영준은 돈을 벌기 위해, 허기진 삶을 지내지 않기 위해 '요리'하는 직업을 선택했다. 대학에 진학해서 평범한 삶을 누릴 형편은 아니었기에 영준은 고등학교 졸업 후 스위스행을 결정했고, 그곳에서 그의 꿈을 펼치기 시작했다. 온갖 고생 끝에 학위를 마친 후 한국으로 돌아와 대기업에서 운영하는 호텔의 양식부에 당당히 스카우트되었고, 호텔에 갓 입사한 네 살 아래의 GRO(Guest Relation Officer) 부서 직원이었던 나에게 사랑의 감정을 느끼기 시작했다. 호텔에서 비서통역업무와 로비 정보 서비스를 담당했던 나의 밝은 모습이 영준은 마음에 든다고 했다. 그 시절의 사진을 보면 환하게 웃는 모습이 많긴 했다. 당시에도 직장 회식 분위기의 마무리 순서는 노래방이라는 곳이었다. 그의 눈빛이 머무는 곳은 내 눈동자, 그리고 감미로운 목소

〈사랑가〉로 찾은 내 사랑

리로 들려주던 달콤한 노래는 사랑의 고백이었다. 사내 커플이 몰
래 둘만의 눈빛을 주고받는 그런 순간의……

눈부신 햇살이 비춰도 제게 무슨 소용 있겠어요.
이토록 아름다운 당신만이 나에게 빛이 되는걸.
은은한 달빛이 감싸주어도 제게 무슨 소용 있겠어요.
향긋한 그대의 머릿결만이 포근히 감싸주는걸.
그대여 안녕이란 말은 말아요. 사랑의 눈빛만을 주세요.
아~ 이대로 영원히 내 사랑 간직하고파.

솜이불처럼 포근한 이런 가사를 속삭이던 그가 이제 내 앞에서
이별을 제대로 고하고 있다. 이대로 영원히 사랑을 간직한다더니,
거짓말! 거짓말! 잊을 만하면 '당신만이'라는 이 노래는 또 왜 그
렇게 여러 가수가 자주 리메이크를 하는지, 들을 때마다 애가 끓었
다. 그가 내게 들려준 모든 노래는 가사에 많은 의미가 담겨 있었
다. 대중가요에서부터 게리 무어의 블루스락, 춘향전 중 〈사랑가〉
같은 판소리까지 버라이어티했다. 한이 많은 사람이었는지 판소
리의 가사에 아름답고 애절한 내용이 많다고 자주 부르곤 했다. 특
히 〈사랑가〉에 나오는 꽃과 나비 이야기는 그가 예찬하는 최고의
가사였다.

사랑 사랑 내 사랑이야 어허둥둥 네가 내 사랑이야.
이리 보아도 내 사랑, 저리 보아도 내 사랑,

우리 둘이 사랑타가 생사가 한이 되어,

한 번 아차 죽어지면

너의 혼은 꽃이 되고, 나의 넋은 나비가 되어,

이삼월 춘풍시절, 네 꽃송이를 내가 알어,

두 날개를 쩍 벌리고 너울너울 춤추거든

네가 날일 줄을 알려무나.

꽃은 시들고, 나비는 훨훨 산으로 숨어버리는 순간이 찾아온 것일까? 내가 춘향인가? 좋을 때는 무슨 말인들 못할까? 그 순간 그를 묘사할 단어는 '나쁜 놈'을 제외하고 그 어떤 말도 없었다.

어린 시절 할머니와 자주 갔던 절에서 그는 다짐했다고 한다. 엄마를 위해 돈을 벌고 성인이 되면 출가하겠다고. 그러면 왜 나를 만났을까? 차라리 다른 여자가 생겨서 떠나는 이유라면 그렇게까지 힘들지는 않았을 것이다. 스님이라니……. 그 순간 가장 먼저 떠오른 생각은 '목사님이라면 결혼이라도 할 텐데' 이것뿐이었다. 나에게 절대 일어나지 않을 것이라고, 일어날 리 없다고 여겼던 그런 일이 다른 이들에게 일어나는 것과 똑같은 방식으로 나에게 일어나기 시작했다.

"영준 오빠! 오빠 마음 충분히 이해해요. 다른 방식으로 그 마음 되돌리면 안 될까요? 혼자 남은 나는 어떡하라고, 너무 이기적인 것 아닌가요?"

"처음 너를 만났을 때도, 지금 너를 보내면서도 너에 대한 마음

〈사랑가〉로 찾은 내 사랑

은 변함없어. 오랜 시간 나 자신에게 약속하고 준비해온 일들이야. 미안해, 영주야! 정말 미안해."

"미안하다는 말은 이럴 때 쓰는 게 아니죠! 그럼 난……."

더 이상 말을 이어갈 수 없었던 나는 하염없이 눈물만 흘렸다. 콧물은 덤이었다. 그런 내 모습에도 냉정하고 이성적으로 말을 이어가던 그가 매정하기 짝이 없었다.

"이 통장에 어느 정도 큰 금액이 들어 있어. 비밀번호는 우리가 처음 만났던 날 네 자리, 그리고 여기 도장, 차는 네가 타고 다녀. 이제 석 달 탔으니까 별 고장 없을 거야. 엄마 주소와 전화번호 알려줄게. 찾아가서 반은 어머니 드리고 나머지는 널 위해 써. 내가 해줄 수 있는 게 이것밖에 없어. 나도 지금 너무 힘들다."

"이 돈이 뭐라고, 나를 위해 할 수 있는 일이 돈으로 바꿀 수 있다고요? 그런 마음을 가진 사람이 무슨 스님이 되고 성직자처럼 굴어요?"

"나중에 세월이 지나면 나를 이해할 수 있을 거야. 넌 좋은 사람 만나 가정도 꾸려야지. 미움이 사라지면 너 닮은 예쁜 딸 데리고 시주하러 올 수 있겠니? 경남 양산이야."

다름 속에서 상대를 이해한다는 것! 같은 시대, 비슷한 시간 속에서 살며 서로를 인식할 수 있는 공간 안에 머무르면서도 우리는 상대의 입장을 헤아리지 못할 때가 많다. 수없이 '역지사지'라는 말을 머릿속에서 반복하며 가정해 보려 해도 공감할 수 없었다.

오랜 아픔을 잘라내고 홀로 되었다. 사람을 잊는 시간이 주책

우리들의 자전적 이야기

없이 흐른다. 긴 여행에서 남겨진 허기처럼 먼저 한 걸음 다가섰을 뿐, 다가선 거리보다 더 멀어졌다. 멀어진 자국 위로 장미꽃잎을 뿌렸다. 그리고 곪아 터진 가슴 밑바닥에 푸른 연고를 바르고 아무 일도 없었던 듯 크게 웃었다.

6개월 동안은 실신한 사람처럼 울다가 웃다가, 몇 날 며칠 잠 못 이루다가, 또 어떤 때는 이틀씩 내리 잠만 자기도 했다. 그러던 어느 날 눈에 들어온 차 키, 한 달 만에 운전면허증을 땄다. 마지막으로 차를 세워두었던 그 지역에 살던 아는 지인에게 차를 가져다 달라고 부탁했다. 영준이 떠나던 그 여름날, 그때 내겐 운전면허증이 없었으니까.

운전면허증을 발급받고 처음으로 향한 장거리 목적지! 그의 엄마를 만났다. 세월의 흔적이 묻은 얼굴이지만 단아한 그 표정과 맑고 낮은 목소리에 난 그만 눈물을 보이고 말았다. 내 이야기를 다 듣고 난 후 따스하게 안아주던 그녀의 품에서 편안함을 넘어 최고의 위로를 전해 받을 수 있었다. 난 통장을 들고 은행에 간 적도 없었다. 그가 전해준 통장과 도장, 그리고 비밀번호가 적힌 메모 한 장 건네드리고,

"영준 오빠가 어머니께 이 돈 전부 전해드리라고 했어요. 출가한 곳은 경남 양산에 있다고 하네요. 제가 부족함이 많아서 오빠가 그런 결정을 했나 봐요. 죄송합니다."

"아니에요. 전부 못난 에미 탓이죠. 우리 언제 함께 영준이 만나러 가요. 힘들겠지만, 언제라도 찾아오면 내가 작은 힘이라도 되

〈사랑가〉로 찾은 내 사랑

어주면 안 될까…?"

눈물이 그렁그렁 맺힌 그녀의 눈동자에서 그를 보았다. 그를 만난 것 같아서 달려가 안아드렸다. 너무도 닮은 두 사람의 눈이었다.

"어머니, 건강하시고 잘 지내세요. 영준 오빠 만나면서 늘 생각했어요. 이 사람 낳아주신 어머니께 감사드리고 싶다고. 너무 늦게 말씀 전해서 정말 죄송해요."

그가 떠난 여름은 유난히도 비가 많이 내렸다. 비가 내리는 동안 내면에 일어나는 슬픔을 탐닉하는 것은 얼마나 오묘한가! 심연에 잠겨 있던 쓰디쓴 추억들이 모두 수면 위로 떠올라 점점 퇴색되고 있었다. 하늘과 대지는 부드러움으로 더없이 다정하게 어울렸다. 빗줄기로 짜여진 촘촘한 그물을 찢고 다시 숨을 쉴 수 있을 것 같았다.

1년 하고도 4개월이 지난 크리스마스에 스님이 된 그가 보낸 축하카드를 받았다. 함께 도착한 절에서 발행하는 소식지는 갈기갈기 다 찢어버렸다. 스님이 크리스마스 카드를 보내서 의아하기도 하겠지만, 난 그 의도를 알고 있어서 옅은 미소를 지었다. 크리스마스가 내 생일이었기 때문이다. 생일 축하 메시지라기에는 참으로 종교적이었지.

"생일을 진심으로 축하드립니다. 원하는 일 모두 이루시고 불전에 살아온 향생에 그윽한 부처님의 미소로 그 은혜 함께 하시길 바랍니다."

"웃기고 있네! 그 은혜 없어야 내가 산다고……."

난 삐뚤어지려고 작정했다. 그러고 싶었다. 인생이라는 긴 선을 그어 가면서 반드시 직선일 필요도 없고, 다른 이들과 동일해야 할 이유도 없다. 조금 삐뚤어지면 되잡으면 되고, 끊겨버리면 다시 이으면 되는 것을……. 나만의 고유한 선을 그어나가면 된다. 유니크하게!

그렇게 또 1년이 지난 내 생일 전날, 연인들의 국경일 크리스마스이브였다. 이번에는 크리스마스카드가 아닌 그가 직접 내게 왔다. 까까머리에 머리끝에서 발끝까지 그레이 패션을 하고, 회색빛 긴 자루를 둘러메고 스물여덟 내 생일날 드디어 그가 스스로 찾아왔다. 산타 할아버지가 아니어서인가? 루돌프 사슴은 도망갔는지 뚜벅이가 되어 저기 서 있다. 퇴근 후 함께 만나 데이트하러 가곤 했던 그 길모퉁이에……. 나는 용수철에 튕긴 듯 반사적으로 그에게 달려갔다. 하지만 Man in gray의 손을 잡을 수도, 어깨에 기댈 수도 없었다. 환한 대낮에 길모퉁이에서 스님이 된 옛 남자친구와 마주할 줄이야…….

나로 말할 것 같으면 사막에 던져 우산을 팔 수 있는 사람이다. 그날 내가 저지른, 아니 범한 일은 사막에서 우산을 팔아 빌딩을 지을 만큼의 도발적인 사건과 사고였다. 근처 카페에 구겨 넣듯 그를 앉혀두고, 가장 가까운 거리에 있는 쇼핑센터로 달려갔다. 까까머리는 야구용 검은색 캡모자로, 온몸을 휘두른 그레이 패션은 아이보리색 맨투맨 티셔츠와 패딩으로 깔맞춤하고, 청바지에 흰색 스니커즈로 마무리했다.

〈사랑가〉로 찾은 내 사랑

"어쩌나, 이젠 절에서 가출해야겠네! 후후후…."

"옷 사이즈가 딱 맞아. 네가 불편할 것 같아서 갈아입은 거야."

"치…. 뭐 그냥 나랑 여행 가고 싶다고 하면 부처님이 화내시나?"

"머리는 어쩌지?"

"그럼, 이 옷에 까까머리하고 돌아다닐 거예요? 이거 쓰라고요!"

나는 철부지 동생 다루듯 야구모자를 그의 머리에 꾹꾹 눌러 씌우고 동해 바다로 돌진했다. 운전이 아니라 '돌진'이 정확한 표현이다. '인생 뭐 있어?' 입 밖으로 터져 나오는 이 말을 참으며 공손하게 납치극을 기획했다. 순간 떠오른 그가 소개해준 책《그리스인 조르바》. 이 책을 쓴 니코스 카잔차키스가 자신의 묘비명에 써달라고 했던 글귀가 떠올랐다. 그는 자유를 갈망하던 조르바가 그의 우상이고 너무 멋져 보인다고 자주 말했다. 지금 내 옆에 있는 그의 표정과 웃음은 조르바같다. 내 눈에는 그렇게 보인다. 그는 자신의 묘비명에도 니코스 카잔차키스의 생각을 담고 싶어 했다.

나는 아무것도 바라지 않는다
나는 아무것도 두려워하지 않는다
나는 자유다

우리는 밤이 깊도록 모닥불 옆에 묵묵히 앉아 있었다. 행복이란 얼마나 단순하고 소박한 것인가? 포도주 한 잔, 과일 몇 조각,

우리들의 자전적 이야기

바닷소리, 단지 그뿐이다. 그리고 지금 여기에 행복이 있음을 느끼기 위해 단순하고 소박한 마음만 있으면 된다. 사랑하는 나를 달래 보내고 돌계단에서 쓸쓸히 울기라도 했는지, 내가 흘린 눈물이 비가 되어 그 하늘에 흩뿌려졌는지, 지난 3년간의 이야기를 우리는 서로 침묵했다. 침묵만큼 전달력이 강한 단어는 없을 것이다.

그렇게 우리의 아름다운 여행은 48시간을 채우고 각자의 자리로 돌아갈 시간을 앞두고 있었다. 차분한 자유를 느끼기도 하고, 음악 취향이 비슷해 함께 듣던 노래를 몇 번이고 반복해서 이어폰 한 쪽씩 나누어 듣기도 했다. 이른 새벽에는 원형 경기장에서 한 차례 시합을 마친 검투사―그 낱말을 생각해 내고 빙긋 웃었다―처럼 힘이 풀리고 충격으로 멍해지기도 했다. 저녁에 사라진 빛들이 아침이면 수평선 안쪽 바다를 가득 채우며 윤슬이 되었다. 지나간 아픈 추억의 흔적이 물 위에는 없었고, 바다는 언제나 새로운 바다였다.

내가 서른두 살 되던 해에 동생 둘이 먼저 결혼했다. 미혼인 언니는 여동생 결혼식장 가는 것 아니라는 타박을 받으며 네 살 된 딸과 나는 놀이 공원을 누비고 다녔다. 원형 경기장에서 시합을 마친 검투사의 느낌을 받았던 3년 전 그날, 나의 딸 사랑이는 이 세상과 첫인사를 나누었다. 사랑하는 사람과 이별하지 않고 사랑만 하라고 사랑이, 딸 이름을 부를 때마다 〈사랑가〉 가사를 떠올리고 싶었던 것일까? 〈사랑가〉의 가사처럼 죽어서는 꽃이 되고 싶었다. 그러면 나비가 되어 그가 나를 찾아올 것 같아서……. 동해 어느 바다에서 그와 헤어지던 날, 이번 생에서는 그와의 인연이 마지막이 될 것이라고 느꼈다. 종교에 귀의한 그의 마음을 존중해 주고 싶었다. 스님이 된 그의 삶을 지키기 위해, 우리의 아름다운 사랑을 지키기 위해 나는 혼자서 아이를 낳아 기르기로 결심했다. 그날 이후로 나는 그를 절대 찾지 않았다. 사랑이에게도 아빠는 이 세상 사람이 아니라 말할 각오로.

가족들의 무너지는 표정을 뒤로하고 나는 오직 사랑이만을 위해 모든 순간 홀로 서야만 했다. 아빠 없이 혼자 아이를 낳아 기른다는 것, 경험해 본 이들만이 알 것이다. 사계절마다 펼쳐지는 이야기 속에는 기쁨과 슬픔, 행복과 서러움, 설렘과 서운함이 매번 극적으로 교차한다.

그와 함께 일했던 직장은 그만둘 수밖에 없었다. 혹시라도 사랑이의 탄생을 알게 될까 두려워 동료들과의 연락도 끊고 전화번호도 바꾸었다. 사막에서 우산을 팔기 위한 투혼으로 나는 새로운 직장을 찾았다. 밤낮없이, 미친 듯이 공부했다. 눈물, 콧물, 때로는 코피까지 쏟으며 쉬는 날 없이 생활비를 벌기 위해 중고등학생 수학 과외를 했다. 호텔경영학 전공, 경제학 부전공인 나는 수학 과목을 무척 좋아했다. 학생들을 가르치기에도 괜찮은 실력이었다. 몸의 면역이 제로일 때 신체의 반을 나누어 한쪽으로만 뚫고 나온다는 홍역균의 결정체, 대상포진이 두 번이나 나를 괴롭혔다. 과연 나 혼자 힘으로 가능했을까? 젊은 나이에 형부와 사별한 언니는 나의 유일한 대화 상대이자 조력자였다. 언니 집에서 2년 동안 머물며 어린이집에 다녀온 사랑이를 맡기기도 하고, 돈을 벌며 주

우리들의 자전적 이야기

경야독했다. 부전공인 경제학을 발판으로 회계사 시험에 합격했다. 또다시 직장생활을 이어갔다. 그때 당시에는 엄마 이름만으로는 출생신고를 할 수 없을 때였다. 다행히 너그러운 언니의 배려로 사랑이를 언니의 딸로 호적에 올릴 수 있었다. 형부가 돌아가시기 5개월 전에 사랑이가 태어났으니까 가능한 일이다. 직장에서는 그 누구도 내가 미혼모임을 몰랐다.

그렇게 10년이라는 시간이 흘러 드디어 세무회계 사무소를 개업하게 되었고, 사랑이는 고등학교 입학을 앞두었다. 음악에 소질이 많았던 사랑이는 예술고등학교에 가기를 원했다. 작곡한 노래에 가사를 입히는 실력까지 겸비한 싱어송라이터가 되는 꿈을 가진 예쁜 소녀로 성장했다. 그의 영향일까? 그의 모습이 사랑이에게서 가끔 보인다. 노래는 가사가 중요하다던 그의 말처럼 사랑이 역시 그랬다. 대학 진학할 때도 작곡을 전공으로 선택했고, 노래 가사에 공들이며 음악으로 재능 발휘를 해서 나를 기쁘게 했다.

회계사들이 모여 있는 법원 근처에는 손님 접대나 회식 자리로 근사한 식당들이 많이 있다. 어느 날 자주 이용하던 식당에 평소 알고 지내던 지인의 호출로 나간 자리, 그곳에서 나는 갑작스럽게 순식간에 한 남자를 소개받았다. 그 사람의 직업 역시 회계사였고, 나보다 두 살 위의 이혼남이었다. 법적으로 나는 싱글이었으니 내가 아까웠다. 소개해 준 분의 체면을 생각해서 예의 차려 질의응답 해드리고 서둘러 자리를 떴다. 그 후 100일 가까이 그 사람이 내게 보내준 꽃과 선물, 각종 이벤트는 미혼모로 16년 차 혼자서 딸

〈사랑가〉로 찾은 내 사랑

을 키워온 내게 충분한 위로가 될 수도 있었다. 하지만 가슴 한쪽에 잊히지 않는 그 이름, 최영준! 목놓아 부를 수도 없고, 찾아갈 수도 없는 내 사랑, 영준은 내가 다른 남자를 선택할 수 없도록 텔레파시라도 보내는 것처럼 내 삶의 지배적인 인물이다. 사랑이 아빠이기 때문에? 아니다. 그는 나의 거울 같은 존재였다. 혈액형도 같은 B형, 좋아하는 음식, 음악, 색깔까지도 같았으니….

부모님의 설득과 사랑이를 함께 키워준 언니의 조언으로 그 회계사의 좋은 점만 보기로 했다. 찾았다! 내가 좋아할 그 사람의 장점!《그리스인 조르바》책을 읽은 적이 있고, 휴 그랜트가 나오는 영화〈그 여자 작사 그 남자 작곡〉,〈러브 액츄얼리〉를 재미있게 보았다는 심플한 이유만으로 나는 그 사람과 결혼했다.

남편의 딸은 사랑이보다 한 살 어렸고 친엄마와 떨어져 산 지 불과 2년, 하루에도 수십 번 엄마와 일상을 나누는 중학교 2학년생! 내가 밥 먹자고 하면 배 안 고프다 하고, 아빠가 들어오면 배고프다고 울먹였다. 나와는 눈도 마주치지 않고 내가 사준 옷은 입지도 않았으며, 친엄마가 사준 옷이 하루라도 늦게 세탁되면 학교 가지 않겠다고 울고불고 생떼 부리는 아이였다. 결혼 첫해에 남편은 내게 미안하다고 이해를 구했다. 그다음 해에는 딸이 고집을 부리거나 문제가 생길 때면 나를 타박하기 시작했다. 내 딸 사랑이는 남편에게 투명 인간이었으며, 남편은 사랑이에게 그저 엄마가 아는 아저씨 그 이상, 그 이하도 아니었다. 사랑이와 둘이서 살 때가 훨씬 행복했다. 나는 재혼은 아니었지만, 남편은 재혼이었으니 결혼생활의 위기를 빨리 파악하는 지혜가 있었다. 남편의 딸이 고등

우리들의 자전적 이야기

학교 입학 무렵 전처가 주말마다 집 앞에서 딸과 남편을 태워 1박 2일 여행을 하고 돌려보냈다. 이전보다 일이 많아진 나는 현실에서 도피하기 위해 워크홀릭이 되기로 했다. 석박사 과정도 끝내고 학위까지 받았다. 겸임교수로 대학교 회계학과에 출강도 했다. 결국 나의 결혼생활은 원만한 합의이혼으로 5년 만에 종지부를 찍게 되었다. 남편은 전처와 재결합했다. 화끈하게 축의금도 보내주었다. 이 결혼 생활은 나의 운명을 찾아가는 과정으로 여기기로 하고, 홀가분해진 나의 일상을 사랑이와 즐겼다.

사랑이는 아빠가 없을 때도, 회계사 아빠가 잠시 있을 때도 무척 사랑스러운 아이였다. 내 딸 사랑이는 대학에서 작곡을 전공한, 글쓰기에 소질이 있는 작사가이기도 하다. 대학원에 진학해서는 실용음악을 전공해서 노래도 곧잘 부른다. 자신이 쓴 가사를 내게 보여주며 피드백을 받기도 한다. 노래 가사를 다듬기 위해 문학작품도 많이 읽는다. 감성적인 시를 위한 자양분은 책을 읽어 채우고, SNS를 통해 소통하며 글감을 구한다. 주말이면 창이 넓은 거실에 앉아 사랑이와 나는 두 발을 서로 포개어 간질이며 음악을 듣거나, 영화를 보거나, 각자 밀린 일을 하곤 한다.

"엄마! 이 블로그 좀 읽어봐."

"어떤 블로그야, 딸? 노래 가사에 쓸 글감이라도 있니?"

"응. 이거 완전 제대로야! 세상에…. 어머머, 오우! 놀라워, 놀라워. 으흐흐."

"뭔데 그래? 어디 엄마도 한번 보자."

"엄마, 엄마 있잖아! 내가 애틋한 사랑 이야기가 들어갈 노래하나를 작곡했는데 말이야."

"그런데?"

"어떤 분이 나랑 싱크로율 99.99% 똑같은 감성으로 가사를, 아니 시를 썼네."

사랑이의 iPad로 보이는 블로그의 글을 읽기도 전에 나는 숨이 멎는 줄 알았다. 블로그 주인의 닉네임은 '노래하는 셰프, 최영준'! 이 무슨 드라마틱한 순간인가? 머리를 세게 한 대 맞은 것처럼 띵하고, 현기증마저 느껴졌다. 피로가 밀려와 시야가 흐려질 때처럼 눈앞이 뿌옇게 보였다. 실눈 떠서 그의 프로필 사진을 확대해서 보았다. 맞다! 그다! 눈가 주름이 몇 겹 보이는 것 외엔 달라진 것이 없다. 머리 스타일도 산으로 가기 전 그대로다. 기절할 것 같았다. 얼굴이 화끈거리고 손끝이 떨려온다.

"엄마! 이분 예전에 특급 호텔요리사셨대. 뭐… 음… 사연은 모르겠는데 출가한 적도 있으시다고 하네. 우리 과 학생들한테 인기 되게 많은 블로그야. 어때? 멋있지?"

"지… 지금은 스… 스님이 아니란 말, 말…이지?"

"응. 뭐라더라? 환속? 아, 맞다! 환속하셨대. 속세로 돌아와서 환속인가? 후후후…."

사랑이는 아빠가 이 세상 사람이 아니라고 알고 있기에 나는 더 이상 아무 말도 할 수 없었다. 해맑게 웃고 있는 모습만 그저 바라볼 뿐! 이 시점이면 실신할 정도 아닌가? 눈을 비벼보고, 손등도 꼬집어 보았다.

우리들의 자전적 이야기

"근데, 엄마 왜 이렇게 말을 더듬어? 헛기침은 또, 왜? 감기 걸렸어? 엥? 콧물도 나네."

"아니, 아니. 감기 안 걸렸어. 좀 피곤해서 그래."

"엄마가 전에 〈사랑가〉 가사 말해준 적 있잖아? 둘이 사랑하다가 죽어 여자 혼은 꽃 되고 남자 넋은 나비 되고, 그 꽃 알아보고 나비가 된 남자가 날개 쩍 벌리고 너울너울 춤춘다. 맞지? 맞지? 마지막 부분 감동이야. 네가 나일 줄 알려무나. 아!! 진짜 진짜 애틋하다, 그치?"

"그래, 예쁜 노래지. 근데, 갑자기 〈사랑가〉는 왜?"

"세상에, 글쎄⋯. 이 셰프님이 〈사랑가〉를 불러주던 꽃 같은 여자분이 있었대. 그럼, 자기가 나빈가? 호호⋯. 스님 되려고 억지로 정 떼고 뭐 그랬다고 블로그에 일기처럼 적어놨어. 20년 수행해도 그 꽃을 못 잊었다, 뭐 이런 거지? 속세로 돌아와서 그 꽃 찾으려고 블로그 시작하셨대. 꽃이 그리워 불경이 안 읽히셨나 봐, 하하하⋯. 얼굴도 완전 휴 그랜트 닮았던데, 엄마 있잖아, 왜⋯ 〈노팅힐〉 주인공 남자, 그 사람 빼박이야. 노래도 정말 잘해서. 음⋯ 지금은 강원도 치악산 어디에 'Choi's Cabin'이라는 스테이크집 운영하시는데 대박 착한 가격! 근데 제대로 파인 다이닝 각임! 우리 다음 주말에 여기 가자! 응? 외식한 지 한 달 넘었다구."

나는 내심 반가웠다. 아니, 감사했다. 사랑이가 알아서 무대를 펼쳐주는구나. 자연스럽게 연출될 우리 세 사람의 퍼즐 맞추기를 상상했다. 설사 최씨 성을 가진 사람이 오두막(Cabin)에 사는 처지여도 내겐 그곳이 지상낙원이 될 것이다. 잊은 줄만 알았던 영준에

〈사랑가〉로 찾은 내 사랑

대한 마음은 여전히 살아 숨 쉬고 있었다. 딸 사랑이가 쉴새 없이 이야기하는 동안, 나는 쉴새 없이 눈동자를 굴려 일기 형식의 글 다섯 개를 읽었다. 온통 내 이야기뿐이었다. 침을 꼴깍 삼키고, 의연한 말투로 비평가처럼 나는 말했다.

"문체가 아주 부드럽네. 내용이 너무 감동적이다. 엄마도 사랑이 아빠랑 이런 애틋한 사랑을 했는데 말이야. 엄마 눈길을 끄는 글도 많이 보인다, 그래. 그러네…."

"엄마! 나 방금 댓글 남겼어. 다음 주말에 셰프님 스테이크 먹으러 간다고. 엄마 시간 비워둬, 알았지? 가사 입힐 노래가 세 곡이나 있는데 두 곡은 함께 만들자고 부탁드렸어. 나랑 블로그 이웃이어서 잘 통한단 말이야. 답장도 얼마나 근사하게 보내주시는데. 전에 내 이름 읽더니 있잖아! 셰프님도 딸이 있었다면 사랑이라고 이름 지었을 거래."

그래. 분명 그 역시 그렇게 이름 지었을 거야. 우린 서로에게 거울 같았으니까. 전체 공개 설정으로 열어둔 그의 블로그를 밤새워 읽었다. 무려 7년의 세월 동안 꾸준히 그리움에 사무친 글과 시를, 때로는 노래 가사를 업로드해 많은 사람과 소통하고 있었다. 어떤 포스팅의 댓글에 쓴 그의 답글에 난 그만 눈물을 펑 쏟았다. 내가 그의 삶을 존중하기 위해 사랑이의 탄생을 숨겼듯, 그 역시 나의 삶을 존중하기 위해 내 이름을 밝히지 않았다고 한다. 대신 언제라도 내가 자신을 찾아올 수 있도록 모든 것을 다 공개한 채로 기다리고 있었다고. 스님이 되어 수행하며 10년은 그럭저럭 견뎌 냈지만, 나머지 10년은 나에 대한 그리움이 사무쳐 하루하루 숨을

우리들의 자전적 이야기

쉴 수 없었다는 애절한 글을 읽을 때 나는 절규했다. 그 글을 쓴 날이 바로 이혼 서류가 마무리되던 역사적인 날이었으니까! 한없이 쏟아지는 눈물은 멈추지 않는다. 그가 묘사한 동해 바다 이야기는 더없이 심금을 울린다. 〈사랑가〉에 대한 이야기는 신비롭기까지 하다. 이승에서 못 이룬 사랑, 죽어서 꽃과 나비 되어 서로 알아보자는 그 당부는 필연적인 우리 이야기를 미리 예견한 듯하다.

설레는 마음으로 밤을 꼬박 새우고 새벽 일찍 집 건너 강변을 여러 번 질주했다. 기쁨과 행복 사이에서 환하게 웃으며…. 지금 내 심장은 가슴속에서 부풀어 올라 마치 풍선이 터지기 직전이다. 내 생애 오늘 같은 기쁨을 누려본 적이 있었던가? 여느 기쁨이 아닌, 숭고하면서도 이상야릇한, 설명할 수 없는 즐거움이다. 설명할 수 있는 모든 것과 극을 이루는 그런 감정, 이 감정을 설명하기에 한국어는 너무 제한적인 언어다. 아침 햇살에 반짝이는 윤슬을 볼 때까지 달리고 또 달렸다. 〈사랑가〉로 찾은 내 사랑의 딸, 사랑이도 강변에 나와 있다.

사랑이가 본 블로그에는 노래 가사와 시도 있지만, 판소리 〈사랑가〉에 대한 설명이 빼곡히 적혀 있어 눈여겨보게 되었다고 한다. 이런 게 바로 천륜이구나!

"엄마, 이 〈사랑가〉 가사 너무 애절해. 옛사랑을 너무 그리워하는 것 같아. 요즘 노래 스타일로 변형해 보면 어떨까? 셰프님이 다른 글도 더 가지고 있겠지?"

"식사 끝나고 시간 더 내어달라고 부탁드려봤니?"

"그럼, 당연하지! 좀 전에 메시지 보내셨어. 식사하고 몇 시간

　　　　　　　　〈사랑가〉로 찾은 내 사랑

함께 작업해 주신대. 정말 친절하셔. 내가 좋으신가 봐. 히히….”

그가 보낸 메아리를 나는 듣지 못했으나, 사랑이는 아빠의 메아리를 선명하게 들었다. 아직 사랑이는 아빠 이야기를 들을 준비가 되지 않았다. 그러나 이제 나는 아무것도 두렵지 않다. 나는 아무것도 바라지 않는다. 혼자서 고민하고 결정하던 나의 일상을 함께 의논할 나의 나비가 너울너울 춤추고 있으니…….

에필로그

영준:
내 마지막 사랑의 결실이 있었다는 게 믿기지 않습니다.
내게 딸이 있다는 것을 27년 4개월 14일이 지나서야 알았죠.

영주:
오늘은 내 생애 최고의 날, 사랑이 생일입니다.
사랑이 아빠를 27년 4개월 14일 만에 다시 만난 날이기도 하지요.

사랑:
〈어거스트 러쉬〉 영화가 생각나는 아름다운 밤입니다.
엄마, 아빠가《사랑가》주인공이었어요.

우리들의 자전적 이야기

그녀

지원

지원

시집살이라는 저주에 묶여 23년을 버티다가 몇 년 전 마우이 섬 할레아칼라 여신의 도움으로 시집에서 탈출했다. 죽을 만큼 힘든 시집살이의 고통 속에서 아들을 키워냈고 젊은 시절 오롯이 전념할 자신의 일을 찾아 만방을 헤매었으나 결국 교육업이 천직이라는 것을 깨닫고 육십이 넘은 지금도 교육기업 대표로 17년째 현역으로 뛰고 있다. 학부에서 인류학을, 석사과정에서 고고학과 마케팅을 공부했다. 경영학으로 박사학위를 받았다. ㈔한국코치협회 프로페셔널 코치, 국제코치연맹 프로페셔널 코치로도 활동 중이다.

젊은 시절 시집살이라는 고통의 공통분모 가운데서 함께 허덕이던 친구가 갑자기 목을 매었다. 그 충격은 지금도 오롯이 부채로 남아 있다. 이 짧은 글이 그녀에게 가닿을 리 없지만 이렇게 그녀의 흔적을 글로라도 남기니 마음의 짐이 조금은 줄어든 것 같다.

전화선 너머 인교의 목소리가 끊기듯 흘러나왔다. 끄윽 끅 목구멍을 치고 올라온 울음이 그녀의 말문을 막아 한동안 말을 잇지 못하더니 짧은 탄식과 함께 낮은 첫마디를 내뱉었다.

"어쩜 좋아…란이가…란이가 죽었어." 인교는 그제야 참았던 울음을 터뜨렸다. 순간 미석은 들고 있던 전화기를 놓칠 뻔하였다. 아득해지는 정신줄을 붙잡으며 소리쳤다. "아니, 란이가…란이가 왜? 오늘 나랑 만나기로 했는데…죽다니 그게 무슨 소리야?" 인교는 대답 대신 울음인지 탄식인지 모를 소리를 내었다. "란이가 목을 매었대. 지금 병원 영안실에 있어. 어흑."

미석은 점점 더 가뭇해지는 정신을 붙잡으려 애썼다. 그러나 의지와 상관없이 마음과 머리는 조각조각 부서져 내렸다.

그녀

미석이 주란을 알게 된 것은 초등학교 2학년 때였다. 주란은 큰삼촌에게 시집온 작은엄마의 막냇동생이었다. 미석네 가족은 일명 탑동네라는 달동네에 살고 있었다. 이곳이 일제 강점기 일본 병사들의 공동묘지와 위령탑이 있던 곳이어서 그렇게 이름 붙여졌다고 어른들은 말했다. 해방 후 사람들은 무덤 자리를 밀어버리고 그곳에 판잣집을 지었고, 판잣집은 어느덧 블록담과 슬레이트 지붕을 이면서 조금씩 주택의 면모를 갖춰갔을 것이다.

미석의 할아버지는 해방 전 일본 요코하마에서 날품팔이 용역으로 식솔들을 거두다 해방이 되자 가족을 이끌고 고향 A시로 돌아와 언덕배기 탑동네에 손수 집을 지었다. 일본에서 태어난 미석의 아버지 아래로 여섯 명의 동생이 줄줄이 태어났다. 해방이 되어 무작정 고향으로 돌아왔으나 그들이 이 도시에서 할 수 있는 일이라곤 없었다. 도시 곳곳이 일자리를 찾는 사람들로 넘쳐났다. 미석의 할아버지는 일본에서 모은 얼마간의 돈으로 날림집을 짓고 남은 돈을 죄 끌어모아 말 한 마리를 샀다. 그걸로 수레를 끌게 하여 식솔들을 건사했다.

7남매 맏이인 미석의 아버지는 드물게 머리가 좋아 공부를 곧잘 했다. 부모를 도와 허드렛일을 도맡았고, 초등학교 고학년 때부터 입주 가정교사로 동급생들 과외로 밥벌이를 했다. 그러면서도 한강 이남에서 명문으로 손꼽히는 중학교 입학시험에 떡하니 붙게 되었다. 그러나 먹고사는 게 더 급한 미석의 할아버지에게 아들의 중학교 입학은 남의 일이었고, 보다 못한 친척들이 십시일반 등록금을 모아 겨우 졸업할 수 있었다. 미석의 아버지는 등하교 시간

우리들의 자전적 이야기

에도 짬을 내 말에게 먹일 꼴을 베어야 했다. 삼선모를 쓰고 교복을 입고 학교 근처에서 꼴을 베는 그를 보고 남녀 학생들이 수군대었다.

중학교 졸업 무렵 미석의 아버지는 당시만 해도 성공이 보장된 가고 싶던 육사를 포기하고 줄줄이 딸린 식구들 생계를 위해 사범학교를 졸업하고 일찍 국민학교 선생이 되었다. 비록 선생으로 취직하였고 혼기가 찼지만 찢어지게 가난한 7남매 장남에, 나이 오십에 일손을 놓아버린 부모가 있는 집에 시집올 여자는 없었다. 나이가 찰 대로 찬 스물여덟에 건너 건너 네 살 연하의 처녀에게 중신아비가 중신을 넣었는데, 그 처자는 학교 문턱을 넘어보지 못했다는 것만 빼면 사는 살림도 훨씬 넉넉했던 터라 결혼을 마다할 이유가 없었다. 혼삿말이 오가고 얼마 지나지 않은 이른 봄 혼인을 하였고, 이듬해 첫딸인 미석을 낳았다. 미석은 그렇게 장씨 집안 첫 손녀로 태어났고, 얼마 지나지 않아 아래로 동생이 셋으로 불어났다. 고모 셋은 시집을 가고 삼촌 둘과 고모 하나 그렇게 열한 명 대식구가 탑동네 허름한 슬레이트 단층집에 복닥복닥하였다.

안방과 건넌방을 잇는 마루는 그녀의 할아버지가 자랑해 마지않는 것이었다. 모래보다 비싼 시멘트를 더 넣어 발라서 맨질맨질 광이 났다. 엄마는 매일 걸레질을 했다. 겨울에 마루를 맨발로 디딜라치면 깜짝 놀랄 정도로 발이 시렸지만, 한여름에 등을 깔고 누우면 그곳만큼 시원한 곳도 없었다. 그 시멘트 마루에서 가족들은 밥도 먹고 나란히 누워 잠도 청하였다.

미석이 아홉 살 때 큰삼촌이 결혼했지만, 분가할 형편이 못 되

어 숙모와 한집에 살게 되었다. 작은엄마는 키가 크고 얼굴도 길쑴
하였다. 우스갯소리를 시원하게 잘도 하는가 하면 미석을 막냇동
생 보듯 이뻐하였다. 그도 그럴 것이 작은엄마의 막냇동생 주란은
미석과 동갑이었다. 어릴 때부터 영특했던 미석이 무슨 말이라도
할라치면 새색시 작은엄마는 미석을 보고 "아유~ 꼭 우리 주란일
보는 것 같구마. 말도 어쩜 그렇게 똑 부러지게 하누?" 소리 내어
웃었다. 한두 번 주란이 언니인 작은엄마를 보러 미석네 집에 온
적이 있었다. 그때마다 맨질맨질 시원한 마루 위에서 인형놀이를
하며 미석과 주란은 하루를 보냈다.

　삼촌과 숙모가 따로 살림을 난 이후 주란의 발길은 끊겼지만
미석은 그녀가 적잖이 친근하게 느껴졌다. 그도 그럴 것이 미석이
초등학교 고학년에 오를 즈음이면 "글쎄 우리 주란이가 전교 부회
장이 되었다는구나." 고등학교 입학 때는 "○○고등학교를 갔다는
구나." 어김없이 숙모로부터 주란의 소식을 전해 듣게 되는 것이
었다. 주란이 어른들의 기대를 허무하게 무너뜨리고 지방 여대에
입학한 이후, 작은엄마로부터 더는 자랑 섞인 주란의 소식을 들을
일은 없었다. 어릴 적부터 난다 긴다 하는 신동이었지만 주란도 가
난의 그물망을 뚫고 계층의 사다리를 올라가는 신기를 보이진 못
한 듯했다.

　장녀인 미석도 어릴 적부터 가족의 기대를 한 몸에 받았다. 작
은엄마는 그런 미석을 은근히 주란과 비교하곤 했다. 주란과 미석
은 비슷한 점이 많았다. 호기심이 많았으며 글솜씨도 뛰어났다. 상
상력과 표현력이 풍부해 이야기를 맛깔나게 잘도 해 또래 아이들

　　　　　　　　　우리들의 자전적 이야기

이 늘 주변에 모여들었다.

　미석 또한 어른들의 기대를 여지없이 저버리고 지방의 한 대학에 진학했다. 아버지는 집안에 번듯이 자랑하지 못하는 미석을 부끄러워했다.

　미석이 대학을 가기 몇 해 전, 가난에 넌더리가 난 미석의 아버지는 시골 교감 자리를 박차고 난데없이 집안 가까운 친척과 빙초산 사업을 시작하였다. 처음 몇 년간 사업은 그럭저럭 잘되는 듯하다 80년대 유류파동의 파고를 견디지 못하고 망해버렸다. 그즈음 미석의 할아버지도 돌아가시고 미석의 가족들은 뿔뿔이 흩어지게 되었다.

　집안이 풍비박산 난 후 미석은 장학금과 아르바이트로 어렵사리 대학을 졸업하고 운 좋게도 서울 소재 회사에 시험을 봐 취직했다. 사업부도 후 서울로 야반도주했던 미석의 부모님이 사는 단칸방에 여섯 식구가 다시 모였다. 이즈음 미석은 미석 아니면 안되겠다며 막무가내로 매달리는 한 남자와 결혼했으며 이내 사내아이를 낳았다. 친척들은 입을 삐죽이거나 일부는 대들듯이 미석에게 말했다. "아니, 취직했으면 돈 열심히 벌어 어려운 친정을 도울 일이지 결혼이 웬 말이냐?" 심지어 미석의 친구 몇몇조차 미석에게 대놓고 말을 하였다. "결혼할 처지는 아닌 거 아니니?" 그들은 입 밖에 내지 않았을 뿐이지 '네가 결혼할 주제라도 되니?'라고 말하고 싶은 듯했다. 미석의 엄마도 남들과 다르지 않았다. 미석이 결혼 후 몇 달 지나지 않아 임신 사실을 알리자 미석의 엄마는 정색을 하고 화를 내었다. "조심을 했어야지!" 사실 미석은 집안이 산산조각 난 후 결혼은 자신과는 먼일로 생각했다. 그러나 미석을 죽자고 따라다니는 남자가 생겼고 남자는 작은 키에 외모는 비록 볼품없고, 미석이 찾는 단아함이나 매력 따위는 눈 씻고도 찾아볼 수 없었으나 그녀가 가지 못한 길, 미석의 아버지가 그토록 큰딸이 들어가 주길 바랐던 소위 SKY대 출신에 성정이 착한 사람이었다. 무엇보다 미석은 삶의 소용돌이에 파김치처럼 절여진 단칸방 여섯 식구와 격한 노동에 찌든 아버지의 얼굴과 엄마의 악다구니에서 한시라도 빨리 벗어나고 싶었다. 내심 결혼 후에는 자신이 하고 싶은 대로 하고 살 수 있으리라고도 생각했다. 그러나 그것은 착각이었다.

결혼하면 직장을 그만두던 시절에 결혼하고 애도 낳은 미석이 계속 직장생활을 할 수 있었던 건 매우 이례적인 일이었다. 비록 회사의 암묵적 용인 덕분에 돈을 벌고 경력을 이을 수 있었던 반면, 미석과 어린 아들의 희생을 밑자리에 깔 수밖에 없는 생활이었다. 남편이나 친정의 도움이 절대적으로 필요했지만, 남편은 딸 셋 뒤에 백일 기도해서 태어나 귀하디귀하게 자란 아들이었다. 부엌 출입은커녕 손끝에 물 한 번 묻혀본 적 없는 사람이었다. 퇴근 후 미석이 허둥지둥 놀이방에서 아이를 데려와서 늦은 저녁상을 차릴라치면 배고픈 아이는 보채고 남편은 본 척도 않았다.

미석을 향한 남편의 스탠스는 늘 같았다. "네가 좋아서 하는 일이잖아!" 아무리 힘들어도 미석은 직장을 그만둘 수 없었다. 돈을 벌어야 친정에 얼마라도 보탤 것이고 부족한 학력을 메꾸기 위해

우리들의 자전적 이야기

계속 공부를 해야 했기 때문이다. 번 돈이 거의 남지 않아도 미래를 위해 아이 보는 사람을 들여야 했고 갑자기 그들이 그만둬 버리면 아이를 맡길 데가 없어 젖동냥하듯 이 집 저 집 이 사람 저 사람에 아이를 맡긴 적이 헤아릴 수 없이 많았다. 언젠가부터 미석은 자신의 감정을 표현하지 않는 사람이 되어갔다.

미석이 주란의 얘기를 건너 건너 전해 들은 때는 미석이 결혼하고 얼마 지나지 않아서였다. 이들이 사는 곳이 소도시인 데다 동갑내기였기에 서로를 아는 친구들이 있었고, 인교도 그중 하나였다. 인교에 의하면 주란은 다니던 지방대학을 이내 집어치우고 삼수를 했고 늦깎이로 서울 유명 대학 법학과에 들어갔는데 데모를 해서 늙은 부모님이 아주 망연자실한다는 것이었다. 그 후 일 년도 되지 않아, 주란이 다니던 서울의 대학을 그만두고 고향으로 내려와 시내 다방에서 차를 나른다는 것이었다.

"아니 힘들게 들어간 일류대를 박차고 다시 고향에 와서 다방 레지가 된 건 또 무어람?" 주위 사람들은 주란에 대해 입을 대었다.

무슨 맘에서였는지 국민학교 이후 한 번도 본 적 없는 주란을 미석이 찾아간 때는 그녀가 결혼하고 이태가 지난 추석 무렵이었다. 시집이 있는 A시에 추석을 지내러 온 미석은 불현듯 주란이 생각났다. 무작정 주란이 일한다는 시내 다방으로 그녀를 만나러 나섰다.

나무문을 밀고 들어서자 민무늬 티셔츠에 청바지, 짧은 커트머리의 주란이 다방 의탁자들 사이를 바쁘게 헤집고 다니는 모습이

그녀

보였다. 미석을 알아본 주란은 당황하지도 놀라지도 않았다. 주란은 미석에게 자리를 권했다. 주란의 마른풀처럼 건조한 얼굴에 미소가 번졌다. 그녀는 익숙한 손길로 담배를 꺼내 불을 붙였다. 주란의 작은 입에서 몽글몽글 연기가 피어올랐다. 말하는 간간이 터뜨리는 하이톤의 높고도 가는 웃음소리는 예나 지금이나 여전하였다.

주란이 일하는 다방은 A시뿐만 아니라 서울의 유명한 문인과 예술가들도 드나든다는 예술인들의 아지트였다. 그곳에서 그녀는 일도 하고 글도 쓴다고 했다. 미석은 마치 주란이 파리 살롱의 우아한 귀부인처럼 느껴졌다. 반면 자신은 도회문화와는 동떨어진 시골 처녀처럼 느껴졌다.

일 년 후 주란은 역사와 전통을 자랑하는 유명 출판사에서 주최한 공모전에 당선돼 책을 내고 등단을 했다. 당시로서는 파격적 금액인 천만 원 고료 소설 공모전이었다. 얼마 지나지 않아 미석은 숙모로부터 그녀가 결혼한다는 소식 또한 듣게 되었다.

"우리 주란이가 글쎄 대학 교수와 결혼한단다."

그 남자가 얼마나 유능한지 얼마나 살림이 넉넉한지 작은엄마는 입에 침이 마르도록 자랑했다. 미석의 엄마도 부러운 듯 미석을 보며 푸념 섞인 말을 보태었다.

"넌 뭐가 급해서 시집을 그리도 빨리 갔다니?"

미석은 결혼 후 8년이 되던 해 직장을 그만두었다. 남편이 직장생활은 도저히 못 해 먹겠다며 때려치운 후 시어머니가 있는 A

시로 내려가 합가하기를 종용했기 때문이었다. 가장 좋아하는 아들과 살 꿈에 부푼 시어머니도 합세해 좀처럼 직장을 그만두지 않으려는 미석을 들들 볶았다.

남편의 무계획함과 무책임에 더는 장래를 기대할 여지조차 없었지만 그렇다고 이혼하기엔 용기가 나지 않았다. 미석이 도와주는 이 없이 직장생활과 육아를 병행하는 바람에 아이는 이 손 저 손 거치며 이미 많은 마음의 상처를 입은 터였다. 그 탓에 아들은 불안과 틱을 달고 살았다. 미석이 이혼하지 않으려고 스스로 찾아낸 구실은 엄마로서 더는 아이에게 상처를 줄 수 없다는 것이었다. 그러나 무엇보다도 이혼을 결행할 수 없었던 가장 큰 이유는 기댈 언덕, 돌아갈 든든한 친정집이 없는 탓이었다.

'이 남자에게 한 번은 기회를 줘보자' 속으로 결심하며 남편을 따라 서울을 떠나 A시로 향했고 그때부터 지옥 같은 시집살이가 미석을 기다리고 있었다.

미석의 시어머니는 젊은 시절부터 일수놀이로 돈을 벌어 혼자 힘으로 4남매를 대학에 보낸 드센 사람이었다. 목돈이 생기는 족족 돈 될 만한 곳에 땅을 사두었는데 그 땅이 도로다 택지개발이다 대규모 국토 정비 공사에 수용되기 일쑤였다. 그럴 때마다 관공서로 달려가 책상을 치고 난리를 부렸다. 돈이 자신을 살리는 신이라 믿는 시어머니에게 미석과 미석의 친정 식구들은 대놓고 무시해도 되는 하찮은 사람들이었다.

전문 직장인에서 하루아침에 솥뚜껑 운전수로 전락한 미석이 하루는 제기를 정리하면서 그릇을 둥글둥글 싸놓은 종이를 별생각 없이 내다 버린 일이 있었다. 그러자 미석의 시어머니는 노발대발하며 이년 저년 썩을 년 온갖 욕을 미석에게 해대었다. 비록 가난하게 살았지만, 부모에게 욕을 들어본 적이 없던 미석은 억장이 무너지는 서러움에 아파트 뒷베란다에서 엉엉 소리 내어 울었다. 아무도 그녀를 달래주는 사람은 없었다. 친정도 심지어 남편도 그녀의 뒷배가 되어주지 못했다. 그녀 곁엔 그녀가 보살펴야 할 어린 아들뿐이었다.

주란으로부터 전화가 온 것은 미석이 고립무원 혹독한 시집살이에 뿌리까지 스러져 갈 즈음이었다.

"시간 괜찮으면 차 한잔할래?"

주란이 일러준 주소대로 찾아간 그녀의 집은 반복 층으로 다락방이 딸린 낡고 작은 빌라의 꼭대기 층이었다. "돈이 모자랐지만 다락방을 내 글 쓰는 방으로 쓸 욕심에 얼른 계약했어. 덕분에 비싼 이자를 내고 있긴 하지만." 주란은 흰 이를 드러내며 맑게 웃었다.

몇 년 만에 본 주란은 더 야위었고 마른풀처럼 가벼웠다. 그새 주란은 세 아이의 엄마가 되어 있었다. 점심 무렵이라 주란이 상을 봐왔는데 둥근 밥상 앞에 세 명의 어린 자식들이 참새 떼처럼 재잘거리며 앉았다. 주란은 새끼들 입에 연신 가시 바른 생선 살을 넣어주기 바빴다. 클래식을 사랑하고 문학적 재능이 빛을 발하던 형형한 눈빛의 주란은 없었다.

밥상을 물린 후 주란은 무덤덤하게 말했다. "돈 있으면 십만 원만 꿔주겠니?" 그날 이후 주란은 종종 미석에게 아쉬운 소리를 하

　　　　　　　　　　　　우리들의 자전적 이야기

였지만 돈을 갚은 적은 없었다. 주란은 미석뿐 아니라 몇몇 지인들에게도 손을 내미는 눈치였다. 대학 교수라던 주란의 남편은 기실 자리를 잡지 못하고 이 대학 저 대학 떠도는 시쳇말로 보따리장수, 시간강사였다. 게다가 시골에 기거하던 주란의 시어머니마저 연로하고 치매로 일상이 힘에 부치자, 맏며느리라는 이유로 주란이 떠맡게 되었다.

주란은 결혼 전 한 권의 소설책을 낸 이후 글다운 글을 쓰지 못하는 것 같았다. 대신 돈이 되지 않는 지방신문의 칼럼만 간간이 쓸 뿐이었는데 문학, 음악, 장르를 가리지 않았다. 한번은 주란의 아버지가 막내딸을 보려고 주란의 집을 찾은 적 있었다. 그러나 칼럼 마감 시간을 맞추느라 아버지에게 '오셨냐'는 눈길도 주지 않은 막내딸을 늙은 아버지는 두고두고 섭섭해했다.

비록 아버지에겐 데면데면한 딸일지언정 암흑 같은 시집살이에 지친 미석에게 주란은 속마음을 터놓는 유일한 친구였다. 시집이란 울타리에서 미석이 할 수 있는 일이란 없었다. 자신이 채 피지도 못하고 꺾여버린 꽃 같단 생각을 미석은 종종 하였다.

주란이 기대에 가득 찬 목소리로 미석에게 전화한 날은 추석이 열흘도 남지 않은 즈음이었다. 그녀는 남편이 현실감 없는 대학 교수가 되는 희망을 버리고 국내 최고 명문 사립고등학교 영어 교사로 가게 되었다고 했다. 전국의 내로라하는 학부모들이 자식들을 보내고 싶어 하는 이름있는 사립학교였다. 그 학교의 교사가 되려면 최소 박사학위 정도는 기본으로 있어야 한다는 소문이었다. 그에 걸맞게 교사에게 사택이 제공될 뿐 아니라 연봉도 교수 뺨치게 많다고 달뜬 목소리로 얘기했다. 주란과 미석은 추석 전날 만나기로 하고 전화를 끊었다. 그리고 어제 인교에게서 주란이 자살했다는 전화를 받은 것이었다.

후에 알게 된 사실이지만 주란은 평행선을 그리던 남편과의 불화를 끝내고 관계를 새롭게 시작할 참이었다. 남편이 비록 원하던 교수는 되지 못했지만, 불안정한 시간강사에서 급여도 소속도 보장된 든든한 새 직장을 갖게 됐다. 이제 세 아이도 번듯하게 키울 것이었다.

문제는 주란의 시어머니였다. 치매가 점점 더 심해져 집에서 모시기 어려워진 탓이었다. 경상도 K 장남인 주란의 남편은 자신의 엄마를 절대 양로원에 보낼 생각이 없었다. 마침 추석 즈음하여 결혼해서 부산에서 장사를 하며 사는 주란의 시동생이 올라오게 되었다. 두 형제와 주란은 시어머니의 거취 문제로 언성을 높였다. '같은 자식인데 엄마를 좀 모시면 안 되냐'고 주란도 물러서지 않았다. 손아래 시동생도 형수인 주란에게 대들며 막말을 하였다. "똥 갈보 같은 년"이란 욕도 모자라 손찌검을 하였고 그런 동생을 막기는커녕 주란의 남편도 합세해 주란을 몰아붙였다. 자존심과 모성애가 강한 주란이었지만 폭풍같이 치고 올라온 화와 모욕감이 모성을 눌러버렸다. 맞아서 멍든 뺨을 손으로 감싸며 주란은 두 형제를 향해 싸늘하게 말했다.

"너희 형제들 내가 평생 후회하게 해줄게"

우리들의 자전적 이야기

그길로 다락방으로 올라간 주란은 방문에 끈으로 목을 매었다. 축 늘어진 주란의 주검을 그녀의 어린 아들이 발견했다.

 서둘러 간 영안실에 먼저 온 인교와 얼굴을 아는 친구들 몇몇이 보였다. 주란의 시집 가족은 아무도 보이지 않았다. 영안실은 을씨년스러웠다. 뒤이어 주란의 큰언니 미석의 작은엄마가 얼이 빠진 얼굴로 들어왔다.

 의사가 시신이 안치된 냉동관을 열자 밀납 같은 청색 피부의 주란이 냉동고 안에 누워 있었다. 얼굴에 푸릇한 멍 자국 비슷한 것이 보였지만 밀랍처럼 굳어진 그녀의 몸을 보고 이렇다저렇다 하는 사람은 없었다. 단지 작은엄마만이 오열하며 경찰에 수사를 의뢰해야 한다며 울부짖었다. 옥신각신하는 가운데 결국 부검은 하지 않기로 식구들은 정하였다.

 코앞에 주란이 누워 있었지만, 알맹이가 빠져나간 메마른 주란의 몸과 곁에 서 있는 미석의 물리적 거리는 이승의 뭍과 저승의 저문 강 위를 미끄러지듯 끝 간 데 없이 멀어지는 작은 배의 거리 같았다.

 누군가가 주란의 얼굴을 말없이 쓰다듬었다. 몇 해 전 엄마를 자살로 잃은 친구 현희였다.

 미석을 비롯한 주란의 친구들은 상주 없는 상갓집의 첫 밤을 지켰다. 그곳엔 죽은 이를 송별하는 꽃도 향도 없었다. 단지 스산한 가을바람이 낡은 병원 벽을 쓸었고, 그때마다 이가 맞지 않은 창문이 덜컹댔을 뿐이었다…. 변두리에 위치한 병원이라 그런지

그녀

미석과 친구들 외에는 다른 방들도 텅 빈 쓸쓸한 장례식장이었다.

　다음 날도 그곳을 찾는 손님은 없었다. 주란의 친정 식구들은 장례를 서둘러 마치고 싶어 했다. 이튿날 저녁 무렵 미석과 친구들은 주란의 집 식탁에 모여 앉았다. 다들 주란에 대한 추억들을 하나씩 꺼내었다. 미석은 금방이라도 주란이 대문을 열고 들어와 고개를 뒤로 젖혀 목젖을 보이며 하이톤의 쨍쨍한 소리로 웃을 것만 같았다. 잠깐의 침묵이 그들을 감쌌다. 그때였다. 아무도 들어오지 않았는데 현관의 센서 등이 저절로 반짝하고 켜졌다. 이들은 일제히 같은 생각에 휩싸였다.

　'란이가 마지막으로 인사하러 온 거야.'

　다음날 주란의 몸은 화장터에서 한 줌 재가 되었고 주란의 남편은 장지에도 오지 않았다. 인부들은 인골 상자를 묻고 나무 작대기를 꽂은 다음 새끼줄을 빙빙 돌려가며 봉분의 흙을 다졌다. 그리고 상여 노래를 구슬프게 불렀다. 그제야 슬픔이 미석을 덮쳤다. 이제 겨우 아홉 살, 여덟 살, 여섯 살인 주란의 어린 자식들은 영문도 모른 채 무덤 주위를 뛰어다녔다. 그 모습에 미석의 눈에선 봇물 터지듯 눈물이 터졌다. 그 와중에도 인부들이 지신을 밟다 노래를 멈출라치면 만 원짜리 지폐를 새끼줄에 꽂아주었다. 그래야만 죽은 주란이 좋은 곳으로 갈 것만 같았다. 어느덧 해는 기울고 있었다. 지는 해 저편으로 한 무리의 새 떼가 서쪽을 향해 날고 있었다.

　　　　　　　　　　　　　　　우리들의 자전적 이야기

나는 이상합니다

신지후

신지후

나의 무능과 싸우기 위해서 글을 씁니다. 세상에서 제일 위험하지 않은 사람입니다. 남몰래 엄마가 되길 열망했던 소년은 한 여자의 아내가 되어 행복한 어른이 되는 꿈을 이뤘습니다.

4월의 오후는 무용 시간이었다.

왈츠가 흐르자 선생님은 은호를 지목했다.

갈색 단발머리, 갈색 눈동자, 하얀 얼굴에 까만 뿔테 안경이 눈에 띄는 아이였다.

누구든 한 번 보면 은호를 기억했다.

골똘하게 생각에 잠겨 있던 은호가 당황한 표정으로 일어섰다.

"네가 함께 춤추고 싶은 친구가 누구니?"

은호가 내게로 다가와 손을 내밀었다.

나는 키 큰 은호를 바라보았다.

반 아이들 앞에서 어색하게 그러나 진지하게 우리는 춤을 추었다.

나는 이상합니다

가까워지면 그 아이의 심장 소리가 들렸다.

나는 눈을 감았고 서로의 발을 밟고 밟히고 피하면서 빙글빙글 돌았다.

거울도 돌았고 무용실의 아이들도 돌았고 세상도 우리와 함께 돌았다.

왈츠가 계속 흐르기를 바랐던 1999년의 봄날, 우리는 열여덟 살이었다.

나도 은호도 소녀지만 소년 같았다.

은호는 여자인데도 이상적인 아버지 같은 존재였다.

은호는 저음의 목소리에 사려 깊고 진중했다.

가슴과 어깨는 높고 넓어서 나는 은호가 하늘을 닮았다고 생각했다.

은호도 스스로 하늘을 닮았다고 말했다.

다른 친구가 그런 말을 했으면 웃긴다고 생각했을 것이다.

은호야, 네가 하늘이라고 빗대어 말했을 때 나는 너를 하늘처럼 바라보았다.

그때 이후 나도 하늘을 보는 버릇이 생겼다.

은호가 죽었다.

은호가 죽자 여기저기서 봄꽃이 피었다.

하나도 화사하지 않았다.

맑은 하늘이 분해서 눈물이 흘렀다. 나의 분노는 불안이었고

우리들의 자전적 이야기

절망이었다.

은호의 부고를 들은 새벽부터 머리가 아팠다. 나는 어린아이처럼 소리 내어 울었다. 정신을 차려보면 또 울고 있었다.

너를 보내고 나는 동네 놀이터에서 서너 시간씩 그네를 탔다.

검은 옷을 입고 이른 새벽이나 한밤중에 그네를 타면 깊이 잠든 은호의 숨소리가 들렸다.

하늘 가까이 다가서고 싶어서 시작된 일이 그네 타기였다.

밤하늘의 별들이 나를 내려다보고 있었다.

검은 옷을 입은 여자가 아파트 단지 놀이터에서 어둑어둑한 밤이나 새벽에 그네를 타자 소문이 돌았다. 미친 여자 때문에 잠을 못 잔다는 민원이 들어왔다.

어느 날 경비아저씨가 그네를 타는 나에게 다가왔다.

"아가씨, 여기서 뭐 하는 거요? 주민신고가 들어왔어요."

구부정한 자세로 놀이터 한편에서 담배를 피우던 그는 담뱃재를 비벼 끄고 내 얼굴에 불빛을 비췄다. 신고 내용은 미친 여자가 그네를 타서 무섭다는 것이었다.

아저씨의 만류로 그네 타는 것을 멈추었다.

8월 16일, 은호의 생일이었다. 서울역 계단을 내려오다가 멈칫 균형을 잃었다. 두어 계단을 남겨두고 발을 헛디뎠다. 나는 그 자리에 주저앉아 울음을 터뜨렸다.

나는 이상합니다

내 의사와 관계없이 울음소리는 점점 커졌다. 행인들이 발걸음을 멈추고 쳐다보았다.

은호야, 너는 웃지 않는 사람이었다. 나의 너의 환한 웃음을 본 적이 없다.

기억 속에 없는 너의 웃음이 미치도록 보고 싶다.

너는 처음부터 존재하지 않았던 사람 같았다.

그때 우리는 왜 그렇게 심각했을까.

꿈속에서 부고를 들을 때마다 정신을 잃었다.

몇 월 며칠 몇 시인지도 몰랐다.

아침인지 저녁인지도 밥을 먹었는지 굶었는지도 기억이 나지 않았다.

빙글빙글 왈츠를 추듯 어지러웠다.

나의 애도 기간을 실처럼 길게 늘어뜨리고 싶었다.

정신을 잃었고 깨어서도 정신이 없었다.

새벽 5시 15분에 은호의 부고를 들었다.

나의 알람은 그 시각이었다.

시계가 아니 은호가 나를 깨웠다.

죽었다고, 세상에 없다고, 사라지는 마음이 아니라는 것을 증명하고 싶었다.

영원한 사랑 같은 건 없다지만 영속되는 상실감과 슬픔으로 마침내 너에게 다가갈 수 있기를 바랐다. 나는 죽어가고 있었다.

우리들의 자전적 이야기

우리가 함께한 세월 동안, 아니 함께할 수 없었던 오랜 시간 동안 우리는 서로에게 무엇이었을까. 친구? 첫사랑? 우리의 처음이, 너에게서 나에게로 전해졌던 수많은 말들이, 조각으로 흩어졌다.

그해 9월 5일. 늦은 밤 집 근처 놀이터 벤치에 앉아서 은호의 이야기를 들었다.

2학년 4반 1분단 셋째 줄에 함께 앉은 내 짝꿍, 나와 가장 친한 친구의 고백.

고인 빗물에 일렁이던 가로등 불빛과 은호의 그림자.

낮고 떨리던 너의 목소리, 배려할 수 없었던 나의 어리석음.

비온 후의 밤은 쌀쌀했다.

나는 추위에 떨면서도 일어나지 못했다. 숨소리도 크게 내지 못했고 가자는 말도 하지 못했다. 어색한 침묵이 흘렀고 우리는 허공을 응시했다.

자정이 가까워진 시간이었다. 집에서 큰언니가 나왔다.

"어두운 데서 둘이 뭐해? 빨리 들어와."

우리는 주춤거리며 일어섰다.

그때 나는 일어서지 말았어야 했다.

네가 두 시간에 걸쳐 내게 했던 말의 뜻을 물었다.

"계속 친하게 지내고 싶다는 말이지? 그런 거지?"

가로등 아래 은호의 얼굴은 울 것 같았다.

"여태 내 말을 뭐로 들은 거야. 이러다 너한테 키스하고 싶어지면 어떡해."

나는 이상합니다

들어서는 안 될 말을 들은 듯 알 수 없는 두려움에 나는 집으로 뛰어갔다.

그 순간 내 운명의 나침판이 돌아가는 소리를 들었다.

그렇게 스무 살, 친구지만 친구가 아닌 내가 고백할 차례였다.

그때 은호 너는 '사모할 연(戀)'이라는 한자로 나를 '연'이라고 불렀다.

손에 꼽을 정도로 드물게 사랑한다고 다시 '연'이라고 부르며 사랑한다고 말했다.

나는 너의 사랑이 당연했다. 너무나 당연해서 모르고 지나치기도 했다.

나는 아이처럼 졸랐다.

"말은 안 되는데 내 마음이 되니까 너랑 결혼하고 싶어. 평생 같이 살자. 은호야, 나랑 헤어지지 말고 평생 함께하자."

우리는 아이도 어른도, 남자도 여자도 아닌 '너와 나'였다.

"연아, 우리도 그저 바라만 보고 있을 수도 있었겠지? 사랑이라는 말, 그리움이라는 말을 입 밖에 못 내고 말이야. 너무너무 감사한 거 있지. 네가 내 곁에 있다는 게, 내 사랑이 메아리 없는 외침이 되지 않는다는 게, 길고도 두려운 그리움이란 걸 경험하지 않아도 된다는 게. 그런데 그게 아니란 생각도 들어. 이미 모든 걸 다 겪은 내게 세상의 축복이랄까. 오랜 기다림과 슬픔 끝에 너를 만났으니 놓치고 싶지 않아. 잃고 싶지 않아. 나 영원을 믿지 않는데 너에

우리들의 자전적 이야기

게만큼은 믿어. 무엇보다 절실히. 사라지는 마음이 아니야. 사라지는 마음이 아니라는 걸 알아줘. 그리고 고마워. 내 곁에 와줘서. 나도 우리가 언제나 함께할 수 있었으면 좋겠어."

부슬비가 내리는 초여름 밤이었다. 함께 우산을 쓰고 말없이 한강변을 걸었다. 몇 시간 동안 묵묵히 우산을 들어준 은호. 우산 위로 구르던 빗방울 소리. 작은 우산 속의 우리들. 키 큰 은호를 수줍게 올려다보던 나의 얼굴. 내 손에 꽃다발. 부케처럼 포장된 하얀 장미 스무 송이. 비가 그쳤는데, 우리가 쓴 우산에만 비가 계속 내렸다.

나는 또 아이처럼 종알거렸다.

"은호야, 우리가 사랑하는 마음이 사라지면 어쩌지? 비가 그치듯 우리 사랑이 만약에 그런 거라면 어쩌지?"

"사랑하면 누구나 불안해져. 나도 네 마음이 멈춰버리면 어쩌나 걱정돼. 그냥 잘 만나면 되는 거야. 연아, 사랑만 해도 모자랄 시간을 괜한 걱정으로 낭비하지 말자."

우리는 말없이 많은 말을 했다.

세상은 고요했고 동시에 너울거렸다.

여자가 여자를 사랑한다고 말했다.

은호는 꿈에서도 자꾸만 죽었다. 어쩌다 은호가 죽지 않는 꿈을 꾸었다.

꿈속에서 우리는 마주 앉아 어린 시절의 이야기를 나눴다.

　　　　　　　　　　　　　　나는 이상합니다

나는 여섯 살 때 교통사고를 당했고 기억을 잃었다.

"연아, 깨어나서 난생처음 본 광경이 피 흘리고 쓰러져 있는 네 모습이라니 많이 무서웠지? 그래도 잘 컸네. 대견해."

내 이름도 기억나지 않았다. 아무것도 기억나는 게 없었다. 기억하지 못해서 두렵고 외로웠다. 내가 나를 기억하지 못한다면 버려질 거라고 믿었고 고통스러웠다.

기억도 없이, 말하고 생각할 줄 아는 여섯 살 아기가 된 기분이었다.

은호가 물었다. "지금은 어떤데? 괜찮아졌어?"

예전에는 누가 내 머리카락 한 올만 건드려도 날카로웠다.

기억이 나지 않는 것은 머리를 다쳐서라고 생각했다.

고등학생 때까지 미용실에 가지 못했다. 머리카락은 집에서 엄마가 잘랐다.

나이가 들수록 유순해졌다. 오래 산 노파처럼 그러려니 했다.

"그래. 나아지고 있으면 됐지. 어제도 미용실 다녀왔잖아."

사고 났을 때 내 손을 잡고 길을 건너던 친구가 있었다고 했다.

나는 그 친구가 누군지 기억이 나지 않는다.

다만 그 아이 대신 내가 많이 다쳐서 다행이라고 생각했다.

그런데도 나는 내가 자주 나쁘고 한심한 사람 같아 괴로웠다.

그 아이는 누구였을까? 살았을까 죽었을까.

은호가 말했다.

우리들의 자전적 이야기

"연아, 너는 이대로 예쁘고 좋은 사람이야."

나는 어느 순간 다른 이름으로 불린 것 같았다.

이상하라는 이름은 낯설었다. 나는 이상하가 아닌 다른 이름의 사람이었을 것 같았다.

그래서 이상하로 사는 일이 힘들었다.

나는 남들 눈 밖에 나지 않으려 친절을 연기했다. 친절하지 않은 내 모습은 어색했다.

나는 이해하기 힘든 사람이 아니라 이해해야 할 게 많은 사람이라고 해명하고 싶었다.

나는 머리를 다쳤어요. 그전의 일을 기억하지 못해요.

그러다 다시 설핏 잠이 들었고 여섯 살의 나로 돌아갔다. 여섯 살, 햇볕이 내리쬐는 8월의 오후였다. 친구와 손을 잡고 건너편 놀이터로 향하던 중 언덕 내리막길에서 질주해 오던 중국집 배달원의 오토바이가 우리를 쳤다. 목격자들은 내가 2미터 이상 날아오르는 걸 보았다고 했다. 새처럼, 아니 풍선처럼.

최초의 기억. 놀이터 입구 뜨겁게 달아오른 아스팔트 위에 널브러져 울고 있었다. 사람들의 비명 소리, 고함 소리, 달려오는 엄마의 울부짖는 소리가 뒤섞였다. 떨리는 손길로 나를 안고 있는 엄마, 그러나 그녀가 엄마임을 알지 못했다. 누구세요?

"내 딸, 많이 놀랐지? 많이 아프지? 괜찮아. 엄마랑 얼른 병원

나는 이상합니다

가자."

이 사람이 엄마인가. 기억을 헤집어 보았다. 전혀 모르는 얼굴
이었다.

누군가 울먹이며 엄마를 알아보겠냐고 몇 번이고 다그쳐 물
었다.

겁이 나서 고개를 끄덕였다. 햇빛에 눈이 부셨다. 여름 오후의
아스팔트도 뜨거웠다. 내 몸은 피로 물들었다. 어지러웠고 숨이 가
빴다. 공포로 몸이 굳었지만 이내 꿈인 것을 알아차렸다. 몸은 땀
으로 젖어 있다.

주어진 삶의 조건에 순응하지 못해서 매 순간 슬펐다.

남들의 보폭에 맞춰 걸었지만, 곧 무릎이 꺾였다. 한없이 어둡
고 무거웠다.

커서 남자 경찰이 되겠다고 태권도 유치원에 다녔다.

무지개 태권도 유치원에서 처음 한글을 배웠고 가족들에게 연
필로 짧은 세 줄짜리 유서를 썼다. 죽기 전에 누가 읽을까 봐 꼬깃
꼬깃 접은 종이를 아침마다 양말에 숨겼다. 여덟 살이 되던 봄날에
유서를 펼쳐봤더니 연필로 적은 글씨는 지워져 알아볼 수 없었다.

내 이름을 알게 됐을 때, 생경했지만 나와 잘 어울리는 이름 같
았다. 내 이름은 이상하였고 나는 이상하니까, 누가 뭐래도 나답게
잘 지내리라 다짐했다. 내가 나라는 이유로 세상이 이해되면서 살
만해졌다.

우리들의 자전적 이야기

스물셋 여름날 부들부들 떨면서 언니들에게 커밍아웃했다.

잠도 안 오고 밥도 안 넘어가서 며칠 만에 4킬로그램이 빠졌다.

몸이 떨리고 춥고 소름이 돋고 동공이 커졌다.

거울도 볼 수 없었고 울다가 웃고 내 자신이 빙의된 것 같아 무서워 죽겠다고 했다.

이러다 무당이 되면 어떡하지? 나 은호 사랑해. 우리 서로 사랑하고 있어. 그냥 은호랑 평생 같이 살 거야.

작은언니는 정신 차리고 정돈된 삶을 살아가라며 차갑게 말했다.

큰언니는 나를 끌어안고 울었다. 어떤 반응도 달갑지 않았다.

나조차 나를 받아들이기 힘들었다. 나를 이해해 달라는 부탁이었는데 거절당했다. 다음 날은 중요한 발표 수업이 있었다. 학교 정문 앞에 도착해서 정신이 깨지는 느낌을 받았다. 비밀을 이야기해서 주위 사람 모두가 죽었다고 생각했다. 마요네즈를 못 먹는 나는 냉장고 문을 열어서 마요네즈를 먹고 음독자살하겠다고 소동을 피웠다.

난데없이 "내 생일은 6월 18일. 시팔! 시팔! 시팔이라고!" 악다구니를 쓰기도 했다.

천사 같은 엄마가 "악마 같은 계집애 때문에 내 딸이 병나고 이상해졌다."며 몹시 화를 냈다. 말들은 외계에서 수신된 것처럼 아득하게 느껴졌다.

나는 이상합니다

아주 어릴 적부터 나를 소년이라 생각했다. 나이가 들었을 때도 흰머리 소년이기를 원했다. 어른이 될 자신이 없었기에 '내가 태어난 날짜에 죽어야지.' 늘 가슴속에 칼처럼 품고 살았다. 생일에 죽으면 사랑하는 가족에게 아픈 날은 일 년에 하루면 될 것 같았다. 생일 무렵은 우울했지만 막상 생일이 되면 죽고 싶은 마음이 사라졌다. 세상에 태어난 것을 축하해 주는 사람들이 있어 진심으로 기뻤다. 기쁜 날에 차마 기쁘게 죽을 수는 없었다. 살고자 하는 의지가 바닥난 날마다 태어난 보람을 느끼는 아이러니. 생일이 지나면 안도하는 내가 있었다.

'이대로 어른 여자가 되면 어떻게 살지?' 열한 살 때 가슴이 봉긋하게 올라온 것을 보고 느꼈던 절망은 평생 잊지 못할 것이다. 여성으로 태어난 게 천형처럼 느껴졌지만, 어느새 어른 여자 23년 차, 지금까지 잘 살아왔으니 괜찮다. 이제는 정말 괜찮다고 생각했다.

일곱 살 때 처음 알았던 인상적인 단어는 '감질나다'였다. 왠지 사는 게 감질나서 힘든 나날을 보냈다. 사랑을 받아도 사랑을 받지 못해도 감질이 났다. 왜 살아야 하는지 모르면서 그런 내가 아까워서 살았다. 단 한 번도 나를 찌르지 않고 살아남았다지만 마음 위로 자해의 칼날을 그어대며 살아온 숱한 날들이 있었다.

서른, 초록의 계절 6월에 동갑내기 남자친구 준을 만났다. 서른 살의 그는 아이처럼 해맑게 웃었다. 준을 만나고 좋은 일, 행복한 일들을 의식적으로 잡으려고 애썼다. 앞으로 더 노력이 필요하

우리들의 자전적 이야기

겠지만 힘들더라도 즐거운 마음으로 하고 싶었다. 아마 우리가 함께라면 그렇게 될 거라고, 누구보다 좋은 시간을 함께하고 있는 것 같았다.

나는 남자친구에게 물었다.

나와 이렇게 오랫동안 잘 만나는 일은 쉽지 않은데 너는 나를 왜 좋아하며 제멋대로 구는 내가 감당이 되느냐고 물었다.

은호처럼 그가 말했다.

"너는 착한 사람이야. 네가 착한 사람이라서 다 이해할 수 있어. 착한 사람이니까 이해의 여지가 있고 너의 행동들에는 다 그럴 만한 이유와 명분들이 있다고 믿어."

일 년쯤 지나서 똑같은 질문을 던져보았다.

"나의 수많은 단점을 너는 어떻게 극복하고 잘 만나왔어?"

"그러게. 나 진짜 대단하다!"

"……!"

준은 온화하고 품이 넉넉한 사람이었다. 그의 가장 큰 자신감의 원천은 나, '이상하'라고 말했다. 다정한 글과 말로 사랑을 표현했고 사려 깊은 배려로 감동을 안겨줄 때가 많았다. 그는 심하게 다툰 날에도 "우리 사이가 어떻든 너의 생활에는 지장이 없었으면 좋겠다. 나는 신경 쓰지 말고 너의 삶과 해야 하는 일에 집중하고 너를 제일 먼저 돌보고 챙기면 좋겠어. 순간에 빠지지 말고 미래와 앞의 일을 생각하길 바란다. 내일 다시 기분 전환해서 새 하루를 시작해. 좋은 날 보내."라고 메시지를 보내주었다.

나는 이상합니다

작은언니가 결혼하던 날, 준이 결혼식 사회를 봤다. 자신을 소개할 때 "예비 셋째 사위 서준입니다."라고 씩씩하게 말하던 그 때문에 가끔 현기증이 났다.

막연히 그와의 결혼을 생각해 봤지만 임신 · 출산 · 육아 어느 것도 해낼 자신이 없었다.

이루지 못한 첫사랑의 기억으로 방황하는 나 때문에 그의 일상도 지옥이 될 것 같았다.

결혼해서 편한 사람이 나뿐이라는 사실을 알고도 결혼할 만큼 나는 뻔뻔하지 못했다.

그가 내게 퍼부은 사랑은 과분했다.

그러나 파산 면책 신고를 하듯 선택한 이별로 마음 한켠의 부채가 청산된 것 같아서 홀가분했다. 나는 남자를 사랑하기 힘들었다.

준과 헤어지고 5년쯤 지나 그가 나오는 꿈을 처음으로 꾸었다.

꿈속에서 나와 준의 서른 번째 결혼기념일 아침을 맞았다.

"부부가 30년을 살다 보면 서로에게 오래된 가구 같아져. 늘 거기 있었고 앞으로도 있을 것만 같고, 내 마음에 차지 않아도 익숙해져서 편안해."

"하하. 그런가? 나는 가구 중에 뭐 같은데?"

"저기 낡은 장식장이랑 비슷할걸? 집안에서 제일 키가 크고 어깨가 넓잖아."

"그러면 당신은 푸근한 소파를 담당하면 되겠다."

"하하하. 푸근하다고 말하면 되게 뚱뚱한 것 같잖아. 나 뚱뚱

우리들의 자전적 이야기

아니고 통통이야. 포근한 소파 같다고 말해줘. 우리가 이만큼 살아
보니 남편보다 좋은 게 뭔지 알아?"

"냉.장.고."

"맞아. 그런데 냉장고인 줄은 어떻게 알았대?"

"오래된 남편보다 새로 산 양문형 냉장고가 더 좋을 수도 있잖
아. 내가 당신이랑 살아온 세월이 벌써 30년이나 됐는데 그걸 모
를 리가."

꿈에서 깨어나니 두 사람의 웃음소리가 귓가에 선명히 걸려 있
었다. 우리는 30년을 같이 살아 시시껄렁한 농담이나 하는 늙은
부부가 되어 있었다.

오래 산 부부의 편안한 주말 아침을 기대할 수 없겠지만 꿈도
추억이 된다.

지나치는 기억 속에서 나는 언제나 지나친 사람이었다.

내가 자꾸 왜 그럴까? 습관처럼 나를 부정하고 혐오했다.

남에게 비난받느니 내가 나서서 자신을 벌하고 짓밟는 쪽이 나
을 거라고 판단했다.

필사적으로 나를 보호해온 세월이었고 자기변호에 열을 올렸다.

어딘가 고장 난 사람 같다고, 망가졌고 아름답지 않으며 쓸모
없다고 생각했다.

마음이 단단한 사람이었으면. 더는 내가 나를 부끄러워하지
않고 스스로 응원했으면.

　　　　　　　　　　　　나는 이상합니다

적응을 잘한다는 건 익숙해지는 것인데, 뭐든 낯설고 새롭게 여겨지는 건 부적응의 반증일 것이다. 여전히 적응하지 못했지만 이렇게 살아 있으니 됐다.

나는 변함없이 이상하겠지만 일생을 나로 살아가고 싶다. 살며 만나고 헤어진 사람들, 내가 아는 사람과 모르는 사람 모두의 평온을 기원하는 새벽 공기가 유난히 차가웠다.

나 이상해졌어. 요즘 매일 울어. 사람들과 웃고 떠들다가도 갑자기 울어. 내가 얼마나 잘 우냐면 잡지에서 본 귀여운 에피소드 때문에 한 시간을 울었어. 엄마와 어린 아들이 불꽃놀이를 구경하는데 다섯 살짜리 아들이 갑자기 울상짓기에 엄마는 불꽃이 무서워서 그러나 보다 했는데, 하늘에 불꽃이 자꾸만 터져서 하늘이 아파할 것 같아 그랬던 거였대. 교실 창가 자리에 앉은 너의 머릿결이 바람에 사뿐히 날리는 것을 보다가 졸았을 때 네가 바로 커튼을 닫아줘서 설레고 좋았다. 세차게 비가 내리던 날 너는 커다란 타월로 비에 젖은 나를 꼼꼼히 닦아줬어. 시린 겨울날 엉망으로 취한 나를 업어준 적도 있잖아. 너의 따뜻한 체온에 마음이 놓여서 잠든 척하며 더 오래 업혀 있었는데, 몰랐지? 슬픈 나는 너의 목을 꼭 끌어안았다. 나중에 나도 너를 꼭 업어주고 싶었어. 가지 말아라. 은호야, 가지 말아라. 제발 가지 말아라. 사라지지 말아라. 네가 우리 집까지 바래다주었을 때 늘 아파트 2층 현관에 올라 너의 뒷모습이 보이지 않을 때까지 바라봤어.

우리들의 자전적 이야기

어느 늦은 밤, 우리 집 근처 놀이터 벤치에 앉아서 나와 가장 친한 친구의 이야기를 들었다. 이상하다. 너는 무슨 이야기를 하는 걸까? 내가 뭘 잘못한 건가? 젖힌 고개가 아플 때까지 그때의 우리를 돌아봤다. 너의 손을 잡아주었더라면 좋았을 텐데. 그거면 충분했을 텐데.

내가 나를 위로하고 싶을 때면 김동률의 'Replay'를 불렀다. 시간이 많이 지나면 너를 향한 나만의 추모곡이 아니라 단지 내가 좋아하고 즐겨 부르는 노래가 될 수 있을까. 끝없이 재연되는 과거 사랑 이야기에 너는 없고 나만 덩그러니 남겨졌다. 차라리 다시는 사랑이 없기를 바랐지만, 이내 마음을 고쳐먹기를 반복했다.

어느 날에는 노을 지는 하늘이 예뻐서 은호가 마음속에 또다시 선명히 그려졌다. 은호를 아예 잊어버리면 나의 존재를 부정하는 것만 같아서 잊을 수 없었다. 은호의 죽음을 늘 염두에 두고 지냈다. 은호 특유의 낮은 목소리와 조금 비슷하다는 이유로 누군가에게 섣부른 고백을 한 적도 있었다. 교복을 입고 지나치는 키가 큰 단발머리의 여고생만 봐도 마음 한구석이 저릿했다. 두 사람은 전혀 닮지 않았지만 미야의 예쁜 머릿결과 단발 길이의 머리를 보면 어쩐지 은호가 떠올랐다.

"나를 미야라고 불러줘요."

지난해 봄, 자신의 애칭을 스스로 지어 부르는 사랑스러운 사람을 만났다. 미야와의 결혼 1주년 기념 저녁 약속이 예정되어 있

나는 이상합니다

는 2025년 9월 5일. 서로에게 아내가 되어준 우리 부부. 미야는 특이가 아닌 특별함으로 다가왔다. 살며 부대끼며 잘한 날보다 서운하게 한 적이 더 많았다. 결혼기념일만큼은 제대로 챙기고 싶었지만, 금요일 퇴근시간대여서 또다시 30분 지각하게 됐다. 오후 5시 55분, 시계의 연속된 숫자에 우연히 눈길이 갔다. 이 순간 누군가 나를 생각할지도 모른다. 그때 걸려온 아내 미야의 전화에 웃음이 터졌다. 덕분에 내딛는 걸음이 좀 더 경쾌해졌다. 근거 없는 미신이라 해도 좋았다. 아, 내가 사랑하는 사람이 나를 보고 싶어 한다고 생각하면 왠지 잘 살아온 것 같으니.

모퉁이를 돌아 약속 장소에 당도한 순간 익숙한 향기가 가슴으로 뛰어들었다. 오렌지와 장미꽃 향이 섞인 향수를 두른 미야의 환대에 얼떨떨했다. 과거를 곱씹어 사느라 아무것도 이룬 게 없는 줄 알았는데, 나도 많은 것을 이뤘구나. 내 눈앞에 있는 사람은 내가 공들여 이뤄낸 꿈이었다. 우리들이 천천히 걸으면 우리의 시간도 느리게 흐르지 않을까 기대하면서, 미야와 손을 잡고 천천히 발걸음을 옮겼다.
사라지는 마음이 아니다.
사라지는 마음이 아니다.
사라지는 마음이 아니다.

상상력과 환상통은 때로 지금을 살아가는 힘이 되어주었다. 나는 미래에서 다시 살고 싶었던 과거의 시간으로 돌아온 사람. 지

우리들의 자전적 이야기

나치는 풍경들에 찬찬히 시선이 머물면 오래전 한 번쯤 살아본 순간들 같아서 눈물이 고일 때도 있었다. 너의 꿈을 꾸고 난 아침마다 어쩌면 평생 마음이 아플지도 모른다고 생각했다.

아프더라도 꿈이 이어지기를. 어떤 형태로든 누구를 통해서든 사랑은 돌아온다고 믿으며 사랑이 계속됐으면 좋겠어, 은호야.

나는 이상합니다

두려움을 모르는 사람처럼

희주

희주

모든 사람이 존중받아야 한다고 생각하는 희주입니다.

국밥집에서

지난해 봄, 광화문에서 국밥을 먹다 그녀의 눈가 주름이 제법 움푹한 것을 보았다. 빨간 잠바를 입고 한마당을 뛰어다니던 보송한 얼굴이 아직 생생한데 어느덧 예순을 앞둔 그녀가 나무 의자에 앉아 맑은국에 밥을 말고 있었다. 같이 나온 갓 버무린 깍두기를 보니 배추김치는 비싸서 늘 깍두기만 담아 먹던 때가 생각났다. 서른 몇 해 전, 그녀와 나는 대학을 졸업하고 공장으로 간 이른바 위장취업자였다(납땜으로 전자부품을 만들던 나는 채 2년이 되기 전에 공장에서 나왔다). 나는 뜨겁고 아름답고 슬프고 아팠을 그녀의 지난 삶을 기록하고 싶어졌다. 그것은 수많은 우리들의 이야기니까. 철길에서, 바다에서, 공단 자취방에서 한마디 말도 남기지 못하고 떠난 이들의 이야기이기도 하니까.

두려움을 모르는 사람처럼

80년 광주에서 일어난 일은 은밀히, 그러나 선명하게, 죽지 않는 유령처럼 80년대를 떠돌았다. 갱지에 인쇄한 '죽음을 넘어 시대의 어둠을 넘어'와 우리나라 군인의 총에 맞아 죽는 시민들의 모습이 담긴 독일 방송 녹화본은 젊은이들의 앞날을 바꾸어 버렸다, 송두리째. 푸르고 긴 밤을 보낸 청년들은 군부독재정권에 맞서는, 체포와 고문, 감옥으로 이어진 길에 두려워하면서도 담담히 들어섰다. 이제 우리 아이들이 어른이 되었다. 그러나 나는 여태 그녀가 겪은 일에 대해 차마 묻지 못했다. 그릇을 들어 국물을 후룩 마시고 깍두기가 무르기 전에 그 일에 대해 알고 싶다고 했다. 그녀는 나를 말갛게 쳐다보았다.

두려움을 모르는 사람처럼

짧은 머리를 한 그녀는 검은색 가방을 메고 기정떡과 약밥, 순대가 든 봉투를 흔들며 초인종을 눌렀다. 가을이 겨울로 가는 날, 우리는 밤을 팰 작정을 하고 내가 사는 집에서 만났다. 먹을거리를 식탁에 쭉 올려놓고 주전자에 물을 담으니, 그녀가 웃으며 가방에서 노란 봉지 커피 두 개를 꺼냈다. "나는 이게 좋아. 요즘은 이게 없는 집이 많아서 들고 왔어." 우리 집에도 있는데, 가끔 당 떨어질 때 뻑뻑하게 타 먹거든. 나는 종이필터에 커피 가루를 가득 부어 진하게 내리고 그녀의 봉지 커피를 아끼는 잔에 담았다. 우리는 파랑과 주황색 잔을 사이에 놓고 마주 보고 앉았다. 그녀는 83학번, 나는 85학번, 우리는 같은 대학을 다녔다. 그녀와 나는 학생회관이나 거리 시위에서 자주 마주쳐 서로 얼굴을 알기는 했지만, 인

우리들의 자전적 이야기

사조차 한 적이 없었다(그때는 그렇게 해야 했다. 학생 운동을 하는 경우, 단과대학이 다르면 아는 척하는 건 금기였다. 소속된 비밀조직의 보안과 행여 조직 사건으로 엮일 것을 우려해 교내에서도 서로 조심했다. 사복 경찰이나 그 정보원이 늘 주위를 맴돌았으니까). 감옥에서 나온 그녀가 공장에 갔고 거기서 또 감옥에 갔다는 소문은 들었지만, 그런가 보다 했다. 1986년에는 학생 운동을 한 사람이 공장에 가거나 징역을 사는 건 그리 드문 일이 아니었다. 그리고 훌쩍, 30년 넘게, 각자 치열하고 외롭게 기쁘고 슬프게 살다 중년이 되어 만났다(SNS 덕분에 연락이 닿아 5년 정도 이런저런 모임에서 드문드문 만났다). 여전히 화장기 없는 희고 동그란 얼굴에 청바지를 입고 검은 단화를 신고 씩씩하게 걷는 그녀가 내 눈에는 학생 때와 크게 달라 보이지 않았다. 눈동자는 여전히 파르스름 맑았다.

우리가 대학에 다닌 80년대는 학생, 노동자 할 거 없이, 누구든 영장 없이 체포되어 위치도 알려지지 않은 대공분실, 안기부 조사실에 끌려가 고문을 당하고, 무시무시한 조직의 구성원이 되어 뉴스에 등장하거나 갑자기 사라졌다가 철길이나 바닷가에서 시체로 발견되기도 했다. 영장 없이 연행된 대학생이 물고문을 당해 죽고 학교 앞에서 경찰이 쏜 최루탄에 맞아 또 다른 학생이 죽던 1987년, 그녀는 건국대 사건으로 징역을 살고 나와 학교를 졸업하고 공장으로 갔다. 커피를 한 모금 마시고 나는 곧장 물었다. 공장에는 왜 갔어요?

두려움을 모르는 사람처럼

내 말에 책임지고 싶었어, 나는 자존심을 지키고 싶었거든

"나는 내 말에 책임을 지고 싶었어. 4년 내내 민중을 얘기하다 졸업하고 외면하는 건 내 자존심이 허락을 안 했어. 그래서 86년부터 노동 현장으로 갈 준비를 했지." 그 시절에는 꽤 많은 사람이 열악한 노동조건을 개선하기 위해 학력이나 이름을 속이고 공장으로 갔다(대학에 입학한 사람은 졸업하지 않아도 생산직 노동자로 취업할 수 없었다). 무섭고 불안했지만, 잠깐의 치기나 공명심으로 학생 운동을 한 것이 아니었고 무엇보다 말과 행동이 다른 사람이 되고 싶지 않아서 그녀는 노동자가 되었다. 공장에 들어가려고 6개월 넘게 준비했는데도 막상 공단에 들어서니 무척 무서웠다고 했다. "지금도 공단 골목이 생각나. 건물이랑 도로가 온통 회색이었어. 마음을 단단히 먹고 공장으로 가긴 갔지만 솔직하게 말하면 정말 엄청 무서웠어." 그 무렵 여학생, 여성노동자, 여성활동가들 사이에 은밀하게 전해지던, 잔인하고 참혹한 말이 있었다. 설마 아니겠지 했던 일은 부천서 성고문 사건을 통해 사실로 밝혀졌다. 여성이 정권에 맞서려면 어떤 각오와 결단을 해야 했는지…. 지금도 그 시절, 당당하게 나섰던 여성을 만나면 가슴이 시큰거린다. 나는 삐져나오는 감정을 서둘러 꾹꾹 눌렀다. 1987년 여름, 스물셋, 그녀는 타박타박 성남 공단으로 갔다.

마이마이 들고 조용히 가출했어

"공장 이전 준비를 하면서 6달 정도 집 근처 봉제 공장에서 경리 아르바이트를 했어. 그 월급을 모아 방 보증금 50만 원을 만들

우리들의 자전적 이야기

었지. 이불이랑 숟가락, 냄비, 그릇, 옷 같은 건 야금야금 엄마가 눈치 못 채시게 하나씩 친구 자취방으로 빼돌려 놓았거든. 그리고 그날, 아끼는 마이마이(카세트)를 챙겨 외출하듯 그렇게 조용히, 가출했어." 그녀는 가볍게 한숨을 쉬더니 이미 식은 갈색 커피를 한 모금 마셨다. 마이마이를 들고 나풀나풀 공장으로 간 그녀는 두려움을 모르는 사람처럼 보였을 것이다.

그녀는 친구와 공단 근처에 보증금 100만 원에 월세 6만 원짜리 방을 얻었다. 대문을 열고 들어서면 왼쪽에 공동화장실이 있고 오른쪽에 주인집이 있었다. 화장실을 끼고 돌면 벽돌색 나무문이 있고 그 문 안에 수도꼭지와 연탄 화덕이 있는 부엌을 거쳐 그녀들의 방이 있었다. 가구는 비키니 옷장 하나가 전부여서 이불은 방바닥에 개어 놓았고 보라와 빨간 꽃무늬가 있는 둥근 은색 양은 밥상을 식탁 겸 책상으로 썼다. 화장실 옆에는 문은 없고 지붕만 있는 연탄창고가 있었다.

공장은 무서웠어. 그래도 나는 공장에 갔어

"이력서를 들고 공단을 서성이는데 참 무서웠어. 위장 취업이 들통나지 않을까, 경찰에 잡혀가지는 않겠지, 공장 사람들이랑 친하게 잘 지낼 수 있을까, 일은 잘할 수 있을까, 걱정도 되고 무섭기도 하고 그랬어. 나는 지금도 그 공단 거리가 생각나. 가끔 꿈도 꾼다. 이력서 들고 공단 입구에 서 있는 꿈을 꿔, 30년이나 지났는데도 말이야." 이 말을 하면서 그녀는 피식 웃었다. 익숙하지 않은 노동, 경찰과 회사의 감시, 가족에 대한 미안함과 그리움, 부족한 생활비, 어깨에 올라앉은 피로, 자랑스러우면서 무섭고 늘 불안하고 위태로운 일상이 끝없이 이어지는 생활이었다. "방을 얻고 한 일주일 만인가, 축구공 만드는 작은 공장에 시다로 들어갔어. 축구공 공장은 대개 열여섯 살, 열일곱 살 먹은 어린 여자아이들이 일하더라고. 공장에는 환풍기가 없고 창문도 작아서 고무 냄새, 본드 냄새 때문에 온종일 머리가 아팠어. 추운 날은 창문을 안 여니까 두통이 더 심했지." 그녀는 축구공 공장을 채 한 달도 다니지 못하고 해고당했다. 어느 날 출근하자마자 인사과에서 부르더니 위장 취업이 확인되었으니 그만두라고 했다. 당장, 조용히 나가면 경찰에 신고는 하지 않겠다는 말을 덧붙였다. 순간 심장이 멈추는 것 같았다. 다른 사람 이름으로 들어왔기 때문에 그 사람에게 피해가 가면 어쩌나, 활동은 시작도 못 했는데 조직이 드러나는 게 아닐까, 머릿속이 하얘지고 다리가 덜덜 떨렸다. 아무 말 못 하고 곧장 공장에서 나왔다. 얼마를 걷다 그녀는 공단 골목 전봇대 밑에 주저앉았다. 사장은 내가 학생 출신이라는 걸 어떻게 눈치챈 것일까? 나의 어떤 모습을 보고 안 것일까? 어쩌면 그냥 찔러본 말에 내가 지레 놀란 건 아닐까? 말투? 나이? 옷차림? 그녀는 며칠 동안 자신의 행동을 곰곰이 돌아보고 무엇 때문에 신분이 드러났는지 추측하느라 밥맛을 잃을 지경이었다(87년은 전국적으로 노동 운동이 활발해져 성남지역도 노동조합이 생기면서 위장취업자들을 색출하기 위해 취업자들에 대한 신상 조사가 엄격히 이루어졌다. 학생 운동 출신 활동가들이 성남 공단에서 해고되어 출근 투쟁을 하는 사례가 여럿 있었다).

우선, 시다로 들어가기엔 그녀의 나이가 너무 많았다. 그 나이

우리들의 자전적 이야기

가 되도록 일을 해보지 않은 티가 역력했다. 해고 충격이 가시자 그녀는 성남여성노동자회에서 재봉을 배웠다. 그리고 몇 달 후, 공단 외곽에 있는 봉제 공장에 취업했다.

이선희 노래를 참 많이 틀었어

88년 봄, 공단 내 규모 있는 사업장은 신원조회가 엄격해 전과가 있는 학생 출신이 취업하기는 아주 어려웠다. 그 무렵 공단 외곽, 하대원 4층짜리 건물에 의류수출업체가 입주해 노동자들을 신규 채용했는데 공단처럼 취업자 신상 조사가 정밀하지 않았다. 그녀는 자신의 이름으로 덕진양행에 들어갔다.

"거기는 겨울 잠바, 패딩같이 두꺼운 옷, 주로 겨울옷을 만들었는데 공중에 먼지가 둥둥 떠다녔어. 그래서 호흡기병이 있는 사람들이 많았어. 일주일에 한두 번은 철야를 했는데, 철야하는 날은 밤 11시에 빵과 우유가 나왔어." 나는 하얀 설탕 덩어리가 있고 봉지에 얼룩소 그림이 그려진 빵과 보름달처럼 생긴 폭신한 빵이 생각났다. 내가 일하던 공장에서도 그 빵을 주었다. "그때는 그 빵이 참 맛있었어." 배가 고팠으니까. 우리는 그때 먹던 빵의 생김새와 맛에 대해 잠시 얘기했다. 근데, 지금 먹으면 맛이 없을 거야.

"평소 공장 밥은 국, 김치, 나물 반찬이 나왔어. 국은 거의 콩나물국과 김칫국이었지. 어쩌다 닭곰탕이 나오긴 했는데 닭고기는 하나도 없고 멀건 국물에 무만 있더라고. 반찬은 짠지, 파래무침, 감자볶음이 자주 나왔어. 아, 당면국이 생각난다. 허연 국물에 건더기는 당면뿐이었어." 그녀는 무만 있던 닭곰탕을 잊을 수 없다

두려움을 모르는 사람처럼

했다. 그래서 지금도 공장에서 주던 멀건 국물이 생각나 닭곰탕은 먹지 않는다며 웃었다. 오뎅국에 있던 오뎅은 입에 넣자마자 형체도 없이 으깨졌다고, 그래서 오뎅은 끓이지 않고 꼭 볶아서 먹었다고 덧붙였다. 아침 9시부터 일하고 12시에 점심, 철야를 하면 6시에 저녁, 9시까지 야근할 때는 밥 대신 빵과 우유를 주었다. "철야를 하면 밤 11시에 10분간 휴식 시간이 있거든. 그때 공장 앞 슈퍼로 우르르 뛰어가 박카스를 사 먹었어. 동료들은 졸음을 쫓는다고, 정신을 바짝 차린다고, 자칫하면 미싱 바늘에 손등이나 손가락이 찢기니까 시도 때도 없이 박카스를 마셨지." 회사 스피커에서는 늘 대중가요가 나왔다. 노동자들은 실밥을 떼고 오바로크 치고 옷을 뒤집고, 나르면서 그 노래를 따라 불렀다. "항상 노래를 크게 틀었어. 아! 그래, 이선희 노래를 참 많이 틀었어, J에게, 나 항상 그대를, 한바탕 웃음으로 이런 노래, 아직도 가사가 생각나." 카랑카랑한 이선희 목소리가 먼지를 따라 둥둥 떠다녔겠네. 먼 눈빛이던 그녀가 눈을 맞췄다. 그리고 나지막이 말했다. "그랬겠네."

오뎅만 먹었지, 번개탄 참 많이 썼어

"월급이 13만 원인데 방세가 6만 원이니까 늘 쪼들렸어. 게다가 방 한쪽 벽에는 문이 있었는데, 옆집 마루와 붙어 있는 거야. 거기에 비키니 옷장을 놓긴 했지만, 불빛이 새고 말소리가 다 들렸어. 그래서 방에선 늘 소곤거렸지. 지금도 사람들이 나한테 왜 그렇게 목소리가 작냐고 물어, 아마 그때부터 그렇게 된 것 같아." 그녀는 소곤소곤 웃었다. 87년 서울 대학가 2인 1실 하숙비는 월

우리들의 자전적 이야기

13~14만 원이었다. 월급에서 방세 내고 나면 7만 원이 남고 거기서 전기세 수도세 연탄값을 빼면… 어떻게 먹고 살았어요? "밥은 주로 연탄에 하고 가끔 석유곤로(풍로)에 했어. 석유를 따로 사야 하니까 곤로는 연탄이 꺼졌을 때나 썼어. 그니까 냄비 밥을 해 먹은 거지. 반찬은 동네 슈퍼에서 오뎅이나 콩나물을 300원어치씩 샀는데, 오뎅을 참 많이 먹었어. 김치는 시장에서 배추를 사다 담았어, 슈퍼는 비싸니깐. 밥 먹을 때 김치는 아껴서 조금씩 먹었어, 양념이 비싸기도 하고 시장에 가야 하고 담기도 힘들어서. 김치찌개는 사치스러워서 못 먹는 음식이었지." 고기를 산 기억은 없고 월급날에 달걀은 몇 번 산 것 같고 맨날 콩나물을 무치거나 오뎅을 고춧가루는 비싸서 간장만 넣고 볶아 먹었다 했다. "잔업을 하거나 모임이 있는 날은 집에 오면 연탄불이 꺼져 있었어. 번개탄을 참 자주 썼지. 연탄값만큼 번개탄값이 든 것 같아." 번개탄에 성냥으로 불을 붙이면 시꺼먼 연기가 풀풀 나면서 숯가루가 날리고 매캐한 냄새가 난다. 그때는 겨울이면 연탄가스 사고가 자주 신문에 보도되곤 했다. 공장으로 간 어느 학교 출신이 연탄가스로 사망했다는 말도 등사잉크 냄새처럼 전해졌다. 몇 번이나.

화장실에서 밤을 꼴딱 새운 거야

"한번은 공단에서 같이 활동하던 사람이 경찰에 잡혀갔어. 자료를 없애야 하는데 그 집에서 그럴 만한 곳이 아무리 생각해도 화장실뿐인 거야. 푸세식이었거든. 거기서 자료를 잘게 찢어 밑에다 버렸어. 그 냄새 나는 곳에서 소리 안 나게 종이를 찢는 데 얼마나

두려움을 모르는 사람처럼

오래 걸리던지. 혹시 다시 꺼내도 뭔지 몰라봐야 하니까 조각조각 찢어야 했거든. 밤새 화장실에서 자료를 찢은 거 같아." 스물다섯, 등이 푸른 여자 둘이 재래식 변기를 내려다보며 책을 찢는 모습을 상상하니 우스우면서 짠했다. "다 찢어서 버리고 나오니 아침이더라고, 세상에! 화장실에서 밤을 꼴딱 새운 거야. 긴장해서 그런지 냄새는 못 느꼈는데 다리가 엄청나게 저리더라고." 화장실은 안 막혔어? 그녀는 눈을 똥그랗게 뜨더니, "그러게. 그건 기억이 안 나네." 우리는 푸푸 웃었다. 나는 그녀를 안고 싶었으나 다 식은, 한 모금도 안 남은 커피를 소리 내어 마셨다.

은자는 바다에 놀러 온 게 태어나 처음이래

"8시 40분에 출근해 밤 9시까지 잔업 하는 게 일상이었어. 철야도 자주 했고, 그래도 생활비는 늘 빠듯했는데 공장 동료들은 대부분 월급을 집에 부치더라고. 동생이나 오빠 학비, 부모님 약값으로 보낸대. 집에 돈을 보내지 않는 나도 오뎅만 먹고 살았는데 그 친구들은 반찬을 먹기나 할까? 싶었지." 80년대도 아들을 공부시키기 위해 딸은 돈을 벌었다. 월급을 받으면 방값을 내고, 얼마의 돈을 집에 부치고 한창 젊은 그들은 어떤 음식을 먹고, 어떻게 방을 데우고 무엇을 입고 다녔을까. 이제 중년이 된 그들은 또 어떤 얼굴로 무엇을 하러 어디로 가고 있을까. 나는 방에 쥐가 나와 잠을 못 잤던 열일고여덟 소년 노동자들이 생각났다. 그 아이들은 어떻게 살고 있을까.

"회사에 진짜 말을 막 하는 관리자가 있었어. 한 서른 몇? 젊은 남자였는데, 내가 반말하지 말라, 소리 지르지 말라, 욕하지 말라고 몇 번 대들고 따졌어. 어느 날 퇴근 시간에 몇몇 동료가 옆에 오더니 속이 시원했다고, 자기들도 정말 듣기 싫었는데 무서워서 못 대들었다고, 멋있다 하더라고(이 말을 하며 그녀는 방긋 웃었다). 그 친구들이랑 떡볶이, 순대 같은 거 사 먹으러 다니면서 가까워졌어. 쉬는 날에는 내 방에 모여 국수를 삶거나 파전을 부쳐 먹기도 했어. 그러다 한번은 바다에 놀러 가기로 했는데 다들 입을 옷이 없다고 해 내가 짧은 반바지랑 간식을 준비했어. 버스를 갈아타고 하조대에 갔지. 은자가 바다를 보면서 태어나서 처음으로 바다에 놀러 왔다고 하는 거야. 무지 짠하더라고. 동료들과 밤새 고향 얘기, 가족 얘기, 남자친구, 이런저런 이야기를 했어. 그러면서 더 친해졌지. 우리 회사는 검사부, 미싱부는 여자가, 재단부, 완성부는 주로 남자들이 일했는데 여자가 전체 한 60% 정도였어. 그때, 88년도는 공단 여기저기 노조가 만들어지던 때라 노동조건을 개선하려면 노조가 필요하다고 생각하는 사람들이 많아졌어. 우리 회사 동료들 가운데서도 노조가 필요하다고 생각하는 사람이 차츰 늘어났고 그러다 88년 11월 29일 노동조합을 만들었어." 그녀는 부위원장으로 선출되었다.

노조위원장이⋯교섭하다가⋯분신⋯했어

"노조가 생기자 회사는 89년 1월 26일, 공장을 성남에서 서울 길동으로 이전한다고 발표했어 성남 공장이 새 건물이었는데도. 노조를 무력화시키려고 이전하려는 거 같았지. 노조는 근로기준법 준수와 공장 이전 철회를 요구하며 회사와 교섭에 들어갔어. 십여 차례 진행된 교섭 내내 회사는 무성의한 태도를 보였고, 당연히 교섭은 지지부진, 진척이 없었어. 그래서 2월 16일, 결국 노조가 파업에 들어갔어. 그런데 파업 48일이 넘어도 회사의 태도는 변하지 않는 거야. 89년 4월 3일, 노조와 회사가 4층 식당에서 교섭을 시작했어. 그날도 회사는 너무나 성의가 없었고 노사 양측에서 말이 오가다 큰 소리가 나고…갑자기 노조위원장이…몸에…신나를 부었어. 어떻게 해볼 사이도 없이 순식간에 펑! 폭발 소리가 나더니 앞이 하나도 안 보였어. 다들 너무 놀라고 당황했어. 깜깜한데 불은 활활 타고…뭐가 터지는 소리는 계속 나고…모두 우왕좌왕하다…유리창이 깨져 발코니 같은 데로 나갔어. 119가 와서 불을 끄고…위원장을 병원으로 옮기고…나도 머리카락이 타고 얼굴에 화상을 입었나 봐…응급차에 태워 병원으로 보내더라구…정신이 없었어…믿어지지도 않았고….” 그녀는 말을 잇지 못했고 나는 그 얼굴을 볼 수 없었다. 천천히 물을 끓여 고운 찻잔을 꺼내 흰민들레를 우렸다. 상아색 잔에 연한 풀빛이 돌았다. 스물여섯, 동갑내기, 노조위원장은 89년 4월 3일, 사망했다. 그녀는 두 손으로 찻잔을 잡고 한참 가만히 있었다. 나는 등을 돌려 개수대에 서 있었다. 창밖에는 마른 나뭇잎이 날아다녔다. 어떻게 살았을까, 머리카락이 숯이 되고 얼굴에 화상을 입은 것도 몰랐던 그녀가 어떻게, 그 공단에서 견뎠을까.

우리들의 자전적 이야기

위원장님이 귀신으로 오셔서 사장을 혼내주면 좋겠어요

"병원 치료가 끝나고 나는 위원장 장례를 치르기 위해 장례
투쟁을 해야 했어. 성남병원에서 어떤 날은 한 명, 또 어떤 날은
200명이 모여 날마다 집회를 한 거야. 노조위원장 장례를 치러야
하니까 그 가족을 만나고, 어머니 모습을 보는 게 참 힘들었어. 노
조원들을 만나고⋯회사와 협상하고, 싸우고⋯20여일 만에 회사
와 합의해 위원장 장례식을 했어. 무슨 정신으로 그 일을 했는지⋯
그때 무슨 말을 하고 다니고, 어떻게 밥은 먹고 잠을 잤는지⋯기억
이 안 나. 어떻게 견뎠는지⋯." 위원장 장례를 마친 회사는 공장 재
가동 약속을 뒤집고 89년 6월, 공장을 서울로 이전했다. 그녀는 노
조원들과 함께 노조 인정, 고소 고발 취하를 요구하며 길동 공장
노조사무실로 출근 투쟁을 하다 89년 6월 23일, 업무방해와 폭력
등의 혐의로 다른 부위원장과 함께 구속되어 성동구치소에 수감
되었다. 노조원들은 편지로 노조위원장 진혼굿을 했고 위원장 어
머니가 통곡하셔서 너무나 가슴이 아팠다는 이야기와 함께 묘비
를 세웠다고 알려주었다. 미순은 공장 이전, 구속자 원직 복직, 생
계비 등을 놓고 회사와 교섭을 하면서 그녀 생각을 많이 한다, 자
기들이 백번을 얘기해도 전무는 하나도 들어주지 않는다, 몸 상하
니 감옥에서 단식투쟁은 하지 말라, 미순, 은숙, 순금, 영미, 미자, 지
영, 정임⋯. 자기들 이름을 쭉 쓰고 꼭 기억해 달라고 했다(89년 7월
10일). 그녀는 구치소에서 무덤에 있는 위원장과 회사가 대놓고 무
시하는데도 꿋꿋하게 싸우고 있는 동료들을 생각하며 잠을 이루
지 못했다. 며칠 뒤에는 교섭은 아직도 진행되지 않는다, 회사는

313 두려움을 모르는 사람처럼

문을 닫겠다고 엄포를 놓는다, 회사 측 직원과 몸싸움하다 안경이
깨졌다, 위원장님이 귀신으로 오셔서 사장을 혼내주면 좋겠다는
편지가 왔다(89년 7월 17일). 위원장은 사망하고 부위원장 둘은 모
두 구속된 상황에서 89년 9월 1일, 덕진양행 노조원들의 직장폐쇄
철회 및 노조 사수 투쟁은 실패로 끝이 났다.

살아 있어 미안했어. 그런데 숨이 안 쉬어지는 거야

89년 가을, 집행유예로 석방된 그녀는 노조원들과 위원장 추모
사업회를 꾸렸다. 노조위원장의 죽음을 곁에서 보고도 그녀가 버
틸 수 있었던 건 그의 장례를 치르기 위해 회사와 협상을 해야 했
고 큰 충격을 받은 노조원들을 만나야 했고, 그러다 구속되어 조사
받고 감옥에 갇히다 보니 슬퍼할 겨를이 없었기 때문인 것 같다고
했다. 한참 찻잔만 바라보던 그녀가 낮은 소리로 그날 일은, 그 기
억은 지웠다고 했다. "살기 위해서…그렇게 하지 않으면 살 수가
없어서…생각을 안 했어. 돌아보기가 힘들어서 그날 기억을 도려
낸 거야."

그녀가 학원 강사로 생계를 이으며 91년까지 노조원들과 함께
한 노조위원장 추모사업회는 지역사회 노동단체 역할을 했다. 눈
치만 보던 가난하고 어린 노동자가 차츰 자기 인생의 주인으로 나
서는 과정에 함께 하고, 그들의 성장을 지켜보는 시간은 행복하
고 보람 있었다. 추모사업회 일을 하면서 그녀는 자주, 혼자 공단
을 배회하고 위원장 묘소를 찾아가곤 했다. "미안했어. 그는 죽었

우리들의 자전적 이야기

는데 나는 살아 있어서 미안했어, 그러다 어느 순간, 숨이 안 쉬어
지는 거야, 숨을 쉴 수가 없었어…. 그래서…그날의 나를 지웠어."
살면서 가장 아픈 순간, 지금도 생각하면 가슴이 오그라들고 숨이
막히고 매캐한 연기 냄새가 난다는 그날, 그 일은 스물여섯 그녀를
잡아챘다. 그리고 34년이 지난 오늘도 놓아주지 않고 있다. "아마
내가 죽는 날까지 잊지 못할 거야. 스물여섯이었어, 우리 위원장이
스물여섯, 나랑 동갑이었지. 지금 내 아들보다 어린 그가 불꽃이
된 날, 그 참담한 순간을 어떻게 잊겠어. 위원장을 기억하며…미안
해서 내가 견뎠지."

스물여섯, 대학생에서 공장노동자가 되고, 노조위원장이 된 앳
된 스물여섯 청년 김윤기. 80년대는 김윤기들을 삼키며 지나갔다.
폭압에 맨몸으로 맞선 사람들, 친구와 선배와 후배에게 열사라는
단어가 붙던 날, 거리에서 우리는 얼마나 울었던가. 두려워도 돌아
서지 않겠다고 다짐하며 얼마나 많은 밤을 걸었던가.

흰민들레차에 뜨거운 물을 붓고 남편은 어떤 사람인지 물었
다. 그녀는 그렁그렁 웃더니 쉰소리로 말했다.

내 방 보증금으로 변호사를 샀더라고

"겨울에 구치소에서 나왔더니 방이 없어진 거야. 내 방 보증금
으로 변호사를 샀더라고! 지낼 곳은 없는데 김윤기 노조위원장 추
모사업회 일은 계속 해야 해서…그 사람 방에서 지냈어. 정말 아무
일 없이, 그냥 룸메이트였어." 그랬겠지. 오죽했겠어? 나는 피식

웃었다. 그녀는 87년 공장 이전을 준비하는 모임에서 처음 남편을 만났는데 늘 다른 사람을 배려하고 친절하고 조용한 성격이라 믿음이 갔다 했다. 나중에 같은 공단에서 활동하다 보니 자주 보게 되었다고 했다. "내가 파업할 때 옷이랑 반찬 같은 거 챙겨다 주고, 남편이 정말 많이 도와주었어. 구속되니까 면회 오고 영치금 넣어 주고 변호사 알아봐주고 인간적으로 참 따뜻한 사람이야. 그땐 상황이 그래서 방을 같이 쓰긴 했어도 연인은 아니었어. 그러다 2년 후에(웃음), 연애를 시작했지. 나한테 직접 말하지도 못하고 선배한테 다리를 놓아달라고 했더라고(큰 웃음)." 나는 허허 웃고 아무 말 안 했다. 쯧쯧 혀를 찼을 뿐.

편지로 연애하자고 했다니까! 그것도 선배를 통해서!!

아니 같은 방에서 지내면서 연애하자는 말도 못 하는 숙맥들이 어쩌자고 목숨을 걸고 공장에 가고 반정부 투쟁을 했는지! 기가 막히네, 말은 그렇게 했지만, 내 곁에도 그런 사람들이 있었다. 그 얼굴들이 떠올라 내 입가가 빙긋거렸다. "거부감 없이, 은인처럼, 동지애가 싹 트더라고. 힘들 때 의지하고 그래서 그의 마음을 받아 주기로 했지. 그랬더니 편지를 써서, 그것도 선배를 통해 보내더라고(웃음). 낙천적이고 심지 굳은 사람이야. 내가 매일 늦게 들어와도 너무한 거 아니야? 한 마디가 전부고 요리하는 걸 좋아하고 화를 안 내는 부드러운 사람이야. 술도 마시지 않고…설렘은 없었지만 괜찮은 사람이었어." 편지를 직접 주지도 못하는 사람이랑 사는 동안 좋았어요? 눈이 가늘어진 그녀에게 물었다. "늘 경제적으

우리들의 자전적 이야기

로 힘들었지. 내가 힘들어서 툴툴거리고 이혼하자는 말도 여러 번 했어. 돈은 못 벌어도 나쁜 사람이 아니잖아. 늘 최선을 다하는 사람이라 저 인생도 안쓰럽다는 마음이 들더라고." 이런 박꽃 같은 사람, 로또는 뭐 하나, 당장 이 집에 오지 않고.

그 전자레인지를 아직도 써

"표현을 잘 안 하는 나와 달리 그는 남의 집 담벼락에 핀 장미를 꺾어다 주며 사랑한다고 말하기도 했어(나는 소리를 질렀다. 우와!). 꽃은 주고 싶은데 돈이 없었으니까(웃음). 그때 남자는 큰 공장에 들어가기가 어려워서 마찌꼬바(노동자가 열 명이 안 되는 작고 영세한 공장을 이렇게 불렀다)에서 일했거든. 거기는 근로조건이 더 열악하잖아, 산재도 많고. 남편도 프레스에 네 번째 손가락 끝마디가 잘렸어. 손가락도 꺾어지고…고생 많이 했지. 그래도 마찌꼬바에서 일하는 사람들이랑 90년에 금속동우회를 만들어 근로조건 개선을 요구했어. 그때는 임금체불이 아주 흔했잖아, 월급 못 받은 사람을 대신해 사장한테 항의하고 돈을 받아주기도 했어. 밀린 월급을 받은 사람들이 우리 집에 전자레인지, 밥솥 같은 것을 사 오기도 했는데 그 전자레인지를 아직도 써." 이 말을 하며 그녀는 환하게 웃었다. "91년이 되자 김윤기 추모사업회 역할이 한계에 이르렀어. 사무실을 꾸려갈 동력이 없어진 거야, 사회환경이 변했거든. 추모사업회를 정리하고 그해 4월에 결혼했어." 신혼여행은 한라산으로 갔다 했다. 남편이랑 여행한 적이 있냐 했더니 사귈 때 설악산에 한 번, 시집에 인사하러 가는 길에 부안 채석강에 들렀고

두려움을 모르는 사람처럼

금속동우회 사람들이랑 지리산에 간 적이 있다고 했다. 이미 해외
여행이 흔하던 시절이었다.

눈을 가리고 양팔을 잡고 끌고 갔어.
홍제동에 욕조가 있더라고, 임신 5개월이었는데

"김윤기 추모사업회를 정리하고 수녀회의 도움을 받아 지역
노동자학교를 열었어. 나는 교육부장을 맡았는데 상근비는 당연
히 없던 시절이라 학습지 교사를 했어. 노동자학교는 한 기수에 열
명에서 스무 명가량 모였어. 공장노동자, 조합원, 노조를 만들려는
사람들이 주로 참여했지. 노동법을 강의하고 노동 관련 문제를 토
론하고 거기서 밥을 해 먹고 2층 방에서 자고 곧바로 회사로 출근
하기도 하는 지역 사랑방이었지." 수녀회가 노동자학교에 후원한
건물은 1층은 강당, 지하에 식당이 있는 2층 주택으로 졸업생들은
주로 성남 지역에서 활동했다. 1994년, 노동자학교 동료가 공안 사
건에 연루되어 체포되자 그녀도 체포될 위험이 있어 집에 들어갈
수가 없었다. 그래도 생계가 달린 학습지 교사 일은 쉴 수가 없어
아는 사람 집으로 배달된 교재를 찾으러 갔다 골목에서 남자 두 사
람에게 붙들렸다. 그들이 양쪽에서 팔을 잡고 눈을 가리고 끌고 간
곳은 나중에 알고 보니 홍제동 대공분실이었다. "계단을 오르긴
했는데 몇 층인지는 모르겠어. 눈을 가리고 끌고 갔으니까. 의자에
앉혀 놓고 눈을 풀어줬는데 간이침대랑 칸막이 없는 변기, 욕조가
보이더라고." 욕조! 나는 박종철 고문치사 사건이 떠올랐다. 그녀
도 박종철 열사 생각이 났다고 했다. "그도 이런 방에 끌려왔겠구

우리들의 자전적 이야기

나, 저런 욕조에서 물고문을 당했겠구나 싶더라고. 정신이 아득해질 만큼 무서웠어. 그때 내가 임신 5개월이었거든." 경찰(정확히 모름)은 영장도 없이, 가족에게 연락도 하지 않고 임신한 여자의 눈을 가린 채 욕조가 있는 홍제동 대공분실로 끌고 갔다. 나는 찬장에서 아끼는 파란 꽃무늬 잔과 잔 받침을 꺼내 매화를 우렸다. 많이 늦었지만, 임신 축하해요. 그녀의 눈에 물기가 반짝였다. 처음으로 아기를 가진 여성이 심리적으로 육체적으로 얼마나 불안한데…. 숨을 크게 쉬고 나도 꽃차를 한 잔 마셨다. 덜 이쁜 잔에. 나는 축하와 보호를 받았으니까.

처음으로 태동을 느꼈어, 유치장에서

흰 양복에 흰 구두를 신은 형사는 추석 전이라 한 건 해야 한다며 여러 번 그녀를 추궁하고 협박했다. "나중에 경찰이 내가 임산부임을 알고 똥을 밟았다고 하더라고, 그래도 자기들은 실적을 올려야 한다며 윗선을 불라고 다그쳤어." 갑자기 사라진 그녀의 행방을 찾던 남편이 지역 노동단체, 인권단체와 함께 건물 앞에서 임산부 불법 감금이라고 시위를 하면서 그녀는 경찰서 유치장으로 옮겨졌다. 유치장에서 검사실로 불려 다니며 조사를 받았다. "어느 날 유치장에 혼자 있는데 뱃속 아기가 움직이는 거야. 처음 태동을 느꼈어, 유치장에서." 그 순간, 아기한테 너무 미안해서 울음이 터졌다고 했다. 태교는커녕, 제대로 먹지도 잠을 편히 자지도 못하고 경찰에 쫓겨 집에도 못 들어가고 여기저기 전전하다 고문실, 유치장까지 끌려왔는데 아기가 잘 있다고 신호를 보내니 무어

두려움을 모르는 사람처럼

라 말할 수 없는 감정이 들었다고, 그래서 많이 울었다고 했다. "아기한테 너무⋯정말⋯너무 많이 미안해서 눈물이 마구 쏟아지더라고." 운동을 시작하고 처음, 그렇게 오래 울었다고 그녀는 맹맹한 목소리로 말했다. 미안하다, 미안하다. 아기한테 사과하고 또 사과했다고 했다. 내가 웃으며 과일이라도 좀 먹을까? 하고 일어나니 그녀가 지나가는 말처럼 과일이 참 먹고 싶었다고 중얼거렸다. 아! 정말⋯그런데 예쁜 접시가 어디 있나, 찬장을 열고 한참 찾았는데 접시는 보이지 않았다.

임산부에다 공안 사건도 끼워 맞추기 식이어서 보석이 받아들여졌다. 그녀는 석 달 만에, 임신 8개월이 되어 의왕교도소에서 나왔다. 그리고 만삭의 몸으로 재판을 받으러 다녔다. "아이가 건강하게 태어나줘서 참 고마웠어." 그녀가 이렇게 애썼는데, 세상은 조금 더 살만한 곳이 되었나. 나는 한숨을 조금씩 끊어 쉬었다. 아기야, 애썼다. 고맙다.

아무도 없는 집에 가기 싫다고
퇴근할 때까지 학원 앞에 쪼그리고 앉아 있었지

"아이가 태어났을 때는 차도에 붙은 반지하방 한 칸짜리에 살았어, 돈에 맞추다 보니 거기 밖에 못 간 거야. 어둡고 눅눅한 방이었는데 자동차 매연이 창으로 들어와 매캐한 냄새가 났어. 아이 낳고 친정에서 한 달 있다 와서 그런지 그 방이 더 어둡고 갑갑하게 느껴지더라고. 아마 산후우울증도 있었을 거야, 눈물이 그렇게 나는 거야, 어떤 날은 하루 내내 울었던 것 같아." 어느 날 엄마와 통

우리들의 자전적 이야기

화하다 그녀가 울음을 터뜨리자, 엄마가 득달같이 오셔서 집을 옮겨주셨다. 자동차 매연은 들어오지 않는 반지하방 두 칸짜리로 이사하고 며칠 지나지 않아 그녀는 불개미한테 물렸다. 온몸이 퉁퉁 붓고 숨이 가빠 의식을 잃은 채 응급실에 실려 갔다. 퇴원하고 엄마가 좀 도와주시고 모든 자원을 총동원해 다가구 1층 방 두 칸짜리로 옮겨 그 집에서 19년을 살았다. "아이를 어린이집에 보냈는데 월요일 아침이면 가기 싫다고 울고불고했어. 안쓰러웠지만 내가 바쁘니까 아이는 늘 방과후반까지 하고 저녁 7시 30분이 되어서야 엄마를 만났지. 이제 와 생각하니, 내가 너무 나를 중심으로 산 것 같아, 아이를 배려하지 않고. 초등학교 때는 아무도 없는 집에 가기 싫다고 내가 일하는 학원 앞에서 내가 퇴근할 때까지 쪼그려 앉아 있기도 했어." 애어른이었다는 아이, 말도 안 하고 치대지도 않고 혼자 놀았다는 아이가 안쓰러워 나는 코끝이 매웠다. 그녀는 방 두 칸짜리 그 집에서 2013년 10월 3일까지 13년간 공부방을 했다.

우리는 10년 넘게 저녁을 같이 먹은 적이 없어

"그때 오후 2시에서 밤 11시까지 공부방을 했어. 그러니 남편과 아이는 그 시간 동안 작은 방에 있거나 밖에서 저녁을 해결해야 했어. 좁은 집에 여럿이 모여 공부를 하니까 저녁 먹을 곳이 없었지." 나중에 아이가 그때 참 힘들었다는 말을 해서 가슴 아팠다, 그때는 너무 바빠서 아이와 남편 마음을 헤아리지 못했다, 아이와 남편이 참으로 무던했다며 그녀는 차를 한 잔 더 청했다. "남편도 아

두려움을 모르는 사람처럼

이도 힘들다는 말을 하지 않았는데 그건 아마 내가 너무 힘들어 보이고 바쁘니까 둘 다 참았던 거였어." 밤 11시까지 엄마를 기다린 아이, 기다리다 잠든 아이를 보는 엄마가 안쓰러워 나는 그녀를 살짝 안았다. 고생 많았어, 선배.

"아이가 고3 때 할머니 댁에 가면서 자기도 이제 사춘기가 왔다. 예민하고 감정 조절이 안 되니까 이해해 달라고 하더라고. 참 을성이 많은 아이야. 엄마랑 아빠 사이에서 판사 역할을 했지." 이제는 대학을 졸업하고 안정된 직장에 다닌다는 아들이 여행 가라고 돈을 주더라며 그녀는 수줍게 반짝거렸다. 고맙네, 청년.

부둥켜안고 울었지, 무슨 말을 해

"2013년 4월 3일 김윤기 위원장 기일에, 파업할 때 열일곱 살이던 봉제 공장 조합원과 26년 만에 만났어." 그녀의 목소리가 떨렸다. 노조가 생기자 공장을 이전하려는 회사에 맞서 파업을 하다 노조위원장이 분신을 한 공장의 노동자, 89년 연세대에서 열린 노학연대 투쟁에서 노조 투쟁사례를 알린 소녀, 그녀가 감옥에서 나와 추모사업회 마지막 정리까지 피 말리는 투쟁을 함께 한 어린 동지를 중년이 되어 만났다니. 어땠어요? 기분이. "울었지." 무슨 말을 할 수 있겠냐고 그냥 부둥켜안고 한참 울었다고 했다. 그리고 4월 7일 파주에 있는 김윤기 노조위원장 묘소에서 그 시절 같이 싸웠던, 김윤기를 기억하는 사람들이 모여 추모제를 했다고 말하는 그녀의 목소리는 젖었고 가늘게 떨렸다. 다음 해 2월 9일, 눈이 평평 온 날이었는데 그녀는 혼자 김윤기 위원장한테 갔다. 그날은 눈이 많이 와서 그런지 무덤이 덜 쓸쓸해 보였다고 했다. "미안하다 김윤기 위원장." 혼잣말을 하는 그녀에게 나는 뭐가, 왜 미안한지 묻지 못했다.

나는 지금도 불이 나는 꿈을 꿔.
깜깜하고 높은 데라 나갈 수 없는데 불이 활활 타

"25년 동안 아무도 나에게 묻지 않았어, 동지를 화마 속에 버려두고 어떻게 혼자 살아남았는지. 그날 불길을 피한 나를 내가 용서할 수가 없었어." 그럼 불이 났는데 어떻게 해, 불은 피해야지, 나는 더듬거렸다. 죄책감을 가질 일이 아니잖아. 내 목소리가 갈라졌다, 마치 연기를 마신 것처럼. 그런데 그녀는 아직도 불이 나는 꿈을 꾼다. "깜깜한데 연기가 꽉 차서 앞이 보이지 않아…. 분명 높은 건물이야. 밖으로 나갈 수는 없어…. 사방에서 불이 활활 타, 나는 어쩔 줄 모르고…." 크지 않은 키, 자그마한 몸, 동그란 얼굴, 동그란 눈, 깨끗한 피부, 단정한 얼굴의 그녀는 34년이 지났어도 여전히 몸에 불이 붙는 꿈을 꾸며 운다, 이 사람은. 그녀는 여태 꿈속에서 연기를 마시고 머리카락에 불이 붙는다. 그녀의 슬픔이, 무려 34년이 매캐해서 나는 창을 열었다. 숨 좀 쉬자, 선배.

해마다 4월 3일, 그녀는 김윤기 노조위원장을 기억하는 사람들과 추모제를 지내고 위원장 어머니를 찾아뵙는다. "내가 나이가 드니까, 더 마음이 아파. 그때 위원장이 지금 내 아들보다 어렸잖아. 그를 생각하면 너무너무 가슴이 아파." 스물여섯 김윤기, 89년 4월 3일, 공장에서 불꽃이 된 사람. 그는 어떤 꿈을 꾸며 대학에서

두려움을 모르는 사람처럼

공장으로 갔을까, 공장노동자들과 함께 어떤 삶을 살려 했을까, 무엇이 그를 죽음으로 내몰았을까, 겨우 스물다섯 해밖에 살지 않은 청년이었는데.

빠지 않고 가다 보니 죽을 고비를 넘기고 여기까지 왔네

"임금체불과 욕설이 일상이던 공장이 우리 같은 사람의 헌신과 노력으로 최저임금이 보장되고 근로기준법을 지키지 않은 사업장이 많이 줄었잖아. 나는 우리의 노력은 헛되지 않았다고 생각해." 물기가 마른 그녀가 또박또박 말했다. "감옥 세 번 가고 공장, 노동단체, 여성단체, 지역에서 30년 넘게 일했어. 지금 돌아봐도 참 열심히 살았어. 내 앞에 주어지는 일에서 몸을 빼지 않고 가다 보니 죽을 고비를 넘기고 여기까지 왔네." 그녀는 사람에게 힘을 돋아주고 지지하고 격려하는 활동을 사랑한다 했다. 그 과정이 고생스럽고 힘들었지만, 자신의 선택을 후회하지 않는다고, 달콤한 연애, 깨가 쏟아진다는 신혼은 누린 적 없고, 오래 생활고에 시달리며 외롭고 팍팍한 길을 가느라 남편을 원망하기도, 아이한테 소홀하기도 했지만 잘 살아왔다고 눈을 빛내며 말했다. 그래요, 잘 살았어요. 레인지에 데운 약밥이 손가락에 달라붙었다.

"교사가 되고 싶었는데 전공을 살리지 못해…아니 전공을 살렸구나, 학습지 교사하고 학원 강사 하고 공부방도 했으니까." 그녀는 손가락에 붙은 밥알을 떼먹으며 영어교육을 전공한 이유를 말했다. 나는 떡볶이를 만들었다. 그런 시대가 아니라면, 역사에 대한 책임, 정의와 민주주의가 아닌 다른 선택지가 있었다면, 나도

우리들의 자전적 이야기

청춘을 누리고 인생을 즐기고 싶다고 그녀가 혼잣말처럼 했다. 지난해부터(드디어 생계를 위해 일하지 않게 되었다) 그녀는 그림을 그리고 혼자 여행 다니며 사진을 찍기 시작했다. "나이 드니까 초조함이 생기는 거야. 60이 넘으면 정신도 육체도 사회적으로도 쇠퇴할 것 같아서 조급해지더라고. 생활에 대한 압박이 없고 해야 할 일이 없는 지금이 좋아, 이제 나를 위해 살아." 우리는 떡볶이 국물에 순대를 찍어 먹었다. 그녀는 스물에 한 그 선택을 후회하지 않는다. 같은 상황이라면 또 같은 선택을 하겠지만, 그렇다고 가지 못한 길이 아쉽지 않은 건 아니다.

이름 없이 헌신하고 명예를 탐하지 않았어.
우리는 민주주의에 좌표를 찍고 인생을 건 아름다운 세대야

그녀는 이른바 586이다. 다른 세대와 마찬가지로 586에도 묵묵히 노력한 사람이 있고 열매와 성과만 가져간 사람도 있다. 민주화 운동을 하다 감옥에 가거나 대학을 졸업하지 못한 586 가운데 꽤 많은 사람이 노동현장과 월급 없는 단체에서 일했고, 안정된 직장을 갖지 못해 오래 생활이 불안정했다. 그녀는 정치권에 있는 586들이 여러 사람의 목숨과 헌신으로 이룩한 성과를 자신의 성공을 위해 도용하지 말라고 했다. "586 대부분은 이름 없이 헌신하고 명예를 탐하지 않았어. 우리는 민주주의에 좌표를 찍고 인생을 건 아름다운 세대야."

이야기를 나누며 둘 다 여러 번 울컥했다. 눈물이 고여 멈칫하

325   두려움을 모르는 사람처럼

고, 잠시 딴 곳을 보기도 했지만, 울지 않았다. 우리는 소리 내어 웃고 차를 여러 잔 마시고 다른 이야기도 한참 하다 담백하게 헤어졌다. 밤을 거의 패고 일어나며 한 번 안았다. "광화문에서 국밥 먹자."

차 안에서

다음 날, 남편에게 그녀를 만난 이야기를 하려 했다. 그런데 말이 나오기 전에 눈물이 먼저 뛰어나왔다. 나는 껙껙 소리 내어 울었다. 그녀의 고단한 삶, 일찍 어른이 되어야 했던 아이, 나의 공장 생활과 아직 말하지 못한 일들, 열사가 된 후배, 의문사한 선배, 스물둘 전태일, 스물여섯 김윤기…. 우리는, 스물두세 살 우리는 이 모두를 등에 지고 어떻게 걸었던 것일까. 비틀비틀 넘어지고 쓰러지며 우리가 갔던 그 좁은 비탈은 이제 길이 된 것인가. 넓고 평평한 길이 된 것인가.

우리들의 자전적 이야기

어떤 책 정리

이연정

이연정

미니멀리즘을 동경하지만, 현실은 심한 맥시멀리스트. 배우고 때로 익히는 것을 좋아하며, 매일의 일정이 다채로와 요일마다 다른 가방이 필요한 사람. 《눈물이 방울방울 아름다운 꽃이야기》와 《기록은 힘이 세다》라는 단 두 권의 책을 쓰기 위해, 어마어마하게 많은 책을 산 경험이 있다. 책 속의 길만 파다가 이제는 햇빛 비치는 길로 나서려는 결심을 한 사람이다.

이삿짐을 날라야 할 인부 두 명이 도망갔다.

책이 많다는 이유로 눈치를 봐야 했던 적이 한두 번이 아니었기에, 견적을 내면서 이사업체 사장님이 내뱉은 깊은 한숨은 애써 못 본 척했다. 그렇지만 이삿날 직원이 도망치는 건 처음 겪는 일이었다.

사실 오후까지 그 사실을 눈치도 못 채고 있었다. 인부 중에 외국인으로 보이는 사람이 있어서 조금 놀랐을 뿐, 당연히 계약한 대로 다 왔겠거니 했는데, 오후 3시가 되도록 이삿짐을 다 빼지도 못한 것을 보고서야 슬슬 걱정되기 시작했다. 지난번 이사 이후 짐이 그렇게 많이 늘었나.

오후 5시가 다 되어서야 이사 갈 집으로 짐이 들어가기 시작했는데, 그제야 사장님이 털어놓은 충격적인 사실은 이랬다. 산더미

어떤 책 정리

같은 책 짐을 본 임시 직원 두 명이 줄행랑을 쳤다는 것이다. 다행히 다른 집 이사를 마친 팀이 합류했으니, 걱정 말라며 어색한 웃음까지 짓는 게 아닌가.

다른 팀이 합세했지만 밤 12시가 되도록 이사는 다 끝나지 않았고, 결국 상당한 짐들을 그대로 내버려둔 채 이사업체 직원들은 철수해 버렸다.

그럼에도 불구하고 다음 날 업체에 항의하지도 못했던 건, 다 책 때문이다.

꽤 큰 돈을 지불했지만, 이사를 온 게 아니라 가야 할 것만큼 많은 짐이 그대로 쌓여있다. 이러다간 다음번 이사 갈 때까지 저 짐들을 정리하지 못할지도 모른다는 불안감이 엄습했다.

내가 짐을 나른 것도 아닌데, 허리 통증이 심상치 않았다. 짐의 우선순위 같은 건 다 제쳐두고, 일단 만만해 보이는 책 정리부터 시작해 본다.

이런 나를 비웃기라도 하듯, 책 무더기의 제일 위에 놓여 있는 존 테일러 개토의《바보 만들기》.

나와 우리 아이들의 삶의 방향을 크게 바꾸어 놓은 책이다. 해야 할 일들은 산더미처럼 쌓여 있었지만, 책 정리도 잊어버리고《바보 만들기》를 처음 읽던 시간 속으로 빠져들어 버렸다.

첫 아이가 동네에 있는 일반 초등학교에 입학했을 때, 아이뿐 아니라 초보 학부모인 나도 우왕좌왕했던 것 같다. 이런 학부모들

우리들의 자전적 이야기

에게 학교는 여러 가지 봉사 활동을 제안했고, 나는 그중에서 가장 적성에 맞을 것 같은 '명예 사서'를 신청했다.

명예 사서들이 모인 첫 행사에서 교장 선생님은 꽤 긴 연설을 늘어놓으셨다. 기억에 남아 있는 내용은 별로 없는데, "나는 공부에는 성공했지만, 돈에는 실패했다"라고 하신 말씀에 충격을 받았던 기억은 난다. 자기 삶에 남아 있는 깊은 회한을 솔직하게 고백한 것이겠지만, 기대 반 걱정 반인 초보 학부모들에게 학교의 장이라는 분이 '공부냐 돈이냐'라는 이분법을 내놓은 것이 실망스러웠다.

명예 사서라고 해봤자 할 일도 별로 없었다. 유서 깊은 학교였지만 도서관의 장서 수준은 초라했고, 아이들이 보는 책은 《WHY 시리즈》, 《만화 그리스 로마신화》 등 몇 가지 종류로 정해져 있었다.

일주일에 몇 시간의 도서관 지킴이 노릇이 고작이던 어느 날, 명예 사서들에 대한 보상 격으로 10주짜리 독서지도사 과정이 개설되었고, 이 프로그램의 첫 교재가 바로 《바보 만들기》였다.

"지난 150년간 제도교육은 경제적인 성공을 위한 준비를 그 주된 목적으로 내걸어 왔습니다."

"학교의 시간을 지배하는 감춰진 원리가 바로 종소리입니다."

"우리 아이들을 어떤 방법으로 키워낼지에 대해 우리는 사실 선택의 여지를 가지고 있습니다. 단 하나의 올바른 길이 있는 것이 아닙니다."

"…스스로 알게 하는 것이 모든 진정한 앎의 근본이 된다고 하는 것입니다."

　　　　　　　　어떤 책 정리

책을 읽고 난 뒤 뒤통수를 한 대 얻어맞은 듯한 기분이 들어서, 생애 처음 학교에 다니고 있던 아이에게 질문을 던졌다.

"학교에서 어느 시간이 제일 힘들어?"

"쉬는 시간."

"아니, 쉬는 시간이 왜 힘들어?"

"쉬는 시간인데, 선생님이 교실에 가만히 있으라고 하니까. 화장실 갈 사람만 빼고…."

쉬는 시간이 힘든 아이도, 명예 사서인 나도 그럭저럭 학교에 적응해 갈 무렵, '고구마 캐기' 체험학습에 동행하게 되었다. 전교생이 버스를 타고 찾아간 곳은 체험학습을 위해 일부러 만든 작은 밭이었다.

초등학생들의 체구에 맞춰 고랑을 팠는지 좁디좁은 고랑에 학생들을 주르륵 배치하더니, 녹이 슬대로 슨 낡은 호미를 나눠주고 고구마를 캐라 한다.

아이들은 작은 손에 녹슨 호미를 들고 서로 어깨를 부딪쳐 가며 고구마를 캐기 시작했고, 이런 모습을 보다 못한 학부모들이 이리저리 좁은 고랑 사이를 뛰어다니는 가운데, 십여 명의 담임 선생님들은 멀찍이 떨어져서 쉴 없이 담소를 나누고 계신다.

무엇을 체험하라는 학습인가. 이럴 거면 차라리 고구마 캐는 영상이나 보여줄 일이지….

마침 집 근처에 초등 대안학교가 있어 사흘 간의 학교 체험을

우리들의 자전적 이야기

신청했다. 아니, 이 학교가 내 머릿속을 들여다보고 있었던 걸까? 마치 운명의 장난처럼 첫날 일정에 '고구마 캐기'가 잡혀 있었다.

대안학교의 '고구마 캐기'는 과연 어떤 모습일지 너무나 궁금해서 고구마를 캐고 있는 텃밭에 슬그머니 가보았다.

열심히 고구마를 캐는 아이, 그냥 땅만 파고 있는 아이, 쉬지 않고 떠들고 있는 아이 등등 저마다 다른 모습으로 그 시간에 몰두하고 있었고, 아이들의 곁에서 선생님들이 함께 고구마를 캐고 있었다.

흉내 내기가 아닌 진짜 고구마 캐기.

결국 첫 아이는 2학년 때부터 비인가 대안학교에 다니게 되었다.

돌이켜보면 이때는 건강 문제로 13년의 직장생활을 그만두고 전업주부가 된 지 2년째에 접어들던 시기였는데, 집안 살림이라는 것이 도무지 익숙해지지 않아 괴로웠던 때였다. 하루가 온통 내 시간인 것 같으면서도, 정작 내 시간은 하나도 없는 것 같은 하루하루가 이어지고 있었다.

아이가 새로 다니게 된 학교는 아이들만 다니는 것이 아니라, 부모들도 함께 성장하는 교육 마을을 표방하고 있었다. 교육 마을이라는 이름에 걸맞게 수많은 모임과 행사들이 이어지고 있었는데, 어느 초여름, 내 마음을 흔드는 짧은 공고문 하나가 학교 홈페이지에 떴다.

"음양오행의 원리를 통해 몸과 우주의 비전을 함께 탐구해 보아요."

어떤 책 정리

먼저 공부를 시작한 한 학부모가 올린 이 한 줄의 문구에 낚여, 그때까지 한 번도 해본 적 없는 의역학 공부의 세계로 접어들게 되었다. 무시무시한 책 사재기가 시작된 것도 이때부터였던 것 같다.

공부와 생활 공동체의 결합을 표방한 '수유너머 남산'은 400평의 공간에 공부방과 강의실, 세미나실, 주방과 식당까지 갖춘 새롭고 신기한 공간이었다. 〈왕초보 의역학 강좌〉는 주말이나 저녁 시간을 내기 힘든 사람들도 들을 수 있도록 화요일 오전에 개설되었는데, 다섯 명의 멤버가 카풀을 해가며 과천에서 남산까지 1년이 넘도록 다녔지만, 수유너머에서 기대하는 만큼 치열한 학습을 해내기는 역부족이었다.

강좌가 표방했던 '생명의 원리(醫)'나, 우주의 물리적 이치(易)'는 아득하게만 느껴졌어도, 낯설고 새로운 영역을 함께 공부하는 재미를 알게 되었고, 평생 공부하며 살겠다는 목표도 세웠던 소중한 시간이었다.

수유너머를 만든 고미숙 선생은 《고미숙의 몸과 인문학》에서 이렇게 말한다.

인문학은 우리 시대를 구성하는 지성과 표상의 배치다. 의역학이 생생한 비전이 되려면 반드시 이 프리즘을 통과해야만 한다. 고전의 원대한 비전과 인문학의 현장성을 대각선으로 잇는 앎, 그것이 곧 '인문의역학'의 세계다. 이 매트릭스 위에

우리들의 자전적 이야기

선 모두가 '자기 몸의 탐구자'가 된다. 아는 만큼 자유롭고, 아는 만큼 살아낸다. 고로 앎과 자유, 건강과 지혜는 하나다!

건강 때문에 직장생활을 그만두었고, 주부 노릇도 쉽지 않았기에 "건강과 지혜"를 얻을 수 있다는 의역학 공부의 매력은 컸다. 비록 수유너머에서의 공부는 포기했지만, 재야의 침술 고수들을 마을로 초대해 침뜸의 원리도 배우고, 나와 우리 가족의 몸 여기저기 침을 찌르고 뜸도 뜨면서 지내던 어느 날이었다.

25년간 친자매처럼 지내 오던 언니들이 가혹한 결별 선언을 했다. 10년 전에 내가 투자를 권유했던 비상장 회사가 결국 망해 버렸고, 언니들은 이 일에 대한 책임이 오롯이 나에게 있다고 판단한 모양이다.

대학을 졸업할 즈음부터 너무나 즐겁게 지냈고, 나에게 참 많은 도움을 주었던 언니들이었다. 늘 받고만 사는 것 같아 미안한 마음에 뭔가 보답할 기회가 있으면 좋겠다고 생각하던 차에, 당시 한창 잘나가던 지인의 회사에 투자를 권유했던 것이 화근이었다.

25년의 우애가 나의 어리석음으로 인해 깨지고 말았다. 누군가는 말했다. 내가 투자를 권했던 10년 전 그 시점에 언니들과 나의 관계는 이미 파탄이 난 거라고…. 인정하기 정말 괴롭고 힘들었지만, 소름 끼치도록 옳은 말이다.

'사랑하는 사람이 가장 아프게 한다'는 말이 이때처럼 사무치

어떤 책 정리

게 다가왔던 적이 있었던가. 눈앞에 보이는 풍경이 아름다워도 눈물이 났고, "누군가 널 위해 기도하네"라는 노래만 들어도 눈물을 주르륵 흘리고 있을 때 누군가 내게 성경 공부를 권했다.

가톨릭 고등학교에 다닌 덕분에 고2 때 세례를 받았고, 1985년 대학에 입학한 후 80년 광주의 참혹한 진실을 알게 되면서 신앙심의 근본이 흔들려서, 25년이라는 긴 시간 동안 냉담자로 지냈다.

동네 성당의 종소리 덕분인지 겨우 다시 성당에 다니게는 되었지만, 성경책 한 번 제대로 읽지 않고, 근근이 주일 미사에만 참례하는 신앙인이었던 나의 마음을 크게 흔들어 놓은 책이 있다. 스콧 한의 《영원토록 당신 사랑 노래하리라》.

그러나 주님, 이제 저는 당신의 사랑을 온전히 느낄 수 있습니다. 당신은 제가 진리를 깨달았기 때문에 저를 사랑하는 게 아닙니다. 당신은 인생 여정의 발걸음마다 늘 사랑해 주셨습니다. 제가 어떤 사람이 될 것이기에 저를 사랑하신 것이 아니라 그저 있는 그대로의 저를 사랑하셨습니다.

독실한 개신교 집안에서 자라나, 목사의 아내가 꿈이었던 킴벌리 한이 정말 힘든 과정을 거쳐 가톨릭으로 개종하면서 했던 절절한 고백이 내 영혼의 깊은 곳을 건드렸던 것 같다. 그리고 스콧 한의 권유대로 성경책을 펼쳐 들었다.

　　　　　　　　　우리들의 자전적 이야기

그렇게 시작한 성경 공부가 어쩌다 보니 수원교구의 성경 봉사자 교육을 받는 것으로까지 이어지게 되었다. 언제나 새로운 것을 시작할 때면 설렘으로 가득했는데, 이번에는 설렘보다 알지 못할 두려움이 훨씬 더 크게 다가오는 것이 이상했다.

그런데 교육 첫날, 성경책을 펼치자 '나 너와 함께 있으니 두려워하지 마라'는 이사야서 41장 10절의 말씀이 눈에 확 들어왔다.

3년의 긴 교육 과정을 거치고, 안산에 있는 성당에서 1학기 동안의 봉사를 마쳤지만, 체력적으로 버티기가 힘들었다. 봉사자의 길은 중도에 포기했지만, 이 시기가 없었더라면 25년의 우정이 돈으로 인해 깨어지는 그 끔찍한 과정을 견뎌내지 못했을 것 같다.

이 일을 계기로 내가 신앙적으로 깊이 성장한 것은 아니어도, 깊고 무한한 사랑의 힘 속에서 인생의 위기를 극복할 수 있었고, 그 덕분에 내 영혼이 말라비틀어지지 않고 살아남았던 것 같다.

길이 끝나면 거기 새로운 길이 열린다고 했던가. 지금 나는 강의와 유튜브를 통해서 우리 전통 회화의 매력을 알리는 전도사 역할을 자처하고 있다. 대안교육에서 출발해서 의역학을 지나 성경을 통과하더니, 이제는 뜬금없이 전통 회화라니?

우리 집 벽에 걸린 겸재 정선의 〈풍악내산총람〉과 단원 김홍도의 〈마상청앵〉이 대답을 대신해 주는 것 같다.

'우리가 너를 끌어당겼잖아.'

어떤 책 정리

맞는 말이다. 간송 탄신 100주년 기념전에서 이 두 그림에 마음을 뺏겼고, 실물 크기의 포스터를 사서 비싼 돈을 주고 정식 표구까지 마친 나의 보물들이다. 겸재와 단원에서 시작되었던 나의 전통 회화 사랑은 공부를 하면 할수록 점점 커져갔다.

결국 회화 감상이란 한 사람이 제 마음을 담아 그려낸 그림을, 또 다른 한 사람의 마음으로 읽어내는 작업인 것입니다. 그런데 이 사람의 마음이라는 것이 참 어렵지 않습니까? 그것도 옛사람의 마음이라니 원, 마음이란 것은 지금 마주 대하고 있는 앞사람의 속도 열 길 물속보다 알기가 어렵다는데 말이지요.

그래도 그림은 마음을 그린 것이니, 그 마음을 찾아내야 합니다.

49년이라는 짧은 생을 살았지만 누구보다 뜨겁게 우리 전통 예술을 사랑했던 미술사학자 오주석이 쓴《오주석의 한국의 미 특강》에 나온 말이다. 오주석의 글을 읽으면 그의 목소리가 들리는 것 같다. 김홍도의 〈송하맹호도〉가 표지인 이 책의 말미에서 오주석은 이렇게 말한다.

문화는 꽃이다. (…) 문화의 꽃은 무엇보다도 우리 시대가 김홍도 시대에 못지않은 훌륭한 사회를 이룰 때에만 피어난다. 무엇보다 근본적으로 우리의 삶 그 자체가 아름다워져야 한다.

누구나 그렇겠지만, 나 역시 늘 아름다운 삶을 꿈꾸었던 것 같

우리들의 자전적 이야기

다. 아이들이 대안학교를 다닐 때 종종 같이 불렀던 노래 '꿈꾸지 않으면'의 가사처럼.

꿈꾸지 않으면 사는 게 아니라고
별 헤는 맘으로 없는 길 가려네

오랜만에 노래나 좀 더 불러보려고 목청을 가다듬는데, 갑자기 "띠링" 하는 문자 알림 소리. 전자서점 알라딘에서 보낸 '25주년 당신의 기록 영수증'이다.

첫 만남 2000년 2월 29일, 구매한 책 5,573권, 지금까지 결제한 금액 total….

앗, 식구들이 못 보게 얼른 숨겨야 한다.

오늘의 책 정리 끝.

어떤 책 정리

빨간 오버

홍리아

홍리아

리아는 어린 배꽃으로 세찬 바람에도 떨어지지 않고 꽃을 피운답니다. 끊이지 않는 이야기꾼 천일야화의 세헤라자데처럼 풍부한 서사로 인생의 슬픔과 기쁨을 재미있게 엮어드리는 비법을 가지고 있죠. 칼럼으로는 〈홍선생의 수다〉, 서평엔 〈리아의 책다락방〉이 있습니다.

칠이 벗겨져 잿빛 유리창을 부서질 듯 받들고 있는 집은 흉가 같았다.

건우 오빠는 아직도 머리를 쳐들고 대청마루에 무릎을 꿇고 있다.

엄마는 안방에서 등을 돌리고 앉아 있지만 우는 것 같았다.

아버지는 지금 어디선가 도박을 하고 있을 것이다.

집안의 맏딸인 나, 인희는 약대 4학년 스물세 살의 여대생이다.

집안에는 나만 바라보는 할머니와 엄마, 네 명의 올망졸망한 동생들이 있다.

아버지는 할아버지의 양아들이었다. 나는 그 사실을 여덟 살 때 알았다.

엄마는 맏이인 나를 의지했다.

맏딸인 인희가 대못을 박고 있다.

결혼 승낙이 아니라 이 집을 떠나겠다고 선전포고하고 있었다.

인희 엄마는 분한 마음을 누른 채 눈물을 흘렸다. 입술을 깨물어 죽고 싶은 마음이었다.

입이 빠른 제천댁이 인희의 시집에 관한 이야기를 대충 알려주고 갔다.

건우의 아버지 김양진은 이북사람이었다.

가난에 찌들어 집 한 칸 없이 지게꾼으로 연명하며 남의 집 처마에서 잠을 잤다.

천성이 독하여 한 푼도 쓰지 않고 돈을 모아서 깡촌의 가난한 처자를 얻었다.

그는 결혼 후 일제강점기인 1938년 강제 징용으로 끌려가 일본 탄광에서 일했다.

거기서도 돈이 되는 일은 무엇이든 다 했다. 일본인들은 탄광에서 석탄을 캐는 일 이외에 손재주가 좋으면 미장 일이나 집 짓는 일도 틈나는 대로 하게 해주었다.

조금씩 품삯도 주었다.

징용에서 돌아오니 딸이 태어나 있었다.

일본물을 먹고 나름 아는 게 많아진 김양진은 무식한 시골 여자인 조강지처와 살기가 싫었다.

작은 일로 트집을 잡아 모녀를 멀리 떨어진 다른 마을로 내쳤다.

그리고 동네에 집칸이나 있는 홀아비의 딸과 재혼하여 세 아들

우리들의 자전적 이야기

을 낳았다.

부창부수라고 부부는 돈 버는 일에 혈안이 되었다. 전쟁 후 먹을 것이 없어 난리가 나자 국수 공장을 인수하여 밤낮으로 국수를 만들어 팔았다.

인근 100리 안팎에서 누가 국수 공장을 낸다고 하면 몰래 밤중에 찾아가서 요절을 냈다.

어두운 밤길에서 뒤통수를 치는 것은 일도 아니었다.

돈을 갈고리로 긁는다는 표현이 딱 맞았다. 그렇게 모은 돈으로 산 땅과 건물이 지금의 100억대 김양진을 만들었다.

하지만 돈에 대한 집착은 돈이 생길수록 더 커졌다. 100억에서 1억을 더 채우기 위해 친척이 농사짓던 땅을 억지로 빼앗아 101억을 만든 인간이 김양진이다.

돈에 대해서는 피도 눈물도 없었다.

월세를 받는 시장건물에서 돈을 못 내면 가차 없이 내쫓았다.

김양진의 처는 다 떨어진 러닝셔츠에 지퍼가 고장 난 바지를 입고 월세를 받으러 다녔다.

동네 코흘리개에게 동전 하나 주는 법이 없었다.

머리 나쁜 세 아들 대신 머리 좋은 며느리를 맞을 생각을 했다.

무시해도 될 가난한 집안에 똑똑한 딸이 있는지 수소문했다.

인희 엄마는 스물세 살에 시집와서 식모를 거느리고 온갖 사랑을 다 받았다.

한약 건재약방으로 돈을 잘 버시던 시아버지가 갑자기 세상을 떠나자 약장 크기만 한 금고를 두고 살던 시대는 과거가 되었다.

그 많던 전답을 남편이 도박으로 날리자 집안은 윤기를 잃었다.

돈 걱정 없이 살던 시절은 옛날 말이었다. 딸을 도적질하러 온 놈이 있을 뿐이었다. 저 인간은 머리가 좋아 약대에 척 붙은 금쪽 같은 내 딸을 돈으로 유혹하여 몸까지 망쳐놓았다. 조선을 침략하여 함부로 아녀자를 겁탈하고 재산을 훔쳐 가던 왜놈들과 무엇이 다를까? 인희 엄마는 가슴이 무너진다.

저 인간이 함부로 앉아 있을 대청마루가 아니었다.

미송으로 깎아 굵게 세운 대들보는 세월이 지났어도 갈라짐 없이 튼튼하였다.

가장의 부재는 짐승 같은 인간이 함부로 딸을 넘보게 했다.

있다 해도 사리 분별이 없어 감언이설에 넙죽 내어줄 위인이다.

건재약방으로 돈을 벌던 시아버지가 돌아가시자 머슴들은 흩어지고 집안은 윤기를 잃었다.

시아버지는 전쟁통에 병을 얻어 후손을 가질 수 없게 되자 양자를 들였다. 첫 손주를 보자 뛸 듯이 기뻐했다. 산모 방에 들어오기 전 목욕재계하고 두루마기 차림으로 당시 구하기 힘든 사과와 복숭아까지 며느리에게 안겼다.

바로 손주의 출생신고를 하고 등본을 떼어 곱게 간직하던 어른이었다.

우리들의 자전적 이야기

저 대청마루에서 시부의 회갑 잔치를 치렀다.

멍석을 깔아 손님들을 맞이하던 앞마당, 우물이 있던 뒷마당에는 두 그루 포도나무가 서로 엉키어 있다. 지금은 포도가 열리지 않지만, 인희가 어릴 때는 포도가 주렁주렁 달렸다.

그의 환갑은 7일간 치러졌는데 동네에서 교자상 30개를 빌려왔고 내로라 요리 잘하는 친인척 여인들이 모여들었다.

정과를 잘 만드는 큰할머니, 떡을 잘 찌는 마전 할머니, 엿을 잘 고는 영자 댁. 신선로를 잘 만드는 진미 댁 등이 모였고 부엌이 다섯 개인 인희네 200여 평의 집 둘레 구석구석 장막을 치고 앉아 나름대로 분업을 하였다.

우선 동네 거지 대장을 불러 흥정을 했다. 그들은 7일간 인희네 대문에서 다른 마을 거지들이 오는 것을 막아주는 대가로 환갑 마지막 날 거지들만을 위해 따로 상을 차려주었다.

거지들은 평소에 인희네에서 후덕지게 얻어먹었기에 은혜를 갚는다 생각하고 눈을 부라리며 보초를 서주었다.

첫날은 마을 공무원 팀. 둘째 날은 의사, 한의사 팀, 셋째 날은 친인척들 7일간의 잔치에 모여든 이는 3,000명이 훌쩍 넘었다. 쌀이 귀해 술을 담으면 나라에서 잡아가던 시대였다. 어스름 달빛에 쓰러져 가는 초가집에서 육촌 당숙모가 몰래 술을 담가 칠흑 같은 밤을 이용해 머슴이 지게에 술을 지고 왔다.

다행히도 검문 없이 걸판지게 술도 내놓았다. 어느 비 내리는 날은 인희 엄마 처삼촌이 "오늘 인희 엄마 사는 날이네, 비가 와서 손님이 적겠군" 했다.

마지막 날 보초를 서준 거지 대장과 거지 똘마니 30명에게 상을 차려주었다. 상다리가 부러지게 차려주었는데 거지 대장이 인희 엄마를 불러 세웠다. "마님 저희도 저 신선로인가 그거 해주시면 안 될까요?"라고 머리를 긁적이며 말했다.

마음씨 좋은 인희 엄마는 선뜻 신선로를 여러 개 만들어다 주었다. 그 뒤로 거지들은 인희네를 위해서라면 앞을 다투어 일했다. 그녀의 기억 속에 시집온 날부터 지금까지의 세월이 주마등처럼 스쳐 갔다.

시아버지 가신 날은 진눈깨비가 종일 내려 묫자리가 흥건했다. 50세 미망인(인희 할머니)과 양자 아들, 며느리 그리고 3남매의 손주들이 장삿날 산으로 올라갔다.

인희 엄마는 의지하던 큰 기둥이 무너져 한없이 울고 또 울었다. 뱃속에는 넷째 손주가 들어 있었다. 7개월째 들어서 배는 완만한 산등성이의 모습이었다. 시아버지는 이 아이가 아들이라 믿고 돌아가셨다.

한평생 남의집살이에서 읍내 제일가는 부자가 되기까지 일구어 온 당신의 손때 묻은 큰집과 7,000평의 논과 15,000평에 달하는 여러 군데의 밭 그리고 소소한 산들과 십여 명의 머슴들을 남기고 갑자기 세상을 떠나신 것이다.

5일장을 치르자마자 인희 아버지는 땅문서를 들고 나가 집에 들어오지 않았다.

우리들의 자전적 이야기

읍내에서 인희네 땅을 밟지 않고는 갈 수 없다는 많은 땅을 날리는 데는 한 달이 채 걸리지 않았다.

어린 5남매와 미망인과 인희 엄마는 굶지 않기 위해 남아 있는 약재를 팔고 방을 세놓고 참외 등 과일 장사를 하며 끼니로 국수를 사서 식구들과 불려 먹었다.

대청마루에는 가끔 인희 아버지의 노름빚을 받으러 온 사람들이 있었다.

아예 석유곤로를 가지고 와서 밥을 해 먹으며 인희 아버지를 기다렸다.

어린 5남매는 힐긋거리며 낯선 이들을 두려워했다.

빚쟁이들은 며칠 기다리다 돈 나올 곳이 없으면 욕지거리를 퍼붓고 갔다.

인희 엄마는 서러웠다.

그런 집안의 마지막 동아줄은 인희였다.

곧 약사가 될 딸이 떠날 준비를 하고 있으니 억장이 무너졌다.

친구 미경이는 인희에게 건우 오빠를 소개해 주었다.

그는 인희에게 구세주였다.

자신이 짊어져야 할 네 명의 동생과 아픈 할머니, 그리고 도박꾼 아버지의 빚과 엄마, 집안의 돈 버는 기계로 전락해서 막냇동생이 대학을 졸업할 10년 후까지 약국 문을 열고 닫아야 했다. 아버지가 저질러 놓은 도박 빚은 어마어마했다.

건우 오빠네는 부자다. 이미 상속을 받은 듯했다.

그는 나를 안아주면서 모든 책임을 진다고 말했다.

아버지의 빚과 동생들의 대학 졸업까지 자기가 다 할 수 있다고 약속했다.

나는 남자를 모른다. 어릴 때부터 하고 싶은 것은 공부였고 첫 연애에 비교 대상이 없는지라 얼떨결에 순결을 뺏기고, 어린 네 명의 동생 대학교육까지 책임지겠다는 건우 오빠의 말에 몸과 마음을 의지했다. 건우 오빠는 나를 거칠게 다루었는데 많이 아팠지만 참았다.

그가 하라는 대로 다 해야 한다.

건우 오빠가 군대에 가자 면회에 동행하라는 건우 어머니의 말을 거절하지 못했다.

그의 어머니는 나와 오빠를 여관에 함께 재웠다.

오빠의 욕심은 끝이 없었지만 참았다. 나의 모든 짐을 덜어주는 은인에게 해줄 수 있는 것은 그것밖에 없어 오히려 미안했다.

낙태를 두 번이나 했다. 하지만 흐르는 눈물을 감추고 태연한 척했다. 엄마가 이 사실을 알면 어떡할까? 하지만 그는 엄마를 이길 수 있을 것이다. 건우 오빠네는 돈이 있지 않은가?

오빠는 내가 엄마랑 있으면 인생을 착취당하고 시집도 못 간다고 했다.

그럴 것 같았다. 내 인생을 저당 잡힌 엄마와 동생들로부터 탈출하고 싶다.

우리들의 자전적 이야기

지긋지긋한 이 집안에서 빨리 나가야지.

나중에 엄마는 나를 용서할 것이다.

미경 엄마는 인희를 자신의 큰집 며느리로 들여야 했다.

사업자금을 도와주던 건우 아버지의 소원은 인희가 며느리로 들어오는 것이었다.

인희는 자신의 딸 미경이의 친구였지만 그 집안이 망하기를 기다렸다.

자신의 큰동서에게 인희를 소개한 이유는 돈 때문이었다.

남편은 사업에 실패하고 아들은 장애인이었다. 늘 큰집의 도움을 받고 있었다. 그러던 중 머리 좋은 며느리를 얻고 싶다는 큰동서의 소원을 들었다. 앞으로도 큰집의 도움을 계속 받으려면 공부 잘하는 인희를 조카며느리로 들여야 했다.

미경 엄마는 인희네 집에서도 많은 도움을 받았다.

생전의 인희 할아버지는 한약재를 그냥 주기도 했다.

인희를 데려오는 일이 은혜를 원수로 갚는 건지도 몰랐다.

미경이를 통해 인희를 데리고 나와 건우와 만나게 했다.

그리고 무주구천동계곡으로 놀러 가게 했고 같이 있게 만들었다.

모든 것을 계획한 사람에게 인희는 무방비 상태의 어린아이였다.

양반집의 딸이 몸을 버리면 어쩔 수 없을 것이다.

일부러 미경이를 통해 인희의 생리 기간을 알아내 임신을 하게

빨간 오버

하였다.

인희는 덫에 걸렸다. 일이 성사되자 미경 엄마 입가에 웃음이
흘렀다.

인희의 동생 경희는 건우를 본 적이 있었다.

그는 무식했고 음흉했다. 취직이 안되면 다방이나 카페의 화
장실을 일부러 막히게 한 후 뚫는 가게를 내어 돈을 벌자고 어이없
는 제안을 했었다. 그때 경희는 고3이었다.

이 남자는 언젠가 인희를 죽일 것 같았다.

엄마는 안방에서 아직도 뒤돌아 앉아 있다.

아마도 아프신 할머니는 그 옆에서 눈치만 보시리라.

경희는 슬그머니 그 인간의 시커먼 목덜미와 짧은 머리, 부리
부리한 눈 등을 힐끗힐끗 보며 옆을 스쳤다. 불안한 마음이 들었
다. 인희는 약학과 4학년이었고 그 인간은 대학교 1학년이었다. 나
이는 그 인간이 언니보다 많았지만, 재수에 삼수에 군대까지 다녀
와 스물다섯 살에 아직 대학생이었다. 언니는 졸업 후 약국을 개업
하기로 했었다. 인희는 여덟 살 때 아버지가 양자라는 것을 안 순
간부터 자신이 가장이 될 것이라고 말했다.

인희는 방학 때 친척집 아랫목에서 잠을 자고 있었다.

그때 아버지가 찾아와서 돈을 달라고 했다.

양자로 와서 그만큼 키워주었으면 노름 그만하고 성실하게 살
라고 친척이 말했다.

인희는 잠결에 들었다.

여덟 살이었지만 모든 것을 이해했다. 그리고 아버지가 불쌍했다.

인희는 동생 경희에게 그때 몰래 울었다고 말했다.

대청마루에서 그 인간은 끝까지 일어나지 않았다.

엄마는 안방에서 계속 등을 돌리고 있었다. 결혼을 허락받으러 온 사람보다 엄마가 더 약해서 불쌍해 보였다.

남자는 기골이 장대해서 깡패를 연상시켰다.

대청마루에 아직도 눈을 부라리며 앉아 있다.

다리가 저린 것인지 소변이 마려운 것인지 가끔 시커먼 손가락으로 코를 후볐다.

기어이 사단을 볼 생각인 것 같았다.

엄마는 경희에게 인희를 찾아오라고 말했다. 날이 어두워지고 있었다.

인희는 엄마에게 다가왔다. 이게 평생 키운 내 딸이 맞는가? 혼잣말을 했다.

"데리고 나가거라. 할 말이 없구나."

인희는 엄마의 허락을 묻지 않고 건우를 일으켜 집 밖으로 나갔다.

인희는 집에 들어오지 않았다. 대학 졸업 기념으로 의상실에서 맞춘 빨간색 모직 오버를 입고 집을 나갔다. 그 인간과 부산으로 간다고 했다. 그리고 영영 빨간 오버는 돌아오지 않았다.

아직도 엄마는 안방에서 돌아앉아 있고 대청마루에는 먼지가 하얗게 쌓여 눈처럼 보였다. 할머니와 엄마는 빨간 오버를 기다리고 있었다. 할머니와 엄마는 눈이 벌겋게 되었다. 동생들은 울 줄도 몰랐다.

경희는 자신이 '빨간 오버'가 되기로 결심했다.

이제 가장은 경희였다.

우리들의 자전적 이야기

틈 사이 빛도 꽃을 피울 수 있을까

스칼렛

스칼렛

두 발로 낙동강 한강 금강 길과, 서해안 남파랑 동해파랑 길을 걸었다. 네팔 5300 빙하를 찍고 다람살라 사원에서 손뼉치며 질문하는 스님들을 3일간 주시하며 '인생은 질문하기'라는 철학이 생겼다. 최고의 기쁨은 책읽기 쓰기를 통해서 점점 나은 사람이 되어가는 것이다.

찌른다. 앞니 5개 중 윗잇몸 어딘가를, 날카로운 바늘의 느낌에 손을 모아 쥔다. 간호사가 내 손등 위에 자기 손을 살며시 눌러준다. 다음은 입천장입니다. 뻐근합니다. 퍼져가는 마취약의 번짐과 동시에 주삿바늘이 얇은 점막을 뚫고 지나고 신음 소리는 꿀떡 입속으로 삼킨다. 자 마지막입니다. 다시 입천장을 훑고 따갑고 날카로운 통증에 저절로 손이 모아진다. 마취약이 서서히 퍼져 입술의 두께가 얼굴 반 이상을 차지하는 느낌은 언제나 낯설다. 입을 헹구는 물이 입술 밖으로 흘려내렸다.

"이번에 폭력에 대하여 써보세요."

지나가듯 툭 던진 한마디가 마감 날이 임박할수록 잠을 설치는 무게로 짓누른다. 드릴로 깎아내는 소리. 지지직거리며 입속으로 들락거리는 기구 같이 그 기억은 이물감으로 점점 뚜렷이 커지고

틈 사이 빛도 꽃을 피울 수 있을까

있다. 한 번의 당김으로 맥없이 빠져버리는 22번 앞니처럼 시간에 가둔 그 이야기를 이젠 말해야 한다. 여분의 악이 있다고 항생제 처방전을 받지 않았다. 서서히 쑤시고 둔중한 통증, 여기 치아가 있고 잇몸 신경이 아직은 살아 있다고 아우성칠 것이다. 통증은 오롯이 기억의 시간에 머물게 할 것이다. 철책을 넘어 도망가는 들개처럼 이젠 성난 얼굴로 돌아볼 것이다.

아버지가 돌아가시던 날은 토요일, 중3 과외를 하고 있었다. 큰오라버니에게 전화가 왔다. 지금 내려오라고 곧 운명하실 것 같다고 했다. 알았다고 짧게 대답했지만 수업을 했다. 세 시간 뒤 운명했다고 다시 전화가 왔다. 집에 가서 옷을 갈아입고 기차를 타고 대구로 내려갔다. 모든 장례식은 두 오빠 중심으로 순서에 따라 진행되었다. 영숙은 아는 얼굴이 왔을 때 얼굴을 내밀었다. 잠이 오면 자고 배가 고프면 밥을 먹었다. 염을 하러 가서도 별 감정 없이 냉기를 풍기는 푸르스름한 얼굴을 무심히 내려다봤다. 인형으로 절을 하고 곡을 했다. 고향이 베푸는 상여 소리와 만장 깃발은 유장했다. 눈물 나지 않는 정직한 몸에게 고마웠다.

아직 고향에는 사촌들이 살고 있어 모두 산을 내려와 큰어머니가 있는 안방에 등을 대고 앉았다. 영숙과 동생을 쳐다보던 큰어머니가 갑자기 소리쳤다.

"아니 니들은 어째 눈물 한 방울을 흘리지 않니? 뭔 딸년들이 그러냐! 너무한 것 아니니."

"눈물이 나야 울죠. 여기 앉아 있는 것도 독해서 온 거예요?"

우리들의 자전적 이야기

"아니, 야들이 무슨 이런 소리를 해, 너거 아버지만큼 좋은 사람이 세상에 어디 있다꼬, 야들이 지금 얼척 없는 소리를 하는 거야."

"큰엄마, 우리 아버지 아세요. 여기 우리 엄마 앉아 있으니 제가 거짓말 못하겠죠. 여기 있는 넘들한테야 다 잘했죠. 네, 돌아가신 큰아버지, 조카들에게는 그럴 수 없이 잘했죠. 울 아버지 집에서는 어떻게 한 줄 알아요, 자식들한테, 울 엄마에게는 어떻게 한 줄 아냐구요"

최대한 감정 없이 냉정하게 말을 맞받았다. 마루로 나와서야 울음보가 터지려고 해서 돌담을 걸었다. 동생이 다가와 등을 쓸어줘서 멈출 수 있었다.

아버지가 돌아가신 지 6개월이 흘렀다.

눈뜬 아침. 침대에 벌떡 일어나 앉았다. 이제 꿈으로부터 해방이 되었구나. 일 년에 서너 번은 꾸던 꿈, 꿈에서 깨어나면 늘 땀으로 흠뻑 젖어 있던 시간은 땅속으로 맥없이 꺼지던 몸살로 이어졌다. 그랬다. 꿈에서 아버지는 늘 마흔 몇 살의 젊은 아버지였고 영숙은 아홉 살이었다. 한복 바지와 남색 조끼를 걸친 건장한 아버지가 시장 골목을 돌고 돌아 끝까지 따라오던, 숨이 차서 헉헉대며 돌아보는 찰나 깨는 꿈을 더 이상 꾸지 않는다는 사실을 알아차렸다. 아버지는 죽었고 이제 더 이상 꿈에서도 올 수 없는 세계로 갔다는 사실을 인정했다.

영숙이 아홉 살, 며칠 천장 사방무늬가 빙글빙글 돌던 고열에

틈 사이 빛도 꽃을 피울 수 있을까

시달린 며칠 후에 소아마비로 병명이 밝혀졌다. 이미 큰아들이 생후 6개월에 소아마비로 두 개의 목발에 의지해야 움직이는 상황과, 큰딸까지 겹친 사건에 아버지는 조용했다.

폭력은 늘 일상이었다. 밥을 먹다가도 언제 밥상이 엎어질지 조마조마했다. 학교 가는 아침에 밥상이 날아가면 더 무참했다. 된장찌개나 김칫국물로 범벅이 된 교복을 부여잡고 주먹과 발길질을 피하기 위해 우리 형제 모두는 대문을 향해 뛰었다. 밥은 당연히 굶었다. 수시로 무슨 일로 역정이 일어나면 늘 그 끝은 자식들에게 화를 풀었다. 폭력과 모진 말들이 이어지고 우선은 매를 피하기 위해 집으로부터 도망쳤다. 영숙이 발병하고 나서 아버지는 우리가 불안할 만큼 화를 내지도, 주먹을 날리지도 않았다. 다만 무엇을 잔뜩 참고 있는 얼굴이었다.

아홉 살 여름날. 잠에서 설핏 깨면서 아버지 말이 들렸다.

"집구석에 병신이 둘이나 있어서 우째 살겠노, 머스마는 병신이라도 우째던지 살끼고 가시나 저거는 어디로 보내든지, 없애든지 해야 안 되겠나?"

"저것도 살려고 밥 먹고 저래 눈도 꿈뻑이고 있는데 우째 그런 말을 하능교!"

엄마가 부엌으로 가고 아버지가 대문을 박차고 집을 나갈 때까지 나는 숨을 멈추고 자는 척 누워 있었다. 감각 없는 다리는 더 차가워지고 냉해졌다. 영숙은 누운 채로 오줌을 지렸다. 그날 이후 엄마가 외출하고 없는 집에서 아버지가 차려주는 밥은 먹지 않았다. 배고프지 않다고, 또는 배가 아프다고 한사코 밥 먹기를 거부

우리들의 자전적 이야기

했다.

걷지 못하면 죽을 수도 있다는, 곧 버려지기 전에 일어서야 살 수 있다는 본능이 기적을 만든 걸까? 여름방학이 끝나고, 아이들이 학교로 등교한 적막한 골목에 귀를 기울이던 영숙은 대청마루에서 엉덩이를 밀어 기둥을 잡고 일어났다. 엄마가 보리쌀을 씻다 달려왔다. 아버지가 살아 있는 동안 엄마에게조차 말을 꺼내지 않았다. 가족으로부터 버려질 수 있다는 무참한 비극을 알아버린 아홉 살, 아버지와는 정서적 끈을 놓아버렸다. 아홉 살 기억의 끝에는 늘 소름이 돋았다.

아버지는 밖에서는 호인이었다. 친목계의 대표였고 고향 문중에도 도포를 입고 참석하는 어른이었다. 영숙이 성인이 되고 아이를 낳고 기르면서 애써 아버지를 이해하고자 노력했다. 아버지는 대장을 잘라내는 수술을 네 번이나 했다. 두 번이나 죽는다고 동네 친척들이 와서 수의에 박음질을 했다. 마부였던 아버지가 노동력을 잃고 엄마가 대구 서문시장에서 포목점을 해서 돈을 벌었고, 아버지는 엄마의 보조자로 평생 살았다. 아버지 무허가 복덕방이 구청 직원에 의해 뜯겨나가면 형제들이 달려나가 남은 잔해들을 수거해 왔다. 그리고 우리들은 아버지의 화를 피해 각자 친구 집이나 공터로 흩어졌다.

엄마가 하던 서문시장 2층 포목점을 몸이 부실한 큰오빠에게 넘겨주었다. 큰오빠가 술집으로, 다방으로 드나들면서 돈으로 사람대접을 받은 결과는 부도였다. 그 이후 서문시장에는 전설이 생겼다. 다방에서 선풍기에 돈을 날린 사내가 있었다고. 돈은 줄줄한 여자들이 빚을 갚고 떠나갔다고. 그 결과 엄마와 우리를 향한 아버지의 폭력 수위는 높아지고 잦아졌다. 엄마는 아버지 몰래 얻어준 빚 때문에 주먹으로 맞아 한쪽 귀가 멀었다. 밥상이 엎어지면 사금파리 조각들이 우리의 맨살을 스쳐 빨간 피로 채색되었다. 마당을 지나 텃밭까지 밥상이 날았다.

우리는 더 자주 밤에도 집에서 쫓겨 도망쳤고, 맨발로 고아원 나무 틈새에서 엄마를 기다리다 모기에 뜯기고 추위에 떨었다. 빚쟁이들이 안방을 점령한 날이면 아버지는 미쳐 날뛰며 엄마를 닦달했다. 빚쟁이들은 엄마가 코피가 터지고 이마에 피가 흐르는 걸 보고서야 슬금슬금 집을 빠져나갔다. 우리는 부엌에서 연탄가스를 맡으며 숙제를 하면서도 언제 도망을 가야 하는지 촉각을 곤두세운 작은 짐승이었다.

아버지는 우리를 패다가도 손님이 오거나 누군가 와서 아버지를 찾으면 금방 네, 네 세상 친절한 사람이 되어 대응하다 손님이 가고 나면 다시 이어서 폭력을 가했다. 마치 나머지 숙제를 기어이 마쳐야 수업이 파하는 학교 같았다. 작은오빠의 TK 중학교 입학 시험 결과를 기다리던 날. 아버지는 성적이 간당하다고 떨어진 것이 틀림없다고 단정하고, 우리에게 발표 나는 아침부터 역정을 냈다. 밥을 하기만 하면 구들장을 파버린다는 엄포 때문에 우리는 모두 굶고 차가운 작은 방에 오들거리고 떨고 있었다. 갑자기 아버지가 혁대를 풀어 나타나 작은오빠를 데리고 안방 문을 잠갔다. 곧이어 작은오빠의 외마디 소리가 들리기 시작했다. 비명에 우리는 귀를 막고 울먹였다.

우리들의 자전적 이야기

그때 갑자기 대문을 박차고 이웃들과 친척들이 몰려와 합격 소식을 전했다. 그때는 라디오로 합격을 발표했다. 아버지는 혁대를 든 채로 방에서 뛰어나오며 정말이냐고, 진짜로 들었냐고 되물었다. 안방에는 등에 채찍 자국이 선명했던 작은오빠의 웅크린 모습이 있었다. 사람들이 음식을 가져오고, 아궁이에 불을 피우러 파란 불이 넘실거리는 연탄을 가게로 뛰어가서 사 왔다. 술판이 벌어졌고 아버지는 호기를 부리며 합격될 줄 알았다고 너스레를 떨었다.

장애를 가진 큰오빠 대신 일찍 장남의 무게와 기대를 짊어진 작은오빠는 아버지의 판사, 검사의 꿈을 이루어 줄 명문고를 나왔지만 명문 대학은 가지 못했다. 그는 대기업을 다니며 장남의 역할을 충실히 했으며 영숙과는 달리 아버지를 일찍 이해했다. 아마 그걸 희석시킨 것은 아들이어서 가능한 일이다. 아버지는 끔찍이도 작은아들을 선호했다.

작은오빠의 중학교 입학식 날. 교과서 영수증을 가져오지 않아 아버지는 영숙을 보내 집에서 가져오게 했다. 십리를 계속 뛰어 영수증을 아버지에게 내민 순간 눈에서 불이 번쩍 났다. 밑바닥에 있는 구겨지고 접힌 교과서를 받게 된 게 늦게 온 영숙이 탓이고, 귀한 아들이 일 년을 쓸 것인데 화가 난 것이다. 얼결에 맞아서 뺨이 아픈 것보다 사람들이 다 쳐다보는 운동장이란 게 슬펐다. 가족 중 아무도 아는 체를 하거나 옆으로 오지 않았다. 영숙은 혼자 걸어서 집에 왔다.

딸은 쓸데없는 '떡잎부터 될성부른 나무'가 아니었다. 일상으로 듣는 이 말은 여자로서 정체성을 할퀴고 부정하는 결과를 낳았

틈 사이 빛도 꽃을 피울 수 있을까

다. 일찍 일인분의 삶을 살아야 한다는 각오와, 사는 건 혼자 헤쳐 나가는 길임을 스스로 체득했다.

명절이면 중학교를 졸업하고 마산이나 구미 공단으로 가 돈을 벌어 그녀들이 가져오는 마마 밥솥과 금성 라디오가 아버지의 심기를 건드렸다. 일찍 돈을 벌어서 남자들 뒷바라지를 하지 않는 영숙을 아버지는 못마땅했다. 추석엔 송편 반죽이 질다고, 설이면 떡이 굳어서 썰어지지 않는다고 가래떡이나 반죽을 패대기치다가 대꾸하지 않는다고 자식들을 두드려 팼다.

큰오빠의 폭력은 매섭고 정기적이었다. 무엇보다 도망갈 수가 없었다. 아버지의 폭력은 도망갈 수도 있고 가끔 엄마나 옆 골목에 살았던 조인 아재가 와서 아버지를 달래면 못 이긴 척 화증을 거두었다.

아버지와 엄마는 불구 아들을 위하는 최선책은 부모가 가진 권위, 서열에 합당한 힘을 부여하는 것이라 생각했다. 이게 불문율이고 누구도 이의를 제기하지 않았다. 우리 모두는 큰오빠에게 맞아도 엄마에게 말하지 않았다. 아버지와 엄마가 있는 자리에서도 그는 때렸고 누구도 끼어들거나 훈수를 들지 않았다. 아버지의 몇 년간 병원생활에 공고히 다져진 우리 집만의 특수한 방식이었다.

엄마에게 가끔 볼멘소리를 하면 설마 오빠가 죽이기야 하겠니? 되묻는 말은 낭떠러지에서 서서히 떨어지는 아득함이었다. 어느 날부터 투정도 일러바치기도 멈추었다. 맞고 난 뒤 스스로 감정을 정리하고 주변을 치웠다. 던진 책이나, 찢어진 공책, 매로 변했

364   우리들의 자전적 이야기

던 뿔로 된 50센티 자. 그가 하던 말은 불안을 내포한 풍선이었다. 니들 맞을 때가 지났구나, 맞은 지 오래됐지?

영숙에겐 집은 늘 두렵고 거대한 안개가 뭉텅이로 덮치는 곳이었다. 늘 우리는 강가에서 스멀거리며 덮치는 안개에 갇혀 있었다. 호쾌하게, 진짜 목젖을 보이도록 웃지 않는 사람들이 사는 집. 만성 우울이 스모그로 넘실거리는 유폐된 곳이었다.

그는 시험점수를 보고 90점이 안 되면 5점에 한 대씩 대나무 자나, 뿔자로 손등을 때렸다. 손바닥보다 손등은 통증이 오래갔다. 정해진 규칙에 의해 맞는 매는 손을 쫙 펴야 덜 아프다는 요령을 익히면 참을 만했다. 그러나 욱하면서 내지르는 폭력은 대책이 없었다. 아침상에 젓가락이 짝짝이면 이거 누가 놨어? 바로 던져지는 젓가락은 피하지 않음 큰 사고로 이어지는 아찔함이었다. 잘 피하고 젓가락을 가지런히 놔줘야 아침이 무사히 지나갔다.

공책 한 권, 연필 한 자루도 그에게 검사를 받고 허락이 떨어져야 살 수 있었다. 영숙은 그게 싫어서 주로 청소하다 주워서 해결했다. 꿇어앉아서 옆에 작은오빠나 동생이 철석철석 뺨을 맞는 광경을 지켜보는 건 바로 다음 내 몸에 쏟아질 아찔함과 휘청거림을 견디는 긴장과 두려움. 그에게 최후로 맞은 기억은 지금도 점토판 쐐기문자처럼 선명하다.

그는 부도를 내면서 여자를 데려와 같이 살았고 아이가 태어났다. 아마 보리타작을 할 때였나 보다. 물기 많은 논에서 동네 공터로 옮겨와 타작하는 날. 영숙은 조카를 업고 있었다. 아이가 울었고 그는 아이를 왜 울리냐고 뺨을 갈겼다. 타작마당에 있던 모두의

틈 사이 빛도 꽃을 피울 수 있을까

숨쉬기가 멈추었던 순간, 핀에 꽂힌 잠자리가 왜 생각났을까?

그날 최초로 집을 떠나야 함을 생각했다. 이미 연애하고 있는 남자가 통보도 없이 등 돌리는 상황을 인정하고 그야말로 아무나 팔을 끼고 결혼이란 과정을 밟아 집을 떠났다. 조금도 슬프거나 미련도 없었다. 적어도 이 남자는 영숙을 때리지 않으리란 이유 하나로 충분했다.

결혼해서 아이를 낳고 굶기도 하고, 시장에서 잡상인으로 물건을 들고 쫓기기도 했지만 친정을 가고 싶다거나 결혼을 후회해 본 적은 없었다. 선택하고 하나씩 이루어 내는 것만이 내 것이란 자유가 좋았다. 그러나 폭력의 기억은 영숙의 삶을 위태롭게 내동댕이치고 싶게도 했다.

이게 아닌데 라고 생각되면 하던 모든 걸 끝장내고 싶었다. 하던 일도, 사람관계도 들이박고서 떠나보내고 만다. 가을날 들판에 묶어둔 깻단, 짚단이 보이면 불을 붙이고 싶었다. 불을 가운데 두고 빙글빙글 춤춘다면 무엇이 뻥 풀릴 것 같아 성냥을 주머니 속에 넣고 나간 날이 있었다.

운전을 그만둔 것도 최근의 일이다. 2차선을 갑자기 시속 180킬로미터로 달리는데도 누가 옆에서 계속 브레이크를 밟으라고 소리친다. 그 소리를 무시할수록 온몸이 땀으로 범벅이 되고, 사고 방지용 타이어 무더기에 들이박고서야 멈출 수 있었다. 자주 가던 길이라 그곳으로 일단 차를 몰아 대형 사고를 면한 것이다.

영숙은 그것이 무얼 의미하는지 안다. 스스로를 파괴하고 싶은 욕망이다. 수술하고 난 뒤의 꿰맨 자국은 신발 끈을 묶으러 쪼

우리들의 자전적 이야기

그리고 앉는 순간, 안에서 쿨렁하는 느낌으로 내장이 꼬인다. 그때는 옆구리에 손을 대고 가만가만 만져주다 일어난다. 이때처럼 빡칠 만큼 감정이 휘몰아칠 때면 지금 여기서 폭력의 고리를 끊어야 한다는 것, 살아 있는 어떤 것에도 폭력은 행하지 않고 지구를 떠나는 데 이번 생에 목표를 두었다. 그냥 이번 생으로 끝내는 것, 다시는 사람으로 돌아오지 않기를 기원했다.

파괴의 욕구가 올라오면 사람들에게 택배를 부치러 우체국을 갔다. 누군가에게 주소를 쓰고 테이프를 돌려 밀봉하며 부수고, 집어 던지고, 깨버리고 싶은 미친 욕망을 꾹꾹 눌러 주소를 썼다. 장마가 시작되면 암을 잘라내고 꿰맸던 살들이 도들하게 솟아 가렵기 시작한다. 이렇게 제 살도 서로 밀어내는 부작용을 인정하자고, 평생 절름거리며 한 생을 사는 그에게 택배를 보냈다. 고개 들어! 고개 들면 뺨을 갈기던 모멸감에 물타기를 하며 자해의 유혹을 뿌리쳤다.

영숙은 남자들과 화합하지 못했다. 아니 차별과 무시의 기미만 보이면 하이에나의 송곳니를 드러냈다. 남자들을 존중하거나 대우하겠다는 생각은 애초에 없었다. 운전을 하다가 접촉 사고가 났을 때 당연히 여자가, 또는 아줌마 운운을 용납하지 않았다. 대부분 파출소를 가서야 사과를 받아냈다. 특히나 '씹팔년'이란 육두문자를 들은 날은 꼭 경찰서까지 갔다. 씹은 하고 살지만 판 적이 없다고 맞섰다. 적당하게 비켜서면 저 남자는 앞으로도 여자들에게 욕지거리를 날리고도 길길이 뛸 것임이 용납되지 않았다. 어쩜 딸 세대도 똑같은 욕을 먹고 좋은 게 좋다는 남자들끼리의 적당한

틈 사이 빛도 꽃을 피울 수 있을까

작당에 놀아나게 두고 싶지 않았다.

욕을 한 놈과 계속 합의를 종용하며 조서를 앞에 두고 빙글거리는 제복, 합쳐서 두 명이라도 조심해야 되겠다는 인식이 바뀌면 성공이다. 폭력이란 몸이 물리적인 힘에 지배당하는 것도 있지만, 관습과 인식에서 오는 사회적 합의는 거대한 폭력임을 살면서 뼈저리게 실감했다.

이 과정에서 여자가 못나서라는 전제가 깔리면 개인의 무능으로 끝나기 쉽다. 사회학자 아르놀트 하우저의 주장처럼 사회적 상상력을 발휘하여 남성 독식 사회와 가부장적 사회를 통렬하게 보아야 한다. 원인을 사회 관점에서 찾고 연대를 찾아가는 거시적 관점을 가질 때 문제를 비켜나지도, 피하지도 않고 폭력의 고리를 끊어 앞으로 나아갈 수 있다.

딸과 함께 수영을 배우기로 했다. 한 주만 지나도 딸은 물에 뜨면서 자유롭게 발을 지느러미로 사용했다. 3주가 지나도 뜨지 못하고 유아들이 허리에 차는 노란색 부목을 두르고 유아 풀에서 계속 발차기를 했다. 한 달이 지나자 수영코치가 조심스럽게 말을 했다. 저 어머님 힘을 빼지 못하는 건 몸의 문제가 아닌 듯해요. 그럼 뭐가 문제인가요? 간혹 어머님 같은 분이 있는데 혹 정신과에 가셔서 상담을 받아보면 도움이 돼요.

중학교 무용시간에 스텝을 밟고 앞으로 나아가다가 일정 거리에서 멈춰 서버리는 행동에 무용선생은 장난친다고 혼을 냈다. 몇 번을 시켜도 똑같은 결과에 기어이 화가 폭발한 선생은 출석부로 머리를 강타했다. CT 촬영에 계속 손가락과 발가락을 떤다는 촬

우리들의 자전적 이야기

영기사의 지나가는 말도 생각났다. 학부모 중 정신과 의사가 있어 전화로 상담을 신청했다.

어릴 때 겪은 두려움과 긴장이 누적돼서 몸에 힘을 뺄 수 없게 도 하고, 여러 가지 장애를 일으키기도 해요. 충동적이고 파괴적 유혹에 약하고 대부분 자해에 자신을 노출시켜요. 대부분 마음이 약하고 착해서 억압의 감정을 타인에게 쏟아내지 못하고 자신에 게 가하죠. 정신병원에 있는 사람은 대부분 피해자예요. 한 사람의 피해자에 여러 명의 가해자가 병원 밖에 존재해요. 그들은 약해서 정신병원에 있는 거예요.

샘은 책을 읽고 글을 쓰는 것이 도움이 됐을 거예요. 표현할 도 구를 가지는 게 최고의 치료죠. 사람은 파괴할 에너지를 창조로 풀 어내는 위대한 존재죠. 자기를 객관적 대상으로 보게 되고 마침내 상대방을 이해하고 껴안으려는 노력을 하게 되죠.

영숙은 살면서 한 번도 타인에게 털어놓지 않은 아버지와 큰오 빠에 대한 이야기를 꺼냈다. 객관적 태도를 갖기 위해 전날 밤 메 모한 글을 차분히 읽어 내려가다 차츰 목이 뜨끔거리고 메어와서 가만히 두 손을 깍지 끼고 숨을 가다듬었다. 수영 안 해도 사는 데 는 지장 없죠? 그렇죠. 이제 자꾸 스스로를 칭찬하고 격려하세요. 상처는 틈을 만들어 빛이 되기도 하고, 흉터로 간직하면 남을 해치 는 무기가 되기도 하지요. 샘은 이미 수많은 틈을 만들고 있잖아 요, 샘의 상처는 자산이에요.

엄마의 95세 생일이다. 대구에 사촌까지 스무 명이 넘는 사람들이 모였다. 밥을 먹고 케이크를 자르고 엄마가 노래를 한다. 제부가 큰오빠에게 늙지 않는 비결을 물었다.

"독종이라 안 늙는 거지."

"맞아, 맞는 말이야."

옛날이야기가 줄줄이 사탕처럼 엮어 나온다. 사촌오빠들이 보았던 실화들에 말도 안 돼, 모두들 농담 반 진담 반으로 설마! 하고 공론이 분분해졌다.

"누구보다 영숙이가 고생했지."

엄마의 한마디에 모든 말이 뚝 끊어졌다. 큰오빠가 벌떡 일어나 목발을 짚더니 '미안하다' 신음하듯 한마디를 뱉고 자리를 떴다. 갑자기 던지듯 내뱉는 말. 저 한마디를 듣기까지 몇 수십 년이 걸렸나? 퇴적된 시간을 뚫고 나온 말은 갓 낳은 알처럼 사람들 사이를 제 멋대로 굴러 부화할 것인가? 한 번은 진지하게 들어야 할 말이 고작 저것이었나?

마흔이 넘고부터 친정에 오면 아버지에게 한 번은 묻고 싶었다. 정말 나를 버릴 셈이었는지? 끝내 아버지와는 기회가 없었다. 아니 그것마저도 피했다는 게 맞다.

영숙은 얼른 신발을 꿰고 밖으로 나왔다. 멀찍이 절름거리며 주차장으로 향하는 그를 뒤따랐다. 희부연 달빛과 펜션 조명에 의지해 보조기에 의지한 둔탁한 소리는 일정한 엇박자를 내고 있다. 몇 걸음 뒤에 사람의 기척을 느껴도 그는 돌아보지 않았고, 영숙은 그를 불러 세우지 않았다. 차에 올라타다 돌아본 그가 오른손을 들어 보였다.

"잘 가고, 고생했고."

희미하게 웃으며 영숙도 오른손을 들어 보였다. 돌멩이 하나가 툭 발등 위로 떨어지며 아릿한 통증으로 번지고 있다. 그사이 차는 펜션 입구를 빠져나가고 있었다.

틈 사이 빛도 꽃을 피울 수 있을까

당신의 삶이 글이 될 때
김미옥의 글쓰기 수업

초판 1쇄 2024년 12월 27일 발행

지은이 김미옥 외 8인
펴낸이 김현종
출판본부장 배소라 **기획편집** 맹준혁 **편집도움** 이솔림 **디자인** 김기현
마케팅 안형태 김예리 **경영지원** 문상철

펴낸곳 ㈜메디치미디어
출판등록 2008년 8월 20일 제300-2008-76호
주소 서울특별시 중구 중림로7길 4
전화 02-735-3308 **팩스** 02-735-3309
이메일 medici@medicimedia.co.kr **홈페이지** medicimedia.co.kr
페이스북 medicimedia **인스타그램** medicimedia

ⓒ 김미옥, 도희, 민영주, 스칼렛, 신지호, 이연정, 지원, 홍리아, 희주, 2024
ISBN 979-11-5706-385-7 (03800)